dtv

Es gibt gute Menschen. Und es gibt bessere Menschen. Mit den besseren Menschen bekommt es Polizeimajor Schäfer zu tun, als er sich, pillengestärkt und in bester Verfassung, in die Ermittlungen zu seinem neuen Fall stürzt. Hermann Born, Nationalrat im Ruhestand, liegt ermordet in seinem Arbeitszimmer, sein Kopf von Phosphorsäure fast völlig weggeätzt. Wenig später wird ein türkisches Mädchen erstochen in der elterlichen Wohnung gefunden. Im Zorn auf den tyrannischen Vater randaliert Schäfer am Tatort – woraufhin ihm sein Chef diesen Fall sofort entzieht. Dann geschieht prompt der nächste Mord; die gesicherte DNA-Spur führt zu Paul Kastor, einem Kriminellen, der Schäfer gut bekannt, aber seit fünfzehn Jahren tot ist. Und auch der Nationalratsmord geht offenbar auf Kastors Konto. Während Schäfer noch rätselt, wie er einen toten Verbrecher zur Strecke bringen soll, wird er nach Salzburg beordert, und dort nehmen die Ermittlungen eine dramatische Wendung …

Georg Haderer, geboren 1973 in Kitzbühel/Tirol, lebt in Wien. Nach einem abgebrochenen Studium und einer abgeschlossenen Schuhmacherlehre arbeitete er als Journalist, Barmann, Landschaftsgärtner, Skilehrer und ist heute als Werbetexter tätig. ›Der bessere Mensch‹ ist der dritte Fall für den eigenwilligen Wiener Polizeimajor Johannes Schäfer.

Georg Haderer

Der bessere Mensch

Kriminalroman

Deutscher Taschenbuch Verlag

Von Georg Haderer
sind im Deutschen Taschenbuch Verlag erschienen:
Schäfers Qualen (21342)
Ohnmachtsspiele (21452)

Ausführliche Informationen über
unsere Autoren und Bücher
finden Sie auf unserer Website
www.dtv.de

Ungekürzte Ausgabe 2014
Deutscher Taschenbuch Verlag GmbH & Co. KG,
München

Umschlagkonzept: Balk & Brumshagen
Umschlaggestaltung: Wildes Blut, Atelier für Gestaltung,
Stephanie Weischer unter Verwendung eines Fotos von
Trevillion Images/Valentino Sani
Satz: Greiner & Reichel, Köln
Gesetzt aus der Minion 10/13
Druck und Bindung: Druckerei C.H.Beck, Nördlingen
Gedruckt auf säurefreiem, chlorfrei gebleichtem Papier
Printed in Germany · ISBN 978-3-423-21527-5

1

Wien, den 19. 5. 1984

Werter Max,

die Unterlagen, die ich Dir zu senden versprochen habe, sind nun über eine Woche auf meinem Schreibtisch gelegen. Jeden Tag nahm ich mir vor, sie mit einer kurzen persönlichen Notiz zu versehen und zur Post zu bringen. Warum ich es so hinausgezögert habe – sei versichert, dass es nicht um den heiklen Inhalt der Dokumente geht. Nach unseren Gesprächen in Magdeburg könnte mein Vertrauen in Dich diesbezüglich größer nicht sein. Wissen wir doch beide sowohl um die Dimension als auch die damit verbundene Verantwortung, die uns solch ein Projekt auferlegt. Ich bemerke, dass ich erneut abschweife und mich dem eigentlichen Beweggrund meines Schreibens entziehe. Eine Ironie, die Dir sicher nicht entgeht: Doktor Hofer, eine Koryphäe, wenn es darum geht, die conditio humana aus den Funktionsweisen des Gehirns zu entschlüsseln – und selbst vermag ich nicht viel anders zu denken und zu verdrängen als jene, die nichts wissen über die Biologie unseres Geistes.

Wie eitel ich nach Magdeburg gereist bin, mit meinem Wissen und meinen Erfolgen. Wie klein und ohnmächtig ich nun bin. So tief und aufwühlend sind die Eindrücke, die unsere Gespräche in mir hinterlassen haben. All die Dinge, die ich vergangen und entschuldigt geglaubt hatte durch meine scheinbar so großmütigen Taten. Wo Dein Herantreten an mich, ohne Vorwürfe, ohne Hass – sine ira et studio gewisser-

maßen, wie der große römische Denker sagte –, wohl großmütiger war als alles, was ich je geleistet habe. Nicht ich war es, wirst Du wiederum sagen. Doch wie könnte ich mich lösen von der Schuld, von den unsäglichen Verbrechen, die Dir und Deiner Familie angetan worden sind. Fast dreißig Jahre trage ich dieses Wissen in mir. Jetzt ist es aufgebrochen wie ein schwärender Abszess. Endlich, möchte ich sagen. Wenn es denn dazu beitragen kann, dass wir aus diesem Bösen etwas wahrhaft Gutes schaffen können, wie Du gemeint hast. Für diese Deine Zuversicht bewundere ich Dich. Nur deshalb wage ich zu hoffen, dass unser Treffen in Magdeburg den Grundstein gelegt hat nicht nur für eine vielversprechende Zusammenarbeit, sondern auch für eine tiefe Freundschaft.

Mit dem Ausdruck herzlicher Zuneigung

Gernot

PS: Solltest Du über die beigelegten Dokumente hinaus noch zusätzliche Informationen zu diesem Fall benötigen, stehe ich Dir jederzeit zur Verfügung.

2

Ja verdammt, sie hatten ihn gewarnt. Aber wer war er denn, dass er sich von Kovacs und dem anderen uniformierten Grünschnabel Ratschläge erteilen lassen musste. Herr Major, Sie sollten da besser nicht hineingehen. Hö hö, was glaubten die? Dass er beim Anblick einer Leiche den Handrücken auf die Stirn pressen und ohnmächtig zu Boden sinken würde wie eine Schwarz-Weiß-Filmdiva im Laudanumrausch? Fast zwanzig Jahre bei den Gewaltverbrechen. Da hatte sich sein Gehirn eine passable Schutzeinrichtung zugelegt. Klappte herunter wie die Brille eines Schweißers, wenn der Teufel am Tatort seine bösen Funken schleuderte. Geharnischt, geharnischt. Jetzt lehnte Schäfer über der Steinbrüstung und erbrach die Vormittagsjause auf die Pfingstrosen unter ihm. Argh, wargh, schlussendlich ein brauner Speichelfaden, holladrio, Herr Major, ein letzter Gruß des doppelten Espressos aus dem Büro. Jetzt ja kein blödes Wort, Kollegen, dachte er. Doch Kovacs sah nur einen Moment sorgenvoll zu ihm hin, verschwand hinter dem Haus und kam mit einem Glas Wasser zurück, das er dankbar entgegennahm.

»Was ist das für ein bestialischer Gestank?«, wollte Schäfer wissen, auch um klarzustellen, dass es nicht der schleimige und so gut wie kopflose Torso im Wohnzimmer gewesen war, der ihm so auf den Magen geschlagen hatte.

»Wahrscheinlich Phosphorsäure«, brachte sich der Uniformierte ein, dessen Gesicht die Farbe der beiden neorömischen Gipsstatuen hatte, die den breiten Terrassenaufgang zierten. »Deshalb auch die Schutzmasken.«

Kommentarlos wandte sich Schäfer ab, schritt langsam über die Steintreppen hinunter, prüfte das Gras mit der Hand auf Feuchtigkeit und setzte sich dann an den Stamm einer üppigen Magnolie. Phosphorsäure, bravo. Und das im Villenviertel von Grinzing. War ein Jagdgewehr plötzlich nicht mehr en vogue? Der sich um den Hals schnürende Bademantelgürtel zu pöbelhaft? Dass irgendwer diese Sauerei wegmachen musste, hatte der Verantwortliche in der Aufregung wohl vergessen. Esperanza, por favor, meinem Mann ist im Salon ein kleines Malheur passiert, lassen Sie das Silber doch einen Moment liegen und kümmern Sie sich darum. Gracias, Esperanza.

»Ruhe da oben!«, knurrte Schäfer seinen verrückt dahingaloppierenden Gedanken zu. Er stieß sauer auf und atmete ein paarmal tief durch, noch immer benommen von den Dämpfen, unfähig, sich auch nur ein ungefähres Bild davon zu machen, was in der Villa geschehen sein könnte. Über die Auffahrt sah er drei weiße Schutzanzüge in Richtung Haus gehen, in der rechten Hand den Koffer, in der linken die Gasmaske. Hoffentlich hinterließ das Zeug keine bleibenden Schäden. Schäfer hob eine Hand zum Gruß. Phosphorsäure, wer lässt sich so einen Scheiß einfallen … nun, zumindest die Identität des Toten stand mit hoher Wahrscheinlichkeit fest. Anhand der Kleidung und dessen, was vom Körper übrig geblieben war, hatte die Besitzerin der Villa bestätigt, dass es sich um ihren Mann, Hermann Born, handelte. Der Gärtner hatte ihn kurz vor neun Uhr gefunden, durch die Terrassentür gesehen, als er seinen Arbeitgeber fragen wollte, ob er den Rasen am Vormittag oder besser am Nachmittag mähen sollte. Wegen dem Lärm, verstehen Sie, hatte der geschockte Mann gemeint, wegen dem Lärm, dass Herr Born nicht gestört wird in seinen … was immer er auch um diese Zeit in seinem Wohnzimmer tat. Na, darum brauchen Sie sich jetzt wohl keine Sorgen mehr zu machen, hatte Schäfer geantwortet, bevor er ins Haus gegangen war. Jetzt, im Halbschatten der Magnolie, fragte er sich, woher dieser Sarkasmus kam, mit dem er in letzter Zeit seine Mitarbeiter des Öfteren verstörte. Noch eine Nebenwirkung der Medikamente? Oder bloß eine natürliche Schutzfunktion, um sich diesen ganzen Wahnsinn nicht mehr so nahegehen zu lassen. Wer waren denn die schärfsten Zungen, wenn nicht die Gerichtsmediziner, Mordermittler, Rettungswagenfahrer ... wir sprühen unser geistiges Gift wie andere Unkrautmittel, dass es uns nicht zuwuchert, parasitär aussaugt, dachte Schäfer, wunderte sich kurz über diese poetische Anwandlung und stand dann mit einem Stoßseufzer auf.

»Wo ist Bergmann?«, rief er Kovacs zu, die gerade konzentriert in ein Notizbuch schrieb.

»In der Gartenlaube, hinter dem Haus«, erwiderte Kovacs, und als er sich auf den Weg dorthin machte, fügte sie rasch hinzu: »Mit Frau Born!«, was Schäfer als dezenten Hinweis interpretierte, dass er sich in Anwesenheit der Witwe zu benehmen hätte.

Gemächlich ging er auf die Gartenlaube zu, blieb kurz davor stehen und hörte der Befragung zu, die sein Assistent wie gewohnt einfühlsam durchführte. Etwas, das Schäfer in den letzten Wochen ein wenig abhandengekommen war, wie er sich selbst eingestehen musste. Zuletzt hatte er einen Jugendlichen an den Haaren durch den Verhörraum geschleift; hätte dessen Vater nicht Verständnis für diese Überreaktion aufgebracht, wäre Schäfer ein Disziplinarverfahren sicher nicht erspart geblieben. Dann der Bulgare, der mit der Hand in die Stahltür des Verhörraums gekommen war, als Schäfer sie eben schließen wollte. Böser Zufall, na, mit dem sechsfach gebrochenen Prätzchen wird er jedenfalls kein Messer mehr fuhren können, hatte der Arzt anbiedernd gemeint, was Schäfer bewogen hatte, ihn einen Faschisten zu schimpfen. Er hatte sich nicht unter Kontrolle; schrieb es den Tabletten zu, die er seit zwei Monaten nahm: Serotonin- und Noradrenalin-Wiederaufnahmehemmer, die ihm sein Therapeut verschrieben hatte, um die Depressionen und Panikattacken loszuwerden, die ihn fast zwei Jahre lang gepeinigt hatten. Aggressionsschübe und euphorische Phasen waren als Nebenwirkungen bekannt – das wird sich legen, hatte ihm der Arzt versichert, notfalls solle er übergangsweise leichte Tranquilizer nehmen. Na sicher nicht! Zum ersten Mal seit sehr langer Zeit ging es ihm gut, wirklich gut; er war konzentriert, arbeitete schnell und vor allem gern, trieb mindestens viermal die Woche Sport … das würde er sich nicht nehmen lassen; und wenn sich ein paar Strolche deswegen hin und wieder eine Ohrfeige einfingen oder ein paar Knochen zu Bruch gingen: Berufsrisiko.

»Natürlich hatte er Feinde«, hörte Schäfer die Frau sagen, »Sie haben doch bestimmt seine politische Laufbahn verfolgt … er hat mehr Feinde als Freunde gehabt … vor allem nach dieser unappetitlichen Geschichte damals …«

»In den letzten Wochen«, setzte Bergmann fort, »hat es da irgendwelche Drohungen gegeben … Briefe, anonyme Anrufe, Mails …?«

»Wenn, dann hat er mir nichts davon erzählt … das hat sich auch beruhigt, seit er nicht mehr in der vordersten Reihe sitzt …«

Schäfer ging zum Eingang der Laube, räusperte sich, nachdem weder Bergmann noch Frau Born von ihm Notiz genommen hatten, und stellte sich der Frau vor.

»Angesichts der Umstände«, bemühte sich Schäfer, dem brutalen Mord ein sachliches Gewand umzuhängen, »also dass wir es hier mit einem Raub zu tun haben, ist sehr unwahrscheinlich. Auf den ersten Blick gibt es auch keine Einbruchspuren … möglicherweise hat Ihr Mann den Täter sogar selbst ins Haus gelassen.«

Frau Born sah Bergmann an, als erwarte sie eine Übersetzung dessen, was Schäfer eben gesagt hatte.

»Gibt es Bekannte, Freunde, Verwandte, die Ihren Mann regelmäßig besucht haben?«, fuhr Bergmann fort.

Die Frau tupfte sich mit einem Taschentuch die zerflossene Wimperntusche von den Wangen, schnäuzte sich mit abgewandtem Gesicht und schüttelte den Kopf.

»Ein paar alte Parteifreunde … Alfons, sein Schachpartner … unsere Tochter … aber die hat sich schon seit einem halben Jahr nicht blicken lassen …«

»Wäre es Ihnen möglich, eine Liste aufzustellen mit allen Personen, die Ihnen einfallen?«

»Selbstverständlich«, antwortete sie und starrte auf die Tischplatte, bis das Läuten ihres Handys sie aus ihren Gedanken riss. Sie stand auf und stellte sich mit dem Rücken zu den beiden Beamten an das Holzgeländer der Laube. Schäfer sah seinen Assistenten an, hob das Kinn und zog die Augenbrauen hoch, was Bergmann als Frage nach neuen Informationen interpretierte und den Kopf schütteln ließ. Schäfer, der eigentlich wissen wollte, ob die Frau glaubwürdig war, versuchte nun, dem Telefongespräch zu folgen, konnte aber nur ein paar Satzfetzen aufschnappen. Ja … nein … gerade hier … nicht da … zum Glück … ja … beim Pavillon. Als Frau Born auflegte, zerrieb Schäfer gerade ein paar weiße Blüten in seiner Hand, gedankenlos von einem kleinen Strauch gerupft, der in einem Terrakottatopf neben ihm stand. Ein starker Duft stieg ihm in die Nase. Hm, wie der Tee im Chinarestaurant, dachte er und warf die Blütenreste verlegen in die Wiese, nachdem ihm Frau Born einen verständnislosen Blick und das Wort »Jasmin« zugeworfen hatte.

»Meine Schwester … sie ist auf dem Weg hierher … wenn Sie nichts dagegen haben, würde ich gerne …«

»Natürlich«, erwiderte Bergmann im Aufstehen und reichte ihr mit einer leichten Verbeugung die Hand, »wir melden uns bei Ihnen. Und sollte Ihnen inzwischen …«

»Dann rufe ich Sie an, selbstverständlich, Herr Inspektor«, meinte sie beherrscht, begleitete sie ein paar Schritte in Richtung Haus und blieb dann wie angewurzelt stehen. Schäfer und Bergmann hielten ebenfalls inne, wandten sich ihr zu und kauten unschlüssig auf den Lippen. Einen Augenblick später löste sich Frau Born aus ihrer Erstarrung und fiel ihrer Schwester in die Arme, die, von den beiden Polizisten unbemerkt, über den Rasen gekommen und auf sie zugetreten war. Theater, ging es Schäfer durch den Kopf, der sich nicht vorstellen konnte, dass hinter diesem Chanel-, Hermes und Perlenpanzer echte Gefühle wohnten.

Er drehte sich um und bedeutete Bergmann mit einer Kopfbewegung, ihm zu folgen. Während sie zur Vorderseite der Villa gingen, nahm er sein Handy heraus und rief den Gerichtsmediziner an, der sich im Haus aufhielt. Es sprach nichts dagegen, dass sie die Wohnung betraten. Zur Sicherheit sollten sie aber eine Schutzmaske aufsetzen. An der Eingangstür hantierte einer der Forensiker. Schäfer wechselte ein paar Sätze mit ihm und lieh sich dann dessen Maske aus. Bergmann solle inzwischen draußen warten und Kovacs anweisen, mit dem anderen Polizisten die ersten Nachbarn zu befragen.

Umständlich stülpte Schäfer die Gasmaske über – zum letzten Mal hatte er so ein Ding wohl beim Bundesheer getragen – und trat in den Vorraum, der mit seinen geschätzten vierzig Quadratmetern eher den Namen Atrium verdiente. Ein erster Eindruck zeugte von einem offen ausgetragenen

Geschmackskonflikt der Eheleute: An den Wänden wechselten sich goldgerahmte Landschaftsbilder in freudlosen Ölfarben mit großformatigen abstrakten Gemälden ab, der Treppenaufgang in den Oberstock wurde begleitet von Rotwildgeweih und afrikanischen Stammesmasken. Schäfer ging in Richtung Esszimmer, stolperte über ein paar Regenstiefel und konnte sich gerade noch an einer massiven Eichenholzkommode abfangen. Das mit dem eingeschränkten Blickfeld war noch in den Griff zu bekommen. Er querte das Esszimmer, Silberkandelaber auf dem Tisch, wurde wahrscheinlich nur bei größeren Empfängen als solcher genutzt, und betrat das Wohnzimmer, wo Borns Leichnam immer noch neben dem Lederfauteuil in der Position auf dem Boden lag, in der ihn Schäfer zuvor gesehen hatte. Wie ein übergroßer Heiligenschein hatte die Säure rund um die breiigen Reste des Kopfs das Parkett weggeätzt und war bis auf den Estrich durchgedrungen. Teufelszeug, murmelte Schäfer. An der Terrassentür machte sich ein Beamter der Spurensicherung mit einer durchsichtigen Plastikfolie zu schaffen, Koller, der Gerichtsmediziner, hatte den Tatort offenbar schon verlassen. Schäfer schritt langsam den Raum ab. Vor dem offenen Kamin stand eine Sitzgruppe aus weißem Leder, dazwischen ein Couchtisch aus naturbelassenem Buchenholz, auf dem ein Stapel Magazine lag und eine Vase mit weißen Pfingstrosen stand. Bevor er das Anwesen verließ, musste er noch den Gartenschlauch nehmen und die Blumen von seinem Erbrochenen säubern, sagte er sich, während er die Wände entlangging. Hier hatte offensichtlich der Hausherr bei der Dekoration das letzte Wort gehabt: zahlreiche Fotos und gerahmte Zeitungsausschnitte, Born mit ehemaligen Machthabern aus Politik und Wirtschaft, mit den Altherren seiner rechtsextremen Burschenschaft, bei Wahlveranstaltungen, dazu nicht nur die einschlägigen Lobhuldigungen aus parteinahen Zeitungen, sondern auch Artikel, die mit dem ehemaligen Obmann hart ins Gericht gingen: Antisemitismus, Rassismus, Volksverhetzung, Wiederbetätigung, kaum eine rechte Schandtat, derer Born von der Presse nicht beschuldigt worden war. Warum hängte sich jemand so etwas an die Wand? Viel Feind, viel Ehr – ein Wahlspruch, den Schäfer auf einem Bierkrug entdeckte, der neben anderen fragwürdigen Devotionalien in einem Kasten hinter einer Glastür stand; ein Tabernakel aus der Hitlerzeit, der allein schon das Verfahren aufgrund von Wiederbetätigung gerechtfertigt hätte, das Born nach nur zwei Wochen Amtszeit seinen Ministerposten gekostet hatte. Dabei hatte er nur ein paar jungen Neonazis geholfen, ihre Propagandaschriften zu verbreiten; was seine Ehefrau schlichtweg eine unappetitliche Geschichte nannte … Teufelszeug, murmelte Schäfer.

Er ging auf den Forensiker zu und fragte ihn, wo Koller sei. Der Mann sah sich verwundert um und zuckte mit den Schultern. Im Bad vielleicht, rief er dann durch die Maske und widmete sich wieder seiner Arbeit.

Im Bad vielleicht, murrte Schäfer. Was war denn das für ein Forensiker, der mutmaßte, dass ihr Gerichtsmediziner sich im Schaumbad den Leichengestank abwusch und mit der Quietschente turtelte. Schon mal was von Spuren gehört? Dass sich der Täter nach dieser Horroraktion die Hände gewaschen hatte, war doch mehr als wahrscheinlich. Kopfschüttelnd trat Schäfer in den Vorraum, nahm die Maske ab, atmete vorsichtig prüfend durch die Nase ein und rief dann nach Koller.

»Hier!«, kam es vom hinteren Ende des Flurs. Schäfer folgte der Stimme und stand kurz darauf in der Küche. Der Gerichtsmediziner stand an der Anrichte über einen Laptop gebeugt und tippte mit den Zeigefingern auf der Tastatur herum. Koller und Computer, das hätte Schäfer bis zu diesem Tag auch nicht für möglich gehalten. Wortlos ging er zur Spüle und wusch sich den Schweiß ab, den ihm die Gummimaske aufs Gesicht getrieben hatte.

»So eine Sauerei«, wandte er sich Koller zu, während er sich mit einem Geschirrtuch abtrocknete.

»Warte kurz«, wehrte der Gerichtsmediziner ab und tippte konzentriert weiter, was Schäfer mit einem Grinsen beantwortete.

»Du und Computer«, meinte er hämisch, nahm ein Glas aus dem Schrank und füllte es mit Wasser. »Ab jetzt heißt du bei mir mit zweitem Namen Digitalis.«

»Mein Gott, Schäfer, deine Scherze werden auch immer primitiver«, erwiderte Koller und streckte den Rücken durch. »So! Was willst du wissen?«

Schäfer, der mit Koller nun schon seit über fünfzehn Jahren zusammenarbeitete, legte den Kopf schief und öffnete den Mund zu einem debilen Gesichtsausdruck.

»Na gut«, meinte der Gerichtsmediziner, »er ist wohl etwa gegen fünf Uhr gestorben. Oder besser gesagt: Das war ungefähr der Zeitpunkt, zu dem ihm die Säure auf den Kopf gekippt wurde. Sonst wären die Dämpfe nicht mehr so aggressiv gewesen …«

»Heißt, dass er auch an was anderem gestorben sein kann …«

»Ja … könnte genauso gut erschossen worden sein … in den Kopf meinetwegen … aber was hätte es dann gebracht, ihm zusätzlich Phosphorsäure überzugießen … das ist auch für den, der sie handhabt, ein ziemliches Risiko …«

Schäfer sah aus dem Fenster in den Garten, wo einer der Forensiker mit gesenktem Blick langsam über den Rasen schritt wie ein Minensucher.

»Sieht nicht so aus, als hätte sich Born großartig gewehrt«, meinte er dann. »Ich meine: Wenn mir jemand Säure über den Kopf gießen will, dann bleibe ich nicht sitzen wie an der Waschschüssel beim Friseur … gibt's irgendwelche Hinweise, dass er gefesselt worden ist?«

»Nein … vielleicht wurde er bewusstlos geschlagen oder sonst wie betäubt … dafür spricht zumindest, dass seine Muskulatur kaum kontrahiert war …«

»Das soll jemand kapieren … wenn ich jemanden verschwinden lassen will und dafür so eine Säure nehme, gut, alles schon da gewesen … aber als Tötungsmethode … seltsame Botschaft …«

»Was für eine Botschaft?«, wollte Koller wissen.

»Hä?«, fragte Schäfer, der mehr zu sich selbst gesprochen hatte. »Heute laufen deine Nervenleitungen nicht gerade auf Breitband, oder? Einbrechen, ausrauben, erschießen oder erschlagen: eine Sache … hassen, erstechen, erwürgen: auch klar … aber das hier … mehr als seltsam …«

»Na, darum sind wir alle so froh, dass wir dich haben.« Koller nahm seinen Laptop und zwängte ihn in eine lederne Aktentasche, die eindeutig aus der vordigitalen Zeit stammte.

»Gott zum Gruße, Herr Major«, meinte er zum Abschied und verließ die Küche.

»Der war hier schon länger nicht mehr«, murmelte Schäfer und zog gedankenverloren einige Schubladen auf in der Hoffnung, Zigaretten zu finden. Eigentlich und offiziell hatte er mit dem Rauchen aufgehört; doch in Momenten wie diesem, wo es sich über den persönlichen Genuss hinaus auch um ein Ritual handelte, um die bösen Geister auszuräuchern – gut, solche Momente kamen in seinem Leben so gut wie jeden Tag vor, machte er sich nichts vor und ging ins Freie.

»Gibt's schon was?«, fragte er den Forensiker, der jetzt die Alarmvorrichtungen an den Fenstern überprüfte.

»Keine erkennbaren Schäden … das Haus ist abgesichert wie die Nationalbank … entweder der hat einen Schlüssel gehabt oder Born hat ihn selbst hereingelassen.«

»Und die Kameras?«

»Ausgeschaltet … wahrscheinlich auch von Born, weil man einen Code dafür braucht …«

»So«, erwiderte Schäfer, machte ein paar Schritte in Richtung Garten und schrie: »Bergmann!«

Der kam kurz darauf um die Ecke, bedachte seinen Chef mit einem hoffnungslosen Blick und steckte sein Notizbuch in die Jacketttasche.

»Los, fahren wir!«

An prunkvollen und traurig blickenden Villen vorbei fuhren sie in Richtung Gürtel, bis Schäfer seinen Assistenten plötzlich aufforderte, bei der nächsten Gelegenheit zu parken. Bergmann schaute ihn verwundert an, nahm jedoch ohne Kommentar die erste freie Parklücke.

»Was ist passiert?«

»Nichts«, antwortete Schäfer und öffnete die Tür, »haben Sie den Gastgarten da hinten nicht gesehen? Da trinken wir jetzt was.«

»Wenn Sie meinen …«

Sie setzten sich unter einen mächtigen Kastanienbaum und warteten schweigend auf die Bedienung. Nach ein paar Minuten stand Schäfer genervt auf und ging ins Gasthaus.

»Ich habe Ihnen einen gespritzten Apfelsaft bestellt … hoffe, das passt …«, meinte er nach seiner Rückkehr.

»Mit Leitungswasser?«

»Ja, auf einen halben Liter.«

»Danke.«

Schäfer nahm einen Bierdeckel und fing an, einen Würfel daraus zu formen. Der Kellner kam und stellte die Getränke vor ihnen ab.

»Was halten Sie davon?«, fragte Schäfer, nachdem jeder einen großen Schluck getrunken hatte.

»Krank ... Phosphorsäure ... ziemlich böse ... für gewöhnlich will man damit jemanden auslöschen ...«

Eine riesige Wolke schob sich über die Sonne und versetzte den Gastgarten für kurze Zeit in eine seltsame Abendstimmung.

»Er hat ihn nicht gefesselt ...« Schäfer blickte fasziniert in den Himmel.

»Und?«

»Wenn der Täter Born nicht verschwinden lassen wollte ... also auslöschen, wie Sie sagten ... dann kann es doch nur darum gehen, ihn zu foltern ... aber dazu muss man das Opfer wohl fesseln und bei Bewusstsein lassen ... stattdessen hat er ihn wahrscheinlich betäubt ...«

»Wer sagt das?«

»Koller ... wegen der Muskelkontraktion oder so was ...«

»Ich kann Ihnen nicht ganz folgen ...«

»Ich mir auch noch nicht«, gab Schäfer zu und zerriss den Bierdeckelwürfel in mehrere Teile, »wir brauchen auf jeden Fall schnelle Ergebnisse ... wenn sich Mugabe und der Innenminister an dem Fall festbeißen, wird das Ganze wieder ein sinnloses Politikum ...«

»Tut mir leid ... aber zurzeit denken Sie etwas zu schnell für mich ...«

»Born war ein Rechter, ein extremer Rechter, Sie müssen sich mal den Scheiß ansehen, den der in seinem Wohnzimmer hortet ... vor zehn Jahren war das Aas in der Regierung, wenn auch nur für zwei Wochen ... und wer waren die Koalitionspartner damals? Eben die debilen Gesinnungsbrüder von unserem Innenminister ... Sie können sich ja vorstellen, wohin der die Ermittlungen bewegen wird ...«

»Nein.«

»Bergmann! Was wohl … erst wird er uns gegen die linken Autonomen aufhetzen, dann gegen irgendwelche Altkommunisten … und wenn da nichts dabei rauskommt, ist wahrscheinlich der Mossad dran … das meine ich mit Politikum.«

»So habe ich das noch gar nicht betrachtet …«

»Sie haben ja auch die Fußarbeit erledigt … hat Ihnen die Born irgendwas erzählt, das uns weiterbringen könnte?«

»Nicht wirklich.« Auch Bergmann fing jetzt an, einen Bierdeckel zu zerlegen. »Sie wird uns die Drohbriefe der letzten Jahre heraussuchen … die hat ihr Mann alle aufgehoben … das hat ihn offensichtlich stolz gemacht, dass ihn so viele gehasst haben …«

»Irgendein Name?«

»Nein … so, wie ich das einschätze, hat sich Frau Born aus dem politischen Geschäft herausgehalten, so gut es ging … was nicht heißen soll, dass sie es nicht verstanden hat …«

»Weil es da viel zu verstehen gibt, bei diesen Dumpfbacken …«

»Ja, nein … was ich sagen wollte: Sie hat ihn wohl nicht wegen seiner politischen Ansichten geliebt …«

»Born, die Sexmaschine … so habe ich das noch gar nicht gesehen … das könnte doch ein Hinweis …«

»Mein Gott«, meinte Bergmann verzweifelt, »können wir uns nicht Schritt für Schritt voranarbeiten … diese Sprunghaftigkeit … seit Sie diese Tabletten nehmen …«

»Ach, Bergmann … lösen Sie sich doch einmal von den Konventionen. Lassen Sie Ihrem Gehirn freien Lauf …«

»Mein Gehirn muss im Gegensatz zu Ihrem mit seiner natürlichen Menge an Neurotransmittern auskommen …«

»Ah«, sagte Schäfer anerkennend, »Neurotransmitter … Sie haben sich informiert …«

»Natürlich«, erwiderte Bergmann gereizt, »wen treffen denn die Nebenwirkungen?«

»Wollen Sie sagen, dass ich gemein zu Ihnen bin? Ich bringe Ihnen Überraschungseier mit, stelle Ihnen Tulpen auf den Schreibtisch …«

»Eben … wieso machen Sie das? Das sind doch gar nicht Sie …«

»Also bitte: Ich zeige Ihnen meine Wertschätzung und … lassen wir das … wie machen wir weiter?«

»Wir beide?«

»Mit dem Fall, Sie Esel … Entschuldigung.«

»Ach so … die Überprüfung der Telefonate habe ich veranlasst, Kovacs hat mit den Nachbarn begonnen …«

»Gibt's eigentlich Personal?«

»Eine Putzfrau, die dreimal die Woche kommt … eine Köchin, die sie bei Bedarf bestellt … und den Gärtner.«

»Schön«, meinte Schäfer und winkte den Kellner heran, um die Rechnung zu verlangen, »dann setzen wir uns jetzt mit der gesamten Knechtschaft zusammen und besprechen, wer morgen was zu tun hat … Säure … so ein Arschloch …«

Er stand auf, griff in seine Hosentasche, holte eine Handvoll Kleingeld heraus und legte dem Kellner den genauen Betrag auf den Tisch. Der strich die Münzen kommentarlos in seine Geldtasche, räumte den Tisch ab und ging wieder.

»Arschlochservice«, murmelte Schäfer und ging mit dem kopfschüttelnden Bergmann im Schlepptau zum Wagen.

Auf dem Weg ins Kommissariat drückte Schäfer am Autoradio herum, um herauszufinden, ob irgendein Sender den Mord schon in den Nachrichten hatte. Er kam nur bis zu einem Lied von Johnny Cash, das er auf keinen Fall abwürgen wollte. Take this weight from me, let my spirit be unchained. Auch gut – dass die Medien zu spät von der Sache Wind bekamen, musste er ohnehin nicht befürchten. Plötzlich prasselten dicke Regentropfen auf die Windschutzscheibe. Bergmann drückte ungerührt den Hebel für die Scheibenwischer nach oben, während Schäfer erstaunt in den Himmel blickte. Seltsames Wetter für Ende Juni. Grauweiße Wolken, die hastig nach Süden flohen, die Stadt im Wechselspiel mit der Sonne in ein launisches Schattenspiel tauchten, immer wieder ein wenig Regen abschüttelten, als ob es nur darum ginge, auf sich aufmerksam zu machen.

»Ist ja wie im April«, sagte Schäfer zum Seitenfenster und drehte seinen Kopf auf der Suche nach einem Regenbogen.

»Hm«, machte Bergmann und bog auf den Gürtel ein, »wenigstens nicht so heiß.«

Da konnte Schäfer ihm nur zustimmen. Bis jetzt waren sie mit Ausnahme von zwei Tagen von Temperaturen über dreißig Grad verschont geblieben. Und wenn es nach ihm ging, konnte es den ganzen Sommer so bleiben. Denn ebenso launisch, wie er auf Hitze reagierte, missfielen ihm klimatisierte Räume; und in feuchte Leintücher gehüllt nach Mördern zu jagen war auch keine Lösung.

Bergmann hupte den Kleinbus eines Paketdienstes an, der die Einfahrt zur Tiefgarage verstellte. Der Mann im Führerhaus schrieb unbeeindruckt in seiner Mappe weiter. Erst als Schäfer »Weg da, du Penner!« aus dem Fenster schrie und für ein paar Sekunden Blaulicht und Sirene einschaltete, entschuldigte sich der Fahrer mit einer Geste und suchte sich einen anderen Parkplatz.

Auf dem Weg ins Büro rief Schäfer seine Kollegen zusammen und ersuchte sie, in zehn Minuten in den Besprechungsraum zu kommen. Er wollte ihnen einen kurzen Überblick verschaffen, bevor er Kamp über den Fall aufklärte. Sosehr er den Oberst schätzte – aber die Jahre in der Führungsriege und der daraus resultierende ständige Kontakt mit dem Innenminister und anderen polizeifremden Funktionären hatten Kamp unweigerlich infiziert. Manchmal verlor er seinen kriminalistischen Blick und fing an, politische Interessen in die Ermittlungsarbeit einzubringen. Schäfer ärgerte sich oft darüber – andererseits schützte Kamp die Gruppe auch so gut es ging vor diesen Politsoldaten; dafür war Schäfer bereit, ihm einiges nachzusehen, und nannte seinen Hochmut Großmut.

Er füllte den Wassertank der Espressomaschine, ließ zwei kleine Tassen volllaufen und stellte Bergmann eine davon ungefragt auf den Schreibtisch. Rauchen wäre jetzt gut, dachte er, während er mit dem Kaffee in der Hand aus dem Fenster schaute. Mit den Tabletten wird Ihnen das Aufhören leichter fallen, hatte sein Therapeut gemeint. Serotonin und Dopamin und irgendwas mit dem Belohnungszentrum in seinem Gehirn, das auch für sein Suchtverhalten verantwortlich sei. Aber wie sollte die Belohnung, die er für jede Zigarette, die er nicht rauchte, bekam, mit dem Genuss des Rauchens mithalten?

»Sie haben nicht zufällig irgendwo eine Zigarette herumliegen?«

Bergmann schaute ihn nur schelmisch an und hob scheinbar bedauernd die Schultern.

»Na gut … dann starten wir die Maschinen.«

Kovacs, Schreyer sowie Gruppeninspektor Leitner, der erst seit Kurzem zu Schäfers Gruppe gehörte, waren bereits anwesend.

»Wo ist Strasser, der stinkende Affe?«, blaffte Schäfer in die Runde, worauf Schreyer in ein gackerndes Lachen ausbrach.

»Was ist so komisch?« Schäfer schaute den Inspektor erstaunt an.

»Nichts … nur dass …«

»Auf der Uni«, antwortete Bergmann.

»Was macht er da?«

»Seinen BWL-Abschluss … und das nicht erst seit gestern …«

»Na gut, 'tschuldigung.« Schäfer trat an die Wandtafel. »Also: Das Mordopfer heißt Hermann Born … ich muss Ihnen ja nicht erklären, wer das ist, besser gesagt war … ehemaliger Obmann unserer weitum geschätzten Nationalpartei … Kurzzeitminister, den ein Verfahren wegen Wiederbetätigung zu Fall gebracht hat … das macht die Suche nach Motiven einfach, und die Suche nach Tätern umso umfangreicher … außerhalb der rechten Wählerschaft war ihm wohl keiner sehr zugeneigt … was uns weiterhelfen kann bei unseren klassischen großen W …«

»Welche W?«, wollte Schreyer wissen.

»Gott, Schreyer … wer, wo, was, wie, warum … das ist doch während der Ausbildung sicher schon einmal gefallen, oder?«

»Jetzt, wo Sie es sagen …«

»Gut … also das Wie: Born wurde nach den bisherigen Erkenntnissen entweder durch Phosphorsäure getötet oder zuvor ermordet und dann mit der Säure übergossen … warum auch immer … aber das ist eine Vorgangsweise, die den Täterkreis auf jeden Fall einschränkt. Ich werde einen Gerichtspsychiater ins Boot holen, der uns da weiterhilft … aber ich greife vielleicht schon zu weit vor. Morgen steht natürlich die weitere Befragung der Nachbarn, Verwandten und Bekannten an. Außerdem wird uns Borns Ehefrau alle noch auffindbaren Drohbriefe geben, die ihr Mann bekommen hat … das wird erst einmal viel Laufarbeit und Materialsichtung … ich werde mir heute noch überlegen, wen ich wo einsetze … auf jeden Fall brauchen wir jemanden, der sich in wirtschaftlichen Dingen auskennt. Born hat meines Wissens wie die meisten seiner Art einige Aufsichtsrats- und Vorstandsposten und Beteiligungen gehabt …«

»Da wäre Strasser doch genau der Richtige«, meinte Bergmann.

»Stimmt … außerdem hat er gute Kontakte zu den Schwarzen … die werden ihm sicher weniger Prügel in den Weg legen, als sie es bei uns täten …«

»Steine«, unterbrach Schreyer Schäfers Ausführungen.

»Was?«

»Ähm … Sie haben ›Prügel in den Weg legen‹ gesagt … aber eigentlich heißt es ›Steine in den Weg legen‹ …«

»Schreyer! Jetzt schicke ich dich dann zum Drogentest … sei von mir aus bei deinen Recherchen pedantisch, aber lass mir meine Phrasen … also, wo war ich?«

»Dass Strasser sich um Borns Geschäfte kümmern soll«, half ihm Kovacs weiter.

»Genau … dann werden wir natürlich auch die Autonomen durchleuchten müssen … und wenn es nur der Vollständigkeit halber ist …«

»Was ist mit den … also mit jüdischen Verbindungen?«, brachte sich Leitner ein.

»Puh«, stieß Schäfer einen Seufzer aus, »liegt natürlich irgendwie auf der Hand … aber da müssen wir uns eine sehr sensible Herangehensweise überlegen … da stehen die Fettnäpfe dicht an dicht … auch wenn man das laut Duden so nicht sagt, Kollege Schreyer … ich werde jedenfalls heute noch mit Oberst Kamp reden und morgen treffen wir uns um acht Uhr wieder …«

»Entschuldigung«, meldete sich Kovacs zu Wort, »ich habe heute noch keine Zeit gehabt, es Ihnen zu sagen … bei diesem Lkw-Fahrer gibt es eine neue Spur … da würde ich morgen gerne noch ein paar Leute befragen … wenn sich das irgendwie ausgeht …«

Schäfer schaute sie ratlos an. Lkw-Fahrer … ah, klingeling: Lkw-Fahrer – Raststätte Auhof – Pistole Kaliber 22 – fanden sich die Eckpunkte dieses Falls in seinem Kopf zusammen wie die Symbole auf einem einarmigen Banditen.

»Ja, natürlich … gut gemacht … reden wir morgen früh darüber. Also: schönen Abend.«

Keiner der Anwesenden stand auf. Was sollten sie mit dem, was ihnen ihr Vorgesetzter da hingeworfen hatte, anfangen? Wer sollte denn nun was machen? Würde das jetzt ständig so sein? Dass Schäfer sie als lebendiges Back-up nutzte, um seine sich überschlagenden Gedanken zu speichern, bevor er sie vergaß, ohne ihnen mitzuteilen, wie sie sie verarbeiten sollten? Bergmann, der die Unsicherheit der Beamten spürte, rückte als Erster seinen Stuhl nach hinten und meinte, dass die genaue Aufgabeneinteilung am nächsten Tag erfolgen werde. Bis dahin sollten sie sich gefühlsmäßig auf viel Arbeit einstellen. Und noch einmal richtig ausschlafen.

»Danke, Meister Bergmann«, schloss Schäfer und verließ den Raum.

Zurück im Büro, rief Schäfer Oberst Kamp an. Das Festnetz war aufs Handy umgeleitet, Kamp war beim Polizeipräsidenten. Ja, die Pressemeldung sollte auf jeden Fall erst am nächsten Tag hinausgehen. Man müsse da sehr umsichtig vorgehen, um die Spekulationswut der Medien so gut wie möglich im Zaum zu halten.

»Können Sie mich morgen bei der Pressekonferenz vertreten?«, wandte sich Schäfer an Bergmann, nachdem er aufgelegt hatte. »Warum?«

»Weil … na ja … ich fühle mich im Umgang mit der Öffentlichkeit zurzeit ein wenig …«

»Unkontrolliert …«

»Na, wenn Sie es wissen, wieso fragen Sie mich dann?«
»Weil es respektlos wäre, wenn ich es Ihnen von mir aus vorschlage …«

»Sehr diplomatisch … also?«

»Wenn Kamp nichts dagegen hat, sicher.«

»Gut … wollen Sie mit mir heute laufen gehen?«

»Heute? … Lieber wäre mir morgen … ich habe jemanden zum Essen eingeladen und muss noch …«

»Jemanden … also haben Sie jetzt jemanden?«

»So genau kann man das noch nicht sagen …«

»Verstehe … immer schön diskret … aber wenn Sie irgendwann entführt werden und zerstückelt in einem Straßengraben landen, machen Sie mir keinen Vorwurf, dass ich keine Ahnung von Ihrem Beziehungsleben hatte …«

»Ich sperre das erste Weinglas, das mein Gegenüber berührt, immer gleich in den Wandtresor, um Fingerabdrücke zu haben … außerdem werde ich zerstückelt keine Vorwürfe mehr machen können …«

»Ich kann Ihnen nicht folgen … na, dann eben morgen … gehe ich heute halt zu Fuß heim.«

Eine gute Stunde lang besprachen sie die Aufgabenverteilung für den nächsten Tag und wie sie den Medien gegenüber auftreten sollten. Dass Born ermordet worden war: gut, Hass hatte er genug gesät; doch die Vorgehensweise … die war leider zu ausgefallen, als dass sich nicht zumindest ein Journalist einen einprägsamen Spitznamen für den Mörder würde einfallen lassen. Säurekiller, der Ätzer, was auch immer.

Schäfer meldete sich am Empfang ab und verließ das Kommissariat. Es sah nach Regen aus, dennoch ging er die gut sechs Kilometer zu seiner Wohnung zu Fuß. Sonst würde er zu Hause nur wieder unruhig werden, sich unausgelastet fühlen und gegen Mitternacht in der nahe gelegenen Kleingartensiedlung laufen gehen, wo ihn die Woche zuvor ein Hund angefallen hatte, gegen den ihm nur ein gezielter Fußtritt geholfen hatte.

In einem türkischen Geschäft kaufte er Erdbeeren, Tomaten, Oliven, Schafskäse und ein halbes Kilo sehr fetthaltiges Joghurt. Ständig war er hungrig; Gewichtszunahme gab der Beipackzettel als häufige Nebenwirkung an; doch das würde er mit ausreichend Bewegung schon in den Griff bekommen.

In der Wohnung stellte er die Einkäufe ab und öffnete die Balkontür, um frische Luft hereinzulassen. Am Nachbarbalkon stellte ein Mann, den Schäfer nicht kannte, Blumentröge in die Eisenhalterungen an der Brüstung.

»Schönen Abend«, grüßte Schäfer.

»Ah, guten Tag … Sie sind dann wohl der Polizist, ja … ich ziehe hier gerade ein … ist doch gut, wenn man neben einem Polizisten wohnt …«

»Kann ich nicht sagen … habe noch nie neben einem gewohnt.«

»Natürlich … ich heiße übrigens Peter Wedekind …«

»Johannes Schäfer … aber das wissen Sie offenbar schon …«

»Ja … die Maklerin hat gemeint, dass ich mich hier sehr sicher fühlen werde, weil … ja …«

»Ich bin bei der Mordkommission, kein Leibwächter … außerdem ist das doch eine ziemlich sichere Gegend hier …«

»Wahrscheinlich … ich bin ein ängstlicher Mensch, das gebe ich zu …«

»Na dann … ich muss mich um mein Abendessen kümmern … bis demnächst.«

»Ja … hat mich gefreut … Herr … Major …«

Schäfer ging ins Bad, zog sich aus und stellte sich unter die Dusche. Dass er einen neuen Nachbarn bekommen würde, hatte er gewusst. Und nachdem er mit der lebenslustigen Studentin, die zuvor neben ihm gewohnt hatte, bis auf ein paar sporadische Faustschläge gegen seine Schlafzimmerwand immer gut ausgekommen war, hatte er der Ankunft eines neuen Nachbarn mit einer gewissen Spannung entgegengesehen. Und jetzt dieser paranoide Geranienfreund; der beim ersten Sturm, der an den Balkonmöbeln rüttelte, an Schäfers Tür hämmern und ihn bitten würde, in seinem Bett schlafen zu dürfen … mit der Pistole unter dem Kopfkissen. Er trocknete sich ab, zog Shorts und ein T-Shirt an und ging in die Küche, um das Abendessen zuzubereiten. Als er fertig war, horchte er auf den Balkon hinaus. Nichts. Er nahm seinen Teller, ein Stück Weißbrot und eine Flasche Bier und setzte sich damit an den kleinen Balkontisch. Langsam kauen, ermahnte er sich, genießen. Nachdem er fertig gegessen hatte, ließ er sich in den Liegestuhl fallen, nahm einen Schluck aus der Bierflasche und schaute über die Häuserdächer. Wie ein abgeschnittener Fingernagel sah der Mond aus. Aus der Nebenwohnung hörte er seinen neuen Nachbarn Möbel verrücken. Das Folgetonhorn eines Polizeiautos. Er hörte ihm zu, bis es sich irgendwo in den Außenbezirken verlor. Nichts, das ihn etwas anging. Schäfer stellte die leere Bierflasche auf den Boden und zupfte ein Blatt vom Basilikumstrauch, der in der Ecke stand. Ein Geschenk von Isabelle. Die erste Pflanze auf seinem Balkon; mittlerweile hatte er ihr einen Lavendel und einen Oleander zur Gesellschaft gebracht. Und Isabelle? Sie würde nach Den Haag gehen, an den Internationalen Gerichtshof. Eine Berufung, die sie auf keinen Fall ablehnen durfte. Aber sie hätte Nein gesagt, das wusste Schäfer. Er hätte Nein sagen können. Und sie wäre geblieben. Stattdessen … stattdessen hatte er sich dahinter verschanzt, dass sie ihre Entscheidung allein treffen müsse; er wolle ihr auf keinen Fall im Weg stehen, wenn es um ihr berufliches Weiterkommen gehe; wozu solle sie es denn bringen in Wien, in diesem bornierten Männerverein; er hatte ihre Rolle als emanzipierte Frau gegen sie ausgespielt, um nicht zugeben zu müssen, dass er zu feige war, sich auf eine feste Beziehung einzulassen. Denn dass sie das wollte, war ihm klar. Und er? Kinder? Zwanzig Jahre war er jetzt Polizist; und dieser Gedanke kam ihm vor, als schlüge ihm jemand in einem Wiener Wirtshaus vor, frittierte Vogelspinnen zu probieren. Was? Jetzt gleich? Hier? Natürlich war dieses Bild noch irgendwo in seinem Kopf: er mit einer kleinen Tochter auf dem Schoß, im Garten, auf einer Holzbank an der Hausmauer sitzend, den rechten Arm um sie gelegt, die linke Hand an der Stirn zum Schutz vor der Sonne, ui, lag da gar noch ein Hund neben ihnen? Doch dieses Bild war auf altem Fotokarton, mit dem typischen Sepiaton der Verklärung, archaisch und schwer in die Wirklichkeit zu holen, wo das Böse Tag für Tag in echten Farben über die Bildschirme lief. Wie sollte er das ertragen, sein eigenes Kind in dieser Welt zu wissen; doch er wollte Isabelle nicht verlieren, auf keinen Fall; morgen würde er sie anrufen, irgendwie würden sie das schon hinkriegen, bestimmt. Er zerrieb das Blatt zwischen seinen Fingern und roch daran. Basilikum, eindeutig. Er lächelte. Wie er sich im Augenblick fühlte … Glück wollte er dazu nicht sagen. Aber wie sonst sollte man es denn nennen.

3

Es war die Amsel, nicht der Wecker. Dennoch stand Schäfer gleich nach dem Erwachen auf – so konnte er den Tag mit einem langen Frühstück auf dem Balkon beginnen und in aller Ruhe mit Isabelle telefonieren. Er ging ins Bad, rasierte sich, duschte. Mit einem Handtuch um die Hüften und der Zahnbürste im Mund stellte er sich auf die Waage. Drecksding, hämisches Mistvieh, fluchte er leise, putzte die Zähne fertig und ging in die Küche, um aus den Einkäufen vom Vortag ein ausgiebiges Morgenmahl zu bereiten.

Nach einem Joghurt mit frischen Erdbeeren, einer Schinkensemmel, einer Marmeladesemmel und einem weichen Ei setzte er sich mit einer Tasse Tee in den Liegestuhl und nahm das Telefon zur Hand. Den Daumen schon auf der Kurzwahltaste, sah er die Zeit: nicht einmal halb sechs – das konnte er nicht bringen. Sah er eben dem glühend roten Sonnenball zu, wie der sich, unbeirrbar und ganz der souveräne Himmelsriese, der er war, über den Horizont schob und an die Arbeit machte. Nicht schlecht für dein Alter, grüßte Schäfer das Gestirn mit erhobener Teetasse, gab sich noch ein paar Minuten den Strahlen hin und holte dann seinen Laptop aus dem Wohnzimmer. Mal sehen, ob Borns Geist schon in der virtuellen Welt angekommen war. Nachdem Schäfer dessen vollen Namen in eine Suchmaschine eingegeben hatte, bestätigten die ersten beiden Ergebnisse seine Vermutung: Zwei Tageszeitungen brachten die Geschichte als großen Aufhänger auf der Startseite. Der Verräter ist immer der Gärtner, kam es Schäfer in den Sinn, als er sich durch die Bildergalerie klickte. Zuerst ein Porträt des Opfers, dann gleich ein Foto, das einen der Forensiker beim Verlassen der Villa zeigte – um die Gasmaske in seiner linken Hand hatten die Bildbearbeiter einen roten Kreis gezogen. Dass Born vielleicht ganz unspektakulär seinen Kopf in den Gasherd gesteckt haben könnte, kam in den Mutmaßungen des Reporters nicht vor. Hier wurde gleich über Viren und biochemische Kampfstoffe spekuliert. Gut, Schäfer wusste, dass die Zeitspanne zwischen einem unübersehbaren Auftreten der Polizei und einer entsprechenden Pressemeldung die Boulevardmedien und ihre Leser ungleich mehr erregte als Tatsachen – die geile Kluft zwischen Fiktion und Fakten. Was Schäfer tatsächlich überraschte, war, dass sein Handy noch kein einziges Mal geläutet hatte. An der Uhrzeit konnte es nicht liegen. Bei den zahlreichen Gefallen, die er ein paar Journalisten schuldig war, hätte er sich über einen Anruf um halb sieben nicht einmal ärgern dürfen. Am besten, er blockierte rechtzeitig aktiv die Leitung.

»Guten Morgen … Natürlich … Ich auch gerade … Die haben keine Semmeln? … Soll ich dir welche schicken? … Auch wieder wahr … Wie geht's dir? … Das verstehe ich … Na ja, ich bin schon lange nicht mehr umgezogen … Einen alten Baum … Das war ein Scherz, ich fühle mich gut, bis auf … Ja, hab ich … Bis gestern noch ruhig … Hermann Born … Genau der … Dem hat einer Phosphorsäure über den Kopf gegossen … Wenn ich das wüsste, könnte ich den Fall abschließen … Ja, den Namen hab ich schon einmal gehört … Sechsundneunzig? Und der soll den Prozess überleben? … Nein, sicher bin ich dafür, dass so einer verurteilt wird, was glaubst du … Sicher kenne ich die Baumgartner Höhe, ist meine Laufstrecke … Ja, in der Ausstellung war ich vorigen Monat mit einer Schulklasse, habe ich dir eh erzählt … Natürlich … Kommst du am Wochenende? … Verstehe … Ja, stress dich nicht … Ich denke nicht, dass wir den in den nächsten Tagen schnappen … Wäre schön, ja … Ist gut … Jederzeit, und wenn du was brauchst … Mach ich … Du auch … Bis bald.«

Er legte das Telefon weg, atmete tief durch und legte sich die linke Hand aufs Herz. Wie bei einem Teenager, lächelte er wehmütig. Und noch mindestens zwei Wochen … vielleicht konnte er ja eine falsche Spur nach Den Haag legen. Isabelle arbeitete dort gerade an der Anklage gegen einen neunzigjährigen Arzt, der vor ein paar Monaten von Argentinien ausgeliefert worden war. Während des Zweiten Weltkriegs hatte er in einer Klinik auf der Baumgartner Höhe unter dem Vorwand medizinischer Forschung Hunderte Kinder malträtiert, sie mit Pockenviren, Masern und anderen schweren Krankheiten infiziert und dann kontrolliert sterben lassen. Bitte führt die Guillotine wieder ein! Jetzt beherbergte das Klinikgelände eine der größten psychiatrischen Einrichtungen Österreichs – und seit einem Jahr auch eine Ausstellung, die sich den ermordeten Kindern widmete. Vor gut einem Monat hatte Schäfer im Rahmen eines Schulprojekts eine Oberstufenklasse dorthin begleitet. Der anschließende Vortrag, den er penibel vorbereitet hatte, war völlig misslungen. Die Bilder der Toten im Kopf, die verzweifelten Blicke der ausgezehrten und schwer kranken Kinder, wie hätte er da noch sachlich und souverän über die Beweggründe von Schwerverbrechern referieren sollen. Morgen verdorben, dachte er und warf den Rest der Semmel einem Raben zu, der ihn vom Dachsims aus schon längere Zeit aufmerksam beobachtete. Kroah, kroah, doncke, Major. Gleich darauf trat sein neuer Nachbar auf den Balkon und begrüßte ihn überfreundlich.

»Morgen, Herr Wedekind … gute erste Nacht gehabt?«

»Na ja … geschlafen habe ich tief und fest, aber geträumt

habe ich ganz absonderlich, von einem Haus, wo ich mit meiner Tante …«

»Das ist meistens so in der ersten Nacht oder wenn man an einem fremden Ort schläft … das hängt mit der Veränderung zusammen, die das Gehirn erst verarbeiten muss.«

»Kennen Sie sich da aus … ich meine, psychologisch …«

Verdammt, dachte Schäfer, bei dem muss ich wirklich genau aufpassen, was ich sage.

»Nein, gar nicht … geht mir nur selber immer so, wenn ich einmal auswärts übernachte.«

Er steckte sich die letzten verbliebenen Erdbeeren in den Mund, kaute hastig und sah dabei auf seine Uhr.

»Na dann«, meinte er, stand auf und begann, den Tisch abzuräumen, »der Dienst ruft …«

»Viel Erfolg, Herr Major«, erwiderte Wedekind aufmunternd, als wäre er die spanische Königin und Schäfer Columbus beim Aufbruch in den unbekannten Westen.

Schäfer holte sein Fahrrad aus dem Keller und machte sich auf den Weg ins Kommissariat. Kauf dir endlich einen Helm, hatte Isabelle ihn zum wiederholten Mal ermahnt. Nur weil er Polizist war, beschützte ihn das noch lange nicht vor irgendwelchen unzurechnungsfähigen Verkehrsteilnehmern. Sie hat recht, dachte Schäfer, und die Liste mit den Kennzeichen der Autofahrer, die ihm in den letzten Wochen den Vorrang genommen oder sich sonst wie regelwidrig verhalten hatten, würde er demnächst wegwerfen; Windmühlenkampf; er würde noch wie Don Quijote enden, mit dem armen, auf einem klapprigen Esel reitenden Bergmann an seiner Seite.

»Guten Morgen, Sancho Pansa«, begrüßte er seinen Assistenten.

»Guten Morgen … Sie wissen aber schon, dass Sancho der Klügere der beiden war, oder?«

»Natürlich … das gebe ich unumwunden zu … für wann haben Sie die Pressekonferenz angekündigt?«

»Zehn … möchten Sie jetzt doch lieber selbst …?«

»Nein, das machen Sie schon … ist schon was von der Telefongesellschaft gekommen?«

»Nein … gegen Mittag …«

»Gut … na dann … hühott, mein Knappe, auf ins Besprechungszimmer.«

Die Gruppe war vollständig versammelt; kurz nachdem sie begonnen hatten, stieß auch Oberst Kamp hinzu, gab Schäfer wortlos zu verstehen, einfach weiterzumachen, und setzte sich an den Besprechungstisch.

Nach zwei Stunden waren die Wandtafel vollgeschrieben und die anstehenden Aufgaben grob umrissen: Geschäftsunterlagen, Kontobewegungen, politische Verbindungen, Vereinstätigkeiten, mögliche außereheliche Beziehungen … Schäfer führte die Sitzung wie ein manischer Regisseur die Einweisung seiner Schauspieler. Er selbst wollte ab Mittag mit Borns Nachbarn sprechen – Fußarbeit, die seinem Rang nicht entsprach, ihm aber aus zweierlei Gründen zusagte: Zum einen gab er seinen Mitarbeitern das Gefühl, dass er sich auch für Routinejobs nicht zu schade war; und zum anderen würde er in Bewegung sein, anstatt den ganzen Nachmittag am Schreibtisch zu sitzen. Nachdem die Besprechung beendet war, bat Kamp Schäfer in sein Büro.

»Gut gemacht … Sie scheinen sich wieder gefangen zu haben …«

»Ja … es geht mir gut …«

»Sehr schön. Wissen Sie, mir brauchen Sie da nichts vormachen … diese Arbeit … was glauben Sie, wie oft ich daran gedacht habe, alles hinzuschmeißen …«

Schäfer zögerte einen Moment. Was war denn das jetzt? Beichtstunde?

»Warum haben Sie es nie getan?«

Kamp stand auf und stellte sich ans Fenster.

»Warum … wofür sind wir denn sonst gut? … Ich meine das nicht negativ, schon gar nicht bei Ihnen … aber irgendwie ist es uns wohl in die Wiege gelegt … immer ein besserer Mensch sein zu müssen …«

»Entschuldigung?«, meinte Schäfer, der Kamps letzte Worte nicht begriffen hatte.

»Dass man immer ein besserer Mensch sein muss … wenn man diese Arbeit ernst nimmt … das zehrt … da wird man … aber ich will jetzt nicht wehmütig werden … wenn Sie meine Unterstützung brauchen, bin ich jederzeit für Sie da.«

»Vielen Dank, Herr Oberst«, sagte Schäfer verlegen, »das weiß ich zu schätzen.«

Er nahm die Treppe in den ersten Stock hinunter, rätselnd, was Kamp widerfahren war, dass der sich so rührselig zeigte. Das Alter? Gut vierzig Jahre war der Oberst schon im Dienst … das waren bestimmt an die tausend unnatürliche Todesfälle, überschlug Schäfer. Wie viele Tote hatte er selbst denn schon gesehen? Er wollte nicht weiter darüber nachdenken.

Bergmann wirkte angespannt, ordnete nervös seine Unterlagen, kontrollierte wiederholt seinen Stichwortzettel. Schäfer setzte sich schweigsam an den Computer und störte Bergmann nicht in seinen Vorbereitungen. Kovacs hatte ihm um halb sieben ein E-Mail geschrieben: Sie sei auf dem Weg ins Burgenland, um mit einer Frau zu sprechen, die ihnen im Fall des ermordeten Lkw-Lenkers weiterhelfen könnte. Gut, nächstes Mal Absprache vor Abreise, antwortete Schäfer, der Kovacs Ehrgeiz schätzte, die lange Leine aber dennoch manchmal einzog, damit sie nicht übereifrig in die selbst gestellten Fallen lief, die Schäfer nur zu gut kannte. Nicht dass er Kovacs um diese Erfahrung bringen wollte; doch er kannte die immer noch vorherrschende Sichtweise im Polizeiapparat, die bei Fehlgriffen männlicher Beamter unscharf wurde, unterschwellig das männliche Naturell als Entschuldigung heranzog – in der Hitze des Gefechts und so weiter –, und bei Frauen sehr schnell die Kompetenzfrage stellte. Diesen Beschützerinstinkt interpretierte Kovacs freilich anders: Schäfer würde ihr weniger zutrauen, weil sie eine Frau sei, hatte sie einmal wütend gemeint, nachdem er sie an einer gefährlichen Verhaftung nicht hatte teilnehmen lassen. Worauf er sie aus dem Büro gejagt und eine Woche mit dem Parademacho Strasser zusammengespannt hatte. Recht machen kann man es ihnen sowieso nie ganz, murmelte Schäfer, öffnete den Webbrowser und gab in eine Suchmaschine »Säureattentat« ein. Nichts über Born auf der ersten Seite, dafür ganz oben zwei Einträge eines Pharmakonzerns, der ein neues Gel vorstellte, das den Säureangriff auf den Zahnschmelz abwehren sollte. Gleich nach der Werbung die Horrorgeschichten, mit denen Schäfer gerechnet hatte: Ägypter übergießt untreue Ehefrau mit Säure, Model nach Säureangriff durch Exfreund für immer entstellt, afghanische Mädchen nach Schulbesuch mit Säure übergossen, iranisches Gericht spricht Mann frei, der seiner Frau Säure in die Augen geschüttet hatte … Nach einer Stunde musste Schäfer eine Pause einlegen. Benommen ging er zur Espressomaschine, stellte eine Tasse ein und drehte den Schalter. Als er den ersten Schluck nahm, wurde ihm sein Missgeschick schnell bewusst. Er hatte vergessen, frisches Kaffeepulver in das Sieb zu geben. Kopfschüttelnd leerte er die Tasse in die Spüle, wusch sie aus und korrigierte seinen Fehler.

Als Bergmann von der Pressekonferenz zurückkam, fand er seinen Vorgesetzten regungslos auf den Bildschirmschoner starrend vor.

»Irgendwas nicht in Ordnung?«

»Kann man wohl sagen«, antwortete Schäfer abwesend. »Mit diesen Typen ist wirklich was nicht in Ordnung ...«

»Ich kann Ihnen nicht folgen ...«

»Männer, die Frauen mit Säure übergießen ... das scheint bei den islamischen Spinnern fast so üblich zu sein wie bei uns der prügelnde Ehemann ... die Fotos dieser Frauen möchten Sie gar nicht sehen ... ich meine, wenn ein Psychopath mit Frauenhass so was tut ...«

»Was anderes sind die nicht ... Psychopathen ...«

»Ja, schon ... aber was für kranke Moralvorstellungen sind das ...« Schäfer rieb sich mit geschlossenen Augen die Nasenwurzel. »Da möchte man sich ja fast für das Afghanistan-Corps melden ... Taliban abschießen ...«

»Haben Sie auch was gefunden, das uns bei Born weiterhelfen könnte?«, bemühte sich Bergmann, Schäfers Negativspirale zu durchbrechen.

»Nicht wirklich ... aber bei etwa fünfzig Säureangriffen auf Menschen, die ich durchgesehen habe, bin ich nur auf eine Täterin gestoßen ... zumindest statistisch dürfen wir also davon ausgehen, dass wir es mit einem Mann zu tun haben ...« Schäfer klopfte auf die Space-Taste und schloss das Internetprogramm. »Was war bei der PK los?«

»Viel für einen Mord, aber wenig für so einen ...«

»Die Leute sind so abgebrüht ... vor zehn Jahren hätten wir bei so einem Verbrechen ein eigenes Callcenter einrichten müssen ... und heute ... andererseits können wir uns so besser auf die Arbeit konzentrieren ... wenn uns nicht an jeder Ecke ein Reporter auflauert ...«

»Das ist mir überhaupt noch nie passiert«, meinte Bergmann fast bedauernd.

»Ach, das kommt schon noch ... jetzt, wo Sie im Rampenlicht stehen ... gehen Sie mit was essen?«

»Ja … in der Kantine gibt's Dinkellasagne …«

»Brave new world«, meinte Schäfer und nahm sein Jackett vom Haken.

Während sie mit zwei Kollegen vom Dezernat für organisierte Kriminalität beim Essen saßen, besprachen sie den weiteren Tagesablauf. Bergmann hatte im Büro genug zu tun, also würde Schäfer die Befragungen allein durchführen. Kovacs war beschäftigt, die würde sich Schäfer spätestens am nächsten Tag vornehmen. Was Leitner betraf, bat er seinen Assistenten, ein Auge auf ihn zu haben. Er war mit Eifer bei der Sache, keine Frage, aber noch nicht wirklich erfahren in Mordermittlungen. Und Schreyer war sowieso ein eigenes Kapitel. Warum Schäfer ihn protegierte, war allen im Team ein Rätsel, mitunter auch ihm selbst. Dass er einen Narren an ihm gefressen hatte, traf es wohl am besten. In mancher Hinsicht war der junge Inspektor einfach nicht zurechnungsfähig; die ihn gar nicht mochten, bezeichneten ihn gar als grenzdebil. Doch Schäfer war anderer Ansicht: Er nahm bei Schreyer eher eine milde und praktische Form des Autismus wahr. Wenn er ihn etwa ins Archiv schickte, um alte Akten zu durchforsten, konnte er sich darauf verlassen, dass Schreyer kein Name, kein Datum, kein Kennzeichen, einfach gar nichts entging. Außerdem war Schäfer der Meinung, dass sein Team wie eine Theatergruppe funktionierte. Darin war Schreyer zweifelsohne die Idealbesetzung in der Rolle des Dezernattölpels; und wenn er ihn versetzen ließ oder gar kündigte, würde möglicherweise ein Idiot nachrücken, der wirklichen Schaden anrichtete.

Nach dem Essen ging Schäfer noch einmal ins Büro, um seine Dienstwaffe zu holen. Dass er sie brauchen würde, glaubte er nicht – aber das Gefühl der Nacktheit, das er ohne sie hatte, behagte ihm noch weniger als das zusätzliche Gewicht und die Schweißränder unter dem Lederriemen. Auf dem Weg in die Tiefgarage überlegte er, mit dem Rad in den neunzehnten Bezirk zu fahren. Das waren gut zehn Kilometer. Sein Anzug wäre verschwitzt, er würde keinen allzu seriösen Eindruck machen. Leicht verstimmt öffnete er die Tür des Dienstautos, rückte den Fahrersitz zurecht und startete den Motor. Eine halbe Stunde später stellte er den Wagen in der Nähe von Borns Haus ab, ging noch einmal die Liste der zu befragenden Nachbarn durch und machte sich auf den Weg. Wie oft hatte er schon in den Villen von Wiens reichsten Menschen zu tun gehabt; und immer noch fühlte er sich seltsam beklommen, wenn er an den mächtigen Gartentoren anläutete oder wie jetzt seinen Finger auf einen goldenen, blank geputzten Klingelknopf drückte.

»Jaaaaa?«, meinte eine Frau Mitte fünfzig und schaute ihn verwundert an, als wäre er ein Hausierer für Schuhbänder und Hosenträger.

»Grüß Gott, Frau Varga ... Major Schäfer, Kriminalpolizei ... dürfte ich kurz Ihre Zeit beanspruchen, um Ihnen ein paar Fragen zu Ihrem Nachbarn Hermann Born zu stellen?«

»Ja, schrecklich, was da passiert ist«, sagte sie, trat zur Seite und ließ ihn eintreten, »haben Sie denn schon jemanden in Verdacht?«

»Ähm, noch nicht ... Sie?«

»Wie meinen?«

»Haben Sie einen Verdacht, wer Herrn Born so gehasst haben könnte, dass er ihn ermordet hat?«

»Aber nein, wo denken Sie hin«, antwortete sie und ging in den Salon voraus. »Darf ich Ihnen etwas anbieten, Herr ...«

»Schäfer ... nur ein Glas Wasser ... das wäre sehr nett.«

»Con gas o senza gas?«, fragte sie und entfernte sich auch schon.

»Ganz egal«, antwortete Schäfer und fragte sich, was die

Frau dazu bewog, in ihrer eigenen Wohnung Stöckelschuhe und unzenweise Goldschmuck zu tragen.

»Hier bitte.« Sie stellte ihm das Glas hin, setzte sich und legte die Hände über Kreuz.

»In den letzten Wochen …«, begann Schäfer und drückte die Mine aus seinem Druckbleistift, »ist da hier in der Gegend irgendetwas Ungewöhnliches passiert … in der Art, dass Sie länger darüber nachgedacht haben oder vielleicht sogar jemandem davon erzählt haben?«

»Bei Familie Possnigg … in der Villa schräg gegenüber«, meinte sie nach einer längeren Pause, »ist vor zwei Wochen der Alarm ausgelöst worden … das hat sich allerdings als technischer Defekt herausgestellt … ansonsten … nicht, dass ich wüsste …«

»Und irgendwelche Dinge, die Ihnen vielleicht vor Monaten oder sogar Jahren zu denken gegeben haben … über die Sie mittlerweile nicht mehr nachdenken?«

»Ich verstehe Sie nicht ganz, Herr Inspektor.«

»Na ja … dass Sie sich einige Male über etwas im Umfeld der Familie Born gewundert haben … und weil es keinerlei negative Konsequenzen oder Überraschungen gab, haben Sie es einfach hingenommen, ohne weiter darüber nachzudenken … eine Ihnen fremde Person, die immer wieder in der Nähe war oder die Borns besucht hat … etwas, das von der alltäglichen Routine abwich …«

»Eine dunkle Limousine«, erwiderte sie zu Schäfers Überraschung, »ein schwarzer Mercedes oder BMW, wenn ich mich recht erinnere … den habe ich immer wieder einmal durch das Tor fahren sehen … wahrscheinlich ein Politfreund … ich habe nie jemanden erkannt, da die Scheiben sehr dunkel waren …«

»Können Sie sich an ein Kennzeichen erinnern?«

»Es muss ein Wiener oder ein Diplomatenkennzeichen

gewesen sein … alles andere hätte ich mir bestimmt gemerkt …«

»Wie eng war Ihr Kontakt zu Hermann Born beziehungsweise zu seiner Frau? Haben Sie miteinander gesprochen oder sich regelmäßig getroffen?«

»Ich würde es als Nachbarschaft comme il faut bezeichnen.« Die Frau rutschte ein wenig nach links und zog ihren Rock zurecht. »Wenn wir einen Empfang gegeben haben, waren sie zumeist eingeladen … es sei denn, es hat sich um den engen Familienkreis gehandelt … aber das als Freundschaft zu bezeichnen, so weit würde ich nicht gehen.«

Schäfer machte sich Notizen und suchte in ihrem fast maskenhaften Gesicht nach Zeichen von Anspannung oder Erregung. Wobei: Die alte Schule des Mimiklesens, das Erkennen von unwillkürlichen Bewegungen der Lippen, Augenbrauen oder Nasenflügel – sie wurde mehr und mehr zum Zufallsspiel, seit Lifting, Botox und Tranquilizer zum weiblichen Standardtuning gehörten und die Gesichtsmuskulatur sich von den Emotionen emanzipiert hatte.

»Wie ist man denn hier in der Nachbarschaft Herrn Borns politischer Arbeit und seinen Ansichten gegenübergestanden?«

»Ach, Herr Inspektor … Politik ist Politik und Schnaps ist Schnaps, wenn ich das so burschikos formulieren darf … sehen Sie: Mein Mann war selbst lange Zeit im Ministerium, allerdings bei den Sozialdemokraten … und bis auf ein paar kleinere Scharmützel wurde das immer eher sportlich gesehen.«

Nach einer Dreiviertelstunde entschied sich Schäfer dafür, die Befragung zu beenden. Ihm war heiß und seine Konzentration ließ nach. Er trank sein Glas leer, bedankte sich bei Frau Varga für ihre Mithilfe und verabschiedete sich. Bevor er ans nächste Interview ging, setzte er sich auf eine Bank im Schatten einer riesigen Ulme, um die eben erhaltenen Informationen zu überdenken und seine Mitschrift zu ordnen. Eine schwarze Limousine … dass so etwas in dieser Gegend hier überhaupt auffiel … bei einem alten Opel, ja … Schäfers Telefon unterbrach seinen Gedankenfluss.

»Bergmann, was ist? … Ich mache gerade eine Nachdenkpause … Und? Haben Sie den Anrufer ermittelt? … Ich hasse Wertkartenhandys … Ja … Sicher … Hat die Spurensicherung irgendwas Neues? … Bis jetzt nicht wirklich. Eine schwarze Mercedeslimousine mit getönten Scheiben soll immer wieder mal bei der Einfahrt hinein … Was die Born betrifft: Zu der haben Sie sicher den besseren Draht. Können Sie die nochmals befragen? … Sehr gut … Na ja, ihre Nachbarin hat auch das Landhaus am Semmering erwähnt, in dem Frau Born die letzten paar Tage war … Ich möchte wissen, wann sie in den letzten Monaten nicht in Wien war … Da fällt Ihnen schon etwas ein, Sie sind ja eh so diskret … Was treibt die Knechtschaft? … Sehr gut … Nein, im Moment fällt mir nichts ein … Laufen? … Ja, gerne … Muss ich eigentlich nicht, Sie können mich direkt zu Hause abholen … Gut, bis später, Bergmann.«

Schäfer drückte auf die Abbruchtaste und legte sein Handy auf die Bank. Born hatte einen Anruf erhalten; etwa drei bis vier Stunden vor seinem Tod, von einem Wertkartentelefon mit österreichischer Nummer. Natürlich musste das nichts heißen, aber sie würden den Anrufer ermitteln müssen. Eine Aufgabe, in die sich Schreyer verbeißen konnte, dachte Schäfer und stand auf, um zur Villa gegenüber zu gehen.

Kurz vor sieben beschloss er, genug geleistet zu haben. Fünf Befragungen, dazu drei Nachbarn, die er wohl am nächsten Tag aufsuchen musste, da sie nicht zu Hause gewesen waren.

Die Antworten, die er erhalten hatte, waren fast auffällig deckungsgleich. Niemand wollte Born etwas Schlechtes nachsagen, keiner konnte sich erklären, wer zu so einer Tat fähig sei … die Diskretion, mit der Schäfer in den vergangenen Stunden konfrontiert gewesen war, ähnelte schon der Verschwiegenheit, auf die er in der Wiener Unterwelt immer wieder stieß. Dennoch: Immerhin zwei der Befragten gaben auf seine Nachfrage an, dass ihnen die schwarze Limousine aufgefallen war, konnten aber keine genaueren Angaben dazu machen. Hoffentlich würde ihm Borns Witwe darüber Klarheit verschaffen können – zu viele unbekannte Variablen machten Schäfer nervös.

Er stieg in den Wagen, fuhr bis zur nächsten Umkehrmöglichkeit und machte sich auf den Nachhauseweg. Als er auf dem Gürtel im Stau stand, überlegte er, ob er nicht doch ins Kommissariat fahren sollte, um mit seinen Mitarbeitern die ersten Ermittlungsergebnisse zu besprechen. Doch dann würde er das Laufen streichen müssen. Schauen Sie auf sich, hatte ihm sein Therapeut geraten. Schäfer bog vom Gürtel ab und parkte zwanzig Minuten später vor seinem Wohnhaus.

4

Kurz vor acht läutete Bergmann an der Haustür. Schäfer bat ihn herauf, da er sich noch nicht fertig umgezogen hatte. Während er im Wäschekorb nach einem halbwegs sauberen Laufdress suchte – wann würde er sich endlich eine Putzfrau suchen? –, wärmte sich Bergmann im Vorraum mit Dehnungsübungen auf.

»Das werden Sie auch nötig haben«, meinte Schäfer und schnupperte an einem zumindest äußerlich sauberen T-Shirt, »letztes Mal sind Sie ja ganz schön eingegangen.«

»Schlechten Tag gehabt«, entgegnete Bergmann mit angespannter Miene, »heute überrunde ich Sie.«

»Wenn ich Ihnen eine Runde Vorsprung gebe, vielleicht.« Schäfer schob seinen Assistenten aus der Wohnung und versperrte die Tür.

Auf der Fahrt zu den Steinhofgründen tauschten sie sich über die Ermittlungsergebnisse aus, die noch nicht einmal im Ansatz auf einen Verdächtigen hinwiesen. Schreyer war auf die Telefonnummer angesetzt, Strasser wühlte sich durch Borns Geschäftsverbindungen, Leitner war mit Befragungen beschäftigt. Gab es irgendwelche Ergebnisse von den Forensikern oder aus der Gerichtsmedizin?

»Nichts, was auf ein gewaltsames Eindringen hinweist ... die Alarmanlage war deaktiviert, die Kameras ebenfalls ... sieht tatsächlich so aus, als hätte Born seinen Mörder freiwillig ins Haus gelassen. Von Koller ist noch nichts Neues gekommen ...«

»Verstehe ... da vorne ist ein Parkplatz frei ...«

Bergmann stellte den Wagen an der Mauer ab, die die Steinhofgründe umgab, legte die Lenkradsperre ein und stieg aus. Sie liefen sich ein und steigerten dann langsam ihr Tempo, bis ihnen das Reden schwerfiel. Für ein effizientes Training waren sie zu schnell unterwegs, das war ihnen beiden klar – doch seit Schäfer wieder regelmäßig Sport trieb, hatte sich auch wieder der Wettkampfcharakter ihrer gemeinsamen Laufrunden eingestellt. Als sie an der Otto-Wagner-Basilika vorbeikamen, sah Schäfer das Plakat, das auf die Ausstellung in einem der Pavillons der psychiatrischen Anstalt hinwies. Das Telefonat mit Isabelle, so schließt sich der Tageskreis, dachte er beim Anblick des ausgezehrten Mädchens, das von einem amerikanischen GI mit Rotkreuz-Binde aus dem Gebäude getragen wurde. Hier hatte der Arzt gewütet, dem jetzt am Internationalen Gerichtshof in Den Haag der Prozess gemacht wurde. Dass dieser über sechzig Jahre nach seinen Verbrechen ausgeliefert werden konnte, war auch dieser Ausstellung zu verdanken. Zwei deutsche Journalisten hatten sich nach deren Besuch auf die Spur des Folterers gesetzt und ihn schließlich in Buenos Aires gefunden. Wie war jemand zu so etwas fähig? Und wer bringt es fertig, diesen Wahnsinn heute noch zu verteidigen, gedachte Schäfer des jüngst verblichenen Hermann Born.

Ein Mann mit ungepflegtem Vollbart, in Socken und in einem hellblauen Schlafanzug kreuzte ihren Weg, unverständlich vor sich hin murmelnd und gierig an einem erloschenen Zigarettenstummel saugend. Ein Patient der Psychiatrie, war sich Schäfer sicher und wurde von einer in letzter Zeit sehr seltenen Schwermut befallen. Dieser riesige wilde Park, durch den sie liefen, ein einziger bipolarer Zustand, wo sich die zahlreichen Obstbäume der herrschenden Hoffnungslosigkeit in der Klinik entgegenzustemmen schienen, indem sie im Frühjahr wie manisch erblühten, größer, duftender und üppiger als anderswo. Und wie nah war Schäfer selbst vor Kurzem diesem Zustand aussichtsloser Verzweiflung gewesen. Hatte sich schon als einer der tragisch in sich gekehrten Menschen gesehen, die ihm beim Laufen regelmäßig unterkamen. Die Depressiven, Schizophrenen, Suchtkranken, deren Zustand ihnen meist nicht einmal erlaubte, ihre Kleidung dem Wetter anzupassen. So zogen sie barfuß durch den Schneematsch, hüllten sich im Juli in dicke Jacken, zwischen den Fingern erloschene Zigarettenstummel, an denen sie gierig saugten. War es schlicht Glück gewesen, das ihn vor einem derartigen Schicksal bewahrt hatte? Doch was wäre es schon gewesen im Vergleich zu dem, das den Hunderten Kindern während des Krieges hier heroben widerfahren war. Schäfer hielt an einem Brunnen und hielt den Kopf unter das fließende Wasser.

»Gesund ist das nicht«, ermahnte Bergmann ihn.

»Aber das geringere Übel.«

Bevor sie zurück zum Wagen gingen, machten sie an einem Holzzaun ein paar Dehnungsübungen, schweigsam und auf das Ziehen in den Muskeln konzentriert.

»Ist irgendwas?«, wollte Bergmann wissen, als sie langsam den Wilhelminenberg hinabfuhren.

»Nein … doch … die Ausstellung ist mir wieder eingefallen … wo ich vorigen Monat mit der Schulklasse war …«

»Hat mir auch ein paar schlimme Träume beschert …«

»Sie waren auch dort?«

»Ja … letzte Woche …«

»Freiwillig?«

»Wie man's nimmt … auf jeden Fall ist Ignorieren und Wegschauen auch eine Form der Wiederbetätigung, oder?«

»Wie wahr … bis morgen«, sagte Schäfer und drückte die Wagentür auf.

»Ja, bis morgen«, erwiderte Bergmann mit einem gezwungenen Lächeln.

Gleich nachdem er die Wohnung betreten hatte, schlüpfte Schäfer aus seinem Laufdress und stellte sich unter die Dusche. Doch die Schwermut, die auf ihm lastete, ließ sich nicht abwaschen wie die Salzkrusten auf dem Gesicht. Mit einem Glas Wasser und einem überreifen Pfirsich setzte er sich auf den Balkon. Ihm war übel, und er war froh, als sein Nachbar auf den Balkon trat.

»Müde?«

»Ja ... war ein anstrengender Tag ...«

»Soll ich Sie massieren?«

»Wie bitte?«

»Ich bin Heilmasseur ... klassische Massage, psychoenergetische, Shiatsu ...«

Schäfer wollte ablehnen; er fühlte sich wie ein gestrandeter Wal in seinem Liegestuhl; andererseits: Tun Sie sich etwas Gutes, Herr Schäfer.

»Na ja ... wenn es Ihnen keine Umstände macht ...«

»Überhaupt nicht ... ich muss ohnehin wieder langsam in Übung kommen ...«

»Na gut ... soll ich zu Ihnen hinüberkommen?«

»Wäre am besten, da haben wir den Tisch«, meinte Wedekind und ging in die Wohnung, um Schäfer die Tür zu öffnen.

Die Einrichtung war noch etwas karg, aber durchaus geschmackvoll. Fast weiblich, dachte Schäfer, als er die orange- und türkisfarbenen Wandteppiche betrachtete. Wedekind ließ die Jalousien herunter. Schäfer solle sich auf den Tisch legen, Bauch nach unten, Hände neben das Gesäß. Langsam und gleichmäßig atmen, ganz entspannt liegen. Während Schäfer tat wie ihm geheißen, legte sein Nachbar eine CD mit indianischer Musik ein. Heya, heya, heya, heyayaya … wo bin ich denn hier gelandet, dachte Schäfer, während Wedekind mit dem Handballen sanft auf seinen Nacken einzudrücken begann. Als er das Gleiche bei Schäfers Steißbein tat, bekam der völlig unerwartet eine Erektion.

»Ihre Libido ist blockiert«, meinte Wedekind nüchtern, wobei Schäfer genau den gegenteiligen Eindruck hatte.

Doch womöglich hatte sein Nachbar recht. Isabelle hatte er zuletzt vor vier Wochen gesehen. Und wenn er es sich recht überlegte: Wann hatte er denn zuletzt mit einer Kellnerin geflirtet oder auch nur einer Frau hinterhergesehen? Er hatte keine Lust, das war es wohl; auf dem Beipackzettel ebenfalls als Nebenwirkung angeführt; doch mit dieser hatte Schäfer nicht gerechnet.

Mit einem leisen »Danke« teilte Wedekind dem fast schon schlafenden Schäfer nach einer knappen Stunde mit, dass die Behandlung beendet sei. Doch er solle noch so lange liegen bleiben, bis er wieder ganz bei sich sei.

»Chmm«, machte Schäfer und zwang sich nach ein paar Minuten, die Augen zu öffnen und aufzustehen.

»Sie sind gut in Form, aber ziemlich verhärtet.« Wedekind hielt Schäfer eine Tasse hin.

»Ich fühle mich aber gerade ziemlich weich … das war eine Wohltat, danke.«

»Gern geschehen … wann immer Sie möchten.«

»Nur wenn ich Ihnen dafür den üblichen Stundensatz zahlen darf«, sagte Schäfer und trank das lauwarme Ingwergetränk in einem Schluck.

»Beim nächsten Mal … dieses Mal geht aufs Haus.«

»Na, dann sage ich doppelt Danke … und jetzt werde ich mich wohl hinlegen … gute Nacht, Herr Nachbar.«

»Gute Nacht, Major.«

Obwohl Schäfer wie erschlagen war, gelang es ihm nicht, einzuschlafen. Diese Ausstellung … der Blick auf das Plakat hatte wie ein Schlag unterhalb der Kniescheibe funktioniert, das Entsetzen war nach oben geschnellt; die alltäglichen Leichen, egal in welchem Zustand, vermochten diesen Reflex nicht mehr auszulösen … aber Kinder, wie konnte jemand so mit Kindern umgehen? Er wälzte sich ein paarmal herum und stand schließlich auf, um sich vor dem Fernseher abzulenken. Bei einem Verkaufssender, auf dem ein vorgealterter, solariumoranger Mann unter Aufputschmitteln einen Universalmixer anbot, blieb Schäfer hängen. Zuerst landeten die üblichen Gemüsesorten in verschiedenen Plastikaufsätzen … ein Knopfdruck und Suppe. Doch als der Verkäufer einen Avocadokern und dann eine Handvoll Betonschutt in den Mixer warf und dieser alles zu feinem Staub verarbeitete, richtete sich Schäfer auf und sah der Präsentation mit wachsendem Interesse zu. Zu guter Letzt schrieb er sich den Namen des Geräts auf einen Notizzettel, stellte den Fernseher auf lautlos und nahm das Telefon. Er suchte die Nummer seiner Nichte aus dem Adressbuch und drückte die Wähltaste. Er ließ es läuten, bis die Mailbox kam, und legte auf, ohne eine Nachricht zu hinterlassen. Dann eben ihren Vater.

»Hallo, Jakob … Wieso soll ich nicht schlafen können, darf ich meinen Bruder nicht mehr anrufen … Gut, dir? Hast du Dienst? … Wer ist denn gestorben? … Bienenfeld? Nein, sagt mir nichts … Okay, natürliche Ursache? … In seiner Ordination? Und da hat ihm niemand geholfen? … Verstehe, wie alt war er? … Trotzdem früh … Wie geht's Lisa? … Habt ihr wieder gestritten? … Nein, bestimmt nicht … Vielleicht zieht sie ab und zu an einem Joint … Aber nie in dem Ausmaß, wie wir das betrieben haben, liebes Brüderlein … Natürlich ist das mit den eigenen was anderes, aber … Behaupte ich auch gar nicht … Aber im Vergleich zu den Jugendlichen, die ich hier so mitbekomme, fällt Lisa in die Kategorie brav bis spießig … Also mach dir nicht zu viele Sorgen … Ja, ich rede mit ihr, versprochen … Na dann, entspannten Dienst noch und bau keinen Kunstfehler … Grüß Lisa von mir … Und natürlich auch Monika … Servus.«

Schäfer legte das Telefon weg und musste über die Sorgen seines Bruders lächeln. Wenn alle Mädchen in diesem Alter so wie Lisa wären, müsste man sich keine Sorgen um die Zukunft der Welt machen. So liebenswürdig, feinfühlig und großzügig – wenn er selbst je eine Tochter bekäme, würde er sich wünschen, dass sie so wie Lisa wäre. Er ging in die Küche und durchsuchte die Anrichte nach Schokolade oder anderen Süßigkeiten. Nichts. Wo war denn die Familienpackung Mannerschnitten hingekommen, die er vor ein paar Tagen gekauft hatte? Er zog das T-Shirt hinauf, packte mit beiden Händen das Fettgewebe unterhalb seines Nabels zwischen Daumen und Zeigefinger und zog daran. Er musste wirklich Obacht geben.

5

Den Kopf umwölkt von den Traumresten einer unruhigen Nacht, erschien Schäfer im Kommissariat. Sollte er seinem Therapeuten am Nachmittag von der Ausstellung auf der Baumgartner Höhe erzählen? Dass er sich freiwillig gemeldet hatte, die Schulklasse dorthin zu begleiten? Sie sollten sich nicht noch zusätzlich zu ihrer Arbeit dem Schrecken des Todes aussetzen – etwas in der Richtung würde ihm der Therapeut vorwerfen, zu dem er inzwischen nur mehr alle zwei Wochen ging. Was sollte er denn tun? Nicht hinsehen war auch eine Form der Wiederbetätigung, wie Bergmann treffend bemerkt hatte. Außerdem hing doch alles zusammen: die Mörder und ihre Opfer, die eine Grausamkeit mit der anderen; und wenn man den Tod einmal zum Reiseleiter gewählt hatte, musste man sich nicht über die Orte wundern, an die er einen führte. Er warf dem Psychiater ja auch nicht vor, dass er sich ständig mit Irren umgab.

Als er gerade dabei war, die Gruppe zur Morgenbesprechung zusammenzurufen, rief Kamp an. Er solle noch eine halbe Stunde warten; zwei Männer vom Verfassungsschutz würden vorbeikommen, da ein politisches Motiv nicht auszuschließen sei.

»Großartig … das heißt dann wieder einmal, dass wir jeden Schritt mit ihnen abstimmen dürfen und doppelt so lange für alles brauchen«, raunte Schäfer Bergmann zu.

»Vielleicht nehmen sie uns auch Arbeit ab …«, erwiderte Bergmann gelassen, weil er wusste, dass sein Chef noch nie mit irgendjemand anderem jeden Schritt seiner Arbeit abgestimmt hatte.

»Sie nehmen uns Arbeit weg und finden das heraus, was sie herausfinden wollen …«

»Sie fürchten, dass uns Mugabe wieder hineinpfuscht …«

»Genau«, gab Schäfer mürrisch zu. Zwischen dem Polizeipräsidenten und ihm gab es ein stilles Abkommen, sich nicht mehr als nötig zu befehden. Beide hatten sich in jüngster Vergangenheit ein paar Fehltritte geleistet, die – einmal publik gemacht – mit ihren Ämtern nicht vertretbar wären. Dabei sah Schäfer seine eigenen Entgleisungen natürlich als den Zweck heiligende Mittel, die letztendlich dazu geführt hatten, zwei Mörder zu überführen. Und der Polizeipräsident, der den renitenten Schäfer allzu gerne in die Provinz versetzt hätte, war von diesem leider mit einem der beiden Täter beim Abendessen gesehen worden. Ob die Bekanntschaft mit dem obersten Exekutivbeamten des Landes einem Mörder geholfen hatte, so lange unentdeckt zu bleiben? Dafür hatte Schäfer gar nicht erst nach Beweisen gesucht. Ein Anruf bei der Presse, und der Polizeipräsident wäre aus seinem imperialen Büro katapultiert worden wie ein Kampfpilot aus einer abgeschossenen Mig. So hatten sie es bei dieser Pattstellung belassen, und wenn Mugabe wieder einmal an Schäfers Bauern rüttelte, knurrte der genauso grimmig wie jener, wenn ihm der Major an den Turm pinkelte.

Ein Kollege von der Spurensicherung hatte ihm ein E-Mail mit dem Betreff »Borns Porn« geschickt. Sie hatten den Laptop des Mordopfers durchsucht und waren auf eine ansehnliche pornografische Sammlung gestoßen – allerdings unbedenklichen Inhalts, wie es der Beamte formulierte: keine Kinder, keine Tiere, keine realen Gewaltszenen. Glück gehabt, sagte sich Schäfer, und dachte dabei weniger an die Ermittlungen als vielmehr an seinen Kollegen, der ebenfalls in therapeutischer Behandlung war, weil ihn das, was er regelmäßig auf konfiszierten Computern fand, in tiefe Verzweiflung gestürzt hatte.

Eine halbe Stunde vor dem Besprechungstermin suchte Schäfer Kovacs in ihrem Büro auf.

»Haben Sie mir wenigstens eine Flasche Roten mitgebracht von Ihrem Ausflug ins schöne Burgenland?«, begrüßte er sie halb vorwurfsvoll.

»Verbotene Geschenkannahme«, erwiderte Kovacs trocken, rückte vom Schreibtisch weg und holte eine Papiertasche zwischen ihren Füßen hervor, die sie Schäfer hinhielt. »Intensive rotbeerige Nase, Anklänge von Blutorangen, Veilchen und etwas Waldboden … den Rest habe ich vergessen …«

»Ah«, meinte Schäfer überrumpelt, nahm die Tasche entgegen und ignorierte das dümmliche Grinsen von Schreyer, der sich von seinem Bildschirm gelöst hatte und ihnen nun seine gesamte Aufmerksamkeit widmete. »Also … ja … danke. Und die Arbeit? Was haben Sie gemacht da unten?«

Kovacs drehte ihren Sessel zu Schäfer hin und kaute auf ihren Lippen. Dann griff sie zu einem Schnellhefter und reichte ihn Schäfer, der pro forma darin herumzublättern begann.

»Vor zwei Jahren hat der Mann mit seinem Lkw ein kleines Mädchen überfahren … sie war sofort tot … die Mutter ist mit dem Tod ihrer Tochter nicht fertiggeworden und seitdem die meiste Zeit in der Psychiatrie …«

»Rache also«, schloss Schäfer und legte die Dokumente zurück auf den Schreibtisch. »Und wer?«

»Weiß ich nicht … die Verwandten der Frau leben in der Nähe von Oberwart … nach dem Unfall ist sie dorthin zurückgegangen und hat eine Zeit lang bei ihren Eltern gelebt … bis es nicht mehr gegangen ist …«

»Bruder, Vater, Onkel«, trieb Schäfer sie an, »lassen Sie sich nicht alles aus der Nase ziehen …«

»Von den männlichen Verwandten kann es keiner gewesen sein … die haben alle ein Alibi … außerdem ist der Lkw-Fahrer nie verurteilt worden, weil die Kleine ohne zu schauen mit ihrem Roller auf die Straße gefahren ist … der war ja völlig fertig …«

»Scheiße, so was … aber warum sind Sie dann überhaupt dorthin?«

»Weil wir sonst nichts finden«, gab Kovacs zu. »Der Mann hat bei seinen Kollegen den Spitznamen Samariter gehabt … gutmütig, hilfsbereit, keine Drogen, keine Prostituierten, kein Glücksspiel …«

»Nichts, von dem wir wissen … der Täter hat ihm zwar alle Wertsachen gelassen, aber das heißt nicht, dass es nichts gegeben hat, das für ihn wertvoll war …«

»Was zum Beispiel?«

»Keine Ahnung … irgendetwas Belastendes … ein Foto … ich weiß es nicht … vielleicht war er Zeuge von irgendeinem anderen Verbrechen … zur falschen Zeit am falschen Ort … kommen Sie jetzt … Schreyer, hast du schon was über die Telefonnummer herausgefunden?«

Schreyer sah Schäfer aus schwarz geränderten Augen an, deren Lider auf Halbschlaf standen.

»Nichts bis jetzt … und es wird wahrscheinlich auch nicht viel werden. Das Handy ist erst vor vier Wochen gekauft worden.«

»Hast du die Nacht durchgearbeitet?«

»Hmh … kann man so sagen …«

»Sehr fleißig … dann nimm dir jetzt eine Decke und leg dich in irgendeinen Park …«

»Ich will aber in keinem Park schlafen … wie sieht denn das aus …«

»Na von mir aus, such dir eine Couch oder geh nach Hause … vor zwei will ich dich hier jedenfalls nicht mehr sehen.«

Dass Schäfer dem Inspektor eine Ruhepause befahl, war nur zur Hälfte seiner Sorge um dessen Wohlergehen geschuldet. Wie viele andere geistige Grenzfälle lief Schreyer nämlich gerade in Zeiten völliger Übermüdung zu Höchstform auf, und die konnten sie zurzeit sehr gut gebrauchen. Doch bei einer ausführlichen Besprechung in Anwesenheit von zwei dezernatsfremden Beamten wollte Schäfer den Inspektor nicht dabeihaben. Intern wussten sie alle mit seinen sonderlichen Bemerkungen umzugehen – doch von außen wollte Schäfer seine Truppe nicht als Freakshow belächelt wissen.

Auf dem Weg ins Besprechungszimmer trafen sie auf Leitner, der seinen Vorgesetzten kurz unter vier Augen sprechen wollte.

»Was gibt's?«, wollte Schäfer wissen, nachdem er Kovacs vorausgeschickt hatte.

»Ich wollte Ihnen das sagen, bevor wir mit denen vom Verfassungsschutz zusammensitzen …«

»Was sagen?«, fragte Schäfer, worauf Leitner seinen Notizblock aufklappte.

»1997 hat ein Student namens Xaver Plank einen Säureanschlag auf Borns Auto verübt … seine Eltern haben die Sache über einen außergerichtlichen Vergleich aus der Welt geräumt.«

»Das hat Born zugelassen?«

»Vermutlich, weil Plank senior in der Partei war …«

»Na ja … zwischen Auto und Kopf ist halt schon ein ziemlicher Unterschied … aber wir werden uns den Mann auf jeden Fall vornehmen … gute Arbeit, Leitner … auch dass du das nicht gleich vor allen hinausposaunt hast …«

Die Besprechung wurde weit weniger schlimm, als Schäfer erwartet hatte. Die beiden Beamten ersuchten ihn nur, die jeweiligen Ermittlungen miteinander abzustimmen und sie über Neuigkeiten so schnell wie möglich zu informieren. Schäfer versprach ihnen bestmögliche Kooperation und sah aus dem Augenwinkel Kamp, der ihn mit einem argwöhnischen Blick bedachte. Gut, ihm konnte er nichts vormachen.

Über die Vorgehensweise, die Schäfer anschließend vorschlug, waren sich alle einig: die Befragungen fortsetzen, wirtschaftliche Verbindungen durchleuchten, politische Widersacher unter die Lupe nehmen, Borns Vergangenheit, seine Jugend, seine Ehe, seine vorherigen Beziehungen … zum Schluss erwähnte Schäfer noch die schwarze Limousine, über die Frau Born hoffentlich Aufschluss geben konnte. Allerdings wollten sie die Witwe auch nicht zu sehr bedrängen, da sie mit den Vorbereitungen für die Beisetzung und den ganzen notariellen Angelegenheiten ohnehin schon unter Druck stand.

»Wann wird die Leiche freigegeben?«, wollte Kamp wissen.

»Ich rede heute mit Koller …«

»Wir dürfen die Säure nicht außer Acht lassen«, brachte sich Bergmann ein. »So einfach ist die auch nicht zu bekommen …«

»Wir werden alle relevanten Einrichtungen dahingehend überprüfen«, meinte einer der Verfassungsschutzbeamten und machte sich eine Notiz. »Wir sollten auch noch unsere IT veranlassen, uns einen geschützten Bereich im Intranet zu verschaffen, über den wir alle Informationen laufen lassen.«

»Kümmere ich mich darum und gebe euch dann Bescheid«, erwiderte Bergmann.

Zurück im Büro, rief Schäfer den Gerichtspsychiater an. Vielleicht konnte der ihm in Bezug auf das Tatmuster und den Charakter des Mörders weiterhelfen. Sie vereinbarten, sich nach Dienstschluss zu treffen, um sieben in einem Lokal im fünfzehnten Bezirk, zwei Häuser neben der Ordination des Psychiaters. Nachdem er aufgelegt hatte, nahm Schäfer ein paar Münzen auf dem Schreibtisch und begann, sie hin und her zu schieben. Eine reduzierte Art einer systemischen Aufstellung, hatte Bergmann einmal gemutmaßt, ein Austarieren der Energiefelder, ähnlich den morphogenetischen Feldern, die der Physiker Sheldrake … keine Ahnung, war Schäfers Antwort gewesen, auf dem Tisch ist es einfacher zu verschieben als im Kopf. Er platzierte Born als Zwei-Euro-Stück in der Mitte und umkreiste es mit einem Ein-Euro-Stück. Er musste ihn betäubt haben … sonst wäre die Sauerei am Tatort viel schlimmer gewesen … oder zuvor erschossen, erschlagen, erwürgt … Schäfer griff zum Telefon.

»Koller, du lüsterner Greis … Hör zu: Wäre es möglich, dass wir es mit zwei Tätern zu tun haben? … Dass ihn einer getötet hat und dann ein zweiter … Nur ein Gedanke … Weil mir die Vorgehensweise so unlogisch erscheint … Ach, und wann? … Na gut, dann komme ich da auch nicht weiter … Danke … Ja, wasch dir die Hände davor …«

»Was ist das für eine Theorie mit den zwei Tätern?«, wollte Bergmann wissen.

»Jetzt keine gute mehr … ich habe mir überlegt, ob wir dieses paradoxe Vorgehen vielleicht ganz einfach erklären können, wenn wir von zwei Tätern ausgehen: einer, der ihn niederschlägt … und der andere, der dann mit der Säure anrückt …«

»Aber?«

»Koller ist sich ziemlich sicher, dass Born an den Einwirkungen der Säure gestorben ist … allerdings braucht es noch irgendwelche Analysen ... also müssen wir uns jetzt darauf konzentrieren, welche Symbolik hinter dieser Hirnauslöschung steht ...«

»Wenn es eine gibt ...«

»Was denn sonst?«

»Eine falsche Fährte ... eine absichtliche Inszenierung, um uns in die Irre zu führen ...«

»Danke für die Motivation, Bergmann ... hm, leider haben Sie recht. Das müssen wir in Betracht ziehen ... wann sind Sie heute bei Frau Born?«

»Um zwei ...«

»Vergessen Sie bitte nicht, sie nach dem schwarzen Mercedes zu fragen ... und wann genau sie in den letzten Monaten in ihrem Landhaus war ...«

»Hab ich mir schon notiert ...«

»Sie sind ein Genie ... ich gehe jetzt zur Spurensicherung, um mir Borns Pornosammlung anzusehen ...«

»Viel Spaß«, erwiderte Bergmann, und Schäfer war sich nicht sicher, ob er den anzüglichen Unterton in Bergmanns Stimme hineininterpretiert hatte oder nicht. Eher schon; sie hatten beide schon genug entsprechendes Material gesichtet, um zu wissen, dass sich dabei so gut wie nie auch nur ein Funken Erotik entzündete. Schäfer wollte sehen, was Born gesehen hatte. Rechtsextreme, Reaktionäre, Faschisten, Fundamentalisten ... in den meisten Fällen verbargen sie in einem dunklen Winkel genau das, wogegen sie wetterten, wovor sie sich fürchteten, was sie aufregte und manchmal auch erregte.

Er holte sein Fahrrad aus der Tiefgarage und kettete es zehn Minuten später vor den Laboren der Spurensicherung an einen Laternenpfahl. Auf der Treppe in den ersten Stock begegnete er einem Biochemiker, den er seit gut zehn Jahren kannte und der ihn bei jedem erneuten Aufeinandertreffen ansah, als sei ihm sein Gegenüber völlig fremd. Wenn er es nicht wieder einmal vergaß, wollte er den Gerichtspsychiater später zu diesem seltsamen Phänomen befragen. Im Arbeitsraum der Forensiker roch es nach Strom, Chemie und Männern.

»Wollt ihr nicht einmal ein Fenster aufmachen, ihr Zombies?« Schäfer trat hinter einen der Anwesenden, der gleichzeitig auf vier Bildschirmen arbeitete.

»Schäfer, du Kriminalfossil ... was glaubst du, warum es in einem forensischen Labor eine spezielle Lüftung gibt, hä? Sporen, Verunreinigungen ... sei froh, dass wir so was wie dich hereinlassen.«

»Jaja ... also, wo sind die blonden Busenbomber in den SS-Uniformen?«

»Nichts dergleichen«, meinte der Techniker und zog einen Laptop heran, »da, dieser Ordner ... dahinten ist ein freier Tisch, wo mein vierjähriger Sohn ab und zu sitzt ... da kannst du nichts anstellen ...«

Schäfer nahm den Laptop und setzte sich an den ihm zugewiesenen Schreibtisch. Nachdem er die ersten paar Bilddateien durchgesehen hatte, konnte er nicht anders als lachen. Born, der in unzähligen Ansprachen die Umvolkung der Österreicher wie ein Damoklesschwert über dem Land hatte pendeln lassen, stand offensichtlich auf Afrikanerinnen. Was Aussehen und Alter betraf, dürfte er nicht wählerisch gewesen sein: Korpulente Fünfzigjährige fanden sich auf der Festplatte ebenso wie gazellenhafte Frauen im jüngeren Alter. Ob eine der Abgebildeten minderjährig war, konnte Schäfer nicht beurteilen; doch als pädophil wollte er Born auf keinen Fall bezeichnen. Auch die gut fünfzig Filme waren vergleichsweise harmlos und, nach dem jeweiligen Vorspann zu urteilen, legal erhältlich. Also nichts, was sich nicht irgendwann auch auf den Festplatten so gut wie jeden geschlechtsreifen Mannes fand.

»Was ist mit seinem E-Mail-Verkehr?«, rief er seinem Kollegen zu.

»So gut wie gar nichts ... diesbezüglich hat er wirklich noch zur alten Generation gehört«, antwortete der Techniker, trat neben Schäfer und öffnete einen weiteren Ordner.

»Die kannst du alle ins Mailprogramm ziehen ... sind nicht einmal fünfzig.«

»Ist irgendwas gelöscht worden in den letzten Tagen?«

»Nein, deutet nichts darauf hin ...«

»Danke ...«

Schäfer las die E-Mails durch, die zu neunzig Prozent Antworten auf fremde Nachrichten waren. Borns Tochter, der Schachkollege, ein paar Namen, die Schäfer nicht kannte und in seinem Notizblock festhielt.

Er sah auf die Uhr. In einer Stunde hatte er seinen Termin. Und wenn er in der Praxis seines Therapeuten keinen Schwächeanfall erleiden wollte, musste er davor noch etwas essen. Er nahm den Laptop und stellte ihn seinem Kollegen auf dessen Schreibtisch zurück.

»Vielen Dank, R2-D2, und bis demnächst ...«

»Ja, schleich dich ...«

Schäfer sperrte sein Fahrrad auf und fuhr in Richtung seines Therapeuten. Auf halbem Weg hielt er bei einem japanischen Lokal, wo er sich in den Gastgarten setzte und eine Sushibox bestellte. Während er die Misosuppe löffelte, dachte er an Born und seine sexuellen Vorlieben. Hatte der Alte sich damit begnügt, sich auf die schwarzen Schönheiten einen herunterzuholen, oder gab es Kontakte, die darüber hinausgingen? Gab es eigentlich in Wien ein Bordell, das sich auf Dunkelhäutige spezialisierte? Aber das wäre zu riskant gewesen.

Der Nazi im Afropuff ... so blöd war nicht einmal Born, dass er dafür seinen Ruf aufs Spiel gesetzt hätte. Wie auch immer: Sie würden nicht umhinkommen, seine Frau deswegen zu befragen. Schäfer legte die Stäbchen ab und nahm sein Telefon.

»Bergmann ... jetzt wird's heikel. Nach dem zu urteilen, was ich auf Borns Computer gesehen habe, stand der alte Knabe auf die ganz und gar nicht arische Rasse ... Genau ... Und ... Touché, Bergmann, Sie werden die Born etwas vor den Kopf stoßen müssen ... Ganz dezent natürlich ... Was soll ich Ihnen dafür schulden, ich bin Ihr Vorgesetzter ... Die Flasche Muskateller? Die habe ich Ihnen doch längst schon ... Na gut, Sie bekommen morgen zwei von diesem Tussigesöff ... Danke und viel Glück!«

Mit einem schadenfrohen Grinsen aß Schäfer sein Sushi fertig, bezahlte und machte sich auf den Weg. Die Uhr im Wartezimmer zeigte ihm, dass er eine Viertelstunde zu früh war. Das passierte in letzter Zeit häufig. Womöglich lag es an den fehlenden Zigaretten, deren Rauchzeit noch in seinem Zeitsystem gespeichert war. Er nahm sich ein medizinisches Journal und blätterte es durch, bis er auf einen Artikel über Gehirnschäden bei Gewaltverbrechern stieß. Bestimmt interessant, dachte er sich und legte das Magazin wieder beiseite, nachdem er in der ersten Spalte auf zu viele ihm völlig fremde Wörter gestoßen war. Die Tür zum Behandlungszimmer ging auf, der Therapeut bat Schäfer herein.

»Glauben Sie, dass Sie diese Ausbrüche so weit unter Kontrolle haben?«, fragte ihn der Therapeut, nachdem sie Schäfers Wutausbrüche der letzten Wochen besprochen hatten.

»Ich denke, ja ... wenn es nicht schlimmer wird ...«

»Ängstigt Sie das?«

»Ich mich selbst? ... Nein, manchmal ist es mir peinlich ...

ich meine: Ich soll ein Vorbild für die Gesellschaft sein … und da macht es sich nicht so gut, wenn ich jugendliche Migranten als stinkendes Tschuschenpack beschimpfe …«

»Das haben Sie getan?«

»Ja … ich weiß nicht, woher diese Ressentiments plötzlich kommen … gleichzeitig geht es mir so gut wie schon seit einer Ewigkeit nicht mehr …«

»Man könnte sagen, Sie fühlen sich besser … im doppelten Sinne …«

»Genau«, Schäfer lächelte, »ich fühle mich zurzeit wirklich besser als die meisten anderen … das nennt man wohl Überheblichkeit.«

»Solange Sie niemandem Schaden zufügen, sollten Sie sich darüber keine zu großen Sorgen machen. Natürlich wäre es besser, wenn Sie sich in dieser Umstellungsphase mehr Zeit für sich nehmen und Konflikten so weit wie möglich aus dem Weg gehen … aber das ist wohl wenig realistisch, oder?«

»Was soll ich tun? Die Menschen hören einfach nicht auf, sich umzubringen … und ich verstehe es auch … ich bin darin ausgebildet, meine Wut nicht in blinde Aggression umschlagen zu lassen, aber …«

»Vielleicht hilft es Ihnen, wenn Sie verstehen, was zurzeit in Ihrem Kopf vorgeht …«

»Ich weiß ziemlich genau, was da oben vorgeht … ist schließlich mein Kopf …«

»Ich meine eher den medizinischen Aspekt … Ihr limbisches System, also der Teil in Ihrem Gehirn, in dem sich wesentliche Prozesse abspielen, die Ihr Gefühlsleben betreffen … schon minimale Änderungen im Stoffwechselhaushalt dieses Systems wirken sich massiv auf Ihr Empfinden aus … und die Medikamente, die ich Ihnen verschrieben habe, greifen ebendort ein …«

»Sie meinen, ich habe meine Tage … nur viel länger …«

»Vereinfacht ausgedrückt, ja«, sagte der Therapeut und musste lachen, »nur ist es bei Ihnen nicht das Östrogen, sondern das Serotonin, das Noradrenalin und andere körpereigene Chemikalien …«

»Kann das schlimmer werden? Ich meine: Ist es möglich, dass ich die Kontrolle über mich verliere? Immerhin trage ich eine Waffe …«

»Stellen Sie sich das wie eine Badewanne vor, in die Sie warmes Wasser einlaufen lassen. Bisher hat bei Ihnen sozusagen der Stöpsel gefehlt und das Wasser ist einfach ausgelaufen. Mit den Medikamenten haben wir den Abfluss verstopft. Jetzt geht es Ihnen besser, weil Sie entspannt baden können. Aber ganz genau geregelt sind die Zuflussgeschwindigkeit und der Überlauf eben noch nicht … Sie sind dabei, sich an einen neuen Zustand anzupassen … das braucht Zeit … und die Medikamente helfen Ihnen dabei, aber die Therapie und Ihr Umgang mit sich selbst sind mindestens ebenso wichtig …«

»Was soll ich tun?«

»Beobachten Sie sich … achten Sie darauf, aus welchen Anlässen Sie jähzornig werden … welche Situationen und welche Personen eine Rolle spielen … und wenn Sie auf Distanz zu sich selbst gehen können, wird es Ihnen auch gelingen, sich besser zu kontrollieren.«

»Also soll ich keine zusätzlichen Medikamente nehmen?«

»Nein, würde ich vorerst nicht … aber wenn Sie das Gefühl haben, die Kontrolle zu verlieren, melden Sie sich umgehend.«

Als Schäfer ins Kommissariat zurückfuhr, bewegten sich seine Gedanken so schnell, dass er ihnen nicht folgen konnte. Dieses ganze Gerede über sein Gehirn hatte ihn wirr gemacht. Und am Abend sollte er noch dazu den Gerichtspsychiater treffen, um abermals über diese seltsame Substanz zu reden, die ihn so unter ihrer Fuchtel hatte. Er sollte lieber mit ein paar Kollegen Billard spielen gehen und sich ein Bier zu viel genehmigen. Das hatte die Dinge schon oft ins Lot gebracht. Auf dem Gürtelradweg blieb er bei einer Bank stehen, setzte sich hin und rief Isabelle an. Sie meldete sich nicht, also sprach er ihr auf die Mailbox. Ab neun wäre er zu Hause.

»Wo ist mein Wein?«, begrüßte ihn Bergmann.

»War es so schlimm?« Schäfer tätschelte seinem Assistenten die Schulter.

»Na ja ... was sie gesagt hat, war das eine: Was uns einfiele, mit solchen obszönen Verdächtigungen das Andenken ihres Mannes in den Dreck zu ziehen, blablabla ... aber das hatte eindeutig was Theatralisches, und sie musste sich sehr anstrengen, überrascht zu wirken ... ich glaube, dass sie eine Ahnung hatte und die einfach ganz weit hinten in ihrem Gehirn abgelegt hat ...«

»Jetzt fangen Sie auch schon mit dem Gehirn an ... was für eine Ahnung?«

»Weiß ich nicht ... eine Geliebte ... dass er zu den Nutten gegangen ist ...«

»Was ist mit dem Auto?«

»Konnte sie gar nichts dazu sagen ... schwarze Limousinen würden dort ständig verkehren, schon möglich, dass ihr Mann einmal von einem Freund besucht worden ist, der so ein Auto besitzt ...«

»Da kann ich ihr nicht unrecht geben ... haben Sie die Tage, an denen sie am Semmering war?«

»Nein ... hat sie noch nicht geschafft ... und jetzt könnte es wohl etwas länger dauern ...«

»Bergmann ... dass Sie immer in jedes Fettnäpfchen treten müssen ...«

»Das ist ja wohl die Höhe. Sie haben ...«

»War doch nur ein Scherz ... darf ich Ihnen vielleicht einen Kaffee machen, Herr Kollege?«

»Lieber wäre mir ein Tee.«

Kurz vor sechs kam Leitner vorbei und berichtete über die Ergebnisse seiner Befragungen. An Feindschaften hatte es Born auf keinen Fall gemangelt. Aber keine der Personen, deren Namen im Laufe der Gespräche gefallen waren und die er anschließend überprüft hatte, entsprach im Entferntesten jemandem, der zu so einem Verbrechen fähig war. Er legte Schäfer eine Liste auf den Schreibtisch, die dieser höflichkeitshalber überflog.

»Was ist mit dem Dings, dem Studenten?«

»Xaver Plank ... der kommt morgen Vormittag ... sieht das alles offensichtlich sehr entspannt.«

»Na gut ... gibt's von Strasser etwas Neues?«

»Ähm ... mir hat er nichts erzählt ...«

»Erste Ergebnisse morgen Mittag«, erklärte Bergmann, »bisher hat er nichts gefunden.«

Nachdem Leitner das Büro verlassen hatte, lehnte Schäfer sich zurück und schloss die Augen.

»Wenn wir ehrlich sind, dann haben wir noch gar nichts«, meinte er gähnend, »also nichts, was wir uns nicht zusammenreimen können.«

»Er ist ja auch erst vorgestern umgebracht worden ...«

»Stimmt«, gab Schäfer verwundert zu, »kommt mir schon viel länger vor.«

Um sieben verließ er das Kommissariat, um sich mit dem Gerichtspsychiater zu treffen. Wie er es geahnt hatte, war er mit dem Treffen überfordert. Was der Mann aus der vollständigen Zerstörung des Gehirns alles ableiten konnte ... der Sitz der Seele in Gehirn oder Herz, Bräuche der Kannibalen, Rituale der Maya, Experimente der Nazis ... und wie half ihm das bitte bei der Tätersuche weiter? Schäfer war froh, als ein Kollege des Psychiaters das Lokal betrat und sich zu ihnen an den Tisch setzte. Er bestellte noch ein kleines Bier, um nicht unhöflich zu erscheinen, und ließ die beiden schließlich allein.

6

Wenn Schäfer länger als zehn Minuten unter der Dusche zubrachte, ohne dass er davor in der Gerichtsmedizin gewesen war … dann, weil ihm die Gedanken durchgingen und er die Zeit vergaß. Weil sich etwas in seinem Kopf eingenistet hatte, das nun still vor sich hin brütete, ohne dass er wusste, was oder wo genau. Wie diese seltsamen sich drehenden Kreise und Fraktale auf seinem Bildschirmschoner, so ging es da oben zu, zu schnell, um ihre Wege zu verfolgen, zu verwirrt, um daraus einen verwertbaren Zusammenhang herzustellen. Vor allem nicht nach dem, womit er sein Gehirn in den letzten Tagen gefüttert hatte. Auch angestrengtes Nachdenken hilft da wenig, sagte er zu seinem Spiegelbild, davon bekommt man einen hochroten Kopf und die Adern treten einem auf die Schläfen wie den schneidigen Rittern, die das Schwert Excalibur aus dem Fels zu ziehen trachten. Verbissen und selbstsüchtig gelangt man nicht an dieses hehre Ziel, einzig das Vertrauen in die weisen Fügungen der Geschwister Zufall und Schicksal kann einen auf den Thron des Wissens heben. Wohlan, tapferer und selbstloser Junker, nun ran an den Gral.

Als er aus dem Bad ins Wohnzimmer ging, sah er den Regen die Dachfenster herabrinnen. Nichts mit dem Fahrrad. Und obwohl sein Dienstwagen noch vor der Tür stand, beschloss er, die U-Bahn zu nehmen. Der Straßenverkehr und seine üblichen Teilnehmer, zurzeit nichts für sein Gemüt. Den Weg von der Haustür zur U-Bahn legte er im Laufschritt zurück; für einen Regenschirm fühlte er sich noch nicht alt genug.

»Essen Sie das noch?«, fragte er Bergmann, als er ins Büro kam und auf dem Schreibtisch seines Assistenten ein halbes Marzipancroissant liegen sah.

»Eigentlich schon … haben Sie nicht gefrühstückt?«

»Doch, aber offenbar zu wenig.«

»Nehmen Sie's«, meinte Bergmann seufzend und sah sein Croissant in Sekundenschnelle in Schäfers Mund verschwinden.

»Köschtlich … wo gibt's die?«, schmatzte Schäfer und ging zur Espressomaschine.

»In der Bäckerei bei der U-Bahn … wie war Ihr Treffen mit dem Psychiater?«

»Mit welchem … ach so … na ja … wenig ergiebig … die sind immer so theoretisch … bei Ihnen was Neues?«

»Ja … Frau Born hat uns ganz wider Erwarten ihren Kalender geschickt … also die Tage, an denen sie am Semmering war …«

»Und?«

»Nichts ›und‹ … bis jetzt habe ich nichts, womit ich die Daten in Zusammenhang bringen könnte … weder über die schwarze Limousine noch über irgendwelche Besuche …«

»Wo sind die Bankauszüge?«

»Hat Strasser …«, meinte Bergmann, und als er Schäfer zum Telefon greifen sah: »Brauchen Sie gar nicht probieren. Der ist bei der OMV …«

»Was macht er da … Benzin schnüffeln?«

»Born war vor seiner Zeit im Nationalrat dort beschäftigt …«

»Wirklich? Ich habe die immer eher bei den Sozis gesehen …«

»Sind sie auch … deswegen war Born dann auch schnell weg vom Fenster …«

Das Telefon läutete. Plank war eben eingetroffen, der

Mann, der in seiner Studentenzeit Borns Wagen mit Säure übergossen hatte; ob sie ihn in den Vernehmungsraum bringen sollten? Nein, ins Besprechungszimmer, bislang war er nur Auskunftgeber. Schäfer trank seinen Kaffee aus, nahm sich einen Notizblock und verließ das Büro.

Wenn der was damit zu tun hat, befördere ich Schreyer zum Leutnant, dachte Schäfer, als er Plank sah. Ein gutmütig wirkender Mann in seinem Alter, weiches Gesicht, lichtes blondes Haar, runde Hornbrille, zerknitterter Leinenanzug … völlig außerhalb des Täterprofils – selbst wenn sie noch kein aussagekräftiges erstellt hatten. Er redete eine knappe Stunde mit dem Mann und ließ ihn wieder gehen. Sein Anschlag auf Borns Auto war nichts als eine zornige, überschießende Reaktion auf dessen damalige Wahlkampagne gewesen. Schäfer erinnerte sich: Die Nationalisten hatten damals Hunderte Anzeigen gegen Unbekannt eingebracht, weil ihre Wahlplakate regelmäßig zerstört worden waren. Was Wunder – Schäfer selbst hatte einmal nach einem Bier zu viel den Faserstift gezückt und Born einen Hitlerbart aufgemalt. Ein Auto mit Säure zu übergießen war zwar etwas gröber – aber nach über zehn Jahren nichts, das eine weitere Ermittlung gegen Plank rechtfertigte. Als Schäfer ihn fragte, ob er sich an irgendeinen Mitstreiter erinnere, der zu solch einer Tat fähig wäre, verneinte Plank, ohne überhaupt nachgedacht zu haben. Schäfer konnte es ihm nicht verübeln. Vom damaligen Innenminister angestachelt, waren einige Polizisten zu jener Zeit nicht gerade sanft mit den linken Studenten umgegangen. Und jetzt einen von ihnen zur Zusammenarbeit mit ebenjenen zu überreden … keine Chance.

Auf dem Weg zurück ins Büro traf Schäfer mit Strasser zusammen, der mit einem Stapel Unterlagen zu ihnen unterwegs war. Er hatte sich die Füße wund gelaufen und den Mund fusselig geredet, das sah Schäfer seinem stolzen Gesicht an. Erreicht hatte Strasser aber bestimmt so gut wie nichts – sonst hätte er bei erstbester Gelegenheit den Polizeipräsidenten angerufen und sich bei ihm wichtiggemacht; so weit kannte Schäfer den strebsamen Chefinspektor schon.

»Und … Fall gelöst?«, fragte er ihn und schnalzte mit der Zunge.

»Damit kann ich leider nicht aufwarten … aber ich habe eine Menge brauchbarer Informationen zusammengetragen.«

»Na dann …«, antwortete Schäfer und hielt Strasser die Tür zum Büro auf.

Eine halbe Stunde hörte Schäfer Strassers Vortrag zu, dann klinkte sich sein Gehirn aus und ging seine eigenen Wege. Dieses Faktenwühlen war nicht seine Art. Es blockierte wichtige Verbindungen … das war wie in den kommenden Wochen beim Urlaubsreiseverkehr: Alle standen stundenlang im selben Stau und dann fanden sie sich erst recht am selben Ziel wieder. Mainstream … er musste sich etwas anderes überlegen.

»Geben Sie mir die Kontoauszüge«, meinte er, als Strasser zwischen Borns Aufsichtsratsjob in einem halbstaatlichen Unternehmen und seiner Präsidentschaft in einem Schützenverein gerade eine Pause einlegte.

»Sicher«, erwiderte Strasser, legte eine prall gefüllte Klarsichtfolie auf den Schreibtisch und wartete, bis ihn Schäfer oder Bergmann zum Weiterreden aufforderte.

»Ich bin zwei Stunden weg«, erklärte Schäfer, nahm die Kontoauszüge sowie die Liste von Frau Born und stand auf. »Gute Arbeit, Strasser … Kollege Bergmann sagt Ihnen dann, wie es weitergeht.«

Ohne seinen Assistenten anzusehen, verließ Schäfer das Büro – er bemerkte dessen vorwurfsvollen Blick auch so. Doch was half es, wenn er hinter seinem Schreibtisch nur unruhig wurde und nichts weiterbrachte. Er brauchte Bewegung; außerdem hatte er Hunger.

Über den Ring spazierte er bis zum Volksgarten, wo er sich auf eine Kaffeehausterrasse setzte und einen griechischen Salat bestellte, der dort mediterran hieß. Fast hätte er eine Frau neben ihm um eine Zigarette gebeten. Mit nervösen Fingern blätterte er die Kontoauszüge durch … was machte er nur falsch, dass er sich trotz seines vergleichsweise hohen Ranges nicht annähernd solcher Zahlen erfreuen konnte … und das war nur ein Girokonto … da schienen Borns Anleihen, Aktien und Beteiligungen gar nicht auf. Vielleicht doch ein ganz banaler Geldmord? Irgendwelche Betrügereien, Hinterziehungen … bei solchen Summen war es doch mehr als wahrscheinlich, dass im Gegenzug irgendjemand sehr viel verloren hatte.

Die Kellnerin wartete, bis er den Tisch freigeräumt hatte, und stellte den Salat ab. Als Schäfer das Besteck aus der Papierserviette schälte, läutete sein Telefon.

»Schäfer … Ah, Leitner, wo treibst du dich herum? … Brav … Ja, was ich von dir brauche: Haben wir einen verlässlichen Informanten im Zuhältermilieu? … Den Kratky … Also eigentlich suche ich eher wen, der sich in besseren Kreisen bewegt … Hm … Was heißt, dass er sauer auf uns ist? … Na, sehr toll, wer hat das verbockt? … Na, was frage ich auch noch … Mugabe, der Arsch … Probieren kann ich's ja … Wenn du Zeit hast, könntest du bei der Spurensicherung vorbeischauen, ob da was weitergeht … Und drei Nachbarn müssen noch befragt werden, da weiß Bergmann Bescheid … Klar … Gut, danke einstweilen.«

Mürrisch spießte Schäfer eine Tomate und ein Stück Schafskäse auf. Wie konnte jemand Polizeipräsident werden, der keine Gelegenheit ausließ, ihr Tagesgeschäft mit hirnrissigen Aktionen zu erschweren? Einen ihrer verlässlichsten Informanten per Gerichtsbeschluss zu einer öffentlichen Zeugenaussage zwingen zu wollen … schon einmal etwas vom Vertrauensgrundsatz gehört … kein Wunder, dass der Mann nicht mehr für sie arbeiten wollte.

Schäfer rückte den Teller an den Tischrand, legte die Kontoauszüge neben die Liste, die Borns Witwe ihnen geschickt hatte, und sah sie Zeile für Zeile durch. Da gab es etwas; er nahm sein Telefon und rief Bergmann an.

»Sagen Sie: Hat Frau Born sich darüber geäußert, ob ihre Landaufenthalte lange vorher geplant gewesen sind oder … Nach Lust und Laune … Nichts, ich schaue mir nur gerade seine Kontoauszüge an und bin vielleicht auf eine auffällige Parallele gestoßen … Sag ich Ihnen später … Bald.«

Sie hatte sich für ihre Ausflüge zum Semmering also meistens spontan entschieden. Das passte zwar nicht in das Bild, das Schäfer von der akkuraten und durchgestylten Frau hatte, doch warum sollte sie diesbezüglich die Unwahrheit sagen. Mindestens zweimal im Monat fuhr sie aufs Land; in mehr als der Hälfte der Fälle hatte Born am Tag vor ihrer Abreise eine Summe zwischen tausend und zweitausend Euro behoben. Und wenn man die bescheideneren Bankomatauszahlungen in den Tagen danach in Betracht zog, musste er das Geld schnell ausgegeben haben.

Schäfer rief die Kellnerin an seinen Tisch und verlangte die Rechnung. Drogen hatte Born keine genommen; das hätte Koller herausgefunden; Glücksspieler war er auch keiner; und für alle seriösen Unterfangen hätte er bei diesen Beträgen wohl mit Karte bezahlt. Also wofür sonst gibt ein alter Mann so viel Geld aus, wenn seine Frau nicht zu Hause ist? Cherchez la femme!

Als Schäfer am Ring stand, winkte er ein Taxi heran und ließ sich ins Stuwerviertel im zweiten Bezirk bringen. Viel Hoffnung auf eine brauchbare Auskunft machte er sich nicht; aber versuchen musste er es.

Er stieg in der Lassallestraße aus und rüttelte kurz darauf an der Tür eines Lokals, das sich als Herrenclub ausgab. Als niemand öffnete, schlug er ein paarmal mit der Faust dagegen.

»Gepudert wird erst ab sechs«, meinte eine unwirsche Männerstimme, zu der wegen dem getönten Sichtschlitz kein Gesicht gehörte.

Schäfer holte seinen Ausweis aus der Jacketttasche und hielt ihn dem Mann entgegen, worauf die Tür aufging.

»Schäfer, na gut«, seufzte ein korpulenter und ungesund gebräunter Mittfünziger, »die Jackie ist eh schon auf.«

»Bezahlen werde ich … pudern nicht«, sagte Schäfer und betrat das Lokal, in dem bis auf eine Stehlampe an der Bar kein Licht brannte. Dass einem dieser Gestank nach kaltem Rauch, verschütteten Spirituosen und einem Hauch von Erbrochenem, den solche Lokale tagsüber ausatmeten, in der Nacht nie auffiel.

»Trinken kannst woanders billiger, Inspektor.«

»Dass sie den alten Born ermordet haben, weißt du bestimmt, oder?«

»Kann sein … geht mich nichts an …«

»Es geht nicht um dich … ich will wissen, ob er sich regelmäßig beliefern hat lassen …«

»Ich mach keinen Escort … und da herinnen hab ich den nie gesehen … bei mir kommen nur Anständige herein …«

»Natürlich … also: Wer ist da zurzeit gut im Geschäft? Schwarze Nobelstuten … darf was kosten …«

»Frag den Kapitän … aber sag nicht, dass ich dich geschickt habe … der beißt …«

»Hat der einen ganzen Namen?«

»Otto … hat das Femjoy beim Praterstern …«

»Und warum Kapitän?«

»Weil er nur ein Aug hat … und einen Papagei, verstehst?«

»Sicher … danke.«

Durch eine Seitengasse spazierte Schäfer zum Praterstern, blieb einmal kurz vor einem Zigarettenautomaten stehen und war nach einer Viertelstunde vor besagtem Etablissement. Nichts an dem noblen Neubau deutete auf ein Bordell hin. Ein dezentes Messingschild am Eingang, auf dem ebenso gut »Botschaft des Königreichs Schweden« hätte stehen können. Schäfer läutete und hielt seinen Ausweis dem Kameraauge entgegen. Ein kurzes Summen, er drückte die Tür auf und ging zum Lift, der ihn in den obersten Stock brachte. Durch eine schwere Flügeltür gelangte er in einen riesigen Salon mit roten Samtmöbeln, Ölgemälden mit nackten Nymphen und reichlich barockem Zierrat … es sah aus wie im Warteraum eines in der freudianischen Ära hängen gebliebenen Luxuspsychiaters. Eine junge, ganz und gar unnuttige Frau begrüßte ihn höflich und fragte ihn nach seinen Wünschen.

»Ich muss zum Otto«, antwortete Schäfer und ärgerte sich, dass er nicht nach dem Nachnamen gefragt hatte.

»Ich werde sehen, ob der Herr Musil Zeit hat«, erwiderte sie und bedeutete ihm, Platz zu nehmen.

Schäfer setzte sich in einen der roten Fauteuils, blickte kurz sehnsüchtig in den goldenen, sandgefüllten Standaschenbecher neben sich und fragte sich, wo hier das Geschäft stattfand. Doch wenn das Femjoy das ganze obere Stockwerk einnahm, gab es wohl reichlich Platz für diskrete Begegnungen und wahrscheinlich auch noch ein paar weitere Ausgänge, die irgendwelche Türschilder mit Namen nicht existenter Anwaltskanzleien trugen. Vielleicht half das den verheirateten Freiern ja, ihre Lügen über spätabendliche Besprechungen selbst zu glauben.

Nach gut zehn Minuten kam die junge Frau wieder und bat ihn, ihr zu folgen. Durch eine ledergepolsterte Tür führte sie ihn in einen Raum, den Schäfer zu seiner Zufriedenheit als das Reich eines echten Zuhälters erkannte: dichte Rauchschwaden über dem riesigen geschmacklosen Schreibtisch, den zwei wachsame Dobermänner flankierten, an der Wand dahinter eine Fototapete eines Palmenstrands, auf dem zwei dauergewellte Blondinen im Sand lagen und ihre Brüste, die unnatürlich nach oben ragten, der Sonne hinhielten.

»Die beiden Burschen da können hoffentlich meine Glock erschnüffeln …«, sagte Schäfer zu dem Mann mit der Augenklappe, der in einem schwarzen Ledersessel hinter dem Schreibtisch thronte und sich mit einer Hand über seine Glatze strich, als würde er seinen Scheitel richten. Phantomschmerzen?

»Vielleicht … aber sie wissen auch, dass sie schneller sind … keine Sorge, Herr Inspektor … was zu trinken? Mineral, Kaffee, Cognac?«

»Einen Kaffee nehme ich gerne.« Schäfer setzte sich vorsichtig in den Sessel vor Musils Schreibtisch.

Entgegen Schäfers Erwartung drückte sein Gastgeber auf keinen Knopf und befahl per Gegensprechanlage die Getränke; er stand auf, ging zu einer hölzernen Wandverkleidung, griff an die Seitenleiste und ließ so eine verspiegelte Hausbar erscheinen, zu der auch eine Kaffeemaschine gehörte.

»Sehr schick«, meinte Schäfer, ohne eine Antwort zu erhalten.

»Also, worum geht's?«, wollte Musil wissen, nachdem er den Kaffee abgestellt hatte.

»Hermann Born …«

»Der ist tot.«

»Danke für die Aufklärung … darf ich jetzt den suchen, der ihn umgebracht hat?«

»Ich wüsste nicht, was ich damit zu tun haben soll …«

»War er Kunde bei Ihnen?«

»Herr Inspektor …«

»Major.«

»Na schön … Herr Major, Diskretion ist mein Kapital, wo käme ich da hin, wenn ich so einfach meine Kunden preisgäbe …«

»Jetzt ist es Nachmittag, ich bin allein hier«, wurde Schäfer plötzlich ungehalten. »Wie schaut es aus, wenn ich am späten Abend mit zehn lauten Kollegen in Uniform hier auftauche?«

Musil schaute Schäfer erstaunt an, schrieb dann etwas auf einen Notizzettel und reichte ihn über den Schreibtisch.

»Die Nummer meines Anwalts. Soll ich Sie noch zur Tür bringen oder …«

»Ich finde selbst hinaus«, antwortete Schäfer, erhob sich aus seinem Stuhl und überlegte, ob er Musil die Hand reichen sollte.

»Bis demnächst«, sagte er und verließ das Büro.

Im Aufzug verfluchte er sich selbst. Wie konnte er nur so dumm sein und den Mann so vor den Kopf stoßen? Diese dämliche Achtzigerjahre-Nummer vom noch gutmütigen Polizisten, der aber auch genauso gut mit einer Truppe wikingerhafter Elitebullen anrücken konnte. Musil war Profi, ein Geschäftsmann, gegen den er nichts in der Hand hatte … kein Verdacht, kein einziges Indiz … was war in ihn gefahren … er hätte einen Gefallen von ihm gebraucht … stattdessen sorgte er dafür, dass er ohne die Einwilligung des Staatsanwalts keinen Fuß mehr in Musils Etablissement setzen konnte. Was jetzt? Musste er eben Leitner darauf ansetzen. Es gibt allerdings auch noch einen anderen Weg, dachte Schäfer und hielt das nächste freie Taxi an.

Bergmann war nicht im Büro. Schäfer setzte sich an den Schreibtisch, fuhr den Computer hoch und starrte missmutig auf den Desktop, bis sich sein neuer Bildschirmschoner aktivierte: ein Korallenriff, in dem sich Anemonenfische, Skalare, Papageienfische und anderes Meeresgetier tummelten. Isabelle hatte ihm den Bildschirmschoner vor zwei Tagen per E-Mail geschickt, und Schäfer genoss es, sich in dem virtuellen Aquarium zu verlieren. Diesmal konnte es ihn nicht beruhigen. Er war deprimiert, sauer auf sich selbst. So euphorisch ihn Arbeitserfolge und angenehme Erlebnisse zurzeit stimmten, so unverhältnismäßig war die Niedergeschlagenheit, mit der er auf unerwünschte Ereignisse reagierte. Wofür nahm er denn diese Medikamente? Der Vergleich mit der Badewanne fiel ihm ein. Hatte er sich zu wohlgefühlt und im Übermut das halbe Wasser über den Rand verspritzt? Vielleicht sollte er einfach den Zufluss verstärken. Er holte eine kleine Plastikdose aus der Hosentasche und entnahm ihr eine Tablette, die er in zwei Teile brach. Dreißig Milligramm statt zwanzig … was konnte das schon anrichten.

Nachdem er weitere zehn Minuten auf den Bildschirmschoner gestarrt und mit sich gehadert hatte, ob er zur Trafik gegenüber gehen sollte, nahm er das interne Telefonverzeichnis von Bergmanns Schreibtisch und suchte sich die Nummer eines Kollegen heraus, der im Dezernat zur Bekämpfung der organisierten Kriminalität arbeitete. Ob sie sich um sechs Uhr kurz treffen könnten, er brauchte unter Umständen einen Gefallen. Nachdem sie sich in einem Gastgarten nahe der Freyung verabredet hatten, rief Schäfer zuerst Kovacs und dann Schreyer an. Irgendwas Neues? Hatten sie versucht, das Handy zu orten, von dem Born angerufen worden war? Und Schreyer solle ihm bitte nochmals die Nummer schicken.

Kurz vor sechs verließ Schäfer das Büro, spazierte zur Freyung und setzte sich in den Gastgarten des vereinbarten Restaurants. Sein Kollege Martinek erschien mit zehn Minuten Verspätung und wie immer im Laufschritt. Wahrscheinlich eine Neurose, die er im ständigen Wettlauf gegen das organisierte Verbrechen entwickelt hat, dachte Schäfer und reichte ihm die Hand.

»Habt ihr in den nächsten Tagen irgendwelche Razzien laufen?«, fragte Schäfer nach einem kurzen, belanglosen Austausch über Wetter, Welt und Vorgesetzte.

»Was brauchst du?«

»Eine Telefonnummer«, antwortete Schäfer und holte einen Notizzettel aus seiner Jacketttasche, »der letzte Anruf, den Born erhalten hat, bevor sie ihm das Licht abgedreht haben … niemand von seinen Bekannten kennt die Nummer. Möglich, dass er sich mit Prostituierten beliefern hat lassen … und das ist zurzeit die einzige Spur …«

»Wie oft ist er von dieser Nummer angerufen worden?« Martinek strich mit dem Zeigefinger über die Nummer, als könne sie allein dadurch ihr Geheimnis preisgeben.

»Einmal … das Handy ist erst vor vier Wochen angemeldet worden …«

»Hast du dich schon umgehört bei unseren Freunden?«

»Ja«, meinte Schäfer ausweichend, »nichts … seit Mugabes Aktion ist die Auskunftsbereitschaft begrenzt.«

»Ja, das haben wir auch schon gemerkt … Idiot … und jetzt willst du, dass ich bei jeder Razzia ein paar Handys einsammle und überprüfe, ob diese Nummer gespeichert ist … richtig?«

»Genau …«

»Am Wochenende steht was an … und zwei Aktionen kann ich vorziehen, wenn der Staatsanwalt sein Okay gibt … das wäre mir ohnehin ganz recht …«

»Damit würdest du uns einen großen Gefallen tun ...«

»Jederzeit ... aber versprechen kann ich nichts.« Martinek winkte den Kellner heran. Sitzen war wirklich nicht seins.

Als Schäfer sich von der Rückenlehne wegdrückte, um aufzustehen, bemerkte er, dass sein Hemd am Rücken völlig nass war. So heiß war es in dem schattigen Innenhof doch gar nicht, wunderte er sich, verließ den Gastgarten und machte sich auf den Heimweg.

Später saß er am Balkon und telefonierte mit Isabelle. Er war wortkarg und kam über ein paar Phrasen den Tagesablauf betreffend nicht hinaus. Wie denn auch. Jeder Satz machte ihm schmerzhaft bewusst, dass es jetzt nicht Worte waren, die er mit ihr austauschen wollte. Wie lange würden sie das noch aushalten? Immer war er der Meinung gewesen, dass er zu viel Freiraum brauchte, als dass eine Beziehung funktionieren könnte. Und jetzt wünschte er sich keinen Zentimeter zwischen ihnen beiden. Er wünschte ihr eine gute Nacht und beendete das Gespräch. Wo war denn Wedekind? Jetzt, da Schäfer einmal nichts gegen die Gesellschaft seines wunderlichen Nachbarn gehabt hätte. Tu dir nicht selbst so leid, ermahnte er sich und ging in die Küche, um sich eine Dose Gulasch aufzuwärmen.

Als er wieder am Balkon saß und lustlos einen Fleischbrocken nach dem anderen in den Mund schob, trat sein Nachbar ins Freie. Mit einem stummen Nicken begrüßte er Schäfer und lächelte ihn verständnisvoll an. Der Mann spürt Schwingungen, sagte sich Schäfer, der sieht Auren und so Zeugs.

»Hallo ... haben Sie Lust auf ein Glas Bier?«

»Ich trinke keinen Alkohol ... aber wenn ich eine Tasse Tee mitbringen darf, setze ich mich gerne einen Augenblick zu Ihnen.«

»Sicher«, freute sich Schäfer und ging zur Wohnungstür,

um seinen Nachbarn hereinzulassen. Er holte sich eine Flasche Bier aus dem Kühlschrank, ging mit Wedekind auf den Balkon und klappte einen zweiten Liegestuhl auf.

»Wie funktioniert das eigentlich, was Sie machen?«, wollte Schäfer wissen, nachdem sie ein paar Minuten schweigsam eine Ameisenstraße betrachtet hatten, die von einem winzigen Loch in der Mauer über das Balkongeländer führte und dann zwischen den Blumentöpfen verschwand.

»Zusammenhänge«, antwortete Wedekind, »ein System von Energieflüssen und sich wechselseitig beeinflussenden Zuständen, die den ganzen Körper und folglich auch den Geist betreffen.«

»Hm … und wie sehen Sie das?«

»Ich spüre es … das klingt für Sie jetzt vielleicht esoterisch, aber es ist nur eine Form der Sinneswahrnehmung, die den meisten in unserer Gesellschaft abhandengekommen ist … mit ein bisschen Sensibilität kann das jeder wieder lernen …«

»Kann man damit auch … so was wie … funktioniert das auch bei Gemütszuständen?«

»Sicher … aber Sie dürfen sich das nicht wie einen Schalter vorstellen, den ich drücke und dann passt wieder alles … das ist ein langsames, wiederholtes Einrichten, an dem Sie sich genauso beteiligen müssen …«

Na gut, dachte Schäfer, das habe ich doch in ähnlicher Weise schon von meinem Therapeuten gehört. Konnte ihm denn niemand einfach eine Nadel irgendwo in den Kopf stecken und alles war wieder gut?

Nachdem Wedekind gegangen war, blieb Schäfer noch bis lange nach Mitternacht am Balkon sitzen. Er ließ sich ihr Gespräch durch den Kopf gehen. Zusammenhänge … solche, die man verlernt hat, zu sehen … eine andere Perspektive … ein Spüren … so arbeitete er selbst doch normalerweise auch … und jetzt wühlte er sich durch Daten, lief von

Befragung zu Befragung … verärgerte Zuhälter … suchte nach Telefonnummern … er musste sich auf die Tat konzentrieren, musste das entscheidende Moment sehen. Welche Beziehung hatte Born zu seinem Mörder gehabt? Was war in seinem Kopf, das dieser unbedingt vernichten musste? Er hätte ihn doch auch erschießen können … kurze Zeit später wäre Borns Gehirn ohnehin bis in die letzte Zelle abgestorben. Hier lag ein Schlüssel zur Lösung des Falls … in dieser Unlogik … hier musste er sich festhaken.

7

Dieser Tag noch, dann würde er sich ein schönes Wochenende gönnen. Im Wienerwald Rad fahren, schwimmen in der Neuen Donau, lesen, vielleicht ins Kino gehen. Die Aussicht auf zwei Tage nur für sich hob Schäfers Stimmung, als er sich auf den Weg ins Kommissariat machte. Vielleicht lag es aber auch an der höheren Dosis seines Antidepressivums – egal, es ging ihm besser.

Da er sich in der Bäckerei noch ein Marzipancroissant kaufte, erschien er eine Viertelstunde zu spät zur Morgenbesprechung. Aber manchmal sind kleine Fehler auch gut fürs gemeinschaftliche Gleichgewicht, dachte er und schaute in die Runde, die ihn freundlich begrüßte.

Leitner hatte bei allen infrage kommenden chemischen und pharmazeutischen Betrieben angefragt, ob irgendwo Phosphorsäure abhandengekommen sei. Negativ. Nur die üblichen Einbruchsversuche … Drogenabhängige, die sich die gestohlenen Medikamente meist noch vor Ort verabreichten und dementsprechend schnell gefasst werden konnten.

Kovacs hatte, nachdem die Ermittlungen im Fall des ermordeten Lkw-Fahrers keine neuen Ergebnisse gebracht hatten, mit den Befragungen der Anrainer in Borns Wohngegend weitergemacht. Zwei Ehepaare hatten sich über dessen politische Ansichten mehr als abfällig geäußert. Sie verachteten jede Form von Intoleranz, Rassismus und natürlich auch Gewalt – was Kovacs als ein wenig formelhaft, aber doch glaubhaft erschienen war. Bisher also kein Hinweis auf Verdächtige in der Nachbarschaft.

Nachdem Strasser zwar jede Menge an Unterlagen gesichtet, jedoch keinerlei wertvolle Erkenntnisse gewonnen hatte, berichtete Schäfer über Borns Kontoauszüge und welche Schlüsse er daraus zog. Natürlich war es sehr spekulativ, Born nur aufgrund seines Zahlungsverkehrs zu verdächtigen, sich mit Prostituierten beliefern zu lassen; alle Ermittlungen in diese Richtung sollten sie also möglichst diskret durchführen. Die Gedanken, die er sich am Vorabend über Borns Gehirn gemacht hatte, behielt er noch für sich ... in diesem selbst geschaffenen Nebel gab es noch keine Orientierung und keinen Anhaltspunkt; keinen Baum, anhand dessen Moosbewuchs er sagen konnte: Hier ist Norden, hier Süden, ihr marschiert in diese Richtung, ihr da lang. Und metaphysisches Gerede würde in der Gruppe nur zu Verwirrung und Ratlosigkeit führen. Das würde er danach mit Bergmann allein besprechen. Eine weitere halbe Stunde lang gab Schäfer die Vorgehensweise vor und teilte die Aufgabenbereiche ein. Es gab noch Dutzende Bekannte und ehemalige Politkollegen, die es zu befragen galt; Kovacs und Schreyer sollten sich daranmachen; Strasser seine Ermittlungen in Borns wirtschaftlichem Umfeld fortsetzen; Leitner im Rotlichtmilieu recherchieren. Bergmann teilte ihnen mit, dass sich die Beamten vom Verfassungsschutz gemeldet hätten. Sie hatten Plank noch einmal eingehend vernommen, was Schäfer mit einem leisen Fluch kommentierte. Außerdem wünschten sie sich noch vor dem Wochenende eine Zusammenfassung der bisherigen Ergebnisse. Er würde sich darum kümmern und bat seine Kollegen, die Dateien im Intranet rechtzeitig zu aktualisieren.

Zurück im Büro, gelang es Schäfer nicht, sich auf den Fall Born zu konzentrieren. Dieser Berg an Informationen, bislang ohne etwas, das irgendwie ein Motiv erkennen ließ. So ähnlich hatte er sich gefühlt, als sein Bruder Jakob ihn vor

Jahren wieder einmal überredet hatte, in einen Klettergarten in der Nähe von Salzburg mitzugehen. Schäfer war vor der übermächtigen Felswand gestanden, ohne Ahnung, wo er dort eine Hand oder einen Fuß hinsetzen konnte. Leck mich, hatte er trotzig gemeint, den Klettergurt abgelegt und war spazieren gegangen.

Sah er sich eben noch einmal die Akte des Lkw-Fahrers an. Manfred Schöps, geboren am 11.10.1962 in Amstetten, wohnhaft in Wien seit 1992, ledig, keine Kinder. Wohl ein einsamer King of the road, mutmaßte Schäfer und ging zu den Tatortbildern über. Der Lkw stand am äußeren Rand des Parkplatzes, daneben ein verdreckter Rasenstreifen und ein paar zerzauste Büsche, die sich vermutlich ein anderes Schicksal gewünscht hatten, als zwischen Fernfahrer-Parkplatz und Schnellstraße eingezwängt zu sein. Der Täter musste in der Schlafkoje hinter dem Fahrersitz gelauert haben. Schöps hatte den Zündschlüssel schon eingeführt, als ihn die Kugel ins Genick getroffen hatte. Keine Schmauchspuren; der Schuss war aus einem halben Meter Entfernung abgegeben worden; nicht aufgesetzt, wie es ein Profi getan hätte. Schäfer versuchte, sich den Tatablauf vorzustellen: Schöps hat in der Raststation zu Abend gegessen. Er steigt in sein Fahrzeug, das er laut Zeugenaussagen kaum einmal absperrte. Wenn die Kiste wer stehlen will, steht ihm das Schloss sicher nicht im Weg, hatte Schöps die Vorwürfe seiner Kollegen wiederholt entkräftet. Außerdem: Wo willst du einen 32-Tonner so schnell verstecken? Er steckt den Zündschlüssel ein, bumm. Zwischen Rückenlehne und Hinterwand der Schlafkoje war nur gut ein Meter Platz, sah Schäfer beim Betrachten der Innenaufnahmen des Fahrzeugs. Das heißt, dass der Schütze sich aufgerichtet, an die Rückwand gedrückt und anschließend geschossen hat. Warum? Warum setzt er den Lauf nicht auf? Schäfer lehnte sich zurück und schloss die Augen. Hier war niemand am Werk gewesen, der Schöps kaltblütig aus dem Weg geräumt hatte, weil der eine Gefahr darstellte; viel eher ein Amateur, der seinem Opfer nicht näher als nötig kommen wollte; der beim Schießen vielleicht sogar die Augen geschlossen und eher zufällig schon beim ersten Mal tödlich getroffen hatte. Warum sah Schäfer jetzt das Bild einer Frau vor sich? Er griff zum Telefon und rief Kovacs an, die zwei Minuten später an seinem Schreibtisch saß.

»Erstens: Überprüfen Sie noch einmal alle privaten Kontakte von Schöps, vor allem die weiblichen ... bohren Sie nach, ob es irgendwo eine heimliche Liebschaft gegeben hat ... und dann nehmen Sie sich alle anderen Fahrer der Firma vor, die mit einem gleich oder ähnlich aussehenden Lkw unterwegs waren ...«

»Gut ... sagen Sie mir auch, warum?«

»Ja ... beim nächsten Mal.«

»Irgendwann geht sie Ihnen an die Gurgel«, meinte Bergmann, nachdem Kovacs den Raum verlassen hatte.

»Wieso?«, fragte Schäfer überrascht.

»Na, weil Sie sie ins Feld ziehen lassen, ohne sie aufzuklären, wieso und wohin ...«

»Ah ... die jungen Hunde ... die sollen zuerst schnüffeln und apportieren lernen und dann erst auf eine bestimmte Beute abgerichtet werden ... aus Ihnen ist ja auch was geworden, oder?«

»Was woanders ohne Sie aus mir geworden wäre, kann ich ja schlecht überprüfen ...«

»Fangen Sie ja nicht an, in Paralleluniversen zu denken, Bergmann ... das macht nur wehmütig und verführt zum Alkoholmissbrauch ... auf jetzt, wir gehen ...«

»Wohin?«

»Raus ins Freie ... wir haben was zu besprechen ...«

»Haben Sie Angst, dass wir hier abgehört werden?«

»Reden Sie mir keine Paranoia ein … es ist Sommer, da lässt es sich draußen besser denken.«

Sie suchten sich eine abgelegene Bank im Rosenpark des Volksgartens. Schäfer öffnete die Flasche Apfelsaft, die er zuvor am Automaten gezogen hatte, und trank die Hälfte in einem Zug.

»Wir denken zu engstirnig.«

»Aha … und was sollen wir anders machen?«

»Die Beziehung zwischen Opfer und Täter in den Mittelpunkt stellen … nicht die üblichen Indizienketten, Verdachtsmomente, blablabla … da wird man ja meschugge … ich komme mir immer mehr vor wie ein menschliches Google …«

»Na ja, das ist unsere Arbeit … und so schlecht ist unsere Aufklärungsquote nicht …«

»Das meine ich ja gar nicht … wenn ein Mann seine Frau zerstückelt und versenkt oder jemand bei einem Raubüberfall erschossen wird, kommen wir um diese Methoden nicht herum, da haben Sie völlig recht … aber Sie müssen doch zugeben, dass dieser Fall eine andere Sprache spricht … da steckt System dahinter …«

»Bestimmt … aber jedes System entsteht aus Knotenpunkten, Beziehungen … und die untersuchen wir gerade … oder verstehe ich da was nicht?«

»Nein, da haben Sie schon recht … das läuft natürlich weiter wie gehabt«, gab Schäfer zu und schloss für einen Moment die Augen, um sich seine Gedanken vom Vorabend in Erinnerung zu rufen.

»Der Mord hat etwas … was soll das … ausufernder Hass? Aber dafür ist das Vorgehen zu besonnen … das ist ja fast medizinisch … ein Prozedere … »

»Wir haben es mit einem Geisteskranken zu tun …«

»Das ziemlich sicher ... nur: Er kommt und geht ohne Spuren, nichts haben wir gefunden, kein Haar, keine Textilfasern ...«

»Ein akribischer Plan ... ein intelligenter Mensch ...«

»Unbedingt ... deshalb macht mich das auch so nervös. Wir sind diesem Plan weit hinterher ... und was uns in so einem Fall erfahrungsgemäß neue Ansätze bringt ...«

»Ist hoffentlich kein zweiter Mord ...«

»Das haben Sie jetzt gesagt ... aber Sie haben leider Gottes sehr oft recht, Bergmann ... schreiben Sie sich das ruhig in Ihre Komplimentemappe ... dieser Mensch hat entweder zumindest ein paar Wochen darauf verwendet, diesen Mord zu planen, oder er hat Born gekannt ... er hat gewusst, wann der allein zu Hause ist, wann er von niemandem überrascht wird ... das ist kein Amateur, der sagt: So, Kinder, Abendessen fällt aus, ich gehe heute mal einen alten Naziknacker mit Säure übergießen ... seid brav und um zehn ist der Fernseher aus ...«

»Sie meinen, dass wir es mit jemandem zu tun haben, der schon einmal getötet hat ...«

»Ja ... das ist zu professionell für einen Anfänger ... Sie wissen, wie Serientäter anfangen ... ist noch kein Meister vom Himmel gefallen ... 'tschuldigung ... aus der Hölle, müsste ich wohl sagen ... da bleibt was zurück ... die sind nervös ... in ihrem Rausch gefangen ... erst beim zweiten oder dritten Mal wird die Inszenierung dann sorgfältiger ... ach, ich kenne mich auch nicht mehr aus ...«

Sie gingen eine Runde um die Rosenbeete, wobei Schäfer sich die Namensschilder jeder Züchtung ansah. Am liebsten hätte er seine Laufschuhe bei sich gehabt und wäre bis in den Wienerwald gelaufen; dieses Kribbeln unter der Haut, dieses übermäßige Schwitzen ... er musste sich irgendwie körperlich verausgaben.

»Gehen Sie ohne mich zurück … ich habe noch was zu erledigen.«

Er querte den Heldenplatz und ging über Kohlmarkt und Graben zu einem Textilgeschäft, wo er eine Badehose und ein Handtuch kaufte. Warum sollte er ein schlechtes Gewissen haben? Eine halbe Stunde in der Neuen Donau – das würde seinen Geist erfrischen, das käme der Arbeit nur zugute. Mit der U1 fuhr er zur Donauinsel, wo er die Uferpromenade entlangspazierte, bis er einen schattigen Platz unter ein paar Birken fand. Er breitete sein Handtuch aus, stellte sich hinter die Bäume und zog sich um. Was sollte er mit seiner Dienstwaffe tun? Die konnte er nicht einfach hier liegen lassen. Er sah sich um, wickelte die Pistole ins Handtuch und ging ein paar Schritte zu einem Gebüsch, wo er sie unter einem Haufen aus Reisig und Grasschnitt verbarg. Dann lief er zum Ufer, prüfte mit dem rechten Fuß die Wassertemperatur und sprang hinein. Mit kräftigen Zügen kraulte er an die andere Seite, wo er einen Moment verschnaufte und wieder zurückschwamm. Ein paar Minuten blieb er am Ufer sitzen, dann sprang er abermals ins Wasser. Er genoss es, seinen Körper zu spüren; wie ihm die Oberarmmuskeln zu schmerzen begannen, wie sich die Handflächen fast krampfartig verspannten, wie eine Maschine zog er durchs Wasser, kämpfen, Schäfer, kämpfen, er fühlte sich großartig.

Auf dem Rückweg blieb Schäfer bei einem Eissalon stehen. Da dort an die fünfzig Sorten verkauft wurden, brauchte es seine Zeit, bis Schäfer sich für eine Tüte mit drei Kugeln, Honig-Topfen-Marille, entschieden hatte. Dann bestellte er fünf weitere Sorten, die er in eine Styroporbox packen ließ. Über die Freyung spazierte er zum Kommissariat und blieb vor dem Eingang stehen, bis er das Eis fertig gegessen hatte.

Bergmann war damit beschäftigt, den Bericht für die

Beamten des Verfassungsschutzes zu ordnen. Schäfer machte ihnen beiden einen Kaffee und stellte sich ein paar Minuten hinter seinen Assistenten, um ihn bei der Arbeit zu beobachten. Nicht dass er ihn kontrollierte; er bewunderte vielmehr seine Fähigkeit, in eine Unmenge an Daten eine Ordnung zu bringen, in der sich jeder von Anfang an zurechtfand. Und siehe, es war gut. Ach, Bergmann, was täte ich ohne Sie!

»Haben Sie schon einmal Honigeis gegessen?«

»Nein … klingt aber gut … muss man wahrscheinlich mit einer fruchtigen Sorte mischen, die dem Honig die schwere Süße nimmt …«

Schäfer rieb sich am Nasenflügel und fragte sich, ob das wirklich Bergmann war, der das gesagt hatte.

»Können Sie ja gleich versuchen … ich habe ein Kilo in der Styroporbox hier … Honig, Topfen, Marille, Schokolade und Oberskirsch … ich hole ein paar Schüsseln und Löffel und Sie rufen inzwischen die Meute zusammen.«

Strasser und Leitner waren unterwegs; also saßen sie zu viert im Besprechungszimmer und löffelten das Eis weg, bevor es völlig zerschmolz. Schäfer aß die beiden Portionen, die den zwei abwesenden Kollegen zugedacht waren.

»Honig«, meinte er später, als er mehr als satt in seinem Sessel hing, »woran denken Sie dabei?«

»Wenn ich jetzt Bienen sage, ist das zu banal?«

»Nein … was noch …?«

»Blumen, Nektar, Pollen, Stachel, Imker, Honigbrot … warum eigentlich?«

»Als ich auf dem Weg hierher mein Eis gegessen habe …«

»Sie haben vorher schon eins gegessen?«

»Na ja … ein kleines, eine Tüte … auf jeden Fall schlecke ich an diesem Honigeis und denke so über Honig nach – so wie Sie eben – und plötzlich macht es … also es pocht irgendwie in meinem Kopf, ganz leise, als ob jemand vorsichtig an eine Tür klopfte …«

»Sind Sie zum Arzt gegangen?«

»Wieso zum Arzt, nein, das war eher metaphorisch gemeint … irgendwo im unterbewussten Raum bildet sich ein Gedanke und möchte in das Zimmer, wo ich ihn wahrnehme … aber ich weiß nicht, wie ich ihm die Tür öffnen soll … verstehen Sie: tock, tock …«

»Und es hat etwas mit Honig zu tun?«

»Ja … oder mit Bienen, Blüten, Wiesen …«

»Vielleicht sollten Sie noch eins essen …«

»Noch ein Honigeis? Mir ist jetzt schon ziemlich schlecht.«

Sie verließen das Kommissariat gemeinsam kurz nach sechs, Bergmann ging in die Tiefgarage, Schäfer zur U-Bahn. Er überlegte sich, die Einkäufe fürs Wochenende gleich zu erledigen. Doch als er am Supermarkt vorbeikam und durch die Glasfassade die Schlangen an den Kassen sah, verschob er es auf den nächsten Tag.

Zwei Stunden später saß Schäfer auf dem Balkon seines Nachbarn und ließ sich den Nacken massieren. Was für eine Wohltat – auch der leichte Schmerz, den Wedekinds Daumen verursachten, wenn sie sich langsam, aber kraftvoll in die verhärtete Muskulatur drückten. Bienen, Wiese, Feld summte Schäfer in sich hinein, als sich die Tür in seinem Kopf mit einem Mal auftat – dahinter war allerdings nur eine kleine dunkle Abstellkammer ohne weiterführende Tür, an der Wand ein Pappschild, auf dem der Name Bienenfeld stand. Und Schäfer wusste, wo er diesen Namen aufgeschnappt hatte: der Doktor, dessen Beerdigung sein Bruder in der Vorwoche besucht hatte. Erstaunlich: Seine Geschmacksknospen gaben ein Signal für Honig an sein Gehirn, das sich mit einem anderen Bereich kurzschließt und den Namen Bienenfeld aufblinken lässt. Waren es die Medikamente, die seine Zahnräder da oben zu hochtourig laufen ließen, worauf die sich überfordert verschoben? Würde er jetzt irgendwann eine Erektion bekommen, wenn er eine Amsel pfeifen hörte? Vielleicht hatte sich ja auch im Gehirn des Mörders etwas grundlegend verschoben. Abgesehen von der Tat an sich. Aber das gehörte für Schäfer ja schon zur Normalität.

8

Um acht stand er auf, zog sich an und ging in den Supermarkt. Als er die zwei vollen Papiertaschen mit den Einkäufen vor der Wohnungstür abstellte, um seinen Schlüssel aus der Hosentasche zu holen, war sein T-Shirt durchgeschwitzt. Es muss an die sechzig Grad haben, dachte er, betrat die Wohnung und duschte kalt, bevor er sich das Frühstück richtete. Am Balkon versteckte er sich hinter dem Sonnenschirm, aß ein Joghurt mit frischem Obst und rief dann Isabelle an, obwohl er wusste, dass sie am Wochenende kaum einmal vor zehn aufstand.

Wie erwartet, klang sie verschlafen, ja, er habe sie geweckt, und Schäfer konnte sich nicht gegen ein leichtes Misstrauen wehren, das sich in ihm ausbreitete. Mit wem sie wohl den Abend zuvor verbracht hatte; ohne Grund wurde er eifersüchtig, und obgleich er sich bemühte, nichts davon auf seine Stimme abfärben zu lassen, fragte sie ihn, ob etwas nicht in Ordnung sei. Ach, schlecht geschlafen habe er, irgendwas habe sich in seinen Kopf gesetzt, ein Neurologe, der vorige Woche in Salzburg verstorben sei; sie lachte hell auf, ein Neurologe hatte sich also in seinem Gehirn festgesetzt; na, das wäre doch nicht schlecht, den Reparaturservice immer dabeizuhaben; das wünsche sie sich für ihr Auto, den alten Corsa, der alle zwei Wochen einmal in die Werkstatt müsse; warum sie ihn behielt, konnte sie nicht erklären; am Geld konnte es nicht liegen, als Staatsanwältin am Internationalen Gerichtshof verdiene sie doch mehr als genug, meinte er, und wiederum fragte sie ihn, was sie ihm denn getan habe, das so einen spitzen Ton rechtfertige.

Nachdem er aufgelegt hatte, fühlte er sich versucht, gleich noch einmal anzurufen; er wollte ihr erklären, warum er sich so verhielt, was ihn so missmutig stimmte. Dass es genau das Gegenteil von zu wenig Liebe war. Stattdessen beeilte er sich, mit dem Frühstück fertig zu werden, um beim Fahrradfahren nicht in die Mittagshitze zu kommen.

Er packte seinen Rucksack mit einem T-Shirt, seinen Badesachen, zwei Müsliriegeln und einer Flasche Apfelsaft, den er zuvor zur Hälfte mit Wasser verdünnte. Als er schon im Stiegenhaus war, kehrte er noch einmal um, weil er seine Sonnenbrille vergessen hatte. Dann holte er sein Fahrrad aus dem Keller und machte sich auf den Weg. Er fuhr über den Exelberg nach Scheiblingstein, wo er sich in der Nähe eines Parkplatzes auf eine Bank setzte und die Trinkflasche aus dem Rucksack holte. Ganz in der Nähe war im Jahr zuvor ein junger Mann mit seinem Wagen von der Straße gedrängt worden und tödlich verunglückt. Kurz davor war seine Frau in ihrer Badewanne tot aufgefunden worden – und Schäfer, der nicht an einen Unfall glauben wollte, war überzeugt gewesen, dass sich auch der Mann in Gefahr befand, getötet zu werden. Er hatte es nicht geschafft, ihn zu retten; die Umstände waren gegen ihn gewesen. Gedankenverloren schaute Schäfer in den Wald und fragte sich, ob es nicht an der Zeit wäre, in eine andere Stadt zu ziehen. Denn langsam gingen ihm hier die Orte aus, an die er sich begeben konnte, ohne an Verbrechen und Tote denken zu müssen.

Von Scheiblingstein fuhr er auf einer Forststraße nach Weidling und weiter über den Kahlenberg, wo er abermals eine kurze Pause einlegte. Von der Anhöhe, auf der er in der Wiese lag, konnte er die Donau sehen. Eine halbe Stunde Fahrt, dann würde er sich in ihrem Wasser abkühlen.

Um halb vier war er wieder zu Hause; so erschöpft, dass er sich auf die Couch legte und einschlief, ohne zuvor geduscht zu haben. Geweckt wurde er von der Abendsonne, die es nur von Mai bis Juli schaffte, ihre Strahlen durch das Dachfenster auf seine Couch zu werfen. Schlaftrunken stand er auf, ging planlos in der Wohnung umher und entschloss sich nach ein paar Minuten, ein T-Bone-Steak zu braten. Er hatte zwei gekauft, da im Kühlregal kein einzelnes zu finden gewesen war. Vielleicht wollten die Supermärkte ja die traute Zweisamkeit forcieren; kapitalistische Kuppler, murmelte Schäfer, ging auf den Gang hinaus und klopfte an Wedekinds Tür, um ihn zum Essen einzuladen.

Es wurde ein angenehmer Abend; Schäfers Nachbar erwies sich als Mensch, der auf alles eine Antwort zu haben schien. Doch nicht auf besserwisserische oder überhebliche Art. Er dachte viel nach, hatte sich ein riesiges Wissen angelesen, das er jedoch nicht verwendete, um bei einer Quizshow reich zu werden, sondern um sich das Leben und die Welt zu erklären, was Schäfer sehr gut verstehen konnte.

Als er am nächsten Morgen aufstand und den blauen Himmel sah, wünschte er sich sehnlich Regen. Er war erschöpft, seine Beine schwer, sein Gehirn wie in einer zähen Masse gefangen. Drei oder vier Bier, mehr waren es doch nicht gewesen, überlegte er; aber es war spät geworden, fast bis drei Uhr waren sie am Balkon gesessen; und jetzt war es nicht einmal neun.

Er zog die Jalousien vor die Dachfenster, schloss den Vorhang an der Balkontür und verdunkelte die Wohnung damit, so gut es ging. Dann ging er in die Küche und richtete sich ein einfaches Frühstück. Den Plan, sein Trainingsprogramm vom Vortag zu wiederholen, verwarf er bald. Er setzte sich auf die Couch und schlug das Fernsehprogramm auf. In einem deutschen Sender gab es einen Themenschwerpunkt zu Katharine Hepburn: »Rate mal, wer zum Essen kommt«,

»Leoparden küsst man nicht«, »African Queen«, »Der Regenmacher« – Schäfer konnte sich nichts Besseres für einen eingebildeten Schlechtwettersonntag vorstellen.

Da er ohnehin jeden Film zumindest einmal gesehen hatte, wehrte er sich nicht gegen den Schlaf, der ihn immer wieder übermannte. So hatte er auch keine Ahnung, wie spät es war, als das Telefon läutete, während Humphrey Bogart mit Blutegeln überzogen zu Katharine Hepburn ins Boot stieg.

»Bergmann«, gähnte er in sein Handy, »Entschuldigung, dass ich mich gestern nicht mehr gemeldet habe, ich war zu fertig ... Und? Was geht uns das an ... Einbruch und Diebstahl ist nicht ... Phosphorsäure ... Verdammt, warum sind diese Ärsche immer am Wochenende am aktivsten ... Na gut, ich mach mich auf den Weg ... Wie ist die Adresse?«

Schäfer erhob sich schwerfällig und wankte ins Bad. Eine kalte Dusche war im Moment gar nicht nach seiner Vorstellung, doch er wusste nicht, wie er sich sonst in die Realität zurückbringen sollte. Im dreizehnten Bezirk hatte ein Mann beim Nachhausekommen einen Einbrecher überrascht und auf ihn geschossen. Zwar hatte er ihn verfehlt, doch angesichts der Schusswaffe hatte es der Eindringling vorgezogen, die Flucht zu ergreifen. Eigentlich nichts, mit dem sich Schäfer und seine Gruppe zu befassen hatten. Hätte nicht die Spurensicherung am Tatort Spuren von Phosphorsäure gefunden – die musste der Einbrecher verschüttet haben, als er aus der Wohnung gestürzt war.

Missmutig verließ Schäfer das Haus und setzte sich in seinen Wagen, nachdem er drei Strafzettel wegen Falschparkens von der Windschutzscheibe entfernt hatte. Die sollte gefälligst das Dezernat übernehmen; er hasste dieses Auto und die Herumfahrerei sowieso. Eine Viertelstunde später parkte er im dreizehnten Bezirk vor der Villa des Überfallenen.

Schon wieder so eine Protzbude, dachte Schäfer, stieg aus und ging zur Eingangstür, die ein Uniformierter bewachte. Im Haus waren neben dem Eigentümer, Bergmann und der Spurensicherung noch zwei weitere Beamte in Zivil. Der Säuregeruch, der Schäfer in Borns Haus zum Erbrechen gebracht hatte, war hier nur sehr schwach – die Forensiker trugen im Wohnzimmer zwar Schutzmasken, wirkliche Gefahr bestand laut ihren Aussagen jedoch keine. Schäfer stand unschlüssig im Vorraum, nahm dann Bergmann am Arm und führte ihn in die Küche.

»Was sollen wir hier?«

»Habe ich Ihnen doch schon gesagt … der Einbrecher hat Phosphorsäure bei sich gehabt …«

»Und deswegen muss es derselbe sein, der Born auf dem Gewissen hat …«

»Na ja, ist nicht gänzlich auszuschließen …«

»Gut«, meinte Schäfer und atmete tief durch, »wer ist der sympathische Yuppie mit der Schleckfrisur und dem scheußlichen Maßhemd?«

»Yuppie … das Wort habe ich schon lange nicht mehr gehört«, erwiderte Bergmann und setzte sich auf einen Barhocker. »Erwin Schröck, dreiunddreißig, Investmentbanker, unverheiratet, lebt allein hier.«

»Die Hütte kostet mindestens eine Million … Erbe oder Gauner?«

»Es gibt auch Leute, die legal viel Geld verdienen«, meinte Bergmann leicht genervt, »Schröck hat offensichtlich einen guten Riecher für Börsengeschäfte …«

»Kennt er Born?«

»Nur aus den Medien …«

Auf Schäfers Ersuchen holte Bergmann Schröck in die Küche, wo sie ihm die Standardfragen stellten: Feinde, Neider, betrogene Ehemänner, enttäuschte Geliebte, war ihm an dem

Eindringling trotz der schwarzen Wollmaske irgendetwas bekannt vorgekommen … Schäfer hörte nur mit einem Ohr zu; der Mann war ihm unsympathisch, zudem gab er ihm die Schuld, seinen behaglichen Sonntag zerstört zu haben. Wenn es sich einrichten ließe, solle Schröck am nächsten Tag am Kommissariat erscheinen, wo sie die Befragung fortsetzen wollten. Sie würden einen Beamten abstellen, der die Nacht hier verbringen werde, und zusätzlich einen Streifenwagen vor der Tür parken. Schröck, der die Parallele zwischen dem Einbruch bei ihm und Borns Ermordung nicht herzustellen vermochte, wunderte sich über diese aufwendigen Maßnahmen. Wir wissen schon, was wir tun, versicherte Schäfer ihm und verabschiedete sich. Nachdem er eine halbe Stunde in der Nähe seines Wohnhauses herumgefahren war, ohne einen Parkplatz zu finden, stellte er den Wagen abermals im Halteverbot ab. Ausgleichende Gerechtigkeit, sagte er sich auf dem Weg zur Haustür und wünschte seinem Nachbarn aus dem Parterre, der wie immer um diese Zeit seinen Hund ausführte, einen schönen Abend.

9

Die schlechte Laune vom Vortag war verschwunden. Schon beim Aufwachen trieb es Schäfer zur Arbeit. Warum er so unter Strom stand, konnte er sich leicht erklären: War der Mord an Born eine Einzeltat, stünden nach den bisherigen Ergebnissen zähe und langwierige Ermittlungen bevor – aber es würde immerhin bei einem Opfer bleiben. Jetzt hatten sie einen fehlgeschlagenen Mordversuch, bei dem Spuren hinterlassen worden waren. Wenn es sich um denselben Täter handelte, konnten sie den Kreis wahrscheinlich enger ziehen. Dem stand allerdings die Möglichkeit einer Serie gegenüber – dann würde es ein Wettlauf gegen die Zeit werden.

In der Morgenbesprechung gingen sie zuerst den Einbruch bei Schröck durch. Sie mussten noch die detaillierten Ergebnisse der Spurensicherung abwarten, doch dann sollten sie sich auf das Dreieck konzentrieren, das aus dem neuen Anhaltspunkt entstanden war: Born, Schröck, Täter – wenn es zwischen den ersten beiden irgendeine Verbindung gab, mussten sie diese so schnell wie möglich finden.

Bergmann hatte inzwischen alle noch auffindbaren Drohbriefe gesichtet, die Born erhalten hatte. Über hundert meist anonyme Schreiber, die Born beschimpften, verfluchten, mit dem Verprügeln oder gar mit dem Tod bedrohten. Dass Born nur in achtzehn Fällen Anzeige erstattet hatte, war von der Polizei damals bestimmt begrüßt worden. Jetzt erwies es sich als Problem: Bei mindestens zehn Jahre alten Briefen den Absender auszuforschen – wenn nicht irgendwo ein Fingerabdruck oder eine Hautzelle überlebt hatte, so gut wie unmöglich. Dennoch mussten sie es versuchen. Bergmann sollte die Dokumente den Forensikern geben und zudem überprüfen, welche notorischen Drohbriefschreiber aus der damaligen Zeit polizeilich erfasst waren – vielleicht stimmte irgendwo ja das Schriftbild, der Typus der Schreibmaschine oder des Druckers mit anderen Briefen überein. Die vier Personen, die damals ausgeforscht werden konnten, würde Schäfer gemeinsam mit Bergmann aufsuchen.

Nach der Morgenbesprechung suchte Schäfer Oberst Kamp auf, um ihn über den Ermittlungsstand zu informieren.

»Ich kenne diesen Schröck«, sagte Kamp, »besser gesagt seinen Vater … ein unangenehmer Zeitgenosse …«

»Inwiefern?«

»Na ja … der Typus Unternehmer, der es in den Achtzigerjahren mit Skrupellosigkeit und schon kranker Geldsucht zu einem Vermögen gebracht hat … hat oft genug die Staatsanwaltschaft am Hals gehabt wegen Betrugs, Steuerhinterziehung und was weiß ich noch allem … ein Psychopath im Nadelstreif … sehr unangenehm.«

»Wir werden ihn auf jeden Fall unter die Lupe nehmen …«

»Ja … aber verbrennen Sie sich nicht die Finger … an dem sind schon genug Beamte verzweifelt …«

Zurück im Büro, machte Schäfer sich daran, aus den Dateien im Intranet und seinen eigenen Notizen eine Zusammenfassung zu erstellen, die ihn die Übersicht nicht verlieren lassen würde.

Beim Mittagessen sprach er mit Bergmann darüber, wie sie die amtsbekannten Drohbriefschreiber angehen sollten. Anrufen und zu einer Befragung einladen? Und damit möglicherweise vorwarnen? Oder gleich bei ihnen zu Hause auftauchen? Und so riskieren, dass sie abgewiesen würden, weil weder ein ausreichender Verdacht geschweige denn eine

Anzeige vorlag, die es ihnen erlaubte, die Personen zu vernehmen. Tür vor die Nase geknallt, kommen Sie mit einem Durchsuchungsbefehl, einer Vorladung, einem Haftbefehl … ein Vergnügen, das sich immer mehr Menschen machten, auch wenn sie nur zu einem Sachverhalt befragt werden sollten. Schäfer schrieb es den neuen Fernsehserien zu, die sich mit juristischem und forensischem Fachvokabular einen realistischen Anstrich gaben. Manchmal sah er sich diese Serien selbst gerne an – aber seit wann wollten die Österreicher denn wie die Amerikaner sein?

Schäfer entschied sich trotz ihrer Bedenken für die direkte Herangehensweise, anläuten und eintreten – auch weil ihm die Vorstellung zuwider war, den ganzen Nachmittag im Büro zu verbringen.

Die betreffenden Personen waren über ganz Wien verstreut; allesamt Männer und alle mindestens fünfzig, was es zumindest wahrscheinlicher machte, sie zu Hause anzutreffen. Dieses Glück hatten sie allerdings erst beim dritten Versuch: ein pensionierter Universitätsprofessor, Fachgebiet Altphilologie und antike Mythologie. Er empfing sie überrascht, aber höflich und bat sie herein, nachdem er ihre Ausweise unter Zuhilfenahme seiner Lesebrille kontrolliert hatte. Bevor er ihnen im Wohnzimmer einen Platz anbieten konnte, musste er noch stapelweise Bücher, Zeitschriften und lose Blätter wegräumen. Schäfer sah ihm geduldig zu und empfand eine leise Freude darüber, dass der Mann so perfekt dem Klischee entsprach, das er von einem pensionierten Geisteswissenschaftler hatte.

»Darf ich Ihnen etwas anbieten?«, fragte er, nachdem sie auf den verstaubten Polstermöbeln Platz genommen hatten.

»Nein, vielen Dank«, antwortete Schäfer, der den Professor nicht noch mehr anstrengen wollte.

»Also … womit kann ich weiterhelfen?«

»Hermann Born … Sie haben darüber gelesen?«

»Natürlich … und gleich eine Flasche 92er Saint-Emilion aufgemacht … entschuldigen Sie, das war unpassend … ich sollte mich hüten, so ein Verbrechen ins Lächerliche zu ziehen …«

»Sie haben ihm 1997 ein paar … sagen wir mal, nicht so schmeichelhafte Briefe geschrieben …«

»Ja … haben Sie sie gelesen?«

»Natürlich … deswegen sind wir ja hier …«

»Verständlich … ich wollte Sie nur nach Ihrer Beurteilung des Stils fragen … ich kann mich nicht so recht erinnern … waren sie gut?«

»Herr Buttenhauser … es geht um den Inhalt … darum, dass Sie Herrn Born gedroht haben, ihm die Hoden abzuschneiden …«

»Ach, das habe ich geschrieben? … Sehr gut … ja, der hat mich wohl tatsächlich um meine Contenance gebracht …«

Schäfer warf Bergmann einen verstohlenen Blick zu. Konnte dieser Mann die Energie aufbringen, einen detaillierten Plan zur Ermordung eines Altpolitikers auszuhecken und diesen dann auch noch umsetzen?

»Warum hat Born Sie so in Rage gebracht?«

»Mit ihm ist das Böse wieder in die Politik zurückgekehrt«, meinte Buttenhauser nun sichtlich erregter, »die Hetze … mit der Verbreitung von Hass Stimmen zu gewinnen … eine Ratte als Rattenfänger … ein böser Mensch …«

»Haben Sie damals wirklich mit dem Gedanken gespielt, ihn zu töten?«

Buttenhauser lehnte sich zurück und betrachtete die Zimmerdecke, bis Bergmann sich räusperte.

»Ja. Das war mein Plan … wie Stauffenberg, wie Eiser … man ist viel zu gnädig mit ihm verfahren …«

»Warum haben Sie es dann nie versucht?«

Abermals legte Buttenhauser eine Nachdenkpause ein.

»Ich wollte es … ich habe ihn beobachtet … einmal bin ich sogar in der Oper in der gleichen Reihe gesessen, Don Giovanni … dieser Kretin in der Oper … doch je näher ich ihm gekommen bin, desto mehr hat mich der Mut verlassen … nein, es war nicht der Mut … Born war mir menschlich geworden … die Vorstellung, ihn zu töten, war plötzlich mit Schrecken und Scham verbunden …«

»Haben Sie sich damals allein gegen ihn verschworen oder hat es Personen gegeben, die Sie bei einem tatsächlichen Anschlag unterstützt hätten?«

»Natürlich hatte ich Gesinnungsfreunde … Born war ein Hassobjekt … aber mein Vorhaben, ihn zu töten, habe ich für mich behalten … da sollte es keine Mitwisser geben …«

Sie sprachen noch gut zwanzig Minuten mit Buttenhauser; als sie bemerkten, dass er gegen den Schlaf anzukämpfen begann, verabschiedeten sie sich und verließen das Haus. Er hatte kein überprüfbares Alibi für die Tatzeit – doch so weit vertraute Schäfer seinem Gefühl, dass er den Professor für unschuldig hielt.

»Das war wohl nichts«, meinte Bergmann, als sie wieder im Auto saßen.

»Kommt drauf an, wie man es sieht … er hat Born bestimmt nicht ermordet … aber was er über ihn gesagt hat, war schon sehr interessant …«

»Welcher Teil? Das mit den Hoden?«

»Nein, Bergmann … dass mit Born das Böse in die Politik zurückgekehrt ist …«

»Da hat er nicht unrecht …«

»Einmal das … und heute Morgen hat Kamp etwas Ähnliches über Schröcks Vater gesagt …«

»Kommt jetzt noch was?«, fragte Bergmann, nachdem sich

Schäfer beim Blick aus dem Wagenfenster in seinen Gedanken verloren hatte.

»Wie? … Ja, das mit dem Bösen … Kamp hat den alten Schröck einen Psychopathen im Nadelstreif genannt … das klingt doch artverwandt …«

»Ja … nur: In den Augen eines Mörders ist sein Opfer meistens etwas Böses … das ist jetzt keine wirklich neue Erkenntnis …«

»Eben … aber dieses Etwas könnte uns weiterbringen …«

»Ich habe den Faden verloren …«

»Sie haben ›etwas Böses‹ gesagt. Also nicht Born, Schröck, mein beschissener Chef, mein untreuer Ehemann … etwas Böses … vielleicht ist die Person zweitrangig … oder völlig beliebig …«

»Sie glauben, ein Verrückter gibt bei Google ›böse‹ und ›Wien‹ ein und macht sich dann daran, die Ergebnisliste abzuarbeiten?«

»Eigentlich sind Sie ziemlich intelligent, Bergmann …«

»Danke … was jetzt? Den nächsten Briefeschreiber?«

»Nein, das nächste Internetcafe …«

Warum sich Schäfer wie immer neben ihn setzte und ihm auftrug, was er in die Suchmaschine eingeben sollte, anstatt es selbst zu tun, war Bergmann ein Rätsel. Vielleicht hatten sie es irgendwann einmal zufällig so gemacht und der Gewohnheit wegen beibehalten. Oder Schäfer wollte sich im Falle der Ergebnislosigkeit der Verantwortung entziehen. »Also, was suchen wir?«

»Geben Sie ›Hermann Born‹ und ›böse‹ ein …«

Nachdem Bergmann auf die Entertaste gedrückt hatte, erschienen auf den ersten drei Seiten ein paar Sachbücher, ein Autohaus, Filmkritiken sowie zahlreiche Blogeinträge. Auf Seite vier wurden sie fündig: Ein deutsches Nachrichtenmagazin hatte 1997 einen Artikel über Born mit dem Titel »Der böse Österreicher« verfasst. Schäfer ließ Bergmann auf den Link klicken, überflog den Bericht und notierte sich die Adresse der Seite. Danach wiederholten sie den Vorgang mit »Erwin Schröck«. Hier tauchte schon auf der zweiten Seite ein Essay eines Globalisierungskritikers über »Die Bösen der Börse« auf – und Schröck war ein ganzer Absatz gewidmet. Schäfers Begeisterung über diese Ergebnisse wurde allerdings schnell gedämpft, als Bergmann ungefragt »Johannes Schäfer« und »böse« eingab und bald eine vier Jahre alte Reportage fand, in der es um die zweifelhaften Methoden bei einer Mordermittlung ging.

»Diese Ärsche«, ereiferte sich Schäfer, während er den Artikel las, »was hätte ich denn machen sollen bei dem Bollwerk an Anwälten, das dieses Schwein aufgestellt hat …«

»Mich müssen Sie nicht überzeugen … ich wollte Ihnen nur zeigen, dass man mit so einer Suchmaschine so gut wie jeden mit allem in Verbindung bringen kann … deswegen heißt es wohl auch Internet …«

»Schlaumeier … los, besuchen wir den nächsten Schreiberling.«

Um fünf kamen sie ins Kommissariat zurück. Neben Buttenhauser hatten sie nur einen weiteren der Briefeschreiber zu Hause angetroffen. Hunde, die bellen, beißen nicht, war Schäfer nach ein paar Minuten in der Wohnung des Mannes eingefallen. Ein verwirrter Querulant, der sich mit der Anfeindung von allen möglichen Personen über die Jahre eine solide Paranoia angezüchtet hatte. Überall lauerten Feinde: die Katze des Nachbarn, der Briefträger und natürlich die CIA. Und um sein Alibi zu überprüfen, reichte es, ein paar Nachbarn zu befragen, die den Mann zur fraglichen Zeit bei seinen Observationsrunden im Haus und im Hof gesehen hatten.

Bergmann überzeugte Schäfer, die Sache mit der Suchmaschine noch nicht zum offiziellen Gegenstand der Ermittlungen zu machen. Schließlich war jeder Mord böse und fast jeder Mensch nach Ansicht irgendeines anderen auch. Dem musste Schäfer widerwillig zustimmen. Da ihm das Thema jedoch keine Ruhe ließ, rief er den Gerichtspsychiater an und konnte ihn dazu bewegen, ihm noch am gleichen Abend für eine Stunde zur Verfügung zu stehen. Aber wirklich nicht länger, er habe ab acht Uhr Gäste und die könne er unmöglich vertrösten.

Um sieben verließ Schäfer das Büro und fuhr mit der Straßenbahn in den fünfzehnten Bezirk, wo der Psychiater seine Praxis und zugleich seine Wohnung hatte. Dauernd diesen Wahnsinn im Haus zu haben, dachte Schäfer, als er anläutete, wie schaffte man es da, nicht selbst wahnsinnig zu werden.

»Wenn wir die bisherigen Erkenntnisse nehmen und davon ausgehen, dass der Mörder auch Schröck töten wollte: Dann haben wir eine kräftige Person, höchstwahrscheinlich einen Mann, intelligent, kontrolliert, brutal und gleichzeitig ... na ja: gnädig wäre übertrieben, aber er hat Born nicht mit der Säure gefoltert, sondern sie nach unseren letzten Erkenntnissen benutzt, um sein Gehirn zu zerstören ...«

»Sie haben es sehr wahrscheinlich mit einem Psychopathen zu tun ...«

»Ja, das weiß ich auch ...«

»Nicht in dem Sinn, wie es umgangssprachlich gebraucht wird. Mit einem Menschen, auf den das klinische Bild der Psychopathie zutrifft: affektarm, aber dennoch fähig, sich selbst und anderen Gefühle vorzumachen ... er kann sich konfliktfrei für einen guten Menschen halten, während er einen anderen tötet ... asoziales Verhalten ohne ein vordergründig erkennbares Motiv, egozentrisch und von den eigenen Ideen überzeugt bis zur Wahnvorstellung, unfähig, die Folgen einer Tat abzuschätzen … oft auch angstfrei … deshalb auch sehr risikobereit und in seinen Reaktionen schwer einzuschätzen …«

»Sie sprechen von unserem Innenminister …«

»Den kenne ich zu wenig«, fuhr der Psychiater fort, ohne auf Schäfers Scherz zu reagieren, »aber es ist durchaus nicht ungewöhnlich, Menschen mit Psychopathie in hohen politischen oder wirtschaftlichen Positionen anzutreffen. Dass ein Psychopath zwangsläufig zum Verbrecher wird oder jeder Mörder ein Psychopath ist, ist schlicht falsch …«

»Wie wird man so?«

»Da scheiden sich die Geister … genetische Disposition, Erziehung, Umwelteinflüsse, Traumata in der frühen Kindheit, Gehirnverletzungen oder Abweichungen im Gehirnstoffwechsel … meistens kommen wohl mehrere Ursachen zusammen …«

»Könnte unser Täter bis vor Kurzem ein ganz gewöhnliches Leben geführt haben und irgendein Zwischenfall trifft ihn so hart, dass er zum Mörder wird?«

»Möglich, aber unwahrscheinlich … soweit ich das beurteilen kann, handelt es sich bei dieser Tat nicht um die Folge eines psychotischen Anfalls, dafür ist sie zu gewissenhaft geplant, dazu sind Schizoide selten fähig … das Schwierige ist wohl, dass Sie einen kranken Menschen suchen, dessen Krankheit außerhalb seiner Verbrechen gar nicht auffallen muss …«

»Haben Sie schon des Öfteren mit solchen Menschen zu tun gehabt?«

»Gewiss … wobei das auch eine Frage der persönlichen Einschätzung ist … ich kann ja ein dementsprechendes Gutachten nicht auf Basis eines Bluttests verfassen … und eine Psychopathie bedingt ja nicht automatisch Unzurechnungsfähigkeit … wie gesagt: Es laufen viele herum, die es anders ausleben als durch physische Gewalt …«

»Die Frage bleibt dennoch, wie wir ihn finden …«, meinte Schäfer mehr zu sich selbst als zu seinem Gesprächspartner.

»Da müssen Sie wohl auf Ihre eigenen Methoden vertrauen«, antwortete der Psychiater, stand auf und reichte Schäfer die Hand, um ihn zu verabschieden.

10

Der Anruf kam um 13:32 Uhr. Ein Beamter der Polizeiinspektion Ottakring teilte ihnen mit, dass ein türkischer Junge seine Schwester tot in ihrer Wohnung aufgefunden hatte. Erstochen mit einem Küchenmesser, wie der Inspektor präzisierte. Schäfer informierte die Spurensicherung und den Gerichtsmediziner und lief mit Bergmann in die Tiefgarage. Während der Fahrt presste er seine Fäuste auf die Oberschenkel, um das Zittern unter Kontrolle zu bekommen, das ihn nach dem Telefonat befallen hatte. Ob alles in Ordnung sei, wollte Bergmann von ihm wissen und bog vom Gürtel in die Thaliastraße ab. Sicher, erwiderte Schäfer, nahm sein Telefon und rief eine Dolmetscherin an, die er zum Tatort bat.

Im Hausgang sowie im Eingangsbereich der Wohnung standen zahlreiche Leute, die entweder lauthals schluchzten oder aufgeregt diskutierten. Schäfer befahl dem uniformierten Polizisten, alle Nichtfamilienmitglieder in eine Nachbarwohnung zu schaffen. Außerdem brauchte er einen Beamten, der die Haustür bewachte. Niemand dürfe hinaus; wer hineinwolle: Personalien aufnehmen und bei verdächtigem Verhalten vorübergehend festnehmen.

Schäfer ging bis an die Schwelle des Zimmers, in dem das tote Mädchen lag. Nur mit Jeans und einem BH bekleidet, ein Küchenmesser in der Brust. Er schluckte, wollte hineingehen und das Mädchen zudecken, damit dieses schreckliche Bild verschwand. Er stand immer noch im Türrahmen, als ein Beamter der Spurensicherung hinter ihn trat und sich an ihm vorbei ins Zimmer drängte.

Schäfer ging mit gesenktem Blick ins Wohnzimmer, wo sich Bergmann mit dem Bruder der Ermordeten aufhielt. Der Junge, bestimmt nicht älter als zwölf Jahre und zwei Köpfe kleiner als seine Schwester, stand sichtlich unter Schock. Bergmann hielt seine Hand, ohne mit ihm zu reden.

»Wo sind deine Eltern?«, wollte Schäfer wissen.

»Meine Mutter ist im Krankenhaus ... wo mein Vater ist, weiß ich nicht.«

»Aber er wohnt hier, oder?«

»Ja ...«

»War er heute schon hier?«

»Ja ...«

»Hat sonst noch wer einen Schlüssel für die Wohnung?«

»Nein ...«

»Wo ist dein Vater normalerweise, wenn er nicht zu Hause ist?«

»Kaffeehaus oder so ...«

»In welchem?«

»Weiß ich nicht genau ... am Brunnenmarkt ...«

Schäfer wurde plötzlich übel. Er lief in den Flur und riss eine Tür auf, hinter der er das Badezimmer vermutete. Glück gehabt, sagte er sich und ging vor der Klomuschel auf die Knie. Danach spülte er sich den Mund aus und wusch sich das Gesicht. Er sah sein Spiegelbild, sein wirrer Blick erschreckte ihn. Er nahm ein Handtuch mit für den Fall, dass er sich noch einmal übergeben musste, und setzte sich im Flur auf einen Hocker. Dann rief er im Kommissariat an.

»Ja, gebt mir einen Einsatzleiter der Wega ... Servus, Schäfer hier ... Ich brauche ein Team am Brunnenmarkt ... Wir suchen einen Türken, der dringend tatverdächtig ist, seine Tochter ermordet zu haben ... Ähm, warte einen Moment ...« Schäfer ging ins Wohnzimmer und fragte den Jungen, wie sein Vater heiße und ob er ein Foto von ihm habe.

»Ceki Büyük ... Ich schicke einen meiner Leute mit dem Foto zum Brunnenmarkt, Ecke Thaliastraße ... Ja, Admiral, Bezikim, die üblichen Läden halt ... Sicher, volle Montur, großer Aufmarsch ... Tut mir einen Gefallen und werft ein paar Tische um ... Danke, Bernhard.«

Er stand im Flur und starrte an die Wand. Diese scheußliche Mistbude ... in jeder Faser hängt der Gestank von hundert Hammeln ... diese verdammten Arschlöcher ... ihre eigenen Kinder umbringen ... und natürlich die Tochter, weil die ja überhaupt nichts wert ist ... diese verfickten anatolischen Eseltreiber. Um nicht loszuheulen, trat Schäfer einen Schirmständer um und schlug dann mit der Faust auf einen Wandspiegel ein, der mit einem gewaltigen Klirren zersplitterte. Bergmann kam aus dem Wohnzimmer gelaufen, ein Beamter der Spurensicherung stand gleichzeitig mit ihm vor Schäfer. Bestürzt sahen sie ihn an.

»Wollen Sie lieber ins Kommissariat zurück?«, fragte Bergmann vorsichtig.

»Ich gehe kurz hinaus ... brauche ein bisschen frische Luft ... ist ja nicht auszuhalten hier ...«

Vor dem Gebäude ging er zu einer Gruppe von Schaulustigen und fragte, ob jemand eine Zigarette für ihn habe. Ein junger Türke zog gleich seine Packung heraus und gab ihm zwei.

»Sie bluten«, er gab Schäfer Feuer, »da, an Ihrer Hand.«

Schäfer drehte sich kommentarlos um und setzte sich auf eine Bank neben einem Ballspielkäfig. Er zündete sich die zweite Zigarette an der ersten an, sog den Rauch ein, als wäre es Sauerstoff, der ihn vor dem Ersticken rettete. Teilnahmslos betrachtete er das Blut, das auf seine Hose tropfte. Was passierte mit ihm? War er dabei, verrückt zu werden? Stand er vor einem Amoklauf?

Telefon: Der Einsatzleiter der Wega; sie hatten den Mann gefasst; kein Widerstand, wohin sollten sie ihn bringen? Schäfer gab die Adresse durch und wartete, bis der Kleinbus der Sondereinheit eintraf. Zwei schwer bewaffnete Polizisten kamen auf ihn zu, zwischen sich einen wesentlich kleineren Mann in Handschellen, mit aufgeschlagener Lippe, blau geschwollener Nase und blutigem Hemd. Wohin sollten sie ihn bringen?

»Zweiter Stock«, deutete Schäfer auf das Haus, »Bergmann ist oben … lasst ihn das machen … danach aufs Revier mit ihm … und lasst den Türken davor ein frisches Hemd anziehen … das schaut nicht gut aus …«

Ein paar Minuten nachdem die Männer das Haus betreten hatten, stand Schäfer auf und ging ebenfalls zum Eingang. Nein, er konnte da nicht mehr hinauf. Er machte kehrt und ging zur nächsten Straßenbahnhaltestelle.

Kurz vor neun traf Bergmann im Kommissariat ein, wo er Schäfer vorfand, der in seinem Sessel schlief und ein paar Minuten später die Augen aufschlug.

»Geht's Ihnen besser?«

»Weiß nicht … wo ist der Türke?«

»U-Haft …«

»Hat er gestanden?«

»Nein … er behauptet, dass er es nicht war …«

»Glauben Sie ihm?«

»Nein … als er seine Tochter gesehen hat, hat er sich umgedreht und ist in die Küche gegangen, um zu rauchen …«

»Alibi?«

»Da müssen wir noch abwarten, was der Koller sagt … sie ist gegen Mittag gestorben, er ist gegen Mittag in seinem Stammlokal aufgetaucht …«

»Was ist mit den Nachbarn?«

»Nicht so einfach … wenn ich der Dolmetscherin glauben

soll, halten ihn die einen für einen Tyrannen und Schläger und die anderen für einen vorbildlichen Vater, der seine Kinder über alles geliebt hat …«

»Wohnen keine Deutschsprachigen in dem Haus?«

»Doch, eine Studenten-WG ganz oben … aber die konnten dazu überhaupt nichts sagen …«

»Was ist mit dem Sohn?«

»Den hat seine Tante zu sich genommen …«

»Irgendein Hinweis, dass er seine Kinder geschlagen hat?«

»Bis jetzt noch nicht … wie gesagt: Koller muss das Mädchen noch obduzieren …«

»Ich hasse diesen Fall … ich hasse diesen Menschen … können wir das Schwein nicht in einem Park an einen Baum binden und ihm ›böse‹ auf die Stirn schreiben … vielleicht ist sein Hirn dann morgen in Phosphorsäure aufgelöst …«

»Sie sollten nach Hause gehen … Sie muten sich zu viel zu … mit den Medikamenten und …«

»Was soll das heißen?«

»Dass das nicht so ohne ist … diese Behandlung und dazu der dauernde Stress … ich habe im Internet einen Artikel über einen Mann gelesen, der sechs Wochen dasselbe Medikament genommen hat wie Sie … davor war er ein vorbildlicher Familienvater, dann hat er seine Schwiegermutter mit einer Axt erschlagen …«

»Haben Sie seine Schwiegermutter gekannt?«

»Sie sollten das nicht ins Lächerliche ziehen … der Mann ist übrigens wegen Unzurechnungsfähigkeit freigesprochen worden … und die Pharmafirma musste ein paar Millionen Dollar zahlen …«

»Das heißt, wenn ich durchdrehe, könnte ich vielleicht sogar damit davonkommen?«

»Ich denke dabei nicht so sehr an Sie …«, erwiderte Bergmann.

»Und warum recherchieren Sie dann so etwas …?«

»Vielleicht weil ich nicht selbst mit einer Axt erschlagen werden will …«

»Jetzt übertreiben Sie nicht, Bergmann«, Schäfer gähnte und stand auf, »zur Not erschießen Sie mich einfach.«

»Ich glaube, das brächte ich nicht fertig …«

»Gute Nacht, treuer Kollege … bleiben Sie nicht zu lange.«

»Ich schreibe noch den Bericht … gute Nacht.«

Obwohl sein Wohnhaus über einen Lift verfügte, schleppte sich Schäfer die Stiegen hinauf. Vor der Wohnungstür blieb er stehen, nahm den Schlüssel aus der Hosentasche und steckte ihn ins Schloss. Dann zog er ihn wieder heraus, ging zu Wedekinds Tür und läutete.

Als dieser öffnete und ihn freundlich empfing, senkte Schäfer den Blick, um seine Tränen zu verbergen. Wedekind nahm ihn für einen Moment unbeholfen in die Arme und schob ihn dann in seine Wohnung.

»Keine Sorge, Herr Major … das kriegen wir schon wieder hin.«

11

Noch vor der Morgenbesprechung zitierte Kamp ihn zu sich. Die Falten, in die der Oberst seine Stirn legte, machten Schäfer klar, dass er nicht zu einer freundschaftlichen Plauderei geladen war.

»Was war das gestern?«

»Ich weiß nicht, was Sie meinen …«

Kamp stand auf, kam hinter seinem Schreibtisch hervor und stellte sich mit dem Rücken zu Schäfer ans Fenster.

»Haben Sie Ihren Verstand verloren?«, herrschte er die Scheibe an und drehte sich ruckartig um. »Sechs Beschwerden von Gastwirten, deren Lokale von der Wega gestürmt worden sind … mit einem Sachschaden, der uns bei solchen Einsätzen nicht passieren darf … Werft ein paar Tische um! … Haben Sie das dem Einsatzleiter allen Ernstes aufgetragen? … Um einen Mann zu verhaften, der dort mit seinen Freunden Karten spielt, und ihm dann auch gleich noch einen Zahn auszuschlagen und die Nase zu brechen … kein Tatverdacht! … Und jetzt schauen Sie sich das da an!«

Kamp warf Schäfer eine Tageszeitung in den Schoß, auf deren Titelbild der Vater des ermordeten Mädchens von vier vermummten Polizisten aus einem Lokal gezerrt wurde, das Hemd voller Blut, um ihn herum wild gestikulierende Passanten. Und? Hätte er selbst hineingehen und sich abstechen lassen sollen? Was regte sich der Oberst so auf wegen ein paar kaputten Gläsern?

»Das scheint Sie überhaupt nicht zu berühren, oder, Schäfer?«

»Der Mann hat ...«

»Was hat er? Eine tote Tochter, ja ... aber er ist nicht vorbestraft, er hat die österreichische Staatsbürgerschaft, er arbeitet seit über zwanzig Jahren hier ... es gibt keinen einzigen Zeugen, der die Tat beobachtet hat ... der Mann ist bis zum Beweis des Gegenteils ein unbescholtener Bürger, und so haben Sie ihn auch zu behandeln ... was zum Teufel ist da in Sie gefahren?«

»Nach Besichtigung des Tatorts war ich der Meinung, dass der Vater als Einziger für die Tat infrage kommt ...«

»Ach ja, der Tatort ... wo Sie einen Wandspiegel zertrümmert haben ... wo Sie zwanzig Personen in einer Wohnung festhalten ließen, bis Ihr Kollege Bergmann so umsichtig war, diese gehen zu lassen ...«

»In Anbetracht der dort wohnenden ... der kulturellen ...«

»Warum sagen Sie nicht gleich, was Sie denken? Tschuschen? Kanaken? Mein Gott, Schäfer, wann sind Sie zum Faschisten geworden?«

Kamp ließ sich in seinen Sessel fallen und begann, sich mit geschlossenen Augen die Schläfen zu massieren.

»Ich nehme Ihnen den Fall weg ... Bruckner übernimmt.«

Ein Stoß ins Herz; Schäfer wusste nicht, was er darauf sagen sollte. Er schaute dem Oberst in die Augen und wandte dann den Blick ab. Schließlich stand er auf, um das Büro zu verlassen. Als er an der Tür war, rief ihn Kamp zurück.

»Setzen Sie sich wieder hin«, sagte der Oberst mit einem Seufzen, worauf Schäfer wie ein gestauchter Schuljunge zum Sessel schlich.

»Sehen Sie ... ich war selbst oft in der Situation, wo ich einen Täter oder auch nur einen Verdächtigen ohne Konsequenzen verletzen oder sogar töten hätte können ... aus heutiger Sicht habe ich ein paar auch tatsächlich zu hart angefasst ... wenn ein Kollege verletzt wird oder gar Kinder im

Spiel sind … es gehört zum Schwierigsten, in solchen Situationen die Kontrolle zu bewahren … aber je öfter Sie sie verlieren, desto mehr verlieren Sie auch an Respekt … den Ihrer Mitmenschen und Ihren eigenen … geben Sie diesen Impulsen zu oft nach, und Sie sind auf der anderen Seite … Sie genießen natürlich eine Zeit lang den Schutz der Kollegen, werden vom Rechtssystem bevorzugt behandelt … aber irgendwann besteht der Unterschied nur mehr in der Dienstmarke … ich weiß nicht, wie oft ich Ihnen das schon gesagt habe: Mit Ihrer Dienstwaffe tragen Sie eine riesige Verantwortung … und im Augenblick sehe ich Sie an einem Punkt, wo ich Sie als Ihr Ausbilder nie haben wollte … auf so einen Mann kann ich nicht stolz sein, und um das geht es mir, Major … dass wir stolz auf uns sein können, weil wir unserer Aufgabe gerecht werden … Sie müssen besser sein als die anderen, dafür haben Sie sich entschieden, als Sie bei uns angefangen haben … also, was geht in Ihnen vor?«

»Es ist so, wie Sie es gesagt haben … ich habe den Impulsen nachgegeben … ich habe das Mädchen gesehen, mit seinen glänzenden schwarzen Haaren, diese hübschen ausgeprägten Backenknochen, die so typisch für kurdische Frauen sind … er hat das Messer stecken lassen … das hat dieses Bild noch viel grausamer gemacht …«

»Sie war nicht das erste tote Mädchen, das Sie gesehen haben …«

»Ich weiß … aber ich habe es an mich herangelassen … ich habe es nicht filtern können … es hat mich getroffen wie schon lange nichts mehr …«

»Gehen Sie noch zu Ihrem Therapeuten?«

Schäfer nickte stumm.

»Reden Sie mit ihm darüber … fressen Sie das nicht in sich hinein … das macht es nur noch schlimmer.«

Bevor Schäfer in sein Büro ging, sperrte er sich für eine Viertelstunde in der Toilette ein. Zum Glück hatte Kamp ihn noch einmal zurückgeholt. Sonst ... was sonst? Hätte er gekündigt? Wäre er zu Mugabe gelaufen und hätte sich über die ungerechte Behandlung beschwert? Nein ... Kamp hatte recht ... doch was sollte er mit seinem Therapeuten besprechen?

Dass in seinem limbischen System die Weichen falsch gestellt waren? Schön zu wissen ... aber was sollte er dagegen tun ... er hatte schließlich keinen zweiten Polizisten im Kopf, der ihm sagte: Obacht, Schäfer, Dopamin und Serotonin im kritischen Bereich, Arbeit einstellen, nach Hause fahren und Baldriantee trinken. Das war ja kein Ausschlag, den er auf seiner Haut betrachten konnte ... das war in ihm ... das war er selbst.

In der Morgenbesprechung war er unkonzentriert, er verlor die Zusammenhänge und vertraute schließlich darauf, dass seine Kollegen unter der Obhut von Bergmann alles richtig machen würden. Strasser hatte eine Verbindung von Schröck zu Born herstellen können; beide hatten sie Anteile an einer Beratungsfirma, die sich in erster Linie mit der Sanierung von Unternehmen befasste. Naheliegend, dass sie sich dabei auch einmal getroffen hatten, was Schröck bisher allerdings nicht erwähnt hatte.

Als Kovacs wissen wollte, wie sie in dem Fall des ermordeten Mädchens weitermachen sollten, warfen sich Schäfer und Bergmann einen fragenden Blick zu. Gut, er wusste es also. Gar nicht würden sie weitermachen; sie müssten sich auf ihren Fall konzentrieren und Bruckners Gruppe hatte Kapazitäten frei.

Auf dem Weg ins Büro schaute Schäfer bei Schreyer vorbei und lieh sich dessen Conrad-Katalog aus – ein tausend Seiten starkes Konvolut, in dem sich wohl das gesamte technische

Sortiment befand, das man auf diesem Planeten kaufen konnte. Wenn Schäfer mit diesem Katalog über die Gänge spazierte oder in seinem Büro saß, wussten inzwischen die meisten seiner Kollegen, dass sie ihn nur in Notfällen ansprechen sollten. Er saß dann mit dem kiloschweren Katalog vor sich am Schreibtisch und murmelte Dinge wie: »Ein elektronischer Katzenlehrer … unglaublich … eine Ionisator-Pyramide zur Luftreinigung … hmhmhm … ein Sonargerät zur Wühlmausvertreibung … was es alles gibt.«

Am frühen Nachmittag hatte er sich wieder gefangen, und er beschloss, bei Bruckner vorbeizuschauen und mit ihm über das tote Mädchen zu sprechen. Er war draußen, klar, aber bis der Täter nicht verurteilt war, würde ihm der Fall ohnehin keine Ruhe lassen.

»Da«, meinte Bruckner und legte Schäfer einen Stapel Fotos hin, von denen sich dieser nur die Detailaufnahmen der Verletzung und die Aufnahmen des Raums ansah.

»Drei Einstiche … der in der Mitte ist der tödliche …«

»Ja … weshalb wir davon ausgehen, dass der Täter sie festgehalten und ihr das Messer an die Brust gedrückt hat … dabei dürfte sie die zwei Stiche erlitten haben, die nur oberflächlich eingedrungen sind …«

»Dann wollte sie sich wahrscheinlich losreißen und er hat zugestoßen …«

»Sieht Föhring auch so …«

»Ist Koller nicht da?«

»Doch … aber der hat sonst genug zu tun …«

»Gut … sonst was Neues?«

»Sie hat einen Freund gehabt … ist an derselben Schule … siebzehn … ich fahre jetzt zu ihm … willst du mit?«

»Du weißt, dass Kamp mich abgesägt hat?«

»Und? Wird wohl nicht verboten sein, dass ich dir was beibringe«, meinte Bruckner schmunzelnd.

Der Junge wohnte in einem Gemeindebau im fünfzehnten Bezirk. Er war eben von der Schule heimgekommen, hatte vom Tod seiner Freundin erst am Vormittag erfahren. Dementsprechend aufgelöst war er.

»Wie war ihr Vater zu ihr?«, fragte Bruckner, nachdem er sein Notizbuch herausgeholt hatte.

»Gemein … er hat Dana geschlagen … nicht oft … aber er ist ein Arschloch …«

»Hat er sie verletzt … so, dass sie zu einem Arzt musste …?«

»Einmal … vor zwei Jahren, glaube ich … da hat er Dana die Hand gebrochen … sie haben gesagt, dass es beim Handball passiert ist …«

»Weißt du, bei welchem Arzt sie war?«

»Im AKH … keine Ahnung …«

»Was ist mit ihrer Mutter?«

»Die ist besser … aber jetzt ist sie seit zwei Wochen im Krankenhaus … wegen der Schwangerschaft, weil es da Komplikationen gibt … und seitdem …«

»Seitdem?«

»Da war Dana mit ihrem Bruder und ihrem Vater allein zu Hause … und da ist es schlimmer geworden …«

»Glaubst du, dass ihr Vater sie getötet hat?«

»Wer denn sonst«, erwiderte der Junge und senkte den Blick, »wer hätte sie denn sonst umbringen sollen?«

»Was ist mit anderen männlichen Verwandten? Jemand, den es gestört hat, dass sie dich als Freund hat?«

»Das hat ja kaum wer gewusst … die Türken bei uns in der Schule sind da nicht mehr so … wenn es nicht um die eigene Schwester geht, meine ich …«

»Hat sie Angst gehabt, dass er sie töten könnte?«

»Sie hat Angst gehabt vor ihm … das ist doch normal … dieses Arschloch … sagt er, dass er es nicht gewesen ist?«

»Ja … er sagt, dass sie noch gelebt hat, als er das Haus verlassen hat …«

»Lügner …«

Eine Stunde später waren sie auf dem Weg zurück. Bruckner hatte dem Jungen die Telefonnummer eines Psychologen gegeben, den er jederzeit anrufen könne. Doch an der Reaktion des Jungen hatten sie erkennen können, dass er es nicht machen würde. Erwachsene waren Feinde, jetzt bestimmt noch mehr.

»Was hältst du von ihm?«, wollte Bruckner von Schäfer wissen.

»Klingt alles plausibel … ein paar Antworten kamen allerdings fast zu schnell …«

»Ist mir auch aufgefallen … aber er hat ein Alibi … der Junge ist ziemlich fertig …«

»Ja … das wäre ich auch.«

Die Forensik hatte einen vorläufigen Bericht geschickt. Die einzigen Fingerabdrücke am Messer waren die des Vaters. Die Tür war nicht aufgebrochen worden, keine fremden Fingerabdrücke an der Tür oder in der Wohnung. Das würde reichen, um den Vater in Haft zu behalten.

Nach Dienstschluss fuhren Schäfer und Bergmann nach Steinhof, um zu laufen. Wo sie sich normalerweise angeregt unterhielten, wechselten sie diesmal kaum ein Wort. Schäfer hatte ein schlechtes Gewissen. Sein Verhalten vom Vortag fiel schließlich auf die ganze Abteilung zurück. Auch Bergmann und den anderen war ein Fall entzogen worden, ohne dass sie irgendeine Schuld traf. Mehr als eine kurze Entschuldigung brachte er dennoch nicht hervor. Doch an Bergmanns Gesichtsausdruck konnte er erkennen, dass das schon mehr war, als dieser erwartet hatte.

Später saß Schäfer vor dem Fernseher und wechselte je

nach Werbepause zwischen drei Serien. Als ihm die Zusammenhanglosigkeit der Geschichten auf die Nerven zu gehen anfing, schaltete er ab und legte sich ins Bett.

Um drei Uhr weckte ihn das Telefon.

»Schäfer!«, hörte er seinen Kollegen Martinek aus dem Telefon schreien, »ich hab deine Nummer! Gleich oder morgen früh?«

Schäfer wälzte sich auf die Seite und sah auf den Wecker.

»Heute früh ist früh genug«, antwortete er schlaftrunken, »danke dir.«

12

Ein Kleindealer, der bei einer Razzia vorübergehend festgenommen worden war, hatte die Nummer, von der Born angerufen worden war, in seinem Telefon gespeichert. Sie gehörte einem gewissen Milo. Milo wie noch?, wollte Schäfer wissen, doch da hatte sein Kollege bei der Befragung bloß ein Schulterzucken als Antwort bekommen. Was sollte er machen? Den Dealer anklagen, weil er eine Telefonnummer in seinem Handy hatte, die Schäfer als wichtig für seinen Fall erachtete? Ihm androhen, dass er in einen Mordprozess verwickelt werden würde? Nichts dergleichen konnte er tun. Nach der Kopfwäsche bei Kamp würde er sich zumindest eine Zeit lang streng an die Vorschriften halten. Leitner sollte sich darum kümmern, diesen Milo auszuforschen, teilte Schäfer bei der Morgenbesprechung mit.

»Bringen die vom Verfassungsschutz eigentlich irgendwas ein?«, wandte er sich anschließend an die Runde.

»So gut wie gar nichts«, erwiderte Bergmann, »ein paar Namen, die Kollege Strasser längst schon herausgefunden hat … und wenn das Gerücht stimmt, waren sie auch bei der Israelitischen Kultusgemeinde und haben sogar einen Verbindungsmann vom Mossad befragt …«

»Mossad? Drehen die jetzt komplett durch? Was wollen die mit dem israelischen Geheimdienst?«

»Das ist noch nicht offiziell … ich denke, es hat mit diesem Aufdeckerbericht zu tun, der vor gut einem Monat in den Medien war … die israelische Todesschwadron, die 1945 durch Österreich gezogen ist und Nazis hingerichtet hat …«

»Da blicke ich nicht durch … diese Leute sind entweder tot oder an die hundert Jahre alt …«

»Nachahmer vielleicht«, meinte Kovacs vorsichtig, »welche, die der Bericht inspiriert hat?«

»Und Schröck? … Der ist keine vierzig und höchstens ein Geldfaschist …«

»Stimmt auch wieder …«

»Ich rede noch heute mit einem Bekannten von der Israelitischen Kultusgemeinde«, sagte Schäfer, »damit die wissen, dass das nicht auf unserem Mist gewachsen ist … wenn überhaupt in die Richtung weiterermittelt wird … ja, dann habe ich noch eine Aufgabe für Sie, Kollegin Kovacs: Nehmen Sie sich bitte die psychiatrischen Einrichtungen, offene wie geschlossene, vor … vielleicht war unser Mann bis vor Kurzem oder irgendwann früher Patient … und lassen Sie sich nicht entmutigen, wenn man Sie auf die Verschwiegenheitspflicht hinweist … irgendwer redet immer.«

Zurück im Büro, sah sich Schäfer die Videoaufzeichnung der Vernehmung an, um die er Bruckner gebeten hatte. Er wurde nicht schlau daraus. Der Mann stritt hartnäckig ab, seine Tochter getötet zu haben. Er sei zu Mittag nach Hause gekommen, habe sich etwas zu essen gerichtet – ein halbes Hähnchen vom Vortag, Tomaten, Oliven und Weißbrot – und die Wohnung eine Stunde später wieder verlassen. Zu diesem Zeitpunkt sei seine Tochter in ihrem Zimmer gewesen, lebend. Noch einmal: Ich habe sie nicht erstochen! Aber warum zeigte der Mann dann weder die Reaktionen eines Verdächtigen, der fälschlich beschuldigt wird – Wut, Schreien, sich langsam aufbauende Verzweiflung –, noch die typischen Verhaltensweisen eines Lügners? Und wenn er wirklich unschuldig war: Wie konnte er dem Tod der eigenen Tochter so emotionslos gegenüberstehen? Ein Mord aus dem klassischen

Ehrenmotiv? Da stürzte so gut wie jeder in die Fallen, die Bruckner im Verhör zu stellen wusste, vorgetäuschtes Verständnis – insgeheim verstehe ich Sie ja, es gibt einfach keine Ehre mehr, keine traditionellen Werte –, dann Provokation – es hat Ihnen nicht gefallen, dass Ihre Tochter sich von diesem kleinen Österreicher hat ficken lassen … was auch immer, Schäfer wurde nicht schlau aus diesem Mann … gut, es war auch nicht mehr sein Fall. Die Staatsanwaltschaft würde Anklage erheben, der Mann würde ziemlich sicher verurteilt werden – ein muslimischer Patriarch weniger.

Schäfer sah sein Adressbuch durch und rief Arnos Goldmann an, seinen Bekannten in der Israelitischen Kultusgemeinde. Er sagte ihm, worum es ging und dass er im Laufe des Nachmittags bei ihm vorbeischauen wolle. Für den Fall war dieses Treffen nicht unbedingt notwendig – doch Schäfer hatte Goldmann gern, es würde guttun, mit jemandem von außerhalb des Polizeidienstes zu reden, zudem schätzte er dessen Fantasie, die so völlig außerhalb seiner eigenen Denkweise war.

Bevor er das Büro verließ, las er noch den Bericht der Spurensicherung zum Einbruch bei Schröck. Das Schloss war professionell geknackt worden, die Alarmanlage deaktiviert – offensichtlich jemand, der sein Handwerk verstand.

Schäfer schloss die Augen und ließ den Mord an Born sowie den Einbruch wie einen Film ablaufen. Ein Spezialist … Techniker, Mechaniker … jemand mit einer kriminellen Vorgeschichte.

»Bergmann … können Sie alle Männer bis fünfzig überprüfen, die von Anfang letzten Jahres bis zur Woche, in der Born ermordet wurde, aus der Haft entlassen worden sind? Schwerpunkt auf Einbruch, Autodiebstahl, Körperverletzung …«

»Kein Problem … übrigens ist mir heute Morgen eingefallen, wo Sie diesen Namen herhaben könnten, von dem Sie neulich erzählt haben ...«

»Welcher Name?«

»Ihre Honigeisassoziation ... Bienenfeld ...«

»Davon habe ich Ihnen erzählt?«, fragte Schäfer verwundert.

»Allerdings ... Sie haben mich mitten in der Nacht angerufen und nach zwei Minuten wieder aufgelegt ...«

»Oh ... ’tschuldigung«, Schäfer konnte sich beim besten Willen nicht an dieses Gespräch erinnern.

»Sein Name war zusammen mit einem Porträt auf einer der Schautafeln in der Spiegelgrundausstellung ... eins der wenigen Kinder, die überlebt haben ...«

»Und der hat Bienenfeld geheißen?«

»Ich bin mir ziemlich sicher, ja ... Namen vergesse ich nicht so leicht ...«

»Ich anscheinend schon ...«

Schäfer nahm sein Jackett von der Rückenlehne des Sessels, ärgerte sich kurz über die Falten, die es dort bekommen hatte, und verließ das Büro. Goldmann wohnte im obersten Stock eines sehr sanierungsbedürftigen Altstadtpalais im ersten Bezirk. Nachdem Schäfer dreimal geläutet hatte, ohne dass der Türöffner aktiviert wurde, hörte er Goldmann von oben herabschreien. Schäfer trat auf den Gehsteig zurück, schaute nach oben und schaffte es gerade noch, dem Schlüsselbund auszuweichen, der ihm entgegenflog. Er hob ihn auf, sperrte die Tür auf und trat in das muffig riechende Atrium, das seine besten Zeiten wohl unter Österreichs letztem Kaiser gesehen hatte. Der Aufzug war wegen Wartungsarbeiten außer Betrieb. Schäfer stieg die Treppen in den vierten Stock hinauf und drückte die angelehnte Tür zu Goldmanns Wohnung auf.

»Der Türöffner ist kaputt«, begrüßte ihn sein Bekannter.

»Ja … und dein Schlüsselbund eine gefährliche Waffe …«

»Haha … komm rein, komm rein … setz dich … trink einen Tee mit mir …«

»Gerne«, Schäfer ließ sich auf eine purpurfarbene Samtcouch fallen, in die er bis zu den Beckenknochen versank. »Das Haus hat auch schon bessere Zeiten gesehen …«

»Wie wir alle, Johannes … wie wir alle«, erwiderte Goldmann und stellte ein Glas kalten Pfefferminztee vor Schäfer ab. »Willst du meinen derzeitigen Lieblingswitz hören? Ist wie für uns gemacht …«

»Hilft es was, wenn ich Nein sage?«

»Nein … also: Zwei Juden treffen sich 1941 auf der Kärntner Straße … der eine schaut seinem Landsmann auf den gelben Stern an dessen Brust und fragt: Na, auch Jude? Worauf der andere erwidert: Nein, Sheriff.«

Goldmann brach in schallendes Gelächter aus, was Schäfer mehr erheiterte als die eigentliche Pointe.

»Sehr gut … aber leider bin ich meistens zu feige, deine Witze weiterzuerzählen …«

»Wieso? Ihr seid doch eh alles Faschisten bei der Polizei … da kannst du sicher ordentlich punkten.«

»Womit wir uns diesen schlechten Ruf verdienen, möchte ich wissen …«

»Schau dir die Zeitungen an … war gestern wieder ein schönes Foto deiner Gestapo-Kollegen auf der Titelseite …«

»Du tust ihnen unrecht …«, sagte Schäfer und überlegte, ob er Goldmann die Wahrheit über den Einsatz am Brunnenmarkt erzählen sollte.

»Ich weiß … war doch nur ein Scherz … was wolltest du über den alten Born wissen?«

»Wissen … sein Kopf ist mit Säure übergossen worden … und jetzt hat der Verfassungsschutz euch im Visier …«

»Uns?«

»Na, die Juden … also nicht alle, aber jemanden, der wegen Borns antisemitischer Haltung durchgedreht ist … dazu die präzise Ausführung … keine Spuren …«

»Ah ja … und jetzt kommt gleich der Mossad ins Spiel …«

»Da liegst du gar nicht so falsch …«

»Ihr seid doch alles Idioten«, erwiderte Goldmann lachend, »kaum kratzt einer von diesen Faschisten ab, sind wir es gewesen … außerdem: der Mossad! Als ob der nichts Besseres zu tun hätte … überschätzt ihr da nicht ein wenig die Wichtigkeit von diesem Spinner?«

»Auf meinem Mist ist das nicht gewachsen«, verteidigte sich Schäfer. »Und meinen Kollegen wäre es wahrscheinlich nicht eingefallen, wenn nicht vorigen Monat diese Berichte über die jüdische Todesschwadron in den Medien aufgetaucht wären … die haben sich nach 1945 ja ganz schön ausgetobt …«

»Nur verständlich … aber die Nakam-Aktivisten von der Jüdischen Brigade … so ein Blödsinn. Wenn Born tatsächlich für Verbrechen in dieser Zeit verantwortlich gewesen wäre, könnte man ja noch spekulieren … aber der hat damals höchstens deutsche Schäferhunde am Schwanz gezogen … und sein Vater ist tot …«

»Da gebe ich dir recht … ich glaube auch nicht an ein Kommando … für mich ist das ein psychopathischer Einzeltäter, der sich ein paar in seinen Augen böse Menschen vornimmt … aber wir finden kein wirkliches Motiv und keine Zusammenhänge zwischen den Opfern …«

»Motiv … da redest du mit dem Richtigen … was hat es für ein Motiv gegeben, meine Großeltern zu töten? … Das Böse braucht kein Motiv … das ist ja seine innere Bedingung, dass es ohne Sinn ist …«

»Richtig … aber Born ist vor seiner Hinrichtung ziemlich sicher betäubt worden … der Täter hatte es offenbar gar nicht darauf abgesehen, dass Born das mit der Säure mitbekommt …«

»Bigotterie … geradezu typisch für euch schizoide Katholiken …«

»Kannst du bitte für ein paar Minuten mit diesem Außer-uns-Juden-sind-alle-böse-Scheiß aufhören?«

»Schon gut … lass dich doch nicht provozieren, mein lieber Tiroler Kreuzverehrer … lass mich mal nachdenken … ein Mensch, der von einem Auftrag beseelt ist … eine Faust Gottes sozusagen … da liegt ihr mit der Jüdischen Brigade ohnehin nicht ganz falsch … Rache im Namen der Gerechtigkeit … wie ein Engel, der mit dem flammenden Schwert herabstößt … religiöser Wahn?«

»Da fehlt mir die Inszenierung … irgendeine Botschaft, die er uns übermittelt … solche Leute wollen ja nicht als simple Mörder dastehen, die müssen sich auch eine Rechtfertigung schaffen … aber er hinterlässt nichts. Nichts in die Haut geritzt, nichts an die Wand gemalt, keine Psalmnummer, kein auffälliges Arrangement am Tatort … gar nichts.«

»Sehr abstrakt … andererseits …«

»Was?«

»Na ja … wenn du an Vampirgeschichten oder Ähnliches denkst: Da reicht es auch nicht, den Bösen zu erschießen, den musst du pfählen oder mit einer Silberkugel erschießen oder sonst was … bei Zombies zum Beispiel das Gehirn zerstören …«

»Und?«

»Schäfer … du warst auch schon einmal heller … für bestimmte Wesen braucht es außergewöhnliche Prozeduren, damit die Welt von ihnen befreit ist … die Hexen im Mittelalter sind ja auch meistens schon nach kurzer Zeit an Rauchgasvergiftung gestorben … aber das Ziel war es, sie der reinigenden Kraft des Feuers auszusetzen … damit der satanische Geist völlig vernichtet wird ... und in den Augen des Mörders war Born wahrscheinlich ein Wesen, das man nur mit Phosphorsäure vernichten kann ...«

»Aber inzwischen weiß doch jeder, dass sich ohnehin alles zersetzt, gleich nachdem einer gestorben ist ...«

»Aber du gehst ja nicht davon aus, dass du es mit einem rational und naturwissenschaftlich operierenden Täter zu tun hast, oder?«

»Nein, schon richtig ... aber was sollte Born und Schröck zu solchen Wesen machen? ... Sie sind nicht verwandt, schauen nicht ähnlich aus ... der eine alt, der andere jung ... wenn sie Vampire wären, hätten sie wenigstens zwei auffällige Beißer ... also das Gehirn ... was ist da drinnen ...«

»In deinem?«

»Nicht viel, schon klar ... entschuldige, dass ich die Pointe vorwegnehme ...«

»Ach, schade ... aber ich weiß, was du meinst ... es ist der Platzhalter für zahlreiche nicht stoffliche Phänomene ... Ethik, Erinnerung, Glaube, Liebe ...«

»Hass, Eifersucht ... das Böse ...«

»Natürlich ... Hitler ohne Kopf hätte keinen großen Schaden anrichten können ...«

Schäfers Telefon läutete. Leitner. Er hatte eben mit einem Zuhälter gesprochen, für den besagter Milo vor eineinhalb Jahren den Handlanger gespielt hatte. Mit Nachnamen hieß er Mesaric; ein Kroate, der in letzter Zeit als Chauffeur für einen Escortservice gearbeitet hatte.

»Was heißt gearbeitet hat?«, wollte Schäfer wissen, worauf ihm Leitner erklärte, dass sich Mesaric am Tag nach Borns Ermordung nicht mehr hatte blicken lassen. Wahrscheinlich sei er in seiner Heimat untergetaucht. Sollten sie ihn über Europol zur Fahndung ausschreiben? Nein, nicht bevor sie mehr über ihn wüssten; sie sollten warten, bis er zurück im Kommissariat sei.

»Kennst du eigentlich einen Peter Wedekind?«, wechselte Schäfer das Thema, nachdem er das Gespräch mit Leitner beendet hatte.

»Nicht, dass ich wüsste … den Schriftsteller kenne ich … aber der hieß sicher nicht Peter, sondern … fällt mir jetzt nicht ein … warum, wer soll das sein?«

»Mein neuer Nachbar … Masseur …«

»Und warum soll ich den kennen?«

»Wegen dem Namen …«

»Wedekind ist kein jüdischer Name … außerdem kenne ich nicht alle Juden, die in Wien wohnen …«

»Bis jetzt hast du noch jeden gekannt, nach dem ich dich gefragt habe …«

»Ach … was ist denn mit diesem Wedekind … hat er wen umgebracht?«

»Nicht dass ich wüsste …«

»Also nur dein übliches Misstrauen der gesamten Menschheit gegenüber …«

»Das sagst ausgerechnet du …«

»Bei mir ist das historisch begründet, das kapiert ein Goi nicht … aber wieso gibst du seinen Namen nicht in eure Datenbank ein, wenn du glaubst, dass …«

»Sicher nicht … ich bin doch keiner von diesen paranoiden Nachbarspitzeln …«

Als Schäfer in Richtung Schottenring ging, blieb er bei einem Imbiss stehen und aß einen Falafel-Teller. Am Abend musste er unbedingt noch seine Aufzeichnungen aktualisieren – langsam begann er den Überblick zu verlieren.

»So!«, gab er von sich, als er das Büro betrat, und erinnerte sich zum wiederholten Mal daran, dass sein Vater bei jeder

Gelegenheit »So!« sagte und er diese Angewohnheit nie hatte übernehmen wollen.

»Was ›so‹?«, schaute ihn Bergmann fragend an.

»Nichts … das sage ich nur so … so eben …«

»Ach ja … was machen wir mit dem Kroaten?«

»Tja, Meister Bergmann«, Schäfer setzte sich und verschränkte die Hände, »wenn wir ihn über Europol zur Fahndung ausschreiben, kann das dauern … außerdem: Borns Mörder war ein Profi … passt das damit zusammen, dass er ihn davor anruft?«

»Nicht wirklich, nein …«

»Eben … also nicht gleich die Kavallerie nervös machen … ich schlage vor, dass Sie wieder einmal Ihr treffliches Sprachvermögen einsetzen …«

»Ich? Wen soll ich anrufen?«

»Die Kollegen in Kroatien … Sie sprechen doch Serbokroatisch, oder?«

»Mehr schlecht als recht …«

»Jetzt stellen Sie Ihr Licht nicht so unter den Dings und rufen Sie Ihren Freund an … den …«

»Den Petrovic … schon klar«, antwortete Bergmann und griff zum Hörer.

Schäfer hörte ein »Dobar dan, Duschko«, und dann nichts mehr, dem er eine Bedeutung zuschreiben konnte. Warum hatte er es eigentlich nie geschafft, eine Fremdsprache besser zu lernen? Englisch, Französisch … das ging einigermaßen … aber seine zahlreichen Versuche, Arabisch, Türkisch, Tschechisch oder Ungarisch zu lernen, waren spätestens in der vierten Stunde gescheitert. Ebenso wie seine Ambitionen, ein Instrument zu lernen … Klavier zum Beispiel, herrlich … am Flügel sitzen und Schuberts »Winterreise« zum Besten geben … und Bergmann blätterte ihm die Noten um.

»Was kichern Sie da vor sich hin?«, fragte Bergmann, der sein Gespräch mittlerweile beendet hatte.

»Nichts … ich habe mir nur vorgestellt, wie ich in einem barocken Konzerthaus Klavier spiele und Sie im Frack neben mir stehen und die Noten umblättern …«

»Aha … na … immer noch besser als die Axt …«

»Die Axt? Ach so, der Amerikaner, die Nebenwirkungen, ja … also was sagt Ihr Freund?«

»Mesaric ist nicht offiziell gemeldet. Aber seine Familie lebt in Rijeka, und wenn er dort ist, fangen sie ihn für uns ein.«

»Sehr gut … was ist mit dem Escortservice, für den er gearbeitet hat?«

»Alles legal … sehr kooperativ … eine Kundenliste gibt's aber nur mit Staatsanwalt …«

»Na, das haben wir doch gleich …«

»Sie haben wohl vergessen, dass Isabelle nicht mehr unsere Staatsanwältin ist …«

»Isabelle … verdammt … die wollte ich anrufen … schönen Abend noch, Bergmann.«

13

Die kroatische Polizei hatte Mesaric gefunden und festgenommen. Nicht wegen seiner Tätigkeit in Wien – dazu hatten sie noch keine Befugnis –, aber aufgrund von ein paar vagen Verdachtsmomenten in verschiedenen unaufgeklärten Vergehen in Kroatien, die zusammengenommen einen Haftbefehl ermöglicht hatten.

Schäfer hielt es für das Beste, Bergmann nach Rijeka zu schicken, um vor Ort mit Mesaric zu sprechen. Seine Intuition sagte ihm, dass dieser Zeuge und nicht Täter war. Doch wenn er nicht kooperierte, drohten ihm eine lange U-Haft und eine Auslieferung nach Österreich, wo er in einen Mordprozess verwickelt werden würde – das hatten ihm die kroatischen Behörden bereits angedeutet. Ein fähiger Anwalt hätte Mesaric nach ein paar Stunden auf freien Fuß bekommen; doch so einen konnte sich der Kleinganove und Prostituiertenchauffeur nicht leisten; also musste er abwarten, bis der Chefinspektor aus Wien eintraf.

Bergmann fuhr nach der Morgenbesprechung gemeinsam mit Kovacs los, die aufgrund ihrer Herkunft aus dem österreichisch-ungarischen Grenzland Serbokroatisch als zweite Muttersprache hatte. Gut sechs Stunden würde die Fahrt dauern, dann die Vernehmung, eine Übernachtung, möglicherweise eine zweite Vernehmung, am späten Abend des nächsten Tages könnten sie zurück sein. Sie sollten es auf keinen Fall versäumen, sich einen schönen Strand zu suchen, meinte Schäfer zum Abschied, das Meer habe bestimmt schon über zwanzig Grad. Gute Idee, erwiderte Bergmann, doch Schäfer ahnte, dass das Pflichtbewusstsein seines Assistenten ihn während eines Dienstaufenthalts höchstens dann ins Meer brächte, wenn er einen Ertrinkenden retten oder einen davonkraulenden Mörder fassen müsste.

Seltsam, das Büro einen ganzen Nachmittag für sich allein zu haben. Nachdem Schäfer auf Bergmanns Platz die Tageszeitung gelesen und mit dem Gedanken gespielt hatte, sich Zigaretten zu besorgen und im Büro genüsslich vor sich hin zu rauchen, setzte er sich auf seinen eigenen Stuhl und fuhr den Computer hoch. Er war doch kein Teenager, dessen Eltern für eine Woche auf Urlaub gefahren waren und der jetzt alle daraus resultierenden Freiheiten in Laster umsetzen wollte. Bergmanns Telefon läutete. Wie konnte man das Ding eigentlich umleiten? Bergmann konnte das bestimmt, doch der war nicht da, weshalb er das Telefon ja umleiten wollte … und wenn er wieder zurück war, hätte Schäfer es bestimmt schon wieder vergessen.

»Koller! … Der ist in Kroatien … Warum rufst du eigentlich nicht gleich mich an? … Du Hund … Bist du sicher? … Jaja, schon gut … Wie heißt das genau? … Pro-po-fol … und das zweite … Re-mi-fen-ta-nil … Und wie wirkt das? … Aber wenn er daran sowieso gestorben wäre, wozu dann die Säure? … Ja, entschuldige, dass ich immer wieder davon ausgehe, dass du über deinen Fachbereich hinaus etwas wissen könntest … Danke dir auf jeden Fall … Ist gut … Servus.«

Das wurde ja immer bizarrer. Born war vor dem Säureangriff professionell narkotisiert worden. Eine frische Einstichstelle und die Bluttests ließen daran laut Koller keinen Zweifel. Der Täter wollte also verhindern, dass Born unter Qualen starb.

Eingeschläfert wie ein Tier. Nach einer halben Stunde Hirnsafari durch Dickicht und pfadlosen Dschungel gab Schäfer auf und begann damit, Bergmanns gesammelte Berichte auf seinem eigenen Computer abzuspeichern.

Hermann Born, zweiundsiebzig, ehemaliger Vorsitzender der Nationalpartei, rechtsextrem, zahlreiche Anklagen wegen Wiederbetätigung und Verhetzung, Freispruch, zahlreiche Feinde, Drohbriefe, Attentat auf seinen Wagen; Vorliebe für farbige Frauen; hatte seinen Mörder höchstwahrscheinlich selbst ins Haus gelassen; weil er ihn für den Chauffeur des Escortservice hielt, der ihn regelmäßig mit Prostituierten versorgte? Darüber würde hoffentlich Mesaric mehr sagen können. Sobald der Kroate diese Version bestätigte, würde der Staatsanwalt ihnen Einsicht in die Unterlagen des Escortservice verschaffen, daran hatte Schäfer keine Zweifel. Und dann kämen sie weiter.

Schröck. Die personifizierte Gier. Der Finanzprofi, der einen Großteil seines Vermögens damit gemacht hatte, indem er Unternehmen so weit sanierte, dass sie kurz darauf in Konkurs gingen. War er seiner Ermordung entgangen, weil er früher als vorgesehen von einem Golfturnier zurückgekehrt war? Probleme mit dem Magen, hatte er gemeint. Hoffentlich ein bösartiges Geschwür, dachte Schäfer und versuchte, die Mechanismen zu verstehen, die es diesem Mann ermöglicht hatten, durch die Zerstörung von Arbeitskraft Millionen zu verdienen. Immerhin: Schröck hatte mit ziemlicher Sicherheit Borns Mörder gesehen; zumindest das, was die Wollmaske nicht verdeckt hatte. Einen kräftigen und schnellen Körper, der dem Schuss aus Schröcks Waffe ausweichen und das Haus blitzschnell hatte verlassen können, ohne irgendwelche Spuren zu hinterlassen, die Rückschlüsse auf seine Identität zuließen.

Ihr Täterprofil: ein Psychopath mit durchschnittlicher

bis hoher Intelligenz, die dadurch beschränkt war, dass er die Folgen seiner Handlungen nicht wirklich einzuschätzen wusste. Ein Mensch, der zwischen bedingungsloser Vernichtungswut und Mitleid mit seinem Opfer pendelte. Ein Erlöser, ging es Schäfer durch den Kopf. Aber wovon? Zudem besaß der Täter die Fertigkeit, unbemerkt in ein Haus einzudringen, das durch Sicherheitstüren und Alarmanlage gesichert war. Was war eigentlich mit den Haftentlassenen, um die sich Bergmann hatte kümmern sollen? Schäfer suchte das entsprechende Dokument, öffnete es und ging die Namen durch.

Die meisten von ihnen erkannte er wieder, auch wenn sie nicht wegen Mordes oder Körperverletzung eingesperrt worden waren. Er vertiefte sich in die Fotos ihrer Gesichter; na ja, zum Lachen war in dieser Situation verständlicherweise keinem von ihnen gewesen. Schäfer versuchte, sich Wolkinger als Mörder mit Säureflasche vorzustellen; den eher dümmlichen Horaczek, wie er schattenhaft in Schröcks Haus eindringt; Gantner, das eigentlich gutmütige Mammut; er suchte jemanden, der zwischen eins achtzig und eins fünfundachtzig war, was auf zwölf der angeführten Männer zutraf. Zum Schluss blieben Wolkinger, Möring und Zielinski übrig. Diese drei stimmten bezüglich Größe und Körperbau mit dem Mann überein, der bei Schröck eingebrochen war. Zudem wiesen sie als Einzige ein paar der Merkmale auf, die Schäfer dem Mörder zuschrieb: Allesamt waren sie geschickte Einbrecher, hatten bei ihren Raubzügen auch vor Gewalt gegen die Bewohner nicht zurückgeschreckt und verfügten laut Gutachten über eine zumindest durchschnittliche Intelligenz. Ob sie das zu Psychopathen machte, wie der Gerichtspsychiater es Schäfer beschrieben hatte, wagte er zu bezweifeln. Außerdem: Was sollte sie dazu bewegen, nach jahrelanger Haft auf einen rechtsextremen Expolitiker und einen Finanzjongleur loszugehen? Gut, die Seele war als Land so weit wie zerklüftet und Schäfer würde sich auf jeden Fall mit den drei Kriminellen, den Justizwachebeamten und allfälligen Zellengenossen unterhalten.

Am späten Nachmittag ging er zu einem Supermarkt in der Nähe und kaufte sich ein Sandwich und eine Linzerschnitte. Auf dem Rückweg schaute er bei Bruckner vorbei.

»Irgendwas Neues beim Türken?«, fragte er, während er den Belag des Sandwiches untersuchte und das lasche Salatblatt herausnahm.

»Rein gar nichts, das gegen ihn als Mörder spricht«, antwortete Bruckner. »Keine fremden Fingerabdrücke, keinerlei Spuren eines Einbruchs, kein naher Verwandter, der ohne Alibi dasteht ...«

»Das geben die sich gerne untereinander ...«

»Nein ... da bin ich mir sehr sicher, dass da niemand gelogen hat. Der Vater hat als Einziger alles, was es braucht, um als Mörder infrage zu kommen: seinen kranken Ehrenkodex als Motiv, Zugang zur Wohnung und zur Tatwaffe, außerdem hat er seine Tochter bereits mehrmals geschlagen ...«

»Habt ihr eigentlich den Arzt gefunden, der sie damals behandelt hat ... nachdem er ihr die Hand gebrochen hat?«

»Ja ... klassischer Fall von überlastetem Jungarzt. Sechzehn Stunden nach Schichtbeginn kommt eine Frau, die kaum Deutsch spricht, mit ihrer Tochter in die Ambulanz, weil sie starke Schmerzen im Unterarm hat. Der Arzt macht ein Röntgenbild, keine Operation notwendig, legt einen Gips an, fertig ...«

»Was steht im Aufnahmebericht?«

»Sportunfall.«

»Und das ist glaubwürdig?«

»Laut dem Arzt ja ... genauso gut ist es allerdings möglich, dass sie sich die Hände vors Gesicht gehalten hat, als ihr Vater sie schlagen wollte ...«

»Hast du eine Lehrerin oder Mitschüler befragt?«

»Ja … dass sich beim Handball eine die Hand verstaucht oder einmal einen Finger bricht, ist offenbar gar nicht so selten … kann sein, dass sie sich verletzt hat … genau erinnern kann sich allerdings niemand daran … eines Morgens ist sie mit einem Gips aufgetaucht und hat gesagt, dass sie sich am Vortag einen Handknochen gebrochen hat …«

»Das heißt jetzt?«

»Na ja … Anklage, Prozess … ich wüsste nicht, was dem noch entgegensteht …«

»Ein ungutes Gefühl hast du trotzdem …«

»Das wäre übertrieben … es ist nur Büyük selbst, aus dem ich nicht schlau werde … die meiste Zeit ist er völlig abwesend … als ob ihn das gar nichts anginge, dass er ziemlich sicher die nächsten fünfundzwanzig Jahre im Gefängnis steckt …«

»Ich weiß, was du meinst … ich habe mir das Video angesehen … na ja, wir wären schlechte Polizisten, wenn wir uns keine Zweifel erlaubten, oder? … Und wirklich unschuldig ist der auch nicht …«

»Sicher … wie geht's bei euch?«

Nach einer guten Stunde verließ Schäfer das Büro seines Kollegen und widmete sich wieder der eigenen Arbeit. Zum wiederholten Mal sah er sich die Liste möglicher Verdächtiger durch. Borns Witwe … hatte ein Alibi; seine Tochter … Alibi und kein Motiv; der alte Professor … Motiv, kein Alibi … doch alles andere als kräftig und von mörderischer Wut gepackt; Plank, der ehemalige Student, der Borns Auto mit Säure übergossen hatte … viel zu weich, zu wenig Wahnsinn; die Nachbarn … zu alt oder zu lahm. Mesaric? Im Bereich des Möglichen, aber … nein, das passte nicht zusammen: der Anruf, die Flucht, wenn er in Kroatien war, hatte er für den Überfall auf Schröck sogar ein Alibi ... und Schröck war ohnehin mehr ein virtuelles Geschöpf als jemand, der sich im tatsächlichen Leben mit realen Personen aufhielt. Seine Geschäfte liefen im Hintergrund, im Namen einer Holding, über das Internet; wenn man sich nicht in die Materie vertiefte, war es schwierig, ihn als Verantwortlichen für seine Schurkereien auszumachen, zumal sie im juristischen Sinn gar nicht als solche definiert waren. Hatte der Mörder seine Opfer ebenso ausgesucht? Als konkrete Verkörperungen eines abstrakten Bösen?

Um halb fünf rief Bergmann aus Rijeka an. Sie waren eben in ihrem Hotel angekommen und würden gleich aufs Kommissariat gehen, um mit Mesaric zu sprechen. Sie sollten ihn auf jeden Fall nach den Prostituierten fragen, die er möglicherweise zu Born gebracht hatte, erinnerte ihn Schäfer. Und nicht vergessen, zu überprüfen, ob er ein Alibi hatte für den Abend, an dem Schröck überfallen wurde. Er sah Bergmann und Kovacs in der Adriastadt und ärgerte sich, dass er nicht selbst gefahren war. Immerhin hatten sie es dort mit dem Mann zu tun, der als Letzter mit Born telefoniert hatte. Doch auf Bergmann war Verlass, redete sich Schäfer zu, er würde alles richtig machen. Kurz nachdem er das Telefonat beendet hatte, packte er seine Badesachen und fuhr mit der U-Bahn auf die Donauinsel. Er schwamm zweimal von einem Ufer zum anderen, setzte sich dann auf die Terrasse eines Kaffeehauses und bestellte ein Glas Weißwein. Alle paar Minuten sah er auf die Uhr. Jetzt hatten sie bestimmt schon eine Stunde mit ihm gesprochen. Jetzt wussten sie doch sicher schon, was an diesem Nachmittag vorgefallen war. Als das Telefon läutete, war Schäfer nicht mehr nüchtern; er wusste nicht einmal mehr, ob er drei, vier oder fünf Gläser getrunken hatte. Doch, doch, es gehe ihm gut, versicherte er Bergmann, der

Schäfers Zustand wohl an dessen Stimme erkannte. Nur ein bisschen zu viel Abendsonne; dazu ein Viertel Wein, das war er nicht mehr gewohnt; aber Bergmann solle ihn jetzt nicht länger auf die Folter spannen.

Mesaric war ein Treffer, gab sich Bergmann zuversichtlich. Kooperativ, glaubwürdig. Er hatte am Nachmittag von Borns Ermordung eine junge Frau afrikanischer Abstammung zu Born gebracht. Es war nicht das erste Mal gewesen. Seit gut einem Jahr arbeitete er für den Escortservice, und der Expolitiker war ein geschätzter Kunde – diskret, höflich, gutes Trinkgeld, und was Mesaric so mitbekam, behandelte er auch die Frauen sehr zuvorkommend. Als er an besagtem Tag in den neunzehnten Bezirk fuhr, stand hundert Meter vor Borns Haus ein Wagen in der Einbahnstraße und hatte die Warnblinkleuchten an. Mesaric stieg aus, um dem Fahrer seine Hilfe anzubieten. Allerdings saß niemand im Auto, also beschloss er, zurückzuschieben und Borns Haus von der anderen Seite anzufahren – wenn die Straße blockiert war, würde ihm in der Einbahn ohnehin niemand entgegenkommen. Er ging zurück zum Wagen und stieg ein. Sah im Spiegel eine maskierte Person auf dem Rücksitz, wollte die Tür aufreißen, wurde von hinten um den Hals gepackt und bekam ein feuchtes Tuch aufs Gesicht gedrückt, das stark nach Alkohol roch. Und dann? Dann nichts mehr. Als er wieder aufwachte, stand die Limousine auf einem Parkplatz am Cobenzl, die Frau war verschwunden und Mesaric hatte schlimme Kopfschmerzen. Er fuhr zurück zu seiner Arbeitgeberin und teilte ihr mit, was passiert war. Vorerst solle er keine Anzeige machen, wurde ihm geraten. Schließlich sei er ohne Aufenthaltsbewilligung in Österreich, seine Chefin werde das schon klären. Und als er am nächsten Tag erfuhr, was mit Born passiert war, packte er und floh in seine Heimat.

Für den Überfall auf Schröck kam er damit auch nicht infrage.

»Die Afrikanerin«, rief Schäfer ins Telefon und stand ruckartig von seinem Tisch auf, was ein paar Gäste veranlasste, sich abfällig über diesen besoffenen Proleten zu äußern, »wo ist die jetzt?«

»Das weiß er nicht ... sie nennt sich Kanika ... da muss uns der Escortservice weiterhelfen.«

»Ich rufe gleich den Staatsanwalt an ...«

»Sollte das nicht lieber ich übernehmen?«, fragte Bergmann besorgt.

»Warum? ... Ach so, ja ... meinetwegen ... geben Sie mir Bescheid. Wann kommen Sie zurück?«

»Wir vernehmen Mesaric morgen Vormittag noch einmal ... vielleicht fällt ihm über Nacht noch etwas ein ... wenn wir gegen Mittag losfahren, sind wir am Abend in Wien.«

»Gönnen Sie sich eine Strandpause, Bergmann ... oder gönnen Sie sie zumindest Kovacs.«

»Ja ... wenn es sich ausgeht ... Wiedersehen.« Schäfer setzte sich, trank sein Glas leer und bestellte die Rechnung. Er überlegte, noch einmal ins Wasser zu springen, um einen klaren Kopf zu bekommen. Nein, am Ende würde er sich noch vor den anderen Badegästen übergeben oder einen Krampf bekommen und aus dem Wasser gezogen werden müssen.

14

Woher kam dieser Geschmack in seinem Mund … metallisch, alkalisch, als ob er an einer Batterie geleckt hätte … ein Kurzschluss, dachte Schäfer in Erinnerung an den vergangenen Abend, während er im Spiegel seine müden Augen sah. Ob die Neurologie in naher Zukunft auf etwas stoßen würde, mit dem man Menschen helfen konnte, die bei Stress und in Zeiten der Ungeduld auf Alkohol und andere schädliche Substanzen zurückgriffen? Auf den freien Willen und die Selbstbeherrschung wahrscheinlich, Schäfer seufzte und stellte sich unter die Dusche. Immerhin hatten sie jetzt die Aussage eines Zeugen und den Namen der Prostituierten. Damit würden sie den Escortservice in die Mangel nehmen. Der Gedanke, den Nachmittag mit der Befragung von Nobel-Callgirls zuzubringen, gefiel Schäfer. Da gab es sicher genug Männer, die Unsummen dafür bezahlten, um mit diesen Frauen nur zu reden. Aus Einsamkeit; weil sie nichts anderes kannten, als für jeden Dienst, den sie in Anspruch nahmen, zu bezahlen. Weil sie nichts zu sagen hatten, das sich jemand anderer freiwillig anhörte und obendrein Interesse daran zeigte. Was für eine abnormale Normalität, sagte sich Schäfer und drehte den Temperaturregler in den blauen Bereich, um die aufsteigende Melancholie im Keim zu erfrieren.

In der Morgenbesprechung teilte Schäfer seinen Mitarbeitern Kollers neueste Erkenntnisse und die Ergebnisse von Bergmanns Befragung mit. Im Laufe des Vormittags würde die Bewilligung der Staatsanwaltschaft eintreffen, mit der sie in die Kundenliste des Escortservice Einblick nehmen könnten. Als er in die Runde blickte, glaubte er zu erkennen, dass alle Anwesenden – bis auf Schreyer vielleicht – denselben Gedanken hatten: die Freier von Nobelprostituierten, das würde ein Spaß werden. Die Ergebnisse müssten sie selbstverständlich streng vertraulich behandeln, fügte Schäfer hinzu. Sollte es in nächster Zeit im Kommissariat zu Geraune über die sexuellen Vorlieben irgendwelcher Prominenten kommen, dann wüsste er genau, wen er dafür verantwortlich machen würde. Er senkte den Blick auf seine Unterlagen, um das Grinsen zu verbergen, das ihm das Gesicht verzog, ohne dass er etwas dagegen tun konnte. Bei seinen Ermahnungen waren ihm sofort der Polizeipräsident und der Innenminister eingefallen … im Bett mit … einer Domina in Dobermannverkleidung? Schreyer, Sonderaufgabe! Apotheken, Krankenhäuser, Pharmaunternehmen! Ist irgendwo eingebrochen, dieses Propofol gestohlen worden, den Namen des zweiten Medikaments würde Schäfer ihm gleich nachher geben.

Zwei Stunden saß Schäfer anschließend vor seinem Computer und wusste nicht recht, wie weitermachen. Er stand auf, trank einen Kaffee, setzte sich wieder, stand auf, holte sich ein Glas Wasser … konnte es sein, dass ihm Bergmann nach einem Tag schon so abging, dass es ihm nicht möglich war, konzentriert zu arbeiten? Er griff zum Telefon und legte den Hörer gleich wieder auf. Dann öffnete er den Webbrowser und surfte so lange im Internet, bis er alles zu wissen glaubte, was sich in der vergangenen Nacht auf der Welt Wichtiges zugetragen hatte. Kurz vor elf traf der Durchsuchungsbefehl ein. Schäfer legte seine Dienstwaffe und sein Jackett an und machte sich auf den Weg.

Der Escortservice »Joys' r' us« hatte seinen Hauptsitz im dritten Bezirk neben dem Stadtpark in einem kürzlich renovierten Altbau. Escort ist nicht gleich Bordell, dachte Schäfer, als er das Büro betrat, in das genauso gut nadelstreifige Wirtschaftsanwälte gepasst hätten. Die Chefin, Frau Dusini, hatte offensichtlich mit seinem Besuch gerechnet – der Staatsanwalt?, ging es Schäfer durch den Kopf –, sie begrüßte ihn mit formelhaften Ausführungen über Datenschutz, Diskretion, die Kernwerte ihres Unternehmens und anderen Phrasen, die er mit hochgezogenen Augenbrauen abnickte.

»Die Liste Ihrer Kunden sowie die Ihrer Angestellten … bitte«, meinte er, nachdem ihn Dusinis grauer Hosenanzug sowie ihre Angewohnheit, die Hände wie unter dem Waschbecken gegeneinanderzureiben, zunehmend nervte.

»Bettina«, sagte sie, während sie auf das Empfangspult zuschritt, hinter dem ein jüngerer Klon ihrer selbst saß, »die Unterlagen, die du vorbereitet hast.«

Die Empfangsdame öffnete eine für Schäfer unsichtbare Schublade und entnahm ihr einen Schnellhefter. Sie stand auf, ging um das Pult herum und reichte ihn ihrer Chefin.

»Bitte folgen Sie mir.« Dusini öffnete eine Hälfte einer weiß lackierten, fast raumhohen Flügeltür. »Nehmen Sie Platz«, fuhr sie fort, nachdem sie sich hinter einen Schreibtisch gesetzt hatte, der entweder tatsächlich aus schwarzem Marmor war oder zumindest aus einem täuschend echten Imitat.

Das gesamte Büro machte den Eindruck einer luxuriösen Therme: Die halb transparenten, seidendünnen Vorhänge tauchten den Raum in ein helles, aber weiches Licht, über eine Wandverkleidung aus Bronze rieselte ein Wasserfall, auf einer Wandseite stand eine schlichte Liege, die tatsächlich mit Gras bewachsen war, wie Schäfer erstaunt feststellte. Warum geht die Spinnerin nicht die paar Schritte in den Stadtpark, dachte er und wandte sich der Frau zu, die ihn mit einem Räuspern aus seinen Gedanken geholt hatte.

»Schönes Büro … sehr entspannend.«

»Ich hoffe, dass das auch weiterhin so bleibt, Herr Schäfer … oh, verzeihen Sie … möchten Sie etwas trinken?«

»Danke«, winkte Schäfer ab, »ich will mich auch gar nicht länger hier … also Sie nicht länger als notwendig aufhalten.«

Dennoch wurden es fast zwei Stunden, in denen er Dusini über Born, Mesaric und die georderten Hostessen befragte, die sie selbst immer wieder als Begleiterinnen bezeichnete. Schließlich würden sie zu nichts gezwungen, und es stehe ihnen völlig frei, den Wünschen ihrer Kunden zu entsprechen oder sie gegebenenfalls auch abzuschlagen. Doch, natürlich sei man bestrebt, den individuellen Ansprüchen stets mit dem größtmöglichen Einfühlungsvermögen zu begegnen, da die hundertprozentige Zufriedenheit … an diesem Punkt konnte Schäfer es sich nicht verkneifen, einen leicht anzüglichen Wortwitz anzubringen, da ihm ihr Marketinggeschwafel auf die Nerven fiel. Zu seinem Erstaunen reagierte sie mit ihrem ersten echten Lächeln darauf.

Nachdem Schäfer sich von Dusini verabschiedet hatte, spazierte er über den Ring in den vierten Bezirk, wo er ein Restaurant kannte, das wegen seiner üppigen Portionen vor allem bei Bauarbeitern sehr beliebt war. Er setzte sich zu drei Männern in zementverkrusteten Overalls und bestellte das Mittagsmenü. Einmal im Monat besuchte er dieses Lokal, dessen Atmosphäre ihn so gut wie immer in eine angenehm dumpfe Gelassenheit gleiten ließ. Die wenigen Sätze, die die Männer wechselten, das genüssliche Schmatzen und Schlürfen, es hatte etwas von einem Kuhstall, in dem sich zur Essenszeit niemand aus der Ruhe bringen ließ. Während sich Schäfer über den Schweinsbraten hermachte, musste er an seine Großmutter denken. Sie hätte ihm die Ohren ausgerissen, wenn er in ihrer Gegenwart einmal so unmanierlich geschlemmt hätte, 'tschuldigung, Oma, dachte er, aber manchmal muss ich ein Tier sein.

Er verlangte die Rechnung, gab ein ordentliches Trinkgeld und beschloss, zu Fuß ins Kommissariat zu gehen, um dem drohenden Übergewicht wenigstens ein paar Kilometer voraus zu sein.

Dusini hatte ihm die Unterlagen über alle Hostessen gegeben, die in den letzten beiden Jahren mit Born in Kontakt gestanden hatten. Die Frauen arbeiteten als selbstständige Unternehmerinnen und wurden über »Joys'r'us« nur vermittelt, ohne dass die Chefin einen genauen Einblick hatte, was in der Beziehung zum jeweiligen Kunden vor sich ging – wobei ihre Firma sich natürlich zur Einhaltung sowohl der Gesetze als auch gewisser moralischer Grundstandards verpflichtete. Man konnte sich also keine Kinder, keine geistig Behinderten und keine Ziegen ausleihen, mutmaßte Schäfer – das war doch immerhin schon etwas.

Mit einem Auge auf die Fußgänger und Fahrradfahrer, überflog er die Personaldaten von Borns Hostessen. Er stellte sich in den Schatten einer Kastanie und gab die Nummer des Mobiltelefons ein, die neben »Kanika Müller« stand. Die Mailbox. Hoffentlich ist die nicht ebenfalls abgetaucht, dachte Schäfer. Bergmanns Sprachkenntnisse in Ehren … aber Afrika … er rief im Kommissariat an und verlangte Leitner. Kanika Müller, alles prüfen, was der Computer über sie hergibt. Schäfer ging weiter und sah sich die Bilder der Frauen an: Schwarz wie Erdöl war Born offensichtlich am liebsten gewesen, dazu rundliche Gesichter und ein kräftiger bis korpulenter Körper. Schäfer sah sich die drei Frauen an, die Born am öftesten zu sich geladen hatte, darunter auch besagte Kanika: dralle und über das ganze Gesicht lachende Afrikanerinnen – in einem Film über die Sklavenzeit gäben sie hervorragende Köchinnen und Kindermädchen in den Häusern betuchter Kolonialherren ab. Ich möchte zu gern wissen, welches Verhältnis Born zu seiner Mutter hatte, sagte sich Schäfer und klemmte den Schnellhefter unter den Arm, nachdem er fast in eine Straßenbahn gelaufen wäre.

Im Kommissariat suchte er als Erstes Leitner auf. Kanika Müller war als Studentin der Architektur eingetragen, gemeldet in einer Wohngemeinschaft im zweiundzwanzigsten Bezirk.

»Irgendeine Telefonnummer?«

»Die Maschine brummt schon …«

»Also dann«, meinte Schäfer und rieb sich die Hände, während er neben dem Drucker wartete, »auf in die Donaustadt.«

Ein Hochhaus in Kaisermühlen, Betonbrutalität, dachte Schäfer und lief zur Haustür, aus der eben eine alte Frau kam. Mit dem Lift gelangten sie in den elften Stock. Dreimal läuteten sie, klopften heftig gegen die Tür und forderten die in der Wohnung An- oder Abwesenden auf, ihnen zu öffnen. Während Leitner das Ohr an die Tür presste, setzte sich Schäfer auf die Stiegen und rief eine der Mitbewohnerinnen an, die sich sofort meldete. Er erklärte ihr, dass sie umgehend mit Kanika sprechen müssten. Nein, sie habe sich nichts zuschulden kommen lassen; es gehe um eine wichtige Auskunft, möglicherweise sei sie auch in Gefahr. Worauf die Mitbewohnerin ihr misstrauisches Zögern ablegte und besorgt meinte, dass sie Kanika schon seit zwei Wochen nicht mehr gesehen habe. Sie habe nur einen Zettel hinterlassen, auf dem stehe, dass sie mit einem Freund auf Urlaub fahre. Und da sie ihre letzten Semesterprüfungen bereits absolviert habe, sei sie zwar verwundert über die spontane Entscheidung gewesen, habe sich aber dann keine weiteren Gedanken gemacht. Ob sie gewusst habe, dass Kanika als Hostess für einen Escortservice arbeite, wollte Schäfer wissen. Ja, sie habe einmal so etwas erwähnt. Dass sie sich etwas dazuverdiene, indem sie sich von älteren Männern zum Essen einladen lasse und manchmal auch mit ihnen schlafe.

»Auch wenn es Ihnen vielleicht ungelegen kommt«, meinte Schäfer schließlich, »aber ich muss Sie bitten, umgehend ins Kriminalamt am Schottenring zu kommen.«

»Gar kein Problem«, erwiderte die Frau, die sich nun ernsthaft Sorgen zu machen schien.

Sie verließen das Gebäude und gingen zum Auto, dessen Innenraum sich in der kurzen Zeit am Parkplatz für Schäfers Empfinden unerträglich aufgeheizt hatte.

»Kann mir mal einer erklären, warum wir nur dunkelblaue und schwarze Dienstwagen bekommen?«

»Keine Ahnung«, erwiderte Leitner, startete den Motor und drehte die Klimaanlage auf die höchste Stufe. »Was sollen wir jetzt machen?«

»Wir schreiben sie zur Fahndung aus«, antwortete Schäfer und fächelte sich mit einem Straßenatlas Luft zu.

Als sie im Kommissariat eintrafen, wartete die Mitbewohnerin von Kanika Müller bereits auf sie. Die Uni war quasi ums Eck, und nach dem, was Schäfer ihr erzählt hatte, wollte sie nicht bis zum Ende der Vorlesung warten.

Schäfer trug Leitner auf, sich um die Fahndung zu kümmern, und bat die junge Frau in sein Büro.

»Ich habe nur mehr Kaffee und Leitungswasser hier«, meinte er entschuldigend.

»Wasser ist perfekt … bei der Hitze kann man gar nicht genug trinken.«

»Ganz meine Meinung«, Schäfer nahm zwei Gläser aus dem Wandschrank, »setzen Sie sich.«

Eine halbe Stunde später wusste er, dass Kanikas Mutter von der Elfenbeinküste stammte, sie selbst allerdings in Deutschland geboren war. Ihr Vater war aus Hamburg, doch die Eltern hatten sich schon vor längerer Zeit scheiden lassen. Nein, deren Vornamen kannte ihre Mitbewohnerin leider nicht. Und auch nicht den Namen des Freundes, mit dem Kanika angeblich auf Urlaub gefahren war. Schäfer seufzte tief und beeilte sich, der Frau zu sagen, dass sie das bitte nicht als Vorwurf verstehen solle. Es sei sehr aufwendig, jemanden ohne vollständigen Namen zu finden – und er würde ihre Freundin lieber heute als morgen in Sicherheit wissen. Nachdem die Studentin ihm alle Telefonnummern von gemeinsamen Bekannten gegeben hatte, verabschiedete er sie. Er griff zum Telefon und wählte die Durchwahl von Inspektor Schreyer. Den deutschen Kollegen Arbeit aufhalsen, Universitätsbeamte nach Feierabend stören, Rundrufe organisieren … das war genau die Kragenweite seines Hofnarren, der in der Nacht, wenn ihn weniger ablenkte, ohnehin am besten arbeitete. Nachdem er Schreyer mit den nötigen Informationen versorgt hatte, rief Schäfer Bergmann an. Was glaubte der Schlawiner eigentlich … ein ganzer Tag, ohne sich zu melden.

»Hallo, Bergmann, ich bin's, Ihr Major, Sie wissen schon, von der Kriminalpolizei in Wien, die Ihr Gehalt bezahlt … Wo? … Nä, Sie sind mir ein Tagedieb …Im Meer sollen Sie baden, habe ich Ihnen gesagt, nicht in einem Kärntner See … Und, ist ihm noch irgendwas Wichtiges eingefallen … Ja … Nein, die ist ebenfalls untergetaucht, wir haben sie zur Fahndung ausgeschrieben … Ist gut, dann sehen wir uns morgen.«

Schäfer legte den Hörer auf und schüttelte den Kopf. Was war denn in seinen Assistenten gefahren? Nimmt einen Umweg über Kärnten und geht dort mit seiner Kollegin schwimmen. Und dann erzählte er ihm das auch noch ganz freimütig. Schäfer sah auf die Uhr. Dann öffnete er im Webbrowser die Internetseite einer Tageszeitung und sah das Kinoprogramm durch. »Revanche« … den wollte er sich schon lange ansehen. Das Handy würde er auf Vibrationsalarm stellen und in seine Hosentasche stecken, dann könnten sie ihn genauso erreichen, wie wenn er hier oder zu Hause wäre.

15

Er hatte sein Jackett noch nicht ausgezogen, als der Empfang anrief und ihm mitteilte, dass eine Kanika Müller hier sei und mit ihm sprechen wolle. Schäfer konnte es nicht glauben. »Die Nutte, die Nutte!«, rief er Bergmann zu und begab sich im Laufschritt hinunter, damit die Frau es sich nicht doch noch anders überlegte. Er begrüßte sie, bedankte sich für ihr Erscheinen und bat sie in sein Büro. Anfangs wirkte sie nervös, als hätte sie selbst sich etwas zuschulden kommen lassen. Doch Schäfer und Bergmann gelang es bald, sie zu beruhigen und ihr zu versichern, dass es die beste Entscheidung gewesen war, zur Polizei zu gehen.

»Er hat Ihnen Angst gemacht, oder?«, fragte Schäfer, »sonst wären Sie vermutlich schon früher zu uns gekommen.«

»Ja … wahrscheinlich … also Angst … er war eigentlich sehr freundlich zu mir … wenn ich nicht am nächsten Tag gelesen hätte, was er getan hat, dann wäre es nicht so schlimm gewesen … die schwarze Maske, die hat mir am meisten Angst gemacht … und dass er sich so komisch bewegt hat …«

»Wie?«

»So wie … wie ein Tier irgendwie … nein … mechanisch vielleicht … auf jeden Fall komisch …«

»Was genau hat er zu Ihnen gesagt?«, wollte Bergmann wissen.

»Dass ich überhaupt keine Angst zu haben brauche … dass er mir bestimmt nichts tun wird … das mit dem Betäubungsmittel tue ihm leid, aber es würde mir nicht schaden … ein bisschen Kopfweh könnte ich bekommen … ich habe ganz furchtbare Kopfschmerzen gehabt danach …«

»Wo sind Sie wieder zu sich gekommen?«

»Im Wagen, in der Garage … kurz darauf ist er eingestiegen und wir sind losgefahren … auf der Straße zum Cobenzl hat er mich hinausgelassen …«

»Warum sind Sie nicht zur Polizei gegangen?«

»Er hat mich darum gebeten …«

»Ähm … das müssen Sie uns genauer erklären: Ein maskierter Mann betäubt zuerst Ihren Chauffeur und dann Sie … danach fährt er mit Ihnen ins Grüne, lässt Sie aussteigen und bittet Sie, nicht zur Polizei zu gehen, gut, das kann ich noch Ihrem verwirrten Zustand zuschreiben … doch als Sie am nächsten Tag erfahren, dass Herr Born ermordet wurde, melden Sie sich immer noch nicht? Das ist sehr seltsam, finden Sie nicht?«

»Ja«, meinte sie und sah zur Tür, »was hätte ich denn tun sollen? Die Polizei, ich meine …«

»Sie meinen, dass es sich eine Person mit dunkler Hautfarbe in Österreich zweimal überlegt, bevor sie sich der Polizei anvertraut«, meinte Bergmann sanft.

»Kann sein«, erwiderte sie und erinnerte Schäfer damit daran, dass es aufgrund der rassistisch bedingten Übergriffe einiger Polizeibeamter in den letzten Monaten tatsächlich einen guten Grund gab, ihnen zu misstrauen: ein nigerianischer Schubhäftling halb totgeschlagen, ein Geschäftsmann aus Ghana verprügelt, weil er für einen Dealer gehalten worden war, und das waren nur die Fälle, die aufgrund der Schwere der Verletzungen in die Schlagzeilen geraten waren.

»Wir wollen Sie in keiner Weise für den Tod von Herrn Born mitverantwortlich machen … Sie standen unter Schock, hatten Angst, da kann es schon passieren, dass man nicht gleich das Naheliegende tut. Aber jetzt müssen wir von Ihnen alles wissen, was Ihnen Herr Born anvertraut hat.«

Nichts, was über den privaten Bereich hinausging. Und auch da sehr wenig: dass er am liebsten Szegediner Gulasch aß; dass er als Kind stundenlang den Flugzeugen im Himmel nachgeschaut und sich vorgestellt hatte, wie es dort aussah, wo sie hinflogen; dass seine Frau sich überhaupt nicht für seine sexuellen Vorlieben interessierte; dass sie ihn zum letzten Mal oral befriedigt hatte, als sie in den Siebzigerjahren nach einer Studentenfeier betrunken nach Hause gekommen waren.

»Erinnern Sie sich bitte noch einmal genau an den Mann im Auto«, forderte Schäfer sie schließlich auf. »Wie war seine Stimme?«

»Ruhig ... irgendwie komisch ... als ob er laut flüstern könnte ... heiser ...«

»Sprach er Hochdeutsch, im Dialekt oder hatte er einen Akzent?«

»Keinen Dialekt ... aber einen leichten Akzent.«

»Können Sie ihn nachmachen, diesen Akzent? Sagen Sie einfach, was er zu Ihnen gesagt hat ...«

»Sie müssen überhaupt keine Angst haben«, sagte sie langsam und versuchte, ihrer Stimme eine fremde Färbung zu verleihen.

Schäfer sah Bergmann fragend an.

»Klingt irgendwie böhmisch«, meinte dieser.

»Böhmisch?«, wunderte sich Schäfer.

»Na ja ... so ähnlich hat meine Großmutter gesprochen ... die ist aus Böhmen zugewandert ...«

»Ah! Böhmisch!«

»Sag ich doch: böhmisch.«

»Ähm ... kann ich Ihnen irgendwie weiterhelfen?« Die junge Frau sah von Schäfer zu Bergmann.

»Wie? … Nein … war nur ein Missverständnis, wegen böhmisch und böhmisch«, erklärte Schäfer, worauf Kanika Müller verunsichert mit dem Kopf nickte.

Zum Abschluss ihres Gesprächs bot Schäfer ihr an, sie für die nächste Zeit unter Polizeischutz zu stellen, was sie sofort ablehnte. Sie werde noch heute zu ihrer Mutter nach Deutschland zurückfahren. Ein Freund begleite sie, auf den könne sie sich verlassen.

Kurz vor elf rief Schäfer seine Gruppe zusammen, um die neuesten Informationen durchzugehen. Bergmann hatte ein detailliertes Protokoll seines Gesprächs mit Mesaric erstellt, das ihnen einige weitere Anhaltspunkte zum vermutlichen Täter lieferte. Dieser sei bestimmt Soldat oder habe eine Kampfausbildung erhalten, hatte der Kroate gemeint. So schnell, wie er ihn überwältigt habe, der ebenfalls schon als Bodyguard gearbeitet habe, gehe das nicht ohne ein entsprechendes Training.

»Ein Soldat mit böhmischem Akzent«, grübelte Schäfer.

»Den kann er aber auch imitiert haben«, warf Kovacs ein.

»Sicher … glaube ich aber nicht … er hätte ja gar nichts sagen müssen … und so, wie Frau Müller ihn beschrieben hat, ging es ihm tatsächlich darum, sie zu beruhigen, und nicht darum, dass er uns eine falsche Spur legt.«

»Wenn das stimmt, bleibt uns von den Haftentlassenen nur mehr der Zielinski«, meinte Bergmann, »die beiden anderen haben einen Wiener Dialekt, den sie höchstens für ›Überfall, Geld her‹ verstellen können.«

»Egal … wir vernehmen sie trotzdem … vielleicht haben sie ja einen Tipp für uns …«

»Vor allem der Wolkinger wird gut auf Sie zu sprechen sein«, grinste Schreyer.

»Ach … das gehört zum Spiel«, erwiderte Schäfer, dem Wolkinger acht Jahre Haft verdankte.

Leitner und Kovacs wurden schließlich damit beauftragt, die restlichen Callgirls zu vernehmen, die Born in den letzten Jahren zu sich bestellt hatte. Strasser sollte sich weiterhin den komplizierten wirtschaftlichen Verflechtungen von Born und Schröck widmen. Und Schreyer … ja, der würde der Gruppe für die kommenden Tage nicht zur Verfügung stehen. Bruckner war eine Serie von brutalen Raubüberfällen zugeteilt worden und hatte darum gebeten, ihm Schreyer für Recherchearbeiten zur Verfügung zu stellen.

Nach dem Mittagessen machten sich Schäfer und Bergmann auf den Weg nach Mistelbach im Norden von Wien. Wolkinger war dort bei seinen Eltern gemeldet. Sie hatten ihn angerufen und ihm erklärt, dass sie ein paar Auskünfte brauchten. Jaja, hatte er erwidert, was bleibe ihm denn übrig, er sei ja schon dankbar, dass sie ihn besuchten und er nicht in diese verfluchte Stadt müsse.

»Hat er wirklich verfluchte Stadt gesagt?«, fragte Schäfer im Auto.

»Ja.«

»Da sollte er sich eher fragen, ob der Fluch nicht auf ihm liegt …«

»Haben Sie den Wolkinger schon einmal erlebt, wie er sich selbst für etwas verantwortlich gezeigt hat?«

»Nein … aber ein Fluch wäre ohnehin etwas, das ihm aufgebürdet worden ist … die böse Fee über der Wiege oder was in der Richtung …«

Wolkingers Eltern bewohnten einen alten Vierkanthof etwas außerhalb des Dorfes. Sie waren Gemüsebauern und Schweinezüchter, kurz vor der Rente, und hatten die Hoffnung, dass ihr einziger Sohn den elterlichen Hof weiterführte, wohl schon aufgegeben. Zumindest deutete Schäfer die mürrische Geste, mit der Wolkingers Vater ihnen den Weg zur Unterkunft seines Sohnes zeigte, dahingehend. Dieser lag vor einem Gartenhäuschen in einem Liegestuhl, trank Tee und las in einem Heilkräuterlexikon. Neben ihm ein staubiger Mischlingshund, über dem ein Fliegenschwarm summte wie eine animalische Trockenhaube. Flap, flap, flap, schlug der Schwanz einen schlaffen Takt – das einzige Zeichen, dass das Tier noch am Leben war.

»Das hast du jetzt aber für uns herausgeholt«, meinte Schäfer und deutete auf das Buch, »oder gehst du in den alternativen Drogenhandel?«

»Nichts mehr mit Drogen, Major … Biokräuter, Tees, Aloe Vera, das ist die Zukunft … da stelle ich den Hof um, sobald die Alten weg sind …«

»Und was sagen die Alten dazu?«

»Nichts … die haben da nicht die nötige Weitsicht …«

»Aber du, Karl.« Schäfer klopfte ihm auf die Schulter und setzte sich gemeinsam mit Bergmann auf eine Holzbank an der Hütte, worauf Wolkinger umständlich aufstand und seinen Liegestuhl zu ihnen drehte.

»Sicher … die Stadt, die hat mich kaputt gemacht … die zerstört die wahren Werte …«

»Du hast deine erste Bank im Nachbardorf gemacht, wenn ich dich erinnern darf …«

»Ja, aber nur weil mich der Krautinger angestiftet hat … und der hat damals schon in Wien gelebt …«

»Verstehe … also können wir davon ausgehen, dass du in den letzten Wochen immer da warst und dich auf die Kräuterprüfung vorbereitet hast …«

»Sicher … kannst die Alten fragen … warum?«

»Hermann Born … Fernseher hast du ja noch einen, oder?«

»Was soll ich mit dem zu tun haben?«, fragte Wolkinger plötzlich feindselig.

»Gar nichts, weil du ja ein Alibi hast, das wir überprüfen ... aber vielleicht kannst du uns ja weiterhelfen ...«

»Wollt ihr ein Bier?«, wollte Wolkinger wissen und erhob sich schwerfällig.

»Mir wäre ein Kräutertee lieber«, antwortete Bergmann.

»Pfefferminze«, ergänzte Schäfer, »das kühlt bei der Hitze.«

»Schon gut ... macht's euch nur lustig«, meinte Wolkinger und ging murrend ins Gartenhäuschen.

Dass Wolkinger ihnen tatsächlich einen frischen Minztee zubereitete, wertete Schäfer noch nicht als Beweis für dessen Wandlung zum Guten. Als möglichen Täter konnten sie ihn dennoch streichen. Der Mann hatte im Gefängnis bestimmt fünfzehn Kilo zugenommen, allein das Aufstehen aus dem Liegestuhl ließ ihn schwer schnaufen. Zudem das Fehlen jeglichen Motivs. Weder bei Born noch bei Schröck war etwas gestohlen worden. Und Wolkinger – so gut meinte Schäfer ihn zu kennen – war eine menschliche Elster, die sich nicht gegen ihren Trieb wehren konnte. Selbst aus dem Vernehmungsraum war es ihm einmal gelungen, einen Aschenbecher zu entwenden.

»Fällt dir jemand ein, der zu so etwas fähig ist?«, wollte Bergmann wissen, nachdem sie sich über einige gemeinsame Bekannte ausgetauscht hatten.

Wolkinger legte den Kopf zurück, schloss die Augen und begann, seine Schläfen zu massieren. Schäfer sah zu Bergmann und tippte sich mit dem Zeigefinger an die Stirn.

»Nein«, antwortete Wolkinger und richtete sich ruckartig auf, »von denen, mit denen ich drinnen war, hat das keiner nötig ...«

»Und was man jetzt so herumerzählt, das kannst du ja nicht wissen, weil du keinen Kontakt zu deinen früheren

Freunden mehr hast«, meinte Schäfer und sah Wolkinger eindringlich an.

»Genau so ist es, Major … und einer, der so etwas macht, da bin ich sowieso lieber ganz weit weg …«

»Gute Einstellung«, meinte Schäfer und stand auf, »wenn du dabeibleibst, bin ich einer von deinen ersten Kunden … misch halt nichts hinein in die Kräuter.«

»Großes Indianerehrenwort, Major«, grinste Wolkinger und rollte sich aus dem Liegestuhl, um die Polizisten zum Wagen zu begleiten. Auf dem Weg dorthin kamen sie an Wolkingers Vater vorbei. Schäfer nahm es ihm nicht übel, dass er seinen Abschiedsgruß ignorierte – bei der Karriere seines Sohnes waren Besucher wohl noch nie ein gutes Zeichen gewesen.

»So eine Sauerei, die der angerichtet hat mit dem Born …«, meinte Wolkinger nachdenklich.

»Woher weißt du das?«, wollte Schäfer wissen und sah Wolkinger prüfend an.

»Anzünden, verätzen, ausweiden, dieser ganze Psychopathenmist … Tiere sind das, keine Menschen …«, fuhr Wolkinger fort, ohne auf Schäfers Frage einzugehen.

»Da irrst du dich …«, erwiderte Schäfer und schlug die Autotür zu.

Möring war der Nächste auf ihrer Liste. Ein Vierzigjähriger, der in Summe bereits sechzehn Jahre im Gefängnis verbracht hatte, zuletzt wegen Körperverletzung mit Todesfolge. Im Gegensatz zu Wolkinger, der sich zumindest in Gedanken immer wieder von seinem Verbrecherleben verabschiedete, war Möring ein hoffnungsloser Fall. Zwischen einer Entlassung und der nächsten Verhaftung lagen nie viel mehr als ein paar Wochen. Geistig war er nicht minderbemittelt oder gar unzurechnungsfähig, das hatten die Gutachter wiederholt bestätigt. Und seine zahlreichen Ausbruchsversuche zeigten auch, dass ihm an der Freiheit mehr lag als am Gefängnisleben. Doch er bekam es einfach nicht auf die Reihe. Fast schien es, als würde er am ersten Tag nach der Entlassung die Haftzeit und deren Ursachen aus seinem Kopf löschen. Als wäre er unfähig, sowohl seine Handlungen moralisch einzuordnen als auch deren Folgen abzuschätzen. Ein geborener Verbrecher, wie man landläufig sagte. Ein typischer Fall von Psychopathie, wie es die Wissenschaft nannte. Entsprechend umsichtig und mit gut sichtbarer Waffe betraten Schäfer und Bergmann auch das Billardlokal, in das Mörings Lebensgefährtin sie geschickt hatte.

»Mir könnt ihr nichts anhängen«, sagte Möring sofort, als die beiden sich neben den Pooltisch stellten.

»Na, dann muss ja niemand nervös werden«, erwiderte Schäfer und musterte Mörings Hosentaschen, ob sich die Form eines Messers oder Totschlägers abzeichnete.

»Können wir Sie einen Moment sprechen?«, fragte Bergmann, während Möring über einen verfehlten Stoß fluchte.

»Warum?«

»Möring«, meinte Schäfer deutlich schärfer, »du weißt ganz genau, dass wir dich sofort einpacken und eine Nacht lang festhalten können, ohne dir irgendetwas beweisen zu müssen. Also: Leg deinen Stock weg und setz dich an den Tisch dahinten.«

Um vor den Anwesenden das Gesicht zu wahren, bezeichnete Möring die Polizisten noch als Faschisten und meinte, dass er sie wegen Amtsmissbrauchs verklagen werde, ehe er einen Stuhl nahm, ihn mit der Lehne zum Tisch hinstellte und sich rittlings daraufsetzte.

»Fangen wir zur Abwechslung einmal nicht mit dem Alibi an«, sagte Schäfer. »Du hast das von Hermann Born gehört, nehme ich an …«

»Sicher … die alte Faschistensau …«

»Willst du uns jetzt ein Motiv geben?«

»Wieso soll ich den kaltmachen?«

»Vielleicht weil dich jemand dafür bezahlt hat? Eine alte Rechnung … irgendein reicher Wirrkopf …«

»Schäfer, du wirst alt … glaubst du, dass einer von uns noch in dem Geschäft ist? Da musst du dich an die Ostler wenden, Tschetschenen, Kosovaren, Serben, die machen dir das für ein paar Tausender …«

»Möglich … hast du Namen?«

»Sicher … ich habe die ganze Liste in meiner Hosentasche …«

»Steht da auch drauf, wo du an diesem Tag warst?«

»Bei einem Kollegen in Passau … das weiß ich, weil ich es dort im Fernsehen mitbekommen habe …«

»Ah«, sagte Bergmann, »Sie haben also das österreichische Staatsgebiet verlassen … verstößt das unter Umständen gegen die Bewährungsauflagen?«

»Scheiße, die paar Tage«, meinte Möring nervös, »ich habe mit dem Born nichts am Hut, das könnt ihr mir glauben.«

»Und was sagt man so, wer's gewesen sein könnte?«

»Na ja … ich habe was vom Mossad gehört, die Israelis halt … oder so einer wie im Film, verstehst du, der irgendwo allein lebt und niemandem auffällt und dann, zack, bringt er einen um und verschwindet wieder, dann den Nächsten, so lange, bis er fertig ist …«

Bevor sie das Lokal verließen, verlangten sie von Möring die Telefonnummer des Bekannten aus Passau und riefen ihn an. Er bestätigte dessen Alibi und gab ihnen die Namen zweier weiterer Männer, die Mörings Aufenthalt ebenfalls bezeugen könnten. Was die Aussagen solcher Bekannter wert waren, wusste Schäfer. Doch egal, was Möring zur besagten Zeit tatsächlich getan hatte – für den Mörder hielt er ihn nicht.

»Zielinski?«, fragte Bergmann, als sie wieder im Wagen saßen.

»Den lassen wir vorladen … in seinem privaten Umfeld führt sich der immer wie der letzte Habsburger auf … das brauche ich heute wirklich nicht mehr.«

Im Kommissariat überarbeitete Schäfer mit Bergmanns Hilfe erneut den gesamten Ermittlungsakt, der mittlerweile schon mehrere Schnellhefter füllte. Wie viel davon sie weiterbringen würde, stand auf einem anderen Blatt. In Schäfer löste solch eine Masse an Informationen ein Gefühl der Ohnmacht aus. Mit zweiundvierzig Jahren war er der jüngste Major im Dienst der Wiener Kriminalpolizei – doch angesichts der rasanten Zunahme der Datenquellen, der weltweiten Vernetzung der Polizei, der ständigen Verbesserung der forensischen und medizinischen Methoden, der Unmenge an Informationen, die sich aus der Internet-, E-Mail- und Handynutzung ergaben, fühlte er sich beizeiten wie ein kriminalistisches Fossil. Und er hoffte insgeheim, dass auch den jüngeren Kollegen manchmal schlecht wurde, wenn sie an diesem Berg an unverdautem Wissen kauten, den ihnen der technologische Fortschritt jeden Tag schneller auf den Tisch knallte als der Kellner im Chinarestaurant die Tagessuppe.

Um sieben verließen sie gemeinsam das Kommissariat, um auf den Steinhofgründen laufen zu gehen. Bergmann hatte seine Trainingskleidung bereits im Auto, also fuhren sie auf direktem Weg zu Schäfers Wohnung, wo dieser sich rasch umzog.

Sie waren noch keine zehn Minuten gelaufen, als sie von einem heftigen Platzregen überrascht wurden. Beide hatten sie keine Regenjacken dabei. Doch Schäfer wollte sich davon auf keinen Fall das Training verderben lassen und überzeugte Bergmann davon, dass es nichts Schöneres gab, als durch den warmen Sommerregen zu laufen. Und da sich dieser nicht die folgenden Tage von seinem Machochef als Weichei bezeichnen lassen wollte, willigte er ein.

Wieder zu Hause, war Schäfer eben dabei, in die Dusche zu steigen, als Isabelle anrief. Zuerst überlegte er, sie später zurückzurufen – doch wenn sie dann nicht mehr erreichbar wäre? Er hob ab, klemmte sich das Telefon zwischen Hals und Wange, wickelte sich ein Handtuch um die Hüften und setzte sich ins Wohnzimmer. Überraschung: Am nächsten Abend würde sie nach Wien kommen. Schäfer ging das Herz auf. Was ihr lieber wäre: Wenn er sie am Flughafen abholte oder wenn er für sie beide kochte und zu Hause auf sie wartete. Kochen, entschied sie; und er sollte auf keinen Fall mehr anhaben als jetzt gerade. Versprochen, meinte Schäfer und nieste. Es sei denn, ich habe mir eine Erkältung geholt und liege das ganze Wochenende flach, ärgerte er sich über sich selbst, während er sich fröstelnd unter die Dusche stellte.

Er lag schon erschöpft auf der Couch und blätterte einen Werbeprospekt durch, als sich Kovacs bei ihm meldete. Sie entschuldigte sich für den späten Anruf – keine Ursache, erwiderte Schäfer, der an ihrer aufgeregten Stimme hörte, dass es sich um etwas Wichtiges handelte.

»Ich habe die Liste der Fahrer überprüft, die für dieselbe Transportfirma unterwegs waren wie Schöps … und jetzt passen Sie auf …«

»Ja, ich passe auf«, erwiderte Schäfer schmunzelnd.

»Also: Schöps ist mit dem Lkw, in dem er erschossen worden ist, erst seit gut einem Jahr unterwegs … davor hat ihn ein Günther Stangl gefahren … und gegen den hat es vor zwei Jahren eine Anzeige wegen brutaler Vergewaltigung gegeben …«

»Und jetzt sitzt er?«

»Nein, eben nicht … für eine Verurteilung war die Aussage des Opfers zu widersprüchlich und es hat keine eindeutigen Beweise gegeben … sie haben ihn laufen lassen müssen …«

»Haben Sie die Frau ausfindig gemacht, die ihn angezeigt hat?«

»Genau deshalb rufe ich an: Sie hat sich vor vier Wochen vor den Zug gelegt …«

»Scheiße«, murmelte Schäfer und setzte sich auf.

»Ja«, stimmte Kovacs zu.

»Ich weiß, worauf Sie hinauswollen … ein Freund oder Verwandter der Frau wollte sie rächen, hat sich schlecht informiert und statt dem Vergewaltiger Stangl den unschuldigen Schöps erschossen … aber bevor Sie jetzt mit gezogenem Colt losgaloppieren, gehen Sie das alles noch einmal Punkt für Punkt durch. Finden Sie heraus, wie glaubwürdig die Anzeige war, ob die Frau in psychologischer Behandlung gewesen ist, in welchem Zustand sie vor diesem Vorfall war …«

»Vorfall …«, meinte Kovacs verächtlich.

»Kovacs!«, erwiderte Schäfer scharf. »Weder Sie noch ich kennen diesbezüglich die Wahrheit … auch wenn ein Selbstmord als Folge eines traumatischen Ereignisses wie einer Vergewaltigung infrage kommt, muss das nicht auch hier so sein … schlafen Sie drüber, und morgen denken Sie noch einmal darüber nach … wenn Sie sich in so einem emotionalen Zustand in diese Sache verbeißen, kommen Sie leicht ins Schleudern … dann machen Sie Fehler und – wenn Sie recht haben sollten – dann ist uns womöglich nicht nur ein Vergewaltiger, sondern auch ein Mörder durch die Lappen gegangen …«

»Zumindest die Familie könnte ich …«

»Nichts machen Sie! … Sie können alle Daten zusammentragen, wenn Sie unbedingt unbezahlte Überstunden machen wollen … aber befragt wird niemand. Schöps wurde erschossen, wenn ich Sie erinnern darf … allein gehen Sie in diesem Fall ab jetzt nirgends mehr hin. Und das ist kein Ratschlag.«

»Gute Nacht«, meinte Kovacs nach einer Schweigepause.

»Ebenfalls.«

16

Bergmann würde ihn verarschen, das war klar. Unter gewöhnlichen Umständen, wenn nicht der Besuch seiner Freundin bevorstünde und er sich bis dahin schonen wollte, wäre Schäfer ohnehin zur Arbeit gegangen; Halsweh, Gliederschmerzen, leichtes Fieber, Erschöpfung – wenn er und seine Kollegen diese Symptome jedes Mal zum Anlass nähmen, um sich krankzuschreiben, wären die meisten Kommissariate unbesetzt. Ihre Toten wurden schließlich oft genug im Freien gefunden und nahmen keine Rücksicht auf Wetter, Jahreszeit oder die Nachtruhe der Beamten. Zudem die psychische Belastung. Hielt das Immunsystem dem allem ausnahmsweise einmal ein paar Monate stand, konnte man sicher sein, dass es am ersten Urlaubstag zusammenbrach. Sollten sich die, von denen sie regelmäßig kritisiert wurden, doch einmal ihre ärztlichen Befunde, ihre Beziehungen und ihren Gesundheitszustand im Pensionsalter ansehen. Jeder andere würde Millionen an Schmerzensgeld kassieren.

So: Schäfer hatte sich genügend Rechtfertigungen geschaffen, um ohne schlechtes Gewissen Bergmann anrufen und ihm mitteilen zu können, dass er sich verkühlt habe und daheimbleibe.

»Ist auch besser so«, meinte Bergmann, »Isabelle ist es sicher lieber, wenn sie ein halbwegs erholter Mann erwartet.«

»Ja ... und woher wissen Sie, dass sie heute kommt?«

»Sie hat es mir gesagt ...«

»Na dann ... wenn was Wichtiges passiert, rufen Sie mich an ... ach ja: Kovacs ... die hat Neuigkeiten im Fall Schöps ...

schauen Sie sich das bitte an und lassen Sie nicht zu, dass sie allein loszieht … die war gestern ziemlich geladen … und fragen Sie nach, ob Schreyer irgendwas über dieses Propofol herausgefunden hat, dieses Narkosemittel …«

»Mache ich … gute Besserung.«

Seit wann telefonierten denn Bergmann und Isabelle miteinander, wunderte sich Schäfer, während er Teewasser aufstellte und zwei Löffel Holunderblüten in eine Kanne gab. Und worüber redeten sie? Über ihn wahrscheinlich … Bergmanns trostvolle Schulter, jaja, ich weiß doch nur zu gut, wie er ist … gut, Sorgen musste er sich diesbezüglich keine machen, so weit kannte er seinen Assistenten.

Er stellte Teekanne und Tasse auf dem Couchtisch ab, schloss die Jalousien der Dachfenster und streckte sich auf dem Sofa aus. Obwohl die Raumtemperatur bestimmt schon an die fünfundzwanzig Grad betrug, deckte er sich zu. Nach der zweiten Tasse Tee begann er so stark zu schwitzen, dass er kurze Zeit später ein frisches T-Shirt aus dem Schlafzimmer holte. Zufrieden mit der Auswirkung seiner Erkältungskur schlief er ein. Um halb zwölf weckte ihn das Telefon. Isabelle, die ihm die genaue Ankunftszeit ihres Fluges mitteilte. Er versuchte, sich zu erinnern, ob er versprochen hatte, sie abzuholen. Nein, bestimmt nicht. Doch vielleicht erwartete sie diese Überraschung … er sagte ihr, dass er sich erkältet habe und im Bett liege; damit wäre der Fall erledigt und eine Enttäuschung ausgeschlossen. Doch wenn sie die Tiefe seiner Liebe nun daran maß, in welchem Zustand er für sie die Strapazen einer Fahrt zum Flughafen auf sich nähme? Frauen, murmelte er, nachdem sie das Gespräch beendet hatten. Er stand auf, trank eine halbe Flasche Mineralwasser und wärmte sich eine Dose Tomatensuppe auf.

Isabelles überraschender Besuch machte ihn nervös. Weil

sie sich schon zu weit voneinander entfernt hatten? Weil es ihm ohne sie gar nicht so schlecht ging? Die Entfernung wird doch als der Wind bezeichnet, der die Leidenschaft anfacht, wenn sie stark genug ist. Und der sie auslöscht, wenn sie nur mehr vor sich hin glimmt. In ihrem Fall würde wohl die Nähe beweisen, ob noch genug Feuer vorhanden war.

Es gelang ihm nicht mehr einzuschlafen. Schweißnass wälzte er sich unter dem Laken hin und her, seine Laune wurde immer schlechter. Wedekind, vielleicht konnte der ihm helfen. Schäfer ging ins Bad und stellte sich unter die Dusche. Natürlich könnte er auch ein paar Stunden arbeiten, am Balkon noch einmal die ganze Akte durchgehen. Doch wozu … ausnahmsweise standen sie unter relativ geringem Druck … viele Journalisten waren auf Urlaub und den Oppositionsparteien war der Mord an Born offenbar auch nicht öffentlichkeitswirksam genug, um den Innenminister anschwärzen zu können. Und er selbst? War ihm die Aufklärung des Falls wichtig genug? Vielleicht war jetzt ja Schluss und der Mörder wieder in die unbekannten Tiefen abgetaucht, aus denen er gekommen war. Dann hätten sie einen toten Rechtsextremen, einen eingeschüchterten Yuppie und im Keller eine schnell verstaubende Akte. Nichts, was sein Spiegelbild am Morgen in eine verabscheuungswürdige Fratze verwandeln würde. Da bedeutete es ihm wesentlich mehr, dass der Türke, der seine Tochter erstochen hatte, für den Rest seines Lebens einsaß. Das war Doppelmoral; etwas, das er selbst zutiefst verachtete, oder? Die Ermittlungsintensität und -methoden vom eigenen Urteil abhängig zu machen. War man etwa ein besserer Täter, wenn man den Vergewaltiger seiner Tochter umbrachte, als wenn man bei einem Überfall einen Bankangestellten erschoss? Guter Mörder, böser Mörder. Er wusste, dass er sich ein Urteil darüber nicht erlauben durfte; dass es zumindest seine Arbeit als Polizist nie beeinflussen durfte. Diese Erhabenheit über persönliche oder populäre Moralvorstellungen war es, die Kamp meinte, wenn er sagte, dass sie bessere Menschen sein mussten. Wobei sich Schäfer manchmal fragte, ob er nicht Polizist geworden war, um vor dem eigenen Bösen besser geschützt zu sein, oder, noch schlimmer: um im Falle, dass das Tier in ihm die fragilen Stäbe durchbrach, eine Lizenz zu haben.

Am späten Nachmittag ging er in den Supermarkt und füllte den Einkaufswagen mit allem, was er für eine Lasagne brauchte. Ein deftiges Gericht, das dem Entschluss, seine Anzughosen in den nächsten paar Jahren auf keinen Fall in die Änderungsschneiderei zu bringen, einen weiteren Stoß versetzen würde. Aber was sollte er machen? Die Rezepte, die er beherrschte, hatte er von seiner Mutter. Und die war erst ein paar Jahre nach seinem Auszug auf die leichte und gesunde Küche umgestiegen. Das werde ich bei meinen Kindern anders machen, dachte er, und wunderte sich umgehend, warum ihm bei einem Einkaufswagen voller Fleisch, Milch, Gemüse und Käse unweigerlich Gedanken an den eigenen nicht geplanten Nachwuchs kamen.

Er hörte nichts mehr von Isabelle, bis sie an der Tür läutete. Zu einem Zeitpunkt, als er nur mit Unterhose und Küchenschürze bekleidet die Bechamelsauce anrührte und ihr in ebendiesem Aufzug öffnete. Noch dazu hatte er vergessen, dass die Schürze eines dieser dämlichen Kollegengeschenke war, die man nie verwenden will und sie dennoch aufbewahrt, weil man selbst über nichts Gleichwertiges verfügt. Eine Küchenschürze bedruckt mit dem Körper eines Bodybuilders – manchmal lernt man den Gebrauchswert der Dinge eben erst über das Hässliche kennen.

»Sehr sexy«, meinte sie, stellte ihre Tasche ab und umarmte ihn.

»Hoffentlich … meinst du … das … nicht ernst«, erwiderte er zwischen ihren Küssen und fühlte tatsächlich eine leichte Unsicherheit ob seiner kaum mehr sichtbaren Bauchmuskulatur.

Er musste die Bechamelsauce ein zweites Mal machen. Und nachdem er sich den Topf mit der schwarzen, eingebrannten Kruste angesehen hatte, spülte er ihn seufzend aus und stellte ihn neben den Kübel für das Altmetall. Ist ja nur ein Topf, tröstete er sich und versuchte, den Gedanken daran zu verjagen, dass es ein teures Geschenk seiner Mutter anlässlich seines Umzugs nach Wien gewesen war. Erstaunlich, wie raffiniert sich Frauen gegenseitig das Revier streitig machten.

»Was hast du gesagt?«, wollte Isabelle wissen, die in die Küche gekommen war und mit einem Kochlöffel in der Fleischsauce rührte.

»Gar nichts …«

»Du hast irgendwas gesagt von Frauen und ihrem Revier …«

»Ach … ja … weil der Topf jetzt kaputt ist, weil wir im Bett waren, und den hat mir …«

»Ich will's gar nicht wissen«, unterbrach sie ihn und setzte sich auf die Couch, »wann ist es denn endlich fertig?«

Am Samstag stieg die Temperatur auf über dreißig Grad. Und als sie am Nachmittag durch den Wienerwald spazierten, um im Schatten der Laubbäume der Hitze zu entkommen, kam es Schäfer vor, als hätte sich auch die Zeit der schwülen Trägheit dieses Tages nicht entziehen können. Das Frühstück auf dem Balkon erschien ihm wie eine ferne Erinnerung. Der kurze Badeausflug an die Donau, war das wirklich erst vor zwei Stunden gewesen? Normalerweise waren es doch die langweiligen Momente, die kein Ende zu nehmen schienen. Doch wozu dem Gaul ins Maul sehen, wenn er einen so herrlich durch den Tag trägt, dachte Schäfer und bückte sich nach einem Pilz, worauf Isabelle ihn anherrschte, diesen auf keinen Fall anzufassen.

Was die Zeit ihnen am Samstag geschenkt hatte, schien sie am Sonntag wieder aufholen zu wollen. Als Schäfer mit frischen Semmeln vom Bäcker zurückkam und in der Küche auf die Uhr sah, war es bereits halb elf. Warum sie denn nicht am Montag in der Früh fliege, rief er in Richtung Badezimmer, und verbrannte sich die Finger beim Versuch, die weich gekochten Eier aus dem Topf zu fischen.

»Hörst du mir nicht zu oder glaubst du, dass sich der Flieger jedes Mal, wenn du diese Frage stellst, eine Stunde verspätet?«

»Was?«, fragte er, während er seine Hand unter das fließende Wasser hielt.

»Das heißt immer noch: Wie bitte, Frau Staatsanwältin«, rief sie und kam mit einem Handtuch um den Kopf in die Küche.

»Apropos, Frau Staatsanwältin«, drehte er sich zu ihr um, »da ist noch eine eingehende Überprüfung einer Körperschaft ausständig, die genau in Ihren Kompetenzbereich fällt …«

»Du arbeitest mit zu vielen Männern … also: Wo sind die Handschellen, perverser Sittenwächter?«

Sie waren auf dem Weg zum Flughafen, als zum ersten Mal an diesem Wochenende Schäfers Handy läutete. Kamp. Er habe einen so lästigen wie skurrilen Anruf erhalten, mehrere, um genau zu sein: Mladic, ein bekannter Krimineller französisch-serbischer Abstammung und inoffizieller Chef eines Drogen- und Zuhälterrings, was sie ihm allerdings nie im erhofften Ausmaß hatten nachweisen können, hatte sich offensichtlich im Vollrausch bei Kamp gemeldet und in einem so gut wie unverständlichen Kauderwelsch aus Deutsch, Französisch und Serbisch um Polizeischutz gebettelt, da sein Leben in Gefahr sei. Beim ersten Mal hatte der Oberst aufgelegt, wütend darüber, dass der Kerl seinen Nachmittagsschlaf gestört hatte und obendrein über seine private Handynummer verfügte. Beim zweiten Mal hatte er auf Mladics Drängen einen Streifenwagen zu dessen Adresse geschickt. Nachdem der Gangsterboss die beiden Beamten jedoch nur beschimpft und ihnen erklärt hatte, dass er nur mit Kamp spreche, waren sie unverrichteter Dinge wieder aufs Revier zurückgefahren.

»Und was, äh …«, sagte Schäfer und hätte beinahe die Abfahrt zum Flughafen verpasst, was Isabelle mit einem wütenden Blick kommentierte, »was hat diese heitere Schnurre mit uns zu tun? … Ach … Namen und Kontakte will er uns geben … Und das nehmen Sie ihm ab? … Ja, gut, sagen Sie mir die Adresse? … Gut, ich bin gerade auf dem Weg zum Flughafen … Genau … Keine Ursache … Schönen Abend noch.«

Nachdem Schäfer sich von Isabelle verabschiedet hatte und wieder im Wagen saß, rief er Bergmann an.

»Mein lieber Kollege … Nur, wenn Sie nicht verhindert sind … Ja, es geht um Mladic, der hat bei Kamp angerufen und herumgesponnen, dass ihn jemand umbringen will, und wenn wir ihn beschützen, verrät er uns irgendwas … Ja, könnte ich schon, aber … Nein, ich habe meine Waffe nicht mit und außerdem … Danke, Bergmann, soll ich Sie abholen? … Obere Augartenstraße zweiunddreißig … Na gut, bis gleich.«

Und wo war jetzt das verdammte Parkticket? Fluchend hob er sein Gesäß, um in die Hosentaschen greifen zu können. Verdammt, ich krame schon herum wie Columbo, murrte er und sah das Ticket in der Ablage oberhalb des Radios liegen.

17

»Läuten Sie woanders«, forderte Schäfer Bergmann auf, der seinen Finger schon auf Mladics Klingelknopf hatte.

»Na gut«, meinte Bergmann und entschied sich für eine Wohnung im Erdgeschoss. »Polizei, öffnen Sie bitte die Tür.«

Der Türöffner summte, sie traten in den hell erleuchteten Gang.

»Mit zunehmendem Alter werden auch die Gauner zu Spießern«, sagte Schäfer, als er den sauberen roten Läufer sah, der auf hellem Steinboden lag und an den Rändern von runden Messingleisten vor dem Aufwölben bewahrt wurde. »Welcher Stock?«

»Dachgeschoss ... Lift oder Stiege?«

»Stiege ... haben Sie Ihre Waffe dabei?«

»Natürlich.«

Auf dem Treppenabsatz im vierten Stock blieb Schäfer abrupt stehen.

»Riechen Sie das?«, flüsterte er und drehte sich zu Bergmann um.

»Ja ... Sie hätten mich ruhig warnen können.«

»Was? ... Haha, seit wann geben Sie den Komiker, Bergmann? ... So ähnlich hat es in Borns Wohnung gerochen ...«

»Lassen Sie mich vorausgehen«, sagte Bergmann leise, nahm seine Waffe aus dem Holster und drängte sich an Schäfer vorbei.

Vor Mladics Tür stellten sie sich zu beiden Seiten mit dem Rücken an die Wand. Schäfer drückte den Klingelknopf. Ein zweites Mal, ein drittes Mal, dann bedeutete er Bergmann, das Schloss aufzuschießen.

Bergmann trat zwei Schritte zurück, zielte und drückte ab. Er holte tief Luft, machte einen Schritt nach vorne und trat mit aller Kraft gegen die Tür, die nach innen schnellte, gegen ein unsichtbares Hindernis prallte, zurückpendelte und von Bergmanns Fuß gestoppt wurde. Jetzt nahmen sie beide den beißenden Geruch wahr, der aus der Wohnung kam.

»Polizei!«, rief Schäfer in den dunklen Raum, »kommen Sie mit erhobenen Händen heraus ... bei Gegenwehr machen wir von der Schusswaffe Gebrauch.«

Bergmann zog seinen Pullover aus und band ihn über Mund und Nase. Dann machte er einen Schritt nach vorne und tastete mit der linken Hand die Wand nach einem Lichtschalter ab. Er fand ihn, an der Decke leuchteten zahlreiche Halogenspots auf. Am gegenüberliegenden Ende des riesigen Lofts, das sie nun vor sich sahen, stand ein Lehnstuhl mit dem Rücken zu ihnen, auf der linken Seite hing ein Arm über die Lehne.

»Mladic!«, rief Schäfer. Plötzlich nahm er aus dem Augenwinkel eine Gestalt wahr, die sich hinter dem frei stehenden Anrichteblock zu seiner Rechten versteckt haben musste.

»Bergmann! Bei der Küche«, schrie er, machte einen Schritt nach hinten und stolperte rücklings über die Treppen. Im Fallen hörte er drei Schüsse, zwei Waffen, eine mit einem Schalldämpfer versehen, die andere Bergmanns Glock. Als Schäfer sich auf dem unteren Treppenabsatz benommen aufrichten wollte, sah er zuerst ein Paar schwarze Schnürstiefel. Langsam hob er den Kopf. Dann blickte er in den Lauf einer Waffe, weiter oben zwei Augen, die ihn aus einer schwarzen Sturmhaube ansahen. Verdammt, was ist mit Bergmann ... wahrscheinlich war es die Sorge um seinen Assistenten, die

Schäfer in diesem Moment keine Angst um sein eigenes Leben empfinden ließ.

»Verschwinden Sie«, sagte er zu der vermummten Gestalt, die wie eine Statue vor ihm stand und die Pistole immer noch unbewegt auf seine Stirn gerichtet hielt, obwohl Schäfer an der linken Schulter ein Einschussloch sah, um das sich ein feuchter Kreis ausbreitete.

Als hätte der Mann nur auf dieses Kommando gewartet, löste sich plötzlich seine Körperspannung. Er sah kurz nach oben, dann noch einmal auf Schäfer hinunter und verschwand. Schäfer stand auf, ein heftiger Schmerz durchfuhr seine Hüfte. Scheiße, Scheiße, Scheiße, fluchte er und humpelte zu Mladics Wohnung hinauf. Nein, nein, nein, flehte er und kniete sich neben Bergmann hin. Er nahm sein Telefon und wählte den Notruf. Dann zerriss er sein Hemd und legte einen provisorischen Druckverband an.

»Sie haben ihn erwischt«, sagte er leise und legte seinem Assistenten die Hand auf die Stirn.

»Das erfüllt mich mit Stolz«, erwiderte Bergmann mit gebrochener Stimme, »ist er tot?«

»Noch nicht … jetzt kümmern wir uns erst mal um Sie.«

Schäfer begleitete die Sanitäter zum Krankenwagen und sah besorgt auf Bergmann hinab, der dank eines Schmerzmittels mit halb geöffneten Augen vor sich hin lächelte.

»Sehr gerne«, erwiderte der Notarzt auf Schäfers Drängen, Bergmann zu begleiten, »wenn Sie sich vor den OP setzen wollen, vor morgen früh wird er ohnehin nicht wach sein, und ihm wäre sicher mehr geholfen, wenn Sie denjenigen fassen, der auf ihn geschossen hat.«

Also stand Schäfer etwas unbeholfen im Gang, ließ sich von den Forensikern von einem Eck ins andere schieben und bemühte sich, Ordnung in seine Gedanken zu bekommen.

Was war da eben passiert? Mladic tot, Bergmann schwer verletzt, nicht lebensgefährlich, wie ihm der Arzt versichert hatte, aber dennoch. Er hätte doch Verstärkung anfordern müssen; sofort, als ihm der Geruch aufgefallen war. Noch dazu, wo er das Haus unbewaffnet betreten hatte. Und dieser Mann; diese Augen, die auf ihn gerichtete Waffe, der blitzartige Rückzug …

»Was ist hier passiert?«, hörte er die Stimme von Kamp, der plötzlich neben ihm stand.

»Er hat auf Bergmann geschossen … hat aber selbst auch eine Kugel eingefangen …«

»Und Sie?«

»Ich bin in Ordnung …«

»Das habe ich nicht gemeint«, präzisierte Kamp, »haben Sie versucht, ihn aufzuhalten?«

»Nein … ich war unbewaffnet …« Schäfers Knie begannen zu zittern, das Adrenalin baute sich ab, er setzte sich auf die Stiegen.

»Sie gehen ohne Waffe …«, hob Kamp die Stimme, beruhigte sich jedoch augenblicklich wieder, da er es ja gewesen war, der Schäfer in dieses Fiasko geschickt hatte. »Na gut … was wissen wir?«

»Die bisherige Täterbeschreibung trifft zu: eins fünfundachtzig, durchtrainiert … Schussleistung und gesamtes Verhalten passen zu Mesarics Aussage, dass es sich um jemanden mit einer Spezialausbildung oder krimineller Erfahrung handelt … er ist gefährlich, aber kontrolliert: Es wäre kein Problem gewesen, uns beide zu töten …«

»Ha, natürlich, der Schäfer wieder einmal«, Gerichtsmediziner Koller polterte in den Raum, »hast du eigentlich eine heimliche Vereinbarung mit dem Verbrechertum, um mich mit Wochenenddienst zu ärgern?«

»Leck mich am Arsch«, antwortete Schäfer müde, »das ist

doch genau das, womit verkorkste Eremiten wie du die Zeit totschlagen …«

»Repetitio non semper placet, wie der Lateiner sagt«, tönte Koller und stellte seine Tasche ab.

»Ja … dahinten ist jemand, dem du deine staubigen Weisheiten widerspruchslos flüstern kannst.« Schäfer machte eine Geste in Richtung des Stuhls, in dem Mladic lag.

»Geht's?«, fragte Kamp und setzte sich neben Schäfer. »Jaja …«

»Gut … lassen Sie sich nach Hause bringen … ich leite die Fahndung ein, Kovacs und Strasser sind auf dem Weg.«

Schäfer stand langsam auf und sah durchs Gangfenster auf die Straße hinab. Die Einsatzfahrzeuge vor dem Haus hatten neben zahlreichen Schaulustigen auch die ersten Reporter angezogen, die auf die anwesenden Polizisten einredeten.

»Was machen wir mit der Presse?«, wandte sich Schäfer an Kamp.

»Mladic hat eine Kugel in der Brust … also ist er erschossen worden, nicht sehr ungewöhnlich für einen Mann seines Gewerbes. Mehr gibt es vorerst nicht.«

Im Parterre traf Schäfer auf Kovacs, gab einen kurzen Überblick und teilte ihr das weitere Vorgehen mit. Die Personalien aller Nachbarn aufnehmen und die Befragung möglichst kurz halten, da es schließlich schon nach Mitternacht war. Und dann sollten sie zusehen, selbst noch ein paar Stunden Schlaf zu bekommen. Die nächsten Tage würden anstrengend werden.

Als Schäfer kurz nach zwei den Wagen vor seinem Wohnhaus abstellte, rief Isabelle an. Zwei Stunden hatte sie im Flieger auf den Start gewartet, jetzt war sie endlich zu Hause. Ob irgendwas nicht in Ordnung mit ihm sei, wollte sie schließlich wissen. Sie fehle ihm jetzt schon, bemühte er sich um eine Ausrede für seine wortkarge Verstimmtheit. Dann erzählte er ihr doch, was passiert war.

Um Viertel vor drei lag er erschöpft in seinem Bett, ohne Schlaf zu finden. Das Thermometer stand noch immer bei dreißig Grad, und er erwartete jeden Augenblick, dass das Telefon läutete. Es habe Komplikationen gegeben, ein verletztes Gefäß, eine unstillbare Blutung … nein, so durfte er nicht denken … der Notarzt hatte seine Zuversichtlichkeit nicht vorgespielt … ein Durchschuss im Oberarm, ein Steckschuss im Schlüsselbein, nichts, das einen Mann wie Bergmann gefährden konnte. Und jetzt, da Schäfer in der Stille seines Schlafzimmers lag und die Minuten nach dem Betreten von Mladics Wohnung wieder und wieder in seinem Kopf abspielte, glaubte er auch zu wissen, warum er so gelassen reagiert hatte. Natürlich, seine Sorge hatte Bergmann gegolten, da war kein Platz für die eigenen Befindlichkeiten. Doch der Mann vor ihm, der starre Arm, die Waffe auf seine Stirn gerichtet … Schäfer stand auf, taumelte ins Bad und erbrach sich ins Waschbecken. Zitternd und mit kaltem Schweiß auf Stirn und Rücken setzte er sich auf die Fliesen. Todesangst, das kannte er, hatte vergangenes Jahr ohne realen Anlass darunter gelitten, die Tabletten hatten geholfen. Jetzt kannte er wenigstens den Grund. Das letzte Mal, dass ihm jemand eine Waffe an den Kopf gehalten hatte und sich offensichtlich überlegt hatte, ob er abdrücken sollte, war genau fünfzehn Jahre her, dieses Datum würde Schäfer nie vergessen, auch wenn er es tief unter dem anderen, harmloseren Mist in seinem Kopf vergraben hatte. Und dieser Moment jetzt, das verzögerte Eintreten der Angst, wie ein Déjà-vu, die Wiederkehr eines Ereignisses, von dem er noch nie jemandem erzählt hatte; er hatte die Wahrheit verschwiegen, weil es keinen Unterschied gemacht hätte; weil sich das Schwein ohnehin am nächsten Tag eine Kugel in den Kopf geschossen hatte. Vor allem aber, weil es ihm peinlich gewesen war. Und jetzt: Flashback.

Es war der dritte Tag, den sie hinter ihm her waren. Schäfer als junger Inspektor, wegen des getöteten Gendarmen genauso erregt und wütend wie die Kollegen, mit denen er den Wald nahe der deutschen Grenze durchkämmte. Wie Jäger, die auf der Jagd nach der Bestie selbst wild geworden waren, war jeder von ihnen scharf darauf, den tödlichen Schuss abzugeben. Kamp hatte ihnen eingebläut, dass sie sich zu keinen Kurzschlusshandlungen hinreißen lassen dürften. Doch er hatte es als Formel ausgesprochen und nicht als etwas, von dem er selbst überzeugt war – dann hörte sich Kamp anders an. Über sich sah Schäfer zwischen den Baumwipfeln den Himmel blau strahlen; doch dort unten sorgte der dichte Wald schon jetzt für den Einbruch der Dunkelheit. Jeder von ihnen ein besessener Einzelkämpfer, zerstreuten sie sich immer weiter, bis Schäfer keinen seiner Kollegen mehr sehen konnte. Er war eben im Begriff, sich auf einen Baumstumpf zu setzen, um eine Zigarette zu rauchen, als er aus dem Augenwinkel eine Bewegung wahrnahm. Er griff zu seinem Sturmgewehr, hob den Schaft an die Schulter und richtete sich langsam auf. Konzentriert schaute er auf die Stelle, wo er den Mann wähnte; als plötzlich wesentlich weiter rechts jemand zu rennen begann und dabei immer wieder hinter einem Baum verschwand. Schäfer wollte schon abdrücken; doch bei aller Wut, die er in sich hatte, weigerte er sich, auf jemanden zu schießen, von dem er nicht sicher wusste, dass es der Gesuchte war. Stattdessen feuerte er zweimal in die Luft und setzte der flüchtenden Gestalt nach. Kurz vor einem Anstieg brach Schäfer durchs Unterholz, blieb in vollem Lauf mit einem Bein an einer Wurzel hängen und hörte im Fallen das Reißen seiner Knöchelsehne. Kurz wurde ihm schwarz vor Augen, der Schmerz war so heftig, dass er sich beim Versuch, aufzustehen, über seine Uniform erbrach. Verdammt, wo war sein Gewehr? Er zog seine Glock, versuchte trotz des Schmerzes aufzustehen … er brach zusammen, dabei löste sich ein Schuss aus seiner eigenen Waffe und traf ihn in den Oberschenkel. Mit einem lauten Schrei fiel er auf den Waldboden, die Baumwipfel über ihm wurden unscharf. Dann stand er vor ihm. Gelassen, mit dem ihm eigenen emotionslosen Blick, in der Hand die Dienstwaffe, die er dem jungen Gendarmen in Oberösterreich entwendet hatte. Bevor er ihn ermordet hatte, ging es Schäfer durch den Kopf, der nun den Blick senkte und den tödlichen Schuss erwartete. Wie lange, wusste er im Nachhinein nicht mehr zu sagen. Dreißig Sekunden? Zehn Minuten? Als er wieder aufblickte, war der Mann verschwunden. Und Schäfer blieb einfach im Unterholz liegen, bis ein Kollege auf ihn stieß und ihn zur Straße schleppte. Das wird schon wieder, munterten sie ihn auf und warteten ungeduldig auf den Krankenwagen. Am Tag nach der Begegnung im Wald setzte sich der Mehrfachmörder in einem nahe gelegenen Bootshaus die Pistole an die Stirn und drückte ab.

Verdammt, ich fange wieder zu rauchen an, murrte Schäfer und stand auf. In seiner Hausapotheke suchte er nach den Beruhigungstabletten, die ihm der Arzt voriges Jahr verschrieben hatte. Drückte eine aus der Verpackung und ging in die Küche. Er schluckte die Tablette, trank einen halben Liter Wasser und legte sich auf die Couch, das Licht ließ er an. Zwei Stunden später war er wach. Die schwüle Luft, viel zu wenig Sauerstoff im Raum. Er stand auf und ging auf den Balkon. Am Himmel ein einziger Stern, der sich der Morgensonne noch nicht ergeben hatte. Die Amseln stimmten sich ein. Begannen zu lärmen wie Autoalarmanlagen, die Helium geschluckt hatten. Schäfer ging in die Küche und schaltete die Espressomaschine ein.

18

Punkt sieben stand Schäfer in der unfallchirurgischen Abteilung des AKH und stritt mit einer Krankenschwester, die ihn ohne Absprache mit dem diensthabenden Arzt nicht zu Bergmann lassen wollte. Grundsätzlich musste er ihr recht geben – je gewissenhafter sein Assistent abgeschirmt wurde, desto besser. Doch schließlich war er nicht irgendwer. Er war Bergmanns Partner, sein Leitstern, sein Don Quijote. Die Pflegerin schaute ihn verunsichert an und meinte, dass sie den Oberarzt ausnahmsweise aus der Morgenbesprechung holen werde. Kaum war sie um die Ecke verschwunden, sah sich Schäfer die Namenstafeln an den Zimmern an, bis er fündig wurde.

»Bergmann!« Schäfer wischte sich über die Augen.

»Was lärmen Sie da herum, Sie Klugscheißer, Sie!«, erwiderte Bergmann keuchend und drehte den Kopf zur Seite, »kann man nicht einmal im Krankenhaus seine Ruhe vor Ihnen haben?!«

»Ähm«, meinte Schäfer verunsichert und trat näher an Bergmann heran, »Sie sind's, oder?«

»Wer denn sonst? Hat sonst noch wer zwei Kugeln eingefangen, hä? Und wegen wem, ha, wegen wem? … Was ist denn jetzt los … oje, jetzt muss ich auch noch scheißen!«

»Schon gut«, erwiderte Schäfer verunsichert und ging langsam zur Tür, »ich rufe die Schwester.«

»Und machen Sie verdammt noch mal das Fenster zu, wenn Sie die Klimaanlage im Büro einschalten!«, rief ihm Bergmann nach.

Verstört trat Schäfer auf den Gang hinaus und sah die Krankenschwester von vorhin mit einem Arzt kommen.

»Was ist los mit ihm?«, fragte er den Chirurgen.

»Inwiefern? Er hat die Operation gut überstanden …«

»Aber er redet wirres Zeug … solche Sachen würde Bergmann nie sagen …«

»Die Nachwirkungen der Narkose«, klärte ihn der Arzt auf, »manchmal setzt sie im Gehirn bestimmte Hemmmechanismen außer Kraft. Deshalb warten wir mit einer Besuchserlaubnis auch immer, bis sich der Zustand des Patienten wieder normalisiert hat. Um ihm zu ersparen, dass ihm sein Verhalten im Nachhinein unangenehm ist.«

»Ich bin selber schon operiert worden und habe mich nie so benommen …«

»Glück für Sie … oder für die anderen. Aber erstaunlicherweise sind es gerade die rücksichtsvollsten und zuvorkommendsten Menschen, die nach einer Narkose manchmal ausfällig werden. Was natürlich nichts über Ihren eigenen Charakter aussagen muss, Herr …«

»Schäfer … von der Kriminalpolizei«, antwortete Schäfer kleinlaut. »Wann kann ich ihn denn besuchen?«

»Kommen Sie nach dem Mittagessen wieder«, der Arzt öffnete die Tür zu Bergmanns Zimmer, »da geht es ihm bestimmt besser.«

»Danke … auch für die gute Behandlung … für … ja … Wiedersehen.«

Auf dem Weg ins Kommissariat fühlte er sich wie ein eingeschüchterter Schuljunge, dem der Direktor einen gerechtfertigten Rüffel erteilt hatte. Nur weil er sich davon überzeugen wollte, dass es seinem Kollegen gut ging. Ärzte … präpotente Säcke, murmelte er vor sich hin und war gleichzeitig froh, dass Bergmann von einem Mediziner betreut wurde, der sich durch einen Polizeiausweis nicht einschüchtern ließ.

An der Morgenbesprechung nahmen neben Kamp und Schäfers Gruppe auch vier Streifenpolizisten teil, die sie bei den Befragungen unterstützen würden. Schreyer war auch wieder dabei. Nachdem seine Leistungskurve unter fremder Führung in kürzester Zeit unter null gefallen war und er sich benommen hatte wie Heidi in der großen Stadt, hatte Bruckner ihn gerne wieder zurückgegeben. Jetzt saß er da und strahlte glücklich in die Runde … mein Gott, gleich wird er sich auf den Rücken werfen und erwarten, dass ich ihm den Bauch kraule, dachte Schäfer, warf Schreyer statt eines Hundekeks einen strengen Blick zu und begann seine Ausführungen.

»Das Wichtigste vorweg: Kollege Bergmann hat die Operation gut überstanden, sieht ganz danach aus, als ob wir ihn bald wieder zurückhaben. Was den Mord an Mladic betrifft, können wir frühestens heute Abend mit Ergebnissen der Spurensicherung und der Gerichtsmedizin rechnen. Bisher deutet jedoch alles darauf hin, dass wir es mit demselben Täter zu tun haben, der Born ermordet hat und bei Schröck eingebrochen ist. Der Modus Operandi ist bei Mladic zwar ein anderer, da er mit einem Herzschuss getötet wurde – das hat aber höchstwahrscheinlich damit zu tun, dass Mladic im Gegensatz zu Born einem Angreifer durchaus gefährlich werden konnte und womöglich auch eine Waffe besaß. Ein weiteres wichtiges Faktum: Ich gehe davon aus, dass Bergmann nicht nur Glück hatte, sondern dass der Täter ihn gezielt außer Gefecht gesetzt hat, ohne ihn schwer verletzen oder gar töten zu wollen. Für diese Theorie sprechen nicht nur die präzisen Schüsse, die keine inneren Organe verletzt haben, sondern auch der Umstand, dass der Täter mich weder verletzt noch irgendwelche Anstrengungen unternommen hat, mich an seiner Verfolgung zu hindern. Das Profil, das wir aus dem Mord an Born gewonnen haben, bestätigt sich also: eine genau geplante Hinrichtung, ohne das Opfer zusätzlich zu foltern oder andere Personen zu töten, dazu die Zerstörung des Gehirns durch Säure. Schön wäre natürlich, wenn wir uns um den Geisteszustand des Täters gar nicht mehr zu kümmern brauchten, weil er uns vorher schon ins Netz geht. Die Chancen dafür stehen gut, weil Bergmann ihn im Bereich des linken Schlüsselbeins angeschossen hat. Die Spurensicherung hat das Projektil nicht gefunden, also gehen wir von einem Steckschuss aus, der auf jeden Fall operiert werden muss. Eine entsprechende Meldung an alle Krankenhäuser, Apotheken und die Ärztekammer ist schon draußen. Dennoch müssen wir an jede Möglichkeit denken, wie sich der Täter helfen lassen könnte: von pensionierten Ärzten über solche, die ihre Zulassung irgendwann verloren haben, bis hin zu Veterinärmedizinern …«

»Gibt es eigentlich keine Blutspuren des Täters am Tatort?«, erkundigte sich Kovacs.

»Wissen wir noch nicht … aber wenn ja, gibt uns die Spurensicherung sofort Bescheid. Gut … was noch … ja, die Anrufe des Opfers … unglücklicherweise verfügen wir über keine Aufnahmen, da Mladic in beiden Fällen die Privatnummern gewählt hat …«

»Ich habe ein stichwortartiges Protokoll erstellt«, brachte sich Kamp ein, »das maile ich gerne weiter … allerdings mache ich mir keine großen Hoffnungen, dass sich daraus etwas ergibt … Mladic war besoffen, hat schwer gelallt, und das obendrein in drei Sprachen … ›Dabar, Dabar‹ habe ich immer wieder herausgehört … keine Ahnung, was das heißen soll …«

»Biber«, meinte Kovacs, »das ist das serbokroatische Wort für Biber … vielleicht ein Spitzname für einen Kriminellen …«

»Weil er so einen langen Schwanz hat«, kicherte Schreyer plötzlich los, worauf die eine Hälfte der Gruppe verlegen zu

Boden schaute und die andere sich das Lachen mehr oder weniger erfolglos zu verkneifen suchte.

»Mein Gott, Schreyer.« Schäfer schüttelte den Kopf. »Dir wird das Lachen auch noch vergehen, wenn du die Unterstunden abarbeitest, die du während der letzten Woche gesammelt hast. Also: Dabar ... hört euch um, ob es im Milieu einen mit diesem Spitznamen gibt ...«

Kurz nach elf war die Besprechung zu Ende. Schäfer hatte Leitner und Kovacs auf die Untersuchung von Mladics Umfeld angesetzt – eine Tour de Force durch die Wiener Unterwelt, die man nach Schäfers Erfahrung nur mit strikter Abstinenz oder einem langjährigen Trinktraining durchstand. Er ging davon aus, dass Kovacs ab spätestens fünf Uhr nachmittags den Dienstwagen fuhr.

Schreyer hatte er geraten, sich eine Matratze und eine Decke mitzubringen. In den nächsten Tagen würde er jedes Vergehen ausgraben, mit dem Mladic je in Verbindung gebracht worden war: Anklageprotokolle, Ermittlungsakten, Zeugenaussagen, Urteilserklärungen ... am Ende der Woche sollte man seine Augenringe für dunkle Sonnenbrillen halten, gab Schäfer Schreyer zu verstehen, der mit jedem Wort, das sein Vorgesetzter an ihn richtete, einen Zentimeter zu wachsen schien. Die Narren füttert man eben am besten mit dem Abnormalen, dachte Schäfer und wandte sich an Strasser und die beiden Streifenpolizisten. Sie sollten die Nachbarn befragen und sich in der Gegend umhören, ob sich irgendjemand Auffälliger herumgetrieben habe – schließlich ließ sowohl bei Born als auch bei Mladic alles darauf schließen, dass der Täter seine Opfer über längere Zeit beobachtet hatte. Nicht zu vergessen natürlich die Routinejobs: Telefonnummern, E-Mail-Verkehr, Konten und so weiter. Ach ja, nach dem Mittagessen würde er Bergmann besuchen. Sollte er ihm von jemandem etwas ausrichten? Und für einen Moment kam sich Schäfer vor wie der Kasperl, der sein kindliches Publikum nach dessen vollständiger Anwesenheit fragt.

Das ist jetzt schon das zweite Mal bei diesem Fall, dass ich allein hier bin, dachte er wehmütig, als er nach der Morgenbesprechung in seinem Büro die Espressomaschine bediente. Wo sollte das noch hinführen … und dieser offene Angriff in der Klinik … verlor Bergmann vielleicht den Respekt vor ihm? Wollte er ihm womöglich seinen Rang streitig machen? Dann noch seine Freundschaft mit Isabelle … war da vielleicht etwas im Gange, das Schäfer in seinem blinden Vertrauen Bergmann gegenüber nicht sah? Blödsinn, er setzte sich an den Schreibtisch, fuhr seinen Computer hoch und begann, den Bericht über den Vorgang des Vortags zu schreiben – auch das eine Aufgabe, die normalerweise Bergmann für ihn erledigte, wie Schäfer grummelnd feststellte. Am frühen Nachmittag machte er sich abermals auf den Weg ins AKH.

»Wie geht es Ihnen?«, fragte er vorsichtig und räumte das Tablett mit dem Teller ab, in dem Bergmann offensichtlich nur herumgestochert hatte.

»Es geht … müde … und wenn die Schmerzmittel nachlassen, brennt es ganz schön …«

»Soll ich die Schwester rufen?«, fragte Schäfer mit einem Blick auf die leere Infusionsflasche.

»Nein … die wissen schon, was sie tun … irgendwas Neues?«

»Nicht wirklich … Befragungen laufen, Schreyer tobt sich in Mladics Vergangenheit aus … wir hören uns um, wer dieser Dabar sein könnte, von dem Mladic gesprochen hat … ob das ein Spitzname ist …«

»Vielleicht ein alter serbischer Dämon«, meinte Bergmann und lächelte mit halb geschlossenen Augen.

»Warten wir es ab … wie … wie geht es Ihnen eigentlich …?«

»Das haben Sie mich schon gefragt …«

»Ja … ich meine … abgesehen von den Verletzungen?«

Bergmann wandte den Kopf und sah Schäfer an.

»Warum … wie soll es mir gehen?«

»Na ja … mir ist schon aufgefallen, dass Sie in letzter Zeit ein paar … dass Sie sich ein wenig verändert haben …«

»Zum Guten oder zum Schlechten?«

»Sie können ja gar nicht schlecht sein, Bergmann … nein, vielleicht ist es auch nur …«

»Vielleicht sind Sie es …«, erwiderte Bergmann und legte den Kopf wieder gerade hin.

»Ich?«

»Weil Sie diese Medikamente nehmen … seitdem sind Sie sensibler, irgendwie menschlicher … und dadurch sehen Sie mich vielleicht anders … wie geht es Ihnen eigentlich? Kamp hat mir erzählt, dass …«

»Ach … eine Waffe vor Augen, nichts, was mich umbringt … brauchen Sie eigentlich irgendwas? Obst, was zum Lesen …«

»Wenn es Ihnen ausgeht, wäre ein Buch gut … irgendwas Anspruchsloses …«

»Paulo Coelho vielleicht …«

»Ja, unbedingt, den alten Sabberer … wie wär's mit Faulkner ›Als ich im Sterben lag‹ …« Bergmann lächelte, was einen Husten auslöste, der selbst Schäfer wehtat.

»Entschuldigung … ich werde schon was finden … na dann …«, meinte er, stand auf und schaffte es, seine Hand auf Bergmanns Arm zu legen.

»Wiedersehen … danke, dass Sie da waren … und sagen Sie den Kollegen bitte, dass ich noch zu schwach für Besuche bin … ich will nicht, dass die mich alle so sehen …«

»Eitler Geck … ich werde es ausrichten.«

Da die Gerichtsmedizin immer noch keine fixe Bleibe hatte und sich momentan in der pathologischen Abteilung des AKH befand, beschloss Schäfer, seinem Freund Koller einen Besuch abzustatten. Er nahm den Lift ins erste Untergeschoss und ging den gespenstisch beleuchteten Gang entlang, bis er zur richtigen Tür kam.

Koller stand über Mladics Leiche gebeugt, deren Brustkorb offen lag, und hielt seinem mit offenem Mund dastehenden Schüler Föhring einen Vortrag, dem Schäfer naturgemäß nicht folgen konnte.

»Schönen Tag«, begrüßte er die beiden, worauf Koller die Brille abnahm und sich aufrichtete.

»Schäfer«, sagte er nach ein paar Sekunden, die er gebraucht hatte, um den Besucher zu erkennen, »du kommst herein und gibst keinen dämlichen Kommentar ab? Was ist los mit dir?«

»Sensibilität und Menschlichkeit.«

»Jaja, deine Sensibilität am Arsch … wahrscheinlich hat dir die Dienstaufsicht wieder eins draufgegeben … was willst du … wir sind noch nicht fertig.«

Schäfer überlegte kurz, ob er in den gewohnten Ton wechseln sollte, den er mit Koller pflegte.

»Ich war bei Bergmann oben, und da habe ich mir gedacht: Schauen wir mal nach, wie es meinem Freund Koller geht …«

»Wie geht's ihm?«, wollte Koller wissen, der seine sprachliche Rüstung nun ebenfalls für einen Moment ablegte.

»Besser … müde ist er … aber das wird schon. Wie sieht's bei euch aus?«

»Was ich dir schon sagen kann, ist, dass Mladic bereits am späten Nachmittag erschossen worden ist. Die Säure wahrscheinlich zwei, drei Stunden später …»

»Das verstehe ich nicht … soll das heißen, dass der Täter so lange in der Wohnung geblieben ist?«

»Das musst du herausfinden … ich gebe dir nur die medizinischen Fakten …«

»Was ist mit dem Projektil?«

»Ist schon im Labor.«

»Gut«, meinte Schäfer, nachdem Koller sich wieder über die Leiche gebeugt hatte, »danke dir … bis bald.«

»Pass auf dich auf, Sensibelchen!«, rief ihm Koller nach, als Schäfer schon mit einem Fuß im Gang stand.

Ich brauche die Ergebnisse der Spurensicherung, dachte er, während er durch den neunten Bezirk stadteinwärts ging, da er auf dem Weg eine gute Buchhandlung wusste. Dass der nach dem Mord nicht sofort verschwindet, ergibt keinen Sinn. Zumal er mit Mladic keine weiteren Rituale vollzogen hat. Aber er ist bei seinem Opfer geblieben … wenn das stimmt, müssen wir den Psychiater noch einmal einbeziehen … das ist ein neues Muster … könnte wichtig sein.

19

Am frühen Abend des folgenden Tages trafen die vorläufigen Berichte der Spurensicherung und der Gerichtsmedizin ein. Von Koller gab es nicht viel Neues: Todesursache war der Schuss ins Herz, Zeitpunkt des Todes zwischen 17:15 und 17:30 Uhr – eine überdurchschnittlich genaue Angabe, wie Schäfer fand. Dann erinnerte er sich an Mladics Telefonat mit Kamp, das kurz nach fünf stattgefunden und Koller wohl geholfen hatte, den Zeitraum einzuengen. Warum sich der Täter drei Stunden später immer noch in der Wohnung aufhielt, war dadurch freilich auch nicht zu erklären. Immerhin ließ Mladics Blutalkoholgehalt die Theorie bezüglich seiner Sprachverwirrung plausibel erscheinen: 2,3 Promille – vielleicht hatte er versucht, seiner Panik mithilfe von Schnaps Herr zu werden; vielleicht hatte er aber auch mit einem Bekannten gezecht, das würden sie überprüfen.

Aufschlussreicher waren die vorläufigen forensischen Ergebnisse: An der frei stehenden Anrichte, hinter der sich der Täter nach Schäfers Vermutung versteckt hatte, hatten sie schwarze Textilfasern und mehrere Haare gefunden. Wieso an der Anrichte? Schäfer sah sich die Fotos genauer an. Tatsächlich: Ein paar dunkle Haare klemmten in einer Metallleiste, die an der Oberkante der blockförmigen Anrichte angeschraubt war. Die schwarzen Fasern lagen in der Spüle. Schäfer legte die Dokumente auf den Schreibtisch, lehnte sich zurück und versuchte, sich den ungefähren Ablauf vorzustellen: Der Täter beobachtet Mladic über einen unbestimmten Zeitraum. Dann dringt er in die Wohnung ein oder wird selbst eingelassen – Einbruchspuren hatten sie noch keine gefunden. 17:30 Uhr: Spätestens jetzt hat er Mladic erschossen. Warum zieht er dann nicht sofort sein Säureding durch und verschwindet? Nein, er wartet … setzt sich auf den Boden, nachdem er Mladic getötet hat, lehnt sich an die Anrichte … vielleicht hatte ihn die Tat so mitgenommen, vielleicht hatte ihn Mladic sogar verletzt, sodass er sich hinsetzen und erholen musste? Blutspuren hatten sie bislang allerdings keine gefunden. Bitte, bitte, findet was, sagte Schäfer und richtete seinen Blick an die Decke, als das Telefon läutete. Ein Beamter von der Spurensicherung.

»Erlöse mich von meinen Qualen!«

»Die gute oder die schlechte zuerst?«, wollte sein Kollege wissen.

»Nur gute, bemüh dich!«

»Also: Das Projektil aus Mladics Herz wurde aus einer Waffe abgefeuert, mit der unbekannte Täter im Oktober 1992 eine Tankstelle überfallen haben. Geschossen haben sie damals allerdings nur auf den Kaffeeautomaten, um den Tankwart einzuschüchtern …«

»Ist das jetzt die gute oder die schlechte Nachricht?«

»Die gute … schlecht ist nämlich, dass Mladic damals einer der Hauptverdächtigen war. Wir haben es ihm nur nie beweisen können …«

»Also könnte Mladic mit seiner eigenen Waffe erschossen worden sein, die ihm der Mörder entwendet hat«, schloss Schäfer. »Mich wundert allerdings, dass Mladic sie behalten hat, normalerweise entsorgt man so ein Beweismittel so schnell wie möglich … taucht die Waffe nach diesem Überfall noch einmal irgendwo auf?«

»Nein. Vielleicht hat er sie ein paar Jahre irgendwo versteckt gehabt, in Belgrad oder was weiß ich …«

»Und dann ist er nostalgisch geworden und hat sie wieder

geholt … nein, so dumm war Mladic auch wieder nicht … war es eine besondere Waffe? Irgendeine Gravur, Elfenbeingriff …«

»Nein. Schwarze Beretta, neun Millimeter … aber du hast sie doch selber gesehen, oder?«

»Stimmt«, erinnerte sich Schäfer wieder daran, dass sie über die Waffe sprachen, die vor zwei Tagen auf seine Stirn gerichtet gewesen war. »Na gut … wann kommen die Ergebnisse der DNS-Untersuchung?«

»Frühestens morgen … die sind zurzeit etwas unterbesetzt …«

»Unterbesetzt«, murrte Schäfer, »uns läuft ein Mörder davon, und die liegen irgendwo am Meer …«

»Jeder braucht einmal Urlaub …«

»Stimmt … danke dir für die schnelle Arbeit.«

Nachdem er ein paarmal von einem Ende des Büros zum anderen gegangen war, ließ er Schreyer kommen. Er solle sich die Akte über besagten Raubüberfall vornehmen. Alle Verhöre, alle Zeugenaussagen, vielleicht gab es sogar ein Video einer Überwachungskamera. Außerdem solle er die Waffe noch einmal in allen verfügbaren Datenbanken suchen: Viclas, Europol, was immer ihm einfalle. Vielleicht fände sich ja ein Hinweis, den die Forensiker in der kurzen Zeit, die ihnen zur Verfügung gestanden habe, übersehen hätten.

»Geht es noch, oder stehst du kurz vor dem Zusammenbruch?«, fragte Schäfer, bevor er Schreyer entließ.

»Alles bestens, alles wieder gut«, antwortete dieser, worauf Schäfer ihn mit einem Lächeln hinausschickte.

Er sah auf die Uhr, drehte den Computer ab, packte in aller Eile die Ermittlungsakten in eine Papiertasche und verließ im Laufschritt das Gebäude. Halb acht … wenn er Pech hatte, würden sie ihn gar nicht mehr hineinlassen … er musste ihm doch erzählen, was es Neues gab, er konnte Bergmann doch nicht ohne Gutenachtgeschichte lassen!

»Servus«, begrüßte er seinen Assistenten schwer schnaufend und wischte sich mit einem Papiertuch, das auf Bergmanns Beistelltisch lag, den Schweiß aus dem Gesicht.

»Hallo … ist es heiß draußen?«

»Sie wissen ja: Die Hitze der Stadt ist im Sommer brutal, wie es bei Fendrich heißt …«

»Was haben Sie da mitgebracht?« Bergmann deutete auf den Ordner, den Schäfer auf dem Nachtkästchen abgelegt hatte.

»Die Ermittlungsakte … ich habe gedacht, Sie könnten sie auf Rechtschreibfehler durchgehen …«

»Gar keine schlechte Idee. Ich habe fast den ganzen Tag geschlafen, jetzt bin ich putzmunter und werde in der Nacht nicht einschlafen können …«

»Wir können die Sachen ja gemeinsam durchgehen … also wenn es Sie nicht überfordert …«

»Nein … wir müssen nur schauen, dass die Schwester Sie nicht erwischt. Ab neun ist bei ihr Schluss mit Besuch … die hat gestern sogar Kamp hinausbugsiert …«

»Und wie stellen Sie sich das vor?«

»Geben Sie mir bitte die Zettel, die in der Schublade da ganz obenauf liegen«, meinte Bergmann und streckte seine Hand in Richtung des Nachtkästchens.

Schäfer zog die Lade heraus und entnahm ihr ein paar lose karierte A4-Blätter, auf denen er eine Tabelle und darin eingetragene Zahlen erkannte.

»Was ist das?«

»Gegen die Langeweile … die genauen Zeiten, wann die Ärzte und Pfleger kommen … ich wollte sehen, ob ein System dahintersteckt.«

»Ach … und?«

»Weiß ich nicht … der Beobachtungszeitraum ist noch zu kurz … aber die Nachtschwester hat einen recht genauen Rhythmus … ich habe ihn heute mit dem Fernsehprogramm verglichen und glaube, dass sie sich nach den Werbepausen während der Serien richtet … zumindest zwischen Viertel nach acht und elf …«

»Das machen Sie hier … können Sie nicht ganz einfach verletzt sein und sich erholen?«

»Ich verdächtige sie ja nicht … ist nur ein Zeitvertreib.«

»Na gut … und wenn Sie jetzt reinkommt, was dann?«

»Wir machen es anders … kurz bevor wir sie erwarten, läute ich nach ihr und Sie verstecken sich da im Schrank … und wenn sie wieder draußen ist, haben wir eine gute Stunde Ruhe …«

»Hm«, grummelte Schäfer, den plötzlich das Gefühl beschlich, in etwas Illegales verwickelt zu werden. Andererseits: Was würde er denn zu Hause tun, außer sich noch einmal durch die gesamte Akte zu wühlen.

»Jetzt rein mit Ihnen«, drängte Bergmann, dem das Ganze eine schelmische Freude zu bereiten schien, »ich läute!«

Nachdem die Schwester Bergmann eine Infusionsflasche angehängt und den Kamillentee gebracht hatte, um den er gebeten hatte, stieg Schäfer behutsam aus dem Schrank.

»Also«, meinte er, setzte sich und schlug den Ordner auf, »bereit?«

»Geben Sie mir noch den Block und einen Bleistift aus der Schublade.«

»Fangen wir von vorne an«, sagte Schäfer. »Am 30. Juni findet Borns Gärtner ebenjenen tot in seinem Wohnzimmer. Nach den ersten Befragungen wissen wir, dass Frau Born drei Tage lang in ihrem Haus am Semmering war, wo sie regelmäßig allein hinfährt. Drei verschiedene Zeugen geben an, dass in den letzten Jahren manchmal eine schwarze Limousine zu Born gefahren ist. Wir untersuchen den Computer und die Kontoauszüge und finden die Verbindung zum Escortservice, über den sich Born immer wieder Frauen schwarzer Hautfarbe kommen ließ. Die letzte, die ihn besucht hat, ist Kanika Müller, die vom Kroaten Mesaric chauffiert wurde.«

»Haben eigentlich die Befragungen der anderen Frauen etwas ergeben?«, unterbrach Bergmann Schäfers Ausführungen.

»Nichts, was uns eine Spur zum Täter liefert ... aber das haben Sie selbst in den Bericht geschrieben ... also, Mesaric und Müller: Ein fremder Wagen versperrt die Straße, eine scheinbare Panne, die der Täter nutzt, um in die Limousine zu gelangen. Er betäubt Mesaric sofort, verspricht Müller, dass ihr nichts passiert, betäubt sie ebenfalls, wahrscheinlich mit einer Ätherverbindung, geht ins Haus, narkotisiert Born mit einem Mittel, das für Operationen verwendet wird. Anschließend gießt er Born Phosphorsäure über den Kopf, verlässt das Haus, fährt in eine abgelegene Gegend und lässt Mesaric und Müller frei, die sich beide kurz darauf absetzen. Auf der Suche nach Feinden stoßen wir vorerst auf einen ehemaligen Studenten und einen verwirrten Professor, die aber nach den aktuellen Erkenntnissen nichts mit dem Mord zu tun haben können.

6. Juli: Erwin Schröck meldet, dass er einen Einbrecher überrascht und mit einem Schuss vertrieben hat. In der Wohnung finden wir Spuren von Phosphorsäure, die Täterbeschreibung deckt sich mit der von Kanika Müller. Da Schröck eigentlich später nach Hause gekommen wäre, gehen wir auch hier davon aus, dass der Täter ihn über längere Zeit beobachtet hat. Zwischen Born und Schröck gibt es nur eine sehr lose Verbindung über ein Unternehmen, an dem sie beide Anteile haben. Möglicherweise haben sie sich das

eine oder andere Mal geschäftlich getroffen, darüber hinausgehende Kontakte scheint es aber keine zu geben …«

»Dann gibt es natürlich noch den Zusammenhang über ›Das Böse‹, wo wir im Internet zufällig auch auf Ihren Namen gestoßen sind …«

»Hören Sie zu grinsen auf, Bergmann … dieser Sache sind wir nachgegangen, weil das Motiv bislang in keiner persönlichen Verstrickung des Mörders mit seinen Opfern zu finden ist … dass die Beweggründe auf einer abstrakteren Ebene liegen, ist immer noch nicht auszuschließen … vor allem nach dem, was uns der Gerichtspsychiater gesagt hat … und auch mein Freund Goldmann. Der Täter gibt sich nicht damit zufrieden, seine Opfer zu töten, er will etwas vernichten, das über das Körperliche hinausgeht …«

»Das Gehirn ist aber auch körperlich …«

»Ja … klar … aber wenn jemand erschossen wird, stirbt das Gehirn kurz darauf sowieso ab … Goldmann hat übrigens eine interessante Parallele gebracht zu den Hexenverbrennungen und Vampirjägern … dass es in diesen Fällen auch nicht damit getan war, die Person zu töten. Es ging darum, das in ihr versammelte Böse auszulöschen …«

»Dann wundert es mich, dass er Sie am Leben gelassen hat …«

»Ganz sicher war er sich nicht, so lange, wie er die Waffe auf mich gerichtet hat …«

»Entschuldigung, das war … ich wollte nicht …«

Schäfer ging zum Fenster und sah auf den Park hinaus, wo eine Krankenschwester zwei ältere Männer in Bademänteln, die gerade rauchten, zurück in die Klinik scheuchte.

»Es gibt da etwas, das ich noch nie jemandem erzählt habe«, sagte er mit dem Rücken zu Bergmann.

»Lassen Sie mich davor noch einmal nach der Schwester läuten«, sagte Bergmann und drückte auf den Rufknopf.

Im Dunkel des Schrankes tanzten Schäfer hellrote Kreise über die Netzhaut, quallenförmige Gebilde. Konnte er etwa in der Dunkelheit Moleküle sehen? Er atmete leise, stand still wie die Wache vor dem Buckingham Palace und lauschte, wann die Schwester das Zimmer verließe. Bergmann rief ihn heraus und sah ihn mit einem Im-Sommerlager-heimlich-zu-den-Mädchenunterkünften-Grinsen an. Jetzt schlagen wohl die Schmerzmittel zu, dachte Schäfer mit einem Blick auf die leere Infusionsflasche. Er rückte den Sessel wieder ans Bett heran, räusperte sich und begann zu erzählen.

Es bereitete ihm Mühe, die richtigen Worte zu finden für etwas, das er großteils als Bilder oder Emotionen gespeichert hatte. Bei einigen Details musste er sogar überlegen, ob sie sich überhaupt so zugetragen hatten oder ob sein Gehirn ihnen nach Gutdünken einen milderen oder dramatischeren Anstrich verlieh. Wer hätte denn damit gerechnet, dass aus dieser Erinnerungsmaische noch einmal ein klares Destillat werden sollte? Vielleicht waren zwanzig Minuten vergangen, seit er angefangen hatte, vielleicht auch vierzig oder eine ganze Stunde. Bergmann hatte die Augen geschlossen, und Schäfer war sich sicher, dass er eingeschlafen war. Doch nach einem Augenblick Stille öffnete sein Assistent die Augen und sah ihn an.

»Interessant«, meinte er nur, was Schäfer, der das Gefühl hatte, sich das Herz herausgerissen zu haben, zusätzlich verletzte. Ein Ego te absolvo wäre das Mindeste gewesen, was er sich nach seiner Beichte erwartet hatte.

»Mehr fällt Ihnen dazu nicht ein?«

»Ich meine ja nicht diese Geschichte im Wald … Sie haben einen Mörder gejagt, dabei haben Sie sich den Fuß verletzt, haben sich selbst angeschossen … er hat Sie wider Erwarten am Leben gelassen, ja … das finde ich jetzt nicht so dramatisch … wir sind Polizisten, und das gehört dazu … aber dass

Sie sich jetzt, wo das erneut passiert, aufmachen und das erzählen, das ist interessant …«

»Warum?«, fragte Schäfer mürrisch.

»Seit ein paar Wochen sind Sie anders zu uns … offener … Sie nehmen mehr Anteil. Und, vielleicht haben Sie es nicht bemerkt, aber seitdem arbeiten wir auch anders … also ich zumindest …«

»Ach, wirklich?«

»Habe ich Sie gekränkt?«

»Nein … schon gut … vielleicht hätte ich das nicht erzählen sollen …«

»Doch, genau darum geht es ja … dass Sie sich aufgemacht haben … und seitdem beginne ich plötzlich das zu verwerten, was ich in den letzten Jahren alles von Ihnen gelernt habe … ich beginne, anders zu denken … heute Vormittag habe ich mir zum Beispiel überlegt, ob es nicht möglich wäre, dass Kanika Müller Born getötet hat …«

»Warum sollte sie?«

»Weil er ein Rassist war?«

»Offensichtlich nicht, sonst wäre er nicht mit ihr ins Bett …«

»Das ist kein Grund … die Nazis haben auch jüdische Frauen vergewaltigt …«

»Lassen Sie's gut sein … und bleiben Sie bei Ihrem System, anstatt meine Methoden abzukupfern …«

»Nein, nein … ich verstehe sie nur besser … und … ich meine, das ist doch genau das, was uns besser machen kann … dass wir gemeinsam in einem Fall aufgehen, uns unterstützen und austauschen … wie Organe, die zur Versorgung wechselweise …«

»Sie fantasieren«, unterbrach Schäfer Bergmann und trat an dessen Bett, »ich glaube, ich sollte Sie jetzt schlafen lassen.«

»Na gut«, antwortete Bergmann, schloss die Augen und atmete nach einer Minute tief und gleichmäßig.

»Bis morgen«, flüsterte Schäfer und verließ das Zimmer.

Aufgewühlt, wie er war, beschloss er, zu Fuß nach Hause zu gehen. Als er den Hernalser Gürtel überquerte, um in den siebzehnten Bezirk zu gelangen, übersah er die rote Fußgängerampel und wäre fast von einem Kastenwagen angefahren worden. Mitten auf dem Zebrastreifen blieb er stehen und sah dem Fahrer in die Augen, der ähnlich erschrocken schien wie er selbst. Er hob die Hand zu einer Entschuldigung und ging mit zittrigen Beinen weiter. Was gäbe er jetzt für eine Zigarette ... was hatte sich da eben abgespielt, in Bergmanns Zimmer? Eine seltsame Aufführung, die Schäfer Angst machte. Es passierten Dinge, die sich seiner Kontrolle entzogen. Er selbst unter dem Einfluss von Neuroleptika, die ihn stark veränderten ... zum Positiven, keine Frage ... wenn er außer Acht ließ, dass er sich als Nichtpolizist in den letzten Wochen wegen Körperverletzung, Sachbeschädigung, gefährlicher Drohung und Beleidigung hätte verantworten müssen. Und jetzt sein Assistent, der anfing, sich wie Schäfer verhalten zu wollen; der ihm, vollgepumpt mit Schmerzmitteln, etwas von organischer Verschmelzung erzählte. Lösten die Medikamente möglicherweise die Begrenzung ihres Bewusstseins auf? Stand jetzt ein Seelentausch bevor, wie man ihn aus diversen Filmen kannte? Blödsinn, versuchte Schäfer sich zu beruhigen, es passierte einfach viel. Es passierte viel, das er nicht kontrollieren konnte.

20

Nachdem er über eine Stunde planlos im Internet gesurft hatte, fiel Schäfer plötzlich ein Wort aus dem Physikunterricht ein: Entropie, das war es. Ein System, dem keine Energie zugeführt wird, verfällt in Unordnung. Und genau so ging es seinem Kopf: unfähig, einen klaren Gedanken zu fassen, einen geraden Satz zu schreiben, sich länger als ein paar Minuten auf einen Sachverhalt zu konzentrieren. Ich bin richtig entropisch heute, sagte er schmunzelnd in Richtung von Bergmanns leerem Stuhl; und jetzt fange ich auch noch an, mit meinem abwesenden Assistenten zu reden. Wie er diesem Zustand beikommen sollte, wusste er nicht. Noch mehr Tabletten schlucken? Er stand auf und nahm Schreyers Elektronikkatalog aus dem Regal. Versuchte, sich in die Beschreibung einer energieneutralen Serverkühlanlage zu vertiefen – ohne Erfolg. Also rief er Kovacs zu sich, von deren disziplinierter und ehrgeiziger Arbeitsweise er sich ein wenig Energie abzuzapfen hoffte.

»Nun, Frau Kollegin, gibt's was Neues?«, empfing er sie.

»Ja ... wir haben einen Zeugen, der vermutlich den Täter gesehen hat. Ein Trafikant, der früher bei uns war. Er hat uns eine genaue Beschreibung einer männlichen Person gegeben, die er in den letzten Tagen mehrmals in der Gegend gesehen hat. Und sie deckt sich mit Ihrer Beschreibung.«

»Was ist mit dem Gesicht? Gibt's schon ein Phantombild?«

»Er kommt kurz nach sechs zu uns. Er hat niemanden, der ihn in der Trafik vertritt, und weil er ohnehin so hilfsbereit war, wollte ich nicht ...«

»Schon gut, ich mache Ihnen keinen Vorwurf ... was sagen die Nachbarn?«

»Das Paar unter ihm hat Lärm gehört ... er hat geschrien und irgendetwas umgeworfen ... aber das dürfte häufig passiert sein, also haben sie sich nichts dabei gedacht ...«

»Schön, schön ... ähm ... ja ... wissen Sie, was Schreyer gerade treibt?«

»Nicht genau ... Sie haben ihn eingeteilt, Akten durchzusehen ...«

»Ach ja, der Überfall auf die Tankstelle ... gut ... Bergmann hat gestern übrigens dahingehend spekuliert, dass Kanika Müller doch nicht so unschuldig sein könnte, wie wir glauben ... was halten Sie davon?«

»Daran habe ich noch gar nicht gedacht ... soll ich das noch einmal überprüfen?«

»Nein ... was ist denn mit dem Wagen, der Limousine ... ist da die Spurensicherung schon fertig?«

»Ja ... nichts gefunden ... der Escortservice lässt die Wagen aber jede Woche reinigen ...«

»Hm ...«

»Kann ich sonst noch ...«

»Nein, danke ...«

Nachdem Kovacs aus dem Büro war, packte Schäfer seine Badesachen, leitete das Festnetz auf sein Handy um und verließ das Kommissariat. Auf dem Weg zur U-Bahn-Station suchte er den Schatten, wo es nur ging. Das widerspricht dem Gesetz der Entropie, dachte er, als er endlich in den klimatisierten U-Bahn-Wagen stieg; die Sonne lieferte Energie und machte das Chaos in ihm trotzdem schlimmer.

Er schwamm von Ufer zu Ufer und setzte sich dann auf die Einstiegstufen, sodass ihm das Wasser bis zur Brust reichte. So ließ es sich denken. Wenn der Trafikant ein brauchbares

Phantombild lieferte, kriegten sie ihn früher oder später. Dazu die Haare … wann kämen denn endlich die Ergebnisse der DNS-Analyse? Urlaubszeit hin oder her, er selbst musste schließlich auch arbeiten, bis ihm der Kopf rauchte! Wieso blieb dieser Fall so schwammig … das war wie im Mathematikunterricht im Gymnasium, wo er bis zum Läuten der Gaußschen Glocke ohne größere Nervenkrämpfe mitkam; dann war Schluss. Integralsysteme und diese ganzen Gleichungen mit mehreren Unbekannten, da klemmten die Türen in seinem Kopf, da konnte er noch so sehr rütteln und dagegentreten, nicht einmal durchs Schlüsselloch bekam er eine Ahnung, was sich in diesen Räumen tat. Vielleicht war es ja diese überzählige Unbekannte, die der Lösung dieses Falls entgegenstand. Unbekannt, was die Opfer verband; unbekannt, was das Motiv war; unbekannt, warum der Täter länger am Tatort blieb als nötig.

Nach einer gefühlten halben Stunde im Wasser sahen Schäfers Finger aus, als hätte ihm ein Vampir einen Handkuss gegeben. Er ging zu seinem Liegeplatz, streckte sich aus und sah in den Himmel. Aber irgendwann würden sie den Fall abschließen; dann würde er Isabelle endlich nachgeben und mit ihr auf Urlaub fahren. Über das Ziel müssten sie noch diskutieren. Zwei Wochen in einem Club … wo er den Tauchschein machen und sich mit ihr endlich die wunderbare Unterwasserwelt ansehen könnte. Zwei Wochen! In einem Club! Unterwasserwelt! Hätte der Herrgott das gewollt, hätte er uns Kiemen gegeben, fiel Schäfer seine Großmutter ein, die mit einer analogen Erklärung aufwartete, wenn sie jemand aus der Verwandtschaft in ein Flugzeug zwingen wollte, um sich jetzt, da sie in Rente war, die Wunder der Welt anzusehen. Keine Flügel, kein Fliegen! Aber das war keine Argumentation, mit der er Isabelle gegenübertreten konnte. Zwei Wochen in einem Club. Da würde er vom Polizisten zum Amokläufer werden. Oder er stieß beim Muschelsuchen auf einen abgeschnittenen Zeh, den ein mächtiger überirdischer Marionettenspieler dort vergraben hatte, und dann musste er dem örtlichen Polizeichef helfen, einen Mord aufzuklären. Gut, noch war es ohnehin nicht so weit.

»Na, auf dem Weg in den Dienst?«, grüßte ihn ein Verkäufer einer Obdachlosenzeitung, als Schäfer über den Graben schlenderte. Schäfer gab ihm eine Zwei-Euro-Münze, ohne die Zeitung zu nehmen. Geschichten über das Unglück der Menschen habe er selbst genug, meinte er und wünschte dem Mann gute Geschäfte.

Obwohl es schon fast vier Uhr war, nutzte Schäfer jede Gelegenheit, seine Rückkehr ins Kommissariat hinauszuzögern. Zwei Kugeln Eis am Hohen Markt, ein Leinenhemd in einer kleinen Boutique probieren – auch wenn ihm der Sommer mit seinen Temperaturen zusetzte, wollte er nicht abermals in drei Monaten in den Herbstregen schauen und wehmütig daran denken, dass er ihn versäumt hatte. Ein Mittelmaß zu finden war ihm offenbar nicht gegeben. Kurz vor fünf zwang ihn das schlechte Gewissen dann doch in die Arbeit. Vor dem Eingang traf er auf einen Kollegen von der Spurensicherung, der anders als Schäfer in Eile zu sein schien.

»Was ist los, Plaschg, ist dir die Polizei auf den Fersen?«

»Halt dich fest«, Plaschg atmete zweimal tief durch, »die DNS … aus den Haaren … sie ist mit ziemlicher Sicherheit von Kastor.«

Schäfer sah seinen Kollegen an, ohne das Gesagte verarbeiten zu können. Was war denn das jetzt wieder für ein Scheiß? Eine Unbekannte, die sich in zwei Unbekannte wandelte? Wieso Kastor? Der war tot! Rasch nahm Schäfer den Bericht an sich, drückte die Eingangstür auf und lief auf direktem

Weg zu Kamp. Mit der rechten Hand klopfte er, mit der linken öffnete er gleichzeitig die Bürotür.

»Die Haare«, warf er dem überraschten Oberst hin, »die DNS … sie ist von Kastor.«

Kamp rückte vom Schreibtisch weg, räusperte sich und blickte von einer Ecke des Raums in die andere, als ob dort eine Lösung zu finden wäre.

»Kein Irrtum?«

»Hier ist der Bericht«, erwiderte Schäfer und setzte sich ungefragt in den Besucherstuhl.

Kamp überflog die einzelnen Seiten, legte sie auf dem Schreibtisch ab und begann, mit den Fingerkuppen auf die Tischplatte zu trommeln.

»Warum haben wir damals überhaupt Proben von ihm genommen? Da waren wir doch technisch noch gar nicht so weit. Und wieso sind die im System, wo er doch tot ist? Und wie kommt das jetzt an den Tatort … wie alt ist denn die Küche von Mladic …?«

»Sah ziemlich neu aus …«

»Ja, das weiß ich auch … woher stammt das Vergleichsmaterial überhaupt? Will uns da jemand verarschen? Haben Sie noch eine Rechnung offen mit einem aus der Spurensicherung, Schäfer?«

Kamp bemühte sich offensichtlich auf jede erdenkliche Weise, das eben Vernommene in Zweifel zu ziehen, was Schäfer angesichts der Sachlage nur verständlich erschien.

»So genau weiß ich das jetzt nicht … aber … Kastor hat die Forensiker zur damaligen Zeit ganz schön auf Trab gehalten. Vielleicht war einer hell genug, während einer Einvernahme eine Probe zu nehmen, in der Hoffnung, dass sie ihn in naher Zukunft damit überführen könnten … bei der vergewaltigten Frau haben sie schließlich Sperma gefunden und …«

»Jaja, wem erzählen Sie das«, erwiderte Kamp mürrisch.

Verdammt, wer war denn damals der verantwortliche Polizist gewesen, wer hatte diese ganzen scheußlichen Fälle untersucht, Kastors zerfleischte Eltern gesehen, die verstümmelten Frauen, wer hatte den Einsatz geleitet, bei dem ein junger Gendarm getötet worden war und an dessen Ende … drei Tage und drei Nächte hatten sie ihn gejagt; von Wien in nordwestlicher Richtung bis ins Waldviertel; dann nach Süden, hinunter in die Wachau; dort musste er die Donau durchschwommen haben, die zu dieser Jahreszeit bestimmt nicht mehr als zwölf Grad hatte; nach Oberösterreich, wo sie kurzzeitig seine Spur verloren; bis er in einem Dorf in einen Gendarmerieposten spazierte, einem vierundzwanzigjährigen Beamten die Dienstwaffe abnahm und diesen anschließend erschoss. Über hundert Polizisten, Hundestaffeln, Hubschrauber; sie verstanden nicht, wie er ihnen immer wieder entkommen konnte. Wie schaffte er es, an einem Tag über fünfzig Kilometer zurückzulegen? Zu Fuß, im dichten Wald, über steile Gräben, durch reißende Bäche; es war, als verfolgten sie eine Maschine. Bis zu diesem Bootshaus am Ufer des Thumsees, an der Staatsgrenze, wo auf Ansuchen des Innenministers zusätzlich eine deutsche Spezialeinheit in Bereitschaft stand. Sie hatten ihn umstellt. Dann dieser plötzliche Frieden: Nahm nur er ihn wahr oder waren sie tatsächlich mit einem Mal alle verstummt? Selbst der Hubschrauber, der über dem Bootshaus kreiste, schien sich zu bemühen, die eingebildete Idylle nicht zu stören. Da waren die Seerosen neben dem Holzsteg; sacht schaukelten sie in den Wellen, die die Rotorblätter über das Wasser schickten. Für einen Augenblick kam ihm das alles unfassbar schön vor. Der Einsatzleiter der Cobra kam auf ihn zu. Sollten sie nicht stürmen? Einen Moment noch. Vielleicht würde sich Kastor ja ergeben. Wo das Megafon sei. Er zögerte. Da war der Wunsch, diese Existenz ein für alle Mal auszulöschen. Sollten sie doch die

Hütte durchlöchern und mit ein paar Kilo Munition weniger nach Hause fahren. Doch was trennte ihn dann noch von Kastor außer dieser verwitterten Bretterwand? Er hob das Megafon in Mundhöhe; seine Stimme versagte ihm. Da zerstörte ein Schuss die magische Stille. Zugriff, rief Kamp seinen Leuten zu, obwohl er instinktiv wusste, dass sie niemanden mehr zu überwältigen hatten. Gegen wen hätte Kastor seine Vernichtungswut denn noch richten sollen. Ein Adrenalinabbau, mehr war es nicht, was er den Polizisten zugestehen konnte nach den schlaflosen Nächten; nach der Wut und der Verzweiflung, die sich ins Unerträgliche gesteigert hatten. Wenigstens das Bootshaus sollten sie demolieren können; worauf sonst sollten sie ihren Zorn denn noch richten. Kamp stieg den steilen Pfad zur Straße hinauf und gab dem Notarzt Bescheid. Pflichtbewusstsein; das half ihm, sich aufrecht zu halten. Ein paar Minuten später nickte er die Bestätigung des Arztes ab. Kastor hatte sich in den Kopf geschossen. Schwache Lebenszeichen. In den Krankenwagen und ins Unfallkrankenhaus; 16:35 Uhr: Exitus. Kastor war tot.

»Gut … was sagt uns das?«, fragte Kamp schließlich, stand auf und fing an, im Büro auf und ab zu gehen.

»Was weiß ich«, meinte Schäfer, der erwartet hatte, von Kamp eine beruhigende Erklärung dieses grotesken Sachverhalts zu bekommen. Wer kannte dieses Monster und seine Geschichte denn besser?

»Wir exhumieren die Mutter«, entschied Kamp. »Das mit der Probe von damals ist mir zu unsicher. Fünfzehn Jahre … Sie wissen ja, was da durcheinandergekommen sein kann … wir haben alle mitbekommen, wie sich der Fall dieser Phantommörderin aufgelöst hat … Wissenschaft hin oder her … ich will das ganze Prozedere noch einmal durchgehen …«

»Ja, sicher«, meinte Schäfer, nun etwas ruhiger. Kamp hatte

recht. Das wäre nicht das erste Mal gewesen, dass sich die Polizei auf scheinbar unfehlbare wissenschaftliche Ergebnisse verlassen hätte und damit zügig Richtung Holzweg gefahren wäre. Die Phantommörderin … Gott, was für ein absurdes Schauspiel, an dem sie selbst zum Glück nur am Rand beteiligt gewesen waren. Fast acht Jahre lang waren Beamte aus Deutschland, Österreich, Slowenien und Kroatien einer Frau auf den Fersen gewesen, die durch Europa zog, als wäre sie Attilas Urenkelin. Was sie von Anfang an hätte stutzig machen sollen, war die seltsame Bandbreite ihrer Vergehen: ein Bankraub in Passau, eine ermordete Polizistin in Aachen, drei Einbrüche in Slowenien, ein Mord an einem alten Mann in Maribor, und in Wien war die Gesuchte überhaupt nur in das Vereinslokal eines Bezirksfußballvereins eingebrochen, hatte den Getränkeautomaten aufgebrochen, eine Dose Limonade getrunken und war wieder verschwunden. Alarmfahndung, Straßensperren, verstärkte Bahnhofs- und Flughafenkontrollen – die Frau hatte das Budget des Innenministeriums fast so schlimm strapaziert wie die Fußball-EM. Zusammengehalten wurden die Fälle nur durch die deckungsgleichen DNS-Spuren an den verschiedenen Tatorten. Und nach acht Jahren stellte sich heraus, dass das Genmaterial zu einer Arbeiterin in einer tschechischen Fabrik gehörte, die Wattestäbchen herstellte. Wattestäbchen, mit denen die halbe europäische Polizei ihre Forensiker losschickte, um Tatortspuren zu nehmen. Und diese Arbeiterin hatte sich wohl beim Abpacken gedacht: Scheiß auf die Hygienehandschuhe, davon bekomme ich Neurodermitis, und auf unzähligen Wattestäbchen ihre DNS hinterlassen. Was für ein Theater; bringt ein Drehbuchschreiber so eine Geschichte seinem Produzenten, legt ihm der die Hand auf die Schulter, schiebt ihn aus dem Büro und sagt: Jaja, ist schon gut, mein Lieber, die letzten Tage waren stressig, jetzt ruh dich erst mal aus.

»Wenn die Haare aber wirklich von Kastor stammen … dann muss der Täter irgendwas mit ihm zu tun haben … gehabt haben … wieso platziert er sie sonst da … wenn er uns nicht etwas sagen will …«, sagte Schäfer.

»Das war ja ohnehin nur eine Frage der Zeit, bis er uns etwas zukommen lässt … die Geschichte mit der Säure … das schreit ja förmlich nach so einem Spinner, der sich auf ein Spiel mit uns einlassen will … da kommt was zu auf uns … alle damaligen Freunde, Verwandte … Zellenkumpane … mit der Sache befasste Beamte … ausgerechnet jetzt, wo …«

»Er ist schwer verletzt«, bemühte Schäfer sich, den in Rage geratenden Kamp zu beruhigen, »den erwischen wir … nur eine Frage der Zeit …«

»Ja, bestimmt«, erwiderte Kamp abwesend, »es ist nur, dass … wie schaut's aus, Schäfer: Möchten Sie heute Abend zu uns zum Grillen kommen?«

»Ähm … wieso … ja … wenn es Ihnen nichts ausmacht …«

»Dann hätte ich ja nicht gefragt … ich gebe meiner Frau Bescheid … sagen wir: acht Uhr? Dann können wir uns auch ausführlicher über ein paar andere Dinge unterhalten … ich muss jetzt zum Hofbauer wegen … ja …«

»Ich bin da«, erwiderte Schäfer verblüfft und erhob sich. Was zum Teufel … sie sollten das Jagdhorn blasen, die Hunde aus den Zwingern lassen und den Fuchs aus dem Bau holen. Und Kamp lud ihn zum Essen ein? Über welche anderen Dinge hatten sie denn zu sprechen?

Kovacs rief ihn, als der Trafikant und ehemalige Polizist eintraf. Zu dritt suchten sie das Büro des Beamten auf, der für die Phantombilder zuständig war. Schon nach ein paar Minuten begann der Trafikant Schäfer auf die Nerven zu gehen. Er kannte diesen Typus zur Genüge. Aus welchem Grund auch immer sie den Dienst quittiert hatten – sobald sie die Gelegenheit bekamen, ihr kompostiertes Wissen unter Beweis zu stellen, waren sie nicht mehr zu halten. Dass er sich schon beim ersten Sichtkontakt gedacht habe, dass mit dem Mann etwas nicht in Ordnung sei – aber er wolle seinen ehemaligen Kollegen ja nicht umsonst ihre Zeit stehlen, schließlich wisse er genau, was die Politiker mit ihrer Reform angerichtet hätten und unter welchem Personalnotstand die Exekutive zur Zeit litt, eine Schande sei das; Schäfer ersuchte ihn, sich auf das Phantombild zu konzentrieren.

So mitteilungsbedürftig und geltungssüchtig der Expolizist auch war, seine Beschreibung des mutmaßlichen Täters war präzise und glaubwürdig. Schäfer und Kovacs starrten auf den Bildschirm, wo Klick um Klick das Gesicht eines Mannes Anfang vierzig entstand, kurze schwarze Haare, kantiges Gesicht, kräftige Backenknochen, eine Narbe auf der linken Gesichtshälfte, aber da war sich der Trafikant nicht hundertprozentig sicher. Schäfer entnahm dem Drucker einen Ausdruck des Bildes und bat seinen Kollegen, ihm per E-Mail eine digitale Version zu schicken. Dann verabschiedete er sich eilig von allen Anwesenden mit der Begründung, dass er so schnell wie möglich mit Oberst Kamp über die weitere Vorgehensweise sprechen müsse.

Zurück in seinem Büro, ließ er sich in seinen Sessel fallen und betrachtete das Bild eingehend. Kannte er den Mann? Natürlich, er hatte in seine Augen gesehen, und in den Lauf seiner Waffe. Aber sonst? Sie mussten die Datenbank durchgehen, eventuell Verbrecher mit ähnlichem Täterprofil per Computer altern lassen. Welche Möglichkeiten gab es, dass Haare, die mit Kastors DNS übereinstimmten, fünfzehn Jahre nach dessen Tod an einem Tatort auftauchten? Am wahrscheinlichsten: Jemand hatte sie aufbewahrt und dort platziert, um sie auf irgendetwas hinzuweisen. Zweitens: Kastor hatte einen eineiigen Zwilling – doch davon hätten sie gewusst. Drittens: Kastor war geklont worden … ging das überhaupt schon? Er musste Bergmann danach fragen. Viertens: Das Labor hatte die Proben vertauscht. Fünftens: die eine Person aus wie vielen Hunderten Millionen auch immer, deren DNS mit Kastors so weit übereinstimmte, dass eine Verwechslung möglich war. »2001: Odyssee im Weltraum«, ging es Schäfer durch den Kopf, Computer HAL 9000, dem sie einfach alle Daten füttern könnten und ein paar Minuten später sagt die Stimme: XY war's! Oder es würde ausgehen wie bei »Per Anhalter durch die Galaxis« und der Superrechner würde als Antwort auf die Frage nach dem Täter irgendeine sinnfreie Zahl ausspucken. Scheiße, murmelte Schäfer.

21

Kurz nach sieben fuhr er mit dem Fahrrad nach Hause, um zu duschen und sich umzuziehen. Obwohl es immer noch knapp über dreißig Grad hatte, entschied er sich für einen Anzug. Weder Kamp noch seine Frau waren in dieser Hinsicht pingelig, doch Schäfer wollte ihnen zeigen, dass er ihre Einladung außerordentlich zu schätzen wusste. Er rief ein Taxi und ließ sich in den dreizehnten Bezirk bringen. Bevor er das Gartentor zu Kamps Haus öffnete, rief er sich die wichtigsten Benimmregeln in Erinnerung, die seine Großmutter nie müde geworden war, ihm beizubringen. Serviette, Besteck von außen, frühestens vor dem Dessert rauchen … ach ja, er rauchte ja gar nicht mehr. Höchstens fünfmal war er in den vergangenen zehn Jahren bei Kamp zu Besuch gewesen, immer mit einer gewissen Beklommenheit, die sich im Nachhinein als unbegründet herausgestellt hatte. Also locker bleiben, sagte er sich und drückte den Klingelknopf.

»Major, hierher!«, hörte Schäfer es von irgendwo aus dem Garten rufen. Er ging den gepflasterten Weg am Haus entlang und sah kurz darauf Kamp, der mit hochrotem Kopf über dem Griller stand und einen Blasebalg bearbeitete wie Hephaistos in seinem Vulkan.

»Haben Sie nachher noch was vor?« Der Oberst hielt kurz inne und musterte Schäfer von Kopf bis Fuß.

»Nein … ich dachte nur …«

»Ich bin mit dem Feuer in Verzug«, ließ ihn Kamp nicht ausreden, »meine Frau hat mir den Spiritus verboten wegen dem Geschmack vom Fleisch … da sind wir Wiens härteste

Polizeitruppe und lassen uns von unseren Frauen anschaffen, wie wir den Griller anzünden, was, Schäfer? Ein Gläschen Blaufränkischen?«

»Ähm«, bemühte sich Schäfer, locker zu werden, »ein Weißer wäre mir lieber ...«

»Seit wann denn das?«

»Der Rote erinnert mich immer an die Zeit, in der ich mehr getrunken habe als gut war ... und beim Weißen habe ich noch kein schlechtes Gewissen.«

»Sehr gut, sehr gut«, lachte Kamp, der dem Blaufränkischen offensichtlich schon ganz gut zugesprochen hatte, »gehen Sie in die Küche und lassen Sie sich von Heidemarie ein Glas geben ... die freut sich bestimmt, Sie zu sehen ...«

Schäfer blieb noch einen Moment unschlüssig im Garten stehen, dann betrat er durch die Terrassentür das Wohnzimmer und folgte den Geräuschen, die ihn in die Küche führten.

»Johannes!«, begrüßte ihn Frau Kamp, die von ihrem ersten Treffen an darauf bestanden hatte, dass sie sich duzten, »schöner Anzug, wo soll's denn heute noch hingehen?«

»Eigentlich nur hierher ... ich hoffe, du hältst es nicht für übertrieben ...«

»Im Gegenteil ... steht dir ausgezeichnet ... wie geht es dir, was willst du trinken?«

»Gut, danke ... einen Weißen, wenn du hast ...«

Nachdem Kamp kurz nach neun die Glut endlich so weit gebracht hatte, dass sie den Fisch auflegen konnten, setzten sie sich gemeinsam an den Tisch und stießen an. Frau Kamp hatte dafür gesorgt, dass Schäfer bereits sein drittes Glas trank, entsprechend entspannt fühlte er sich.

»Ihr habt viel um die Ohren im Moment«, meinte sie und zündete eine Duftkerze gegen Stechmücken an.

»Ja, schon«, antwortete Schäfer und sah Kamp an, da er nicht wusste, inwiefern dessen Frau über ihre Ermittlungen Bescheid wusste.

»Sie weiß mindestens so viel wie wir«, sagte Kamp, der Schäfers Gedanken erraten zu haben schien, »was glauben Sie, wie ich es zum Oberst gebracht habe …«

»Stimmt«, erwiderte Schäfer, ohne lange nachzudenken, weil ihn die Erinnerung an seinen ersten Besuch bei Kamp überkam. Arrogant und stolz auf seinen verhältnismäßig hohen Dienstgrad, hatte er Heidemarie Kamp als die klassische Ehefrau eingeschätzt, die ihrem Gatten das Essen warm hielt, während er sich der hehren Verbrecherjagd widmete. Sie hatte ihn bald eines Besseren belehrt. Nicht nur, dass sie über die damals aktuelle Ermittlung wesentlich besser Bescheid wusste als er, verfügte sie zudem über eine Schlagfertigkeit, die ihn und die anderen Kollegen, die anwesend gewesen waren, bald wie überhebliche Chauvinisten aussehen ließ, die sie damals tatsächlich waren. Eine Zeit lang hatte er es ihr übel genommen; hatte sie als frustrierte Akademikerin abgekanzelt, die es ihrem Mann nie verziehen hatte, dass er Karriere machte, während sie sich trotz ihres Doktors in Biologie um die drei Kinder kümmerte und den Haushalt führte. Er hatte sich getäuscht und seine Meinung geändert. Jetzt sah er sie an und wusste, dass Kamp tatsächlich recht hatte: Ohne diese Frau hätte er nie durchgehalten. Ohne jegliches Vorzeichen traten Schäfer die Tränen in die Augen, rasch nahm er eine Papierserviette und wandte den Kopf ab. »Entschuldigung, Johannes«, sagte Frau Kamp sanft und stellte schnell die Duftkerze weg, »da reagieren einige allergisch drauf.«

Während des Essens verlor Schäfer kaum ein Wort. Es schmeckte ihm zu gut, als dass er sich den Mund frei halten konnte. Der Knurrhahn ein Gedicht, der Kartoffelsalat so gut wie bei Johanna, der Pfarrköchin aus Kitzbühel. Und das Himbeersorbet zum Schluss – er sah sich als Kind in den dornigen Sträuchern herumsteigen, während er sich unersättlich den Mund vollstopfte und die Arme zerkratzte.

Als Schäfer das erste Mal aufstand, um zur Toilette zu gehen – den Vorschlag Kamps, einfach in die Büsche zu urinieren, hatte er höflich abgelehnt –, merkte er, wie betrunken er war. Im Badezimmer wusch er sich das Gesicht mehrmals mit kaltem Wasser und blickte lange in den Spiegel. War er traurig oder fröhlich?, fragte er sein verschwommenes Spiegelbild. Wie auch immer, das nächste Glas musste er ablehnen.

Was ihm natürlich nicht gelang. Irgendwann holte Heidemarie dann eine Flasche Vogelbeerschnaps aus dem Wohnzimmer, stellte sie auf dem Gartentisch ab und verabschiedete sich mit dem Hinweis, dass sie am nächsten Tag um sechs Uhr aufstehen und schwimmen gehen wolle, um ihren verkaterten und grantigen Mann nicht zu erleben.

»So, Herr Kollege … dann machen wir es uns gemütlich.« Kamp stand auf und zog zwei Liegestühle heran.

»Danke noch mal für die Einladung und das grandiose Essen«, sagte Schäfer, nachdem er sich gesetzt hatte.

»Ja … gerne … Major, ich will ehrlich zu Ihnen sein …«

»Sind Sie das nicht immer?«, meinte Schäfer noch scherzend, obwohl sein Gehirn ein Signal gab, dass der heitere Abend nun unvermittelt eine Wendung zum Ernsten nahm. Jetzt kamen wohl die anderen Dinge, von denen Kamp im Büro geredet hatte.

»Ich war ja gestern und heute beim Innenminister … der türkische Premierminister kommt nächste Woche nach Wien …«

»Ach … und jetzt wollen Sie mir sagen, dass dann die halbe Mannschaft abkommandiert wird, um sich im ersten Bezirk herumzutummeln und verdächtige Kurden auf Waffen zu untersuchen ...«

»Nein, natürlich nicht ... es geht eher um diplomatische Spitzfindigkeiten ...«

Schäfer sah Kamp fragend an.

»Dieser Vorfall ... mit dem Türken, der mutmaßlich seine Tochter getötet hat ... es gibt Hinweise aus der Botschaft, dass unsere Vorgehensweise in diesem Fall zum Thema wird ...«

»Die werden doch was Besseres zu tun haben, als sich um so einen Spinner zu kümmern ... sollen froh sein, dass wir das machen ... wollen Sie mich jetzt suspendieren oder wie ... hat der Herr Präsident wieder ein Schlupfloch gefunden, um mich loszuwerden ...«

»Major, Major«, bemühte sich Kamp, den aufbrausenden Schäfer zu beruhigen, »davon kann überhaupt keine Rede sein ... innenpolitisch haben Sie da überhaupt nichts zu befürchten ... und, so ungern ich das zugebe, aber die Boulevardpresse stärkt uns da den Rücken ... nein, es geht wie gesagt um diplomatische Feinheiten, den Umgang Österreichs mit seinen Staatsbürgern, die türkischer Herkunft sind ... mangelnde Integrationsbestrebungen, ungleiche Behandlung vonseiten der Exekutive ...«

»Wenn die sich an die Regeln halten würden und nicht ihre Frauen und Töchter umbringen ...«

»Jetzt lassen Sie mich bitte ausreden ... ich will hier keine Ethikdiskussion führen ... Fakt ist, dass der Innenminister und der Bürgermeister ein bisschen Goodwill zeigen müssen ... Polizeiwillkür darf bei uns keinen Platz haben und so weiter ... das ist eine dumme Koinzidenz, das ist mir schon klar ... wenn das vor zwei Monaten passiert wäre, würde keiner mehr darüber reden ...«

»Schön, schön, der Schäfer wird zum Bauernopfer ...«

»Ach, jetzt übertreiben Sie nicht ... der Innenminister

und der Polizeipräsident wissen Ihre Arbeit sehr wohl zu schätzen … wir möchten Sie einfach vorübergehend aus der Schusslinie nehmen … und dem türkischen Botschafter verkaufen wir das als Zwangsversetzung oder Beurlaubung … bis dieser unglaubliche Fehltritt vollständig aufgeklärt ist, wird dieser Beamte nur mehr im Innendienst blablabla …«

»Pff.« Schäfer trank sein Glas in einem Zug leer, stand auf, stellte sich vor einen Busch und urinierte. »Und wie haben Sie sich das vorgestellt … mit dem Fall jetzt … wo Bergmann im Krankenhaus liegt und …«

»Ich schicke Sie nach Salzburg.«

»Salzburg? … Was soll ich da?«

»Offiziell arbeiten Sie für das LKA und unterstützen unsere Kollegen im Innendienst bei den Sicherheitsvorbereitungen für die Festspiele … das klingt degradierend genug … das habe ich auch schon mit meinem Freund, Oberstleutnant Schranz, abgesprochen …«

»Und inoffiziell?«, fragte Schäfer misstrauisch.

»Ihr Bruder lebt doch dort … spannen Sie ein bisschen aus … Sie bleiben natürlich mit uns in Verbindung und bekommen laufend die Ermittlungsergebnisse … je nachdem wie der DNS-Abgleich ausfällt, gibt es dort bald auch die eine oder andere Spur, der Sie vor Ort nachgehen können, vielleicht hat ja jemand aus der Salzburger Gerichtsmedizin dem Kastor Haare abgeschnitten … jetzt schauen Sie nicht wie eine beleidigte Mätresse … denken können Sie dort auch und mit dem Intranet …«

»Ich bin nicht der Meinung, dass ich einen Fehler gemacht habe … also Fehler vielleicht schon, überreagiert, aber …«

»Sie haben den Leiter eines Sondereinsatzkommandos ersucht, in Lokalen mit vorwiegend türkischem Publikum Sachschäden zu verursachen und einen Verdächtigen härter als notwendig anzufassen … das allein würde schon ein Verfahren gegen Sie rechtfertigen … also machen Sie jetzt nicht auf Sündenbock … das sind Sie ganz bestimmt nicht und das wissen Sie auch …«

»Jaja … als ob ich da eine Ausnahme wäre …«

»Da ist ein anderes Problem … aber es geht auch um Ihren Gesundheitszustand … für mich war das ein eindeutiges Warnzeichen.«

Schäfer setzte sich auf und sah den Oberst mit hochgezogenen Brauen an.

»Mein Gesundheitszustand? Gerade haben Sie noch gesagt, dass es um den Türken geht …«

»Major. Machen Sie mir und vor allem sich selbst nichts vor. Vor gut einem Jahr waren Sie ein Wrack … knapp davor, aus dem Dienst auszuscheiden oder bei einem Ihrer aberwitzigen Einsätze ums Leben zu kommen … dass ich Sie damals mit einer Waffe im Außendienst gelassen habe, werfe ich mir heute noch vor … natürlich sehe ich, dass es Ihnen jetzt besser geht … aber wir arbeiten hier nicht auf einem Minigolfplatz … die Geschichte mit dem toten Mädchen, Bergmann ist angeschossen worden, Ihnen hat man eine Pistole an den Kopf gehalten … ich kann nicht verantworten, dass …«

»Also daher weht der Wind … von wegen diplomatischer Feinheiten …«

»Jetzt halten Sie die Schnauze, Schäfer, und schenken Sie uns noch einen Schnaps ein … wenn Sie jetzt anfangen, mich einer Intrige zu bezichtigen, dann lasse ich Sie wirklich nach Salzburg versetzen … so ein störrischer Hund … jedes Mal, wenn ich mich bemühe, Sie zu beschützen, läuft es darauf hinaus, dass ich Sie an den Verlauf der Befehlskette erinnern muss …«

»Haben Sie schon mein Zugticket reserviert?«, wollte Schäfer wissen, nachdem sie beide ein paar Minuten geschwiegen und den Sternenhimmel betrachtet hatten.

»Von mir aus können Sie auch Businessclass fliegen«, murrte Kamp, »aber sehen Sie zu, dass Sie mir in den nächsten zwei Wochen nicht unter die Augen kommen … wegen Ihnen kriege ich irgendwann noch einen Infarkt … verdammt, und der Blaufränkische ist auch schon wieder leer.«

22

»Haben Sie auch die Nacht durchgearbeitet?«, fragte Schreyer, der Schäfer die Akte über den Tankstellenüberfall, das Videoband der Überwachungskamera und eine digitalisierte Version auf CD brachte.

»Irgendwie schon«, knurrte Schäfer und hob den Kopf von der Schreibtischplatte, »was bringst du mir da?«

»Alles über den Tankstellenüberfall … wollen Sie sich das Video ansehen?«

»Meinetwegen.« Schäfer gähnte, trank die Mineralwasserflasche, die auf dem Schreibtisch stand, zur Hälfte leer und schob die CD in den Computer.

Die Qualität der Aufnahme war miserabel – selbst die Computerspiele aus der damaligen Zeit hatten eine bessere Auflösung gehabt. Sie sahen zwei maskierte Personen den Tankstellenshop betreten, beide mit Pistolen bewaffnet. Während der Größere der beiden ans Verkaufspult trat, der Frau dahinter die Waffe vors Gesicht hielt und gleich darauf in den Kaffeeautomaten neben ihr schoss, schlenderte der andere wie ein normaler Kunde durch den Shop und griff sich zwei Getränkedosen und eine Packung Chips. Nachdem die verängstigte Verkäuferin die Kassenlade geöffnet und dem Mann vor ihr das Geld ausgehändigt hatte, verabschiedeten sich die beiden Räuber mit einer galanten Verbeugung und spazierten ohne Eile davon.

»Das könnte genauso gut ich sein«, murrte Schäfer.

»Sie haben eine Tankstelle … nein, das glaube ich nicht«, meinte Schreyer verstört.

»Was die Qualität und Aussagekraft des Videos betrifft … mehr als dass es zwei schlanke Männer zwischen achtzehn und sechzig und etwa eins achtzig groß sind, geht daraus nicht hervor … warum soll das Mladic gewesen sein?«

»Jemand hat ihn verpfiffen … dann seine Aussage aber wieder zurückgezogen …«

»Und der Zweite?«

»Ist nichts bekannt … aber Kastor wird in einem Vernehmungsprotokoll als möglicher Täter genannt …«

»Von wem?«

»Viktor Krepp … seine Meldedaten habe ich Ihnen in die Mappe gelegt …«

»Danke, Schreyer, sehr gute Arbeit … und jetzt leg dich schlafen, du siehst furchtbar aus …«

»Sie auch«, erwiderte Schreyer und grinste.

Schäfer wusste, dass es der junge Inspektor nicht respektlos meinte. Er freute sich einfach, in einem ähnlichen Zustand zu sein wie sein Vorgesetzter – auch wenn daran nichts Beneidenswertes war, wie Schäfers Kopf bezeugte.

»Ich weiß … also, bis später in alter Frische«, sagte er und winkte Schreyer aus dem Büro.

Als ob ihn der Ischias plagte, stand er auf und wankte zur Espressomaschine, die zu bedienen ihm schon fast zu viel an Konzentration abverlangte. Warum war er denn nicht liegen geblieben? In diesem Zustand war er ohnehin niemandem eine Hilfe. Doch das war das Problem, wenn man mit Kamp zechte: Obwohl es dem Oberst bestimmt ebenso lausig ging, saß er sicher seit acht Uhr an seinem Schreibtisch und sah den Alka-Seltzer-Tabletten beim Sprudeln zu. Weil er seinem Major ein Vorbild sein wollte. Und Schäfer wollte sich wiederum vor Kamp keine Blöße geben. So saßen sie beide untätig herum und leckten ihre Wunden, wussten um die gemeinsamen

Qualen und würden den anderen auf keinen Fall stören. Irgendwas ist ziemlich bescheuert an dieser Gleichung, dachte Schäfer und ließ sich in seinen Stuhl fallen. Wenn es wenigstens nur der Kopf wäre, der ihm wehtat. Doch das Gespräch in der Nacht zuvor, Kamps Hinweis auf seinen Gesundheitszustand, er konnte nicht anders, als dem Oberst recht zu geben. Als die ersten Vögel schon den nahenden Tag eingestimmt hatten, hatte ihm Kamp im Vertrauen zu verstehen gegeben, dass sich auch Bergmann besorgt gezeigt hatte. Kurz war Schäfer erbost gewesen über die Illoyalität seines Assistenten. Doch hatte dieser ihn nicht selbst wiederholt ermahnt, sich zu schonen? Und er hatte nichts davon ernst genommen, hatte seine körperliche Kraft als Beweis dafür angesehen, dass nichts ihn zu Boden bringen könne. So gesehen musste er Kamp und Bergmann dankbar sein. Sie machten sich Sorgen um ihn, ließen ihn nicht in die offenen Messer rennen, die er selbst schliff. Doch jetzt: dieser Fall, den er unbedingt klären wollte. Wo er ab übermorgen dazu verdammt sein würde, in der Salzburger Altstadt die Bitten japanischer Touristen zu erfüllen, sie vor dem Mozartdenkmal zu fotografieren. Oh Schäfer, armer schwarzer Kater, armer schwarzer Kater!

Kurz vor Mittag wachte er auf, fühlte sich immerhin wieder fit genug, um in die Kantine zu gehen. Er bestellte den faschierten Braten mit Kartoffelpüree und setzte sich an einen freien Tisch. Falscher Hase, falsches Leben, grummelte er vor sich hin und tat sich selbst leid, während er, mit der Nase fast im Teller, sein Mittagessen verzehrte; es wird Zeit, dass Bergmann zurückkommt – der alte Bergmann! – und Ordnung in das Chaos bringt.

Nach dem Essen schickte er eine SMS an Schreyer: Sobald er auf den Beinen sei, solle er sich bei ihm melden. Zehn Minuten später stand der Inspektor im Büro.

»Das ging aber flott«, meinte Schäfer, der sich gerade einen doppelten Espresso machte. »Auch einen Kaffee?«

»Danke, nein ... der macht mich immer so schummrig ...«

»Schummrig ... aha ... na, das ist dann nichts ... hör zu: Ich brauche die gesamte Kastor-Akte. Das dürfte ein ziemlicher Berg sein, und ich weiß gar nicht, wo das alles verstreut ist ... aber frag dich einfach durch und schaff mir das Zeug so schnell wie möglich heran ... kriegst du das hin?«

»Kein Problem ... mache ich gerne.«

»Danke ... du hast was gut bei mir.«

Viktor Krepp, las Schäfer anschließend auf der Notiz, die Schreyer Mladics Akte beigefügt hatte, führte eine Spenglerei am Währinger Gürtel in den U-Bahn-Bögen. Wenn er Bergmann besuchte, könnte er davor dort vorbeischauen. Mit Kamp sollte er auch noch sprechen. Doch irgendwas hielt ihn davon ab, den Oberst anzurufen. Vielleicht die ungewohnte Vertraulichkeit, in der sie den Vorabend verbracht hatten. Der Alkohol hatte ihnen Hirn und Herz aufgetan – oder zumindest den Mund –, und jetzt verkrochen sie sich beide in der Defensive, um die korrekte Distanz wiederherzustellen. Nun, Schäfers Zeit in Salzburg würde es ihnen leichter machen.

Als er kurz nach fünf sein Fahrrad aus der Tiefgarage ins Freie schob, ließ die Hitze seinen Kreislauf einbrechen. Benommen und mit schwachen Beinen setzte er sich auf den Sattel und zwang sich loszufahren. Nach ein paar flauen Minuten hatten die Bewegung und der Fahrtwind ihn so weit stabilisiert, dass er nicht mehr um sein Leben fürchtete. Was war er nur für ein Idiot.

In Krepps Spenglerei unter den alten Arkadenbögen der U-Bahn war es angenehm kühl. Schäfer stand in der aus einem einzigen großen Raum bestehenden Werkstatt und wartete, bis der Spenglermeister mit einem Gehilfen die Scheibe einer Balkontür fertig eingepasst hatte. Er mochte den Geruch von Spenglereien, diese einzigartige Mischung aus Fensterkitt, Metall und Farben. Wer an so einem Platz arbeitet, kann kein schlechter Mensch sein, dachte er, während Krepp sich mit einem schmutzigen Lappen die Hände abwischte und ihn freundlich begrüßte.

»Mladic ist am Sonntag erschossen worden«, klärte Schäfer ihn auf.

»Ich habe davon gelesen, ja.« Krepp zog zwei Schemel heran, auf die sie sich setzten.

»Wir verdächtigen Sie nicht, keine Sorge … es geht mir nur um eine Aussage, die Sie 1992 gemacht haben …«

»Die Tankstelle …«

»Genau … warum haben Sie Mladic damals verpfiffen?«

»Warum … er war ein Schwein … ich meine: Damals habe ich auch einiges falsch gemacht … das wissen Sie ja sicher … aber Mladic …«

»Was hat er Ihnen getan?«

»Mir persönlich? Eigentlich nichts … einem Freund von mir hat er einen Bauchstich verpasst … aber deswegen war es nicht … wir wollten nur, dass der weg von der Straße ist …«

»Also war es gar nicht Mladic, der die Tankstelle überfallen hat?«

»Doch, das war er … das können Sie mir glauben …«

»Und der zweite Mann … Kastor?«

»Bin ich mir auch ziemlich sicher … zumindest hat es danach so geheißen …«

»Und warum haben Sie Ihre Aussage dann wieder zurückgezogen?«

»Er hätte mich umgebracht … und wahrscheinlich irgendwen aus meiner Familie auch noch … da bin ich mit der Falschaussage billig davongekommen … Sie wissen ja selbst am besten, was das für Typen waren …«

»Fällt Ihnen zufällig noch jemand anderer ein, der damals mit Mladic oder Kastor unterwegs war?«

»Wahrscheinlich Mladics Cousin … mit dem hat er so was meistens durchgezogen … den brauchen Sie aber nicht zu suchen, der ist nach einer Messerstecherei gestorben …«

»Und sonst?«

»Herr Major, bei allem Respekt …«

»Ich weiß schon … eine Frage der Ehre …«

»Richtig … und ich bin froh, dass ich mit dem Ganzen nichts mehr zu schaffen habe …«

Als Schäfer auf dem Radweg in Richtung AKH rollte, rief ihn Kamp an. Die Leiche von Kastors Mutter sei zur Exhumierung freigegeben, spätestens übermorgen hätten sie Gewissheit. Ihr Wort in Gottes Ohr, dachte Schäfer, während er langsam weiterfuhr. Was für eine Gewissheit, wenn die DNS-Proben übereinstimmten?

»Warum machen Sie so was?«, fragte Bergmann vorwurfsvoll, nachdem Schäfer ihm von seinem Gelage bei Kamp erzählt hatte, ohne freilich die Bedenken des Oberst in Bezug auf seine Gesundheit zu erwähnen.

»Warum, warum …«, war Schäfer nahe daran, patzig zu werden; doch dann wurde ihm bewusst, dass ihm der schulmeisterliche Ton Bergmanns wesentlich besser gefiel als der schwärmerische zwei Tage zuvor. »Ich weiß es nicht … es ist einfach passiert … außerdem hat mich das mit dem Türken und Salzburg wütend gemacht … das habe ich hinunterspülen müssen …«

»Weil davor waren Sie bestimmt nüchtern … ayayay … da bin ich einmal ein paar Tage weg und schon bricht da Sodom und Gomorrha aus … geht wenigstens mit dem Fall etwas weiter?«

»Ja«, erwiderte Schäfer und wunderte sich, dass Bergmann

die vorübergehende Versetzung nach Salzburg nicht weiter kommentierte. Hatte er davon gewusst?

»Also, wie geht das jetzt weiter?«, unterbrach Bergmann Schäfers Paranoiaspirale, »wer, oder besser, warum …«

»Gibt es eigentlich schon die Möglichkeit, Menschen zu klonen?«

»Pff … Dolly ist, glaube ich, 1997 auf diese Weise erzeugt worden … mit dem bekannten Ergebnis … also möglich ist es inzwischen bestimmt … aber selbst wenn, ist es ein Blödsinn: Gesetzt den sehr unwahrscheinlichen Fall, jemand hätte Kastor vor oder kurz nach dessen Tod klonfähige Zellen entnommen, um damit einen Doppelgänger zu schaffen … also nehmen wir im Hinblick auf die wissenschaftliche Entwicklung an, das wäre damals jemandem gelungen … dann hätten wir es jetzt mit einem kleinen Buben zu tun und nicht mit einem erwachsenen Mann … ganz zu schweigen vom gesundheitlichen Zustand, in dem sich der Mensch wahrscheinlich befände … was sagt denn die Forensik überhaupt dazu?«

»Na ja … möglich ist vieles … Kastors Mutter wird exhumiert, um eine verlässlichere Vergleichsprobe zu haben …«

»Und wie geht der Oberst damit um?«, wollte Bergmann wissen, der wie alle anderen Kollegen um Kamps Betroffenheit in puncto Kastor Bescheid wusste.

»Ich habe ihn heute noch nicht gesehen … ist wohl sehr beschäftigt.«

»Beschäftigt, ja … damit, seinen Rausch auszuschlafen, während in Wien …«

»Ruhe jetzt, Bergmann … nur weil Sie hier zum Liegen verdammt sind, müssen Sie nicht gleich alle anderen der Untätigkeit bezichtigen.«

»Entschuldigung … langsam fällt mir hier wirklich die Decke auf den Kopf …«

»Wie lange müssen Sie noch bleiben?«

»Wenn alles so bleibt, bis Sonntag ... dann soll ich noch eine Woche zu Hause bleiben, aber ...«

»Aber da können Sie ja genauso gut im Büro sitzen und Papierkram erledigen ... jaja ... mir Vorhaltungen machen von wegen Schonen und selbst ...«

Der Schweiß brannte Schäfer in den Augen, als er die leichte Steigung vom Gürtel zu seinem Wohnhaus in Ottakring hinauffuhr. Einkaufen musste er auch noch. Auf halbem Weg blieb er bei einem Supermarkt stehen und deckte sich für das Abendessen und das Frühstück ein – mehr wollte er bei diesen Temperaturen auf keinen Fall nach Hause transportieren. Kurz nach acht, als Schäfer bereits wie ein alter Hund vor dem Fernseher lag, bekam er einen Anruf von einer Dienststelle im fünften Bezirk.

»Herr Major, entschuldigen Sie bitte die späte Störung ... aber Sie bearbeiten doch den Fall Schöps ...«

»Unter anderem«, erwiderte Schäfer schroff, dem wirklich nicht daran gelegen war, noch einmal das Haus verlassen zu müssen.

»Hier ist nämlich ein junger Mann, der sich selbst anzeigen möchte ... er gibt an, Manfred Schöps in seinem Lkw erschossen zu haben ... eigentlich wollte er einen anderen umbringen ... der ist ziemlich aufgelöst, und ich werde nicht schlau aus ihm ...«

»Bringen Sie ihn in die Josefstadt ... ich bin in zwanzig Minuten dort ... und passen Sie auf, dass er sich nichts antut ...«

Das ist kein Zufall, dass der sich jetzt meldet, murmelte Schäfer mürrisch, während er sich anzog, das war die Kovacs, diese renitente Kröte. Dann wird aus ihrem lauschigen Sommerabend aber auch nichts, brummte er, als er die Straße nach seinem Wagen absuchte, hoffentlich hat sie gerade ein

Soufflé im Rohr und einen feurigen Liebhaber in der Wohnung. Er stieg ins Auto und nahm sein Handy.

»Kovacs«, schrie er, »was haben Sie im Fall Schöps unternommen?«

»Ähm … nicht viel«, erwiderte sie kleinlaut.

»Aha, dachte ich's mir doch. Sie packen sich jetzt zusammen und kommen sofort in die Justizanstalt in der Josefstadt.«

»Ich bin eh noch in der Arbeit …«

»Mir egal … in zehn Minuten sind Sie gestellt.«

Es war nicht Kovacs, die Schäfer gelassener stimmte, sondern der Mann, der im Vernehmungsraum auf sie wartete. Johannes Pilz, achtundzwanzig Jahre alt, Grafiker in einer Druckerei, ehemaliger Verlobter der jungen Frau, die sich vier Wochen zuvor das Leben genommen hatte. Weil sie vergewaltigt worden war?

»Ich wollte das nicht … bestimmt nicht«, schluchzte Pilz, als sie sich ihm gegenübersetzten. »Ich habe gedacht … ich war mir sicher …«

»Dass es Stangl war?«, fragte Kovacs geradeheraus, worauf ihr Schäfer mit einem Blick zu verstehen gab, dass sie ab jetzt den Mund zu halten hätte und er die Vernehmung weiterführte.

»Ja … er hat … sie war doch so … was hätte ich denn …«

»Herr Pilz«, meinte Schäfer ruhig, »wir werden Sie jetzt einem Arzt übergeben … der gibt Ihnen ein Beruhigungsmittel, dann schlafen Sie und morgen reden wir weiter … ist das in Ordnung für Sie?«

Pilz nickte mit dem Kopf, soweit es seine Weinkrämpfe zuließen.

»Es ist gut, dass Sie gekommen sind … ich kann verstehen, warum Sie das getan haben … und dass Sie jetzt die Verantwortung dafür übernehmen, ist ein sehr mutiger Schritt …«

Pilz nickte weiter wie eine mechanische Figur und legte dann den Kopf zwischen die Arme auf die Tischplatte.

»Kommen Sie«, wandte sich Schäfer an Kovacs, legte dem jungen Mann kurz die Hand auf den Unterarm und verließ den Vernehmungsraum. Er trug dem wachhabenden Beamten auf, jemanden vom psychosozialen Dienst zu holen und Pilz bis dahin nicht aus den Augen zu lassen.

Auf der Straße standen sie nebeneinander, schwiegen, bis Schäfer das Wort ergriff.

»Haben Sie eine Zigarette?«

»Leider … ich rauche nicht«, antwortete sie, sichtlich erleichtert, dass er mit ihr sprach.

»Schön … dann trinken wir jetzt was in dem Lokal da drüben.«

Kovacs folgte ihm über die Straße wie ein Ministrant dem Bischof mit dem Weihrauchkessel. Doch Schäfer war die Lust auf eine Standpauke ohnehin vergangen, sein Zorn loderte nur mehr auf schwacher Flamme, die mit einem großen Bier bald restlos gelöscht sein würde.

»Also«, meinte er, nachdem ihnen der Kellner auf Schäfers Anweisung zwei Bier hingestellt hatte. »Wie ist das abgelaufen?«

»Zuerst habe ich ihre Familie angerufen«, antwortete Kovacs und bemühte sich, Schäfers Blick standzuhalten, »ich war wirklich rücksichtsvoll, das müssen Sie mir glauben …«

»Und dann?«

»Dann habe ich Pilz angerufen und ihn gefragt, ob wir uns treffen können …«

»Heute?«

»Ja.«

Schäfer nahm einen großen Schluck und entließ einen absichtlich tiefen Seufzer.

»Was, wenn er sich umgebracht hätte?«

»Das … an das habe ich wirklich nicht gedacht …«

»Erst denken, dann tun«, sagte Schäfer und warf ihr einen Bierdeckel an den Kopf. Kovacs sah ihn unsicher an und senkte erneut den Blick.

»Sie haben den Fall aufgeklärt … immerhin … ein anderer hätte das wahrscheinlich nicht so schnell zustande gebracht …«

»Sie haben mich auf die richtige Fährte gesetzt …«

»Möglich … trotzdem ist es Ihr Verdienst. Und Ihre Verantwortung …«

»Was …«, begann Kovacs zögerlich.

»Keine Ahnung«, erwiderte Schäfer, dem die Müdigkeit die Lider nach unten drückte. »Fünfzig Liegestütze? Sie sind klug genug, um eine Lehre daraus zu ziehen … und wundern Sie sich nicht, wenn Sie demnächst ein paar Sonderaufgaben bekommen … meine Anzüge in die Reinigung tragen oder was in der Richtung … und ab morgen knien Sie sich in den Fall Born rein und rühren ohne meine Weisungen nichts anderes an …«

»Mache ich gerne«, sagte Kovacs sichtlich erleichtert, und Schäfer konnte nicht anders, als angesichts ihres mädchenhaften Grinsens, das so gar nicht zur knallharten Polizistin passte, als die sie sich sonst gab, ebenfalls milde zu lächeln. Was blieb ihm denn übrig? Sollte er sie auch nach Salzburg versetzen lassen? Doch würde so ein disziplinarer Rempler verhindern, dass sie irgendwann so ungebremst auf die Schnauze fiel wie er selbst? Er war doch nicht ihr Vater.

23

»So!«, begann Kamp die Morgenbesprechung, und Schäfer fragte sich umgehend, ob er diese einleitende Bedeutungslosigkeit vielleicht doch nicht von seinem Vater, sondern vom Oberst übernommen hatte.

»Ihr wisst, wo wir stehen ... die DNS-Analyse der Spuren in Mladics Wohnung hat ein Ergebnis gebracht, mit dem keiner rechnen konnte ... ach ja, unserem Kollegen Bergmann geht es übrigens den Umständen entsprechend gut, wie mir der Primar heute Morgen mitgeteilt hat, von dieser Sorge sind wir also befreit ...«

»Im Internet gibt es übrigens schon eine Homepage, die für die Ergreifung des Schützen fünftausend Euro verspricht«, brachte Leitner ein, »so ein neuer Verein zur Unterstützung der Exekutivarbeit ... sieht sehr nach Steckbrief ›Wanted dead or alive‹ aus ... sollen wir da was unternehmen?«

»Wo laufen die Informationen zusammen?«, wollte Kamp wissen.

»Angegeben ist die Nummer vom Journaldienst und eine E-Mail-Adresse der Betreiber ...«

»Die muss raus ... schauen Sie sich das bitte regelmäßig an, und sobald das in Richtung Selbstjustiz geht, drehen Sie es ab ... gut ... was uns jetzt kümmert, ist, von wem und aus welchem Grund diese Haare am Tatort platziert worden sind ... zurzeit wird die Leiche von Kastors Mutter exhumiert, um bei der Gegenprobe auf Nummer sicher zu gehen. Wir untersuchen außerdem, unter welchen Umständen die DNS-Probe damals genommen wurde ... ob irgendwer von unseren Leuten Kastor vor oder nach der Verhaftung Blut abgenommen hat und wo das hingekommen ist. So, Leitner, Kovacs, irgendwas aus den Krankenhäusern?«

»Seit Sonntag sind aus Spitälern in ganz Österreich sechs Schussverletzungen gemeldet worden: zwei Jugendliche, ein Jäger, ein versuchter Selbstmord, ein Fall aus dem Spielermilieu, wo zwei Männer aufeinander losgegangen sind und sich gegenseitig angeschossen haben; einer ist gestern verstorben. Es ist niemand dabei, auf den unsere Beschreibung zutrifft, weder die der Person noch die der Verletzung.«

»Wäre ja zu schön gewesen«, murrte Kamp, ging auf die gegenüberliegende Seite des Schreibtisches und versuchte erfolglos, den dort stehenden Beamer zu bedienen. »Schreyer, schalten Sie das Ding da ein«, sagte er schließlich ungeduldig, worauf der Inspektor den angeschlossenen Laptop aus dem Ruhezustand holte, eine Datei öffnete und den Beamer scharf stellte. Auf der Leinwand erschien das Phantombild, das nach den Angaben des Trafikanten erstellt worden war.

»Damit gehen wir an die Öffentlichkeit«, sagte Kamp. »Die Medien haben Wind davon bekommen, dass zwischen Born und Mladic ein Zusammenhang besteht … das können wir nicht länger verheimlichen. Aber wenn wir ihnen dieses Bild hinwerfen, bleibt uns mehr Zeit, um der Spur nachzugehen, die zu Kastor führt. Dieses Detail darf auf keinen Fall an die Öffentlichkeit gelangen, das muss ich Ihnen allen wohl nicht extra sagen, denn das könnte … nun, zu meiner eigenen Beschämung muss ich zugeben, dass wir den Fall damals sehr rasch und vielleicht auch etwas schlampig abgeschlossen haben … ich habe deshalb Major Schäfer nach Salzburg beordert, um uns von dieser Seite Klarheit zu verschaffen … warum ist Kastor gerade dorthin geflohen? Hat er unter Umständen einen Helfer dort gehabt, Beziehungen, die wir aufgrund seines Ablebens vernachlässigt haben … es muss schließlich einen Grund geben, warum die Haare von diesem Scheißkerl plötzlich am Herd vom Mladic hängen …« Kamp räusperte sich, um den Zorn zu verbergen, in den er sich zu steigern begonnen hatte. »Wie auch immer. Ich habe mit dem Leiter des LKA Kontakt aufgenommen, er wird uns jede Unterstützung geben, die wir brauchen. Hier geht es einstweilen weiter wie gehabt. Sie geben mir einen detaillierten Einblick in den Ermittlungsstand und bis zu Major Schäfers Rückkehr übernehme ich die interimistische Führung.«

»Ich möchte eine Kopie von Kastors Akte nach Salzburg mitnehmen«, brachte sich Schäfer ein, »helfen Sie bitte …«

»Ist schon fertig«, unterbrach ihn Schreyer fröhlich, »ist alles in der Schachtel, die bei Ihnen am Boden steht.«

»Oh«, meinte Schäfer und sah den Inspektor ungläubig an, »auch die Tonbandaufnahmen, Videoaufzeichnungen …«

»Habe ich Ihnen digitalisiert und auf eine DVD gebrannt …«

»Hut ab, Inspektor Schreyer … da meldet sich jemand für eine Beförderung an …«

»Na ja, das hat ja noch Zeit«, erwiderte Schreyer fast besorgt.

»Und noch was: Ich habe gestern mit Viktor Krepp gesprochen, dem Mann, der Mladic und Kastor bei diesem Tankstellenüberfall verpfiffen hat … wenn es wirklich die beiden waren, stammt die Waffe aus diesem Umfeld … vielleicht grabt ihr da noch nach …«

Es wurde später Nachmittag, bis Schäfer zum Bahnhof kam. Schließlich war noch einiges angestanden: die Übergabe an Kamp, die gemeinsame Einteilung der Gruppe, die Sichtung von Kastors Akte, ein Gespräch mit Bergmann; dann ein Anruf beim Landeskriminalamt Salzburg, ob sie ihm für ein paar Tage einen Wagen zur Verfügung stellen könnten, was den Beamten am Telefon zur Frage verleitete, ob sich die Polizeireform in Wien etwa noch schlimmer auswirke als bei ihnen. Nein, nein, erwiderte Schäfer, mit dem Auto zu fahren sei ihm einfach zuwider und er wolle auf jede Fahrt verzichten, die sich vermeiden lasse. Kein Problem, erwiderte sein Salzburger Kollege, er könne halt nicht versprechen, dass er ein neues Modell bekomme. Alt wäre ohnehin besser, meinte Schäfer, besser für die Tarnung.

Dann im Zug; mit jedem Kilometer, den er im klimatisierten Großraumwagen der ersten Klasse die Stadt und ihre unerträglichen Temperaturen hinter sich ließ, stieg seine Stimmung. Der Westen: Das verhieß befreiende Gewitter, die die Hitze zerschlugen; wo es am Abend genug abkühlen würde, sodass er endlich wieder richtig schlafen konnte. Ausgelaugt hatten ihn die letzten Wochen, das wurde ihm jetzt viel klarer, da er sich zu entfernen begann: die beiden grausam zugerichteten Mordopfer, das erstochene türkische Mädchen, die Schüsse auf Bergmann, die Waffe vor seiner eigenen Stirn, der aus dem Jenseits höhnende Kastor. Für den es damals ein Leichtes gewesen wäre, Schäfer im Wald zu töten. Warum hatte er es nicht getan? Mitleid stand außer Frage, Kastor war ein Psychopath wie aus dem Lehrbuch gewesen, hatte seine Opfer wenn schon nicht langsam und unter Qualen getötet, dann zumindest post mortem grausam zugerichtet. Vielleicht war seine kriminelle Energie aufgebraucht gewesen, hatte er gerade noch genug Kraft aufbringen können, sich in ein Bootshaus zu schleppen und in einem letzten Akt der Gewalt selbst zu richten. War das jetzt überhaupt noch von Belang? Wenn jemand im Begriff war, Kastors Erbe anzutreten, dann sehr wohl.

Als er in Salzburg aus dem Zug stieg, fiel ein feiner nadeliger Regen. Schäfer kaufte sich in einer Trafik vor dem Bahnhof zwei Tageszeitungen, stellte sich an den Tisch eines Stehcafés und bestellte einen Cappuccino. Im Chronikteil stieß er auf einen Artikel über den Türken, der seine Tochter ermordet hatte. Noch in derselben Woche würde er vor Gericht stehen. Das war schnell gegangen, dachte Schäfer, andererseits gab es auch keinen Grund, den Prozess hinauszuzögern. Alle Indizien sprachen gegen den Mann, und sein Verhalten trug auch nicht dazu bei, an seiner Schuld Zweifel aufkommen zu lassen. Warum verschaffte ihm die Nachricht dann keinerlei Genugtuung? Warum hatte er im Gegenteil das Gefühl, einen Fehler gemacht zu haben? Er hatte den Mann wie einen Menschen zweiter Klasse behandelt, ja, aber auch das war es nicht. Wer seine Tochter so behandelt, dem gehörte nichts anderes. Er musste etwas übersehen haben. Irgendetwas hatten er und auch Bruckner übersehen. Vielleicht würde ja der türkische Botschafter etwas entdecken, dachte Schäfer hämisch und ärgerte sich kurz über die verlogene Kosmetik, die den Verhandlungstisch säuberte, auf dem der türkische Premier und sein österreichisches Pendant bestimmt nicht über ethische Grundsatzfragen oder Migranten diskutieren würden, sondern über eine Erdgaspipeline oder etwas in der Richtung.

Am Informationsschalter in der Bahnhofshalle erkundigte er sich nach einem Hotelzimmer. Kurz hatte er daran gedacht, sich bei seinem Bruder einzuquartieren. Doch noch wusste er nicht, wie lange er hierbleiben würde, und er wollte Jakob seine Anwesenheit nicht auf unbestimmte Zeit aufdrängen – zumal er zu seiner Schwägerin auch nicht das herzlichste Verhältnis hatte. Die meisten Hotels waren ausgebucht, da am folgenden Wochenende die Salzburger Festspiele begannen. So konnte er wählen zwischen einem Vierhundert-Zimmer-Betonbunker in Flughafennähe und einer Drei-Stern-Pension, die sich zumindest in der Altstadt befand – er entschied sich für die Pension. Durch den feinen Regen ging er zum Taxistand und ließ sich in die Altstadt zu seiner Bleibe bringen. Eine Rezeption gab es dort offenbar nicht. Nur eine holzgetäfelte Gaststube mit drei Tischen und einer Bar, hinter der eine Frau um die fünfzig im Dirndlkleid stand und ihre semmelblonde Betonfrisur synchron zur Bewegung der Hand neigte, mit der sie ein Glas nach dem anderen unter die Zapfanlage hielt. Schäfer beobachtete sie eine Weile. Er kannte ein ähnliches Verhalten von Müttern, die ihre Babys fütterten und bei jedem Löffel selbst den Mund aufrissen. Aber den Kopf zur Position des Bierglases drehen, das man füllt ... ein erstaunliches Exemplar. Er trat an die Bar und wartete, bis sie ihm ihre Aufmerksamkeit schenkte.

»Schäfer ... ich habe ein Zimmer reserviert.«

»Richtig, ja«, meinte sie und zeigte zu seiner Erleichterung ein Lächeln, »warten Sie, ich bringe gleich die Schlüssel.«

Sie verschwand in der Küche und kam kurz darauf mit einer Holzbirne wieder, an der zwei Schlüssel hingen – einer für die Haustür und einer fürs Zimmer, wie sie ihm erklärte. Und dieses schwere Trumm sollte er immer mit sich herumschleppen? Nein, er könne ihn gerne auch dalassen, es wäre sowieso immer wer im Haus. Na schön, dachte er, warum leicht, wenn es auch schwer geht. Er hob seine Tasche auf, verließ die Gaststube und stieg über eine steile Holztreppe in den zweiten Stock hinauf.

Die Matratze war in Ordnung – zu allem anderen dachte er sich, dass er ohnehin nicht vorhatte, viel Zeit im Zimmer zu verbringen. Er räumte seine Tasche aus, zog sich aus und stellte sich unter die Dusche, die so eng war, dass beim Waschen der Achseln die Ellbogen unweigerlich an die Wand schlugen. Dann setzte er sich aufs Bett und überlegte. Er hatte Hunger; bei den örtlichen Restaurants kannte er sich allerdings nicht aus und würde bestimmt in einer Touristenfalle landen. So rief er seinen Bruder an und fragte ihn, ob er Lust habe, mit ihm essen zu gehen, da er in Salzburg sei. Sie säßen gerade beim Abendessen, er solle vorbeikommen, und überhaupt: Wieso er sich nicht vorher gemeldet habe, wo er denn schlafe, warum das immer das Gleiche mit ihm sei? Jaja, antwortete Schäfer, bis gleich.

Sein Bruder wohnte in Anif, einem kleinen Vorort, eigentlich ein Dorf, in das die Stadt mittlerweile hinausgewachsen war. Als Schäfer das Gartentor aufdrückte, wurde ihm wie jedes Mal, wenn er hier war, bewusst, wie unterschiedlich sie beide waren. Dieser penible Rasen, diese geometrische Auffahrt, in der jeder Kiesel gleich groß zu sein schien, dieses Muster an einem Einfamilienhaus für ein Ärztepaar – es gab ja doch gute Gründe, warum er sich ein Pensionszimmer genommen hatte. Doch das unangenehme Gefühl beim Betrachten des Eigenheims seines Bruders verschwand sofort, als dieser ihm die Tür öffnete und ihn herzlich umarmte. Wo denn seine Tasche sei? Er habe ihm doch gesagt, dass er in einer Pension wohne. Aber da hätte er doch ohne Weiteres auschecken können.

»Jetzt führ dich nicht auf wie Mama … ich habe Hunger.«

Als er das Esszimmer betrat, stand seine Schwägerin Monika auf und küsste ihn auf die Wange. Schäfers Nichte war nirgends zu sehen.

»Lisa ist nicht da?«

»Nein«, erwiderte sein Bruder und seufzte, »die ist in Südamerika.«

»Oha«, entfuhr es Schäfer, der seinen Teller seiner Schwägerin so lange entgegenhielt, bis er randvoll mit köstlich aussehendem Makkaronieauflauf war. »Wo genau?«

»Bolivien, Kolumbien, Ecuador ... eine Rundreise ...«

Schäfer schob sich eine Gabel voll Auflauf in den Mund. Er wusste um die Sorgen, die sein Bruder um Lisa ausstand. Übertrieben, wie er meinte, sie war achtzehn, verantwortungsbewusst und gescheit. Doch sie war auch nicht seine eigene Tochter, und deshalb gestand er sich auch nur ein stilles Urteil zu.

»Was hast du hier zu tun?«, fragte Monika, um vom Thema, das das Paar zurzeit wohl am meisten beschäftigte, abzulenken.

»Ich muss ein bisschen bei euch herumschnüffeln ...«

»Bei uns?«

»Im Krankenhaus ... hauptsächlich in der Verwaltung ... hat mit einem alten Fall zu tun ... reine Routine ...«

»Reine Routine, jaja«, meinte sein Bruder und verdrehte die Augen, »und dafür schicken sie ausgerechnet dich hierher ... verarsch wen anderen ...«

»Hast du eben ›verarschen‹ gesagt?«, spielte Schäfer Entsetzen vor. »Wenn das Mama hören könnte, ts ts ts, zum Glück hat deine Tochter bessere Manieren.«

»Über ihre Manieren habe ich mich nie beschwert ...«

»Nein«, lenkte Schäfer schnell wieder ab, »es geht wirklich nur um einen Todesfall von vor fünfzehn Jahren, wo wir wissen müssen, wer denjenigen obduziert hat und so weiter ...«

»In Salzburg«, war nun die Neugier von Schäfers Bruder endgültig geweckt, »und das kann die hiesige Polizei nicht erledigen?«

»Jetzt lass mich einmal essen«, blockte Schäfer ab. Seinem Bruder hätte er schon mehr erzählt, der konnte ein Geheimnis für sich behalten, aber seine Schwägerin, da war er sich nicht sicher.

Nachdem er mit dem ersten Teller fertig war, ließ er sich einen Nachschlag geben und vergaß dabei nicht, zu erwähnen, wie vorzüglich der Auflauf sei. Ach, nur ein paar Reste, meinte Monika, und Schäfer schüttelte innerlich den Kopf über so viel Klischeehaftigkeit.

Gegen zehn waren sie endlich unter sich. Monika wollte sich eine Dokumentation über Südamerika ansehen, von der ihr Mann partout nichts mitbekommen wollte, da er nicht mit anzusehen gewillt war, wie die Todesschwadronen, Entführer und Drogendealer Jagd auf Touristen machten. Es geht um Schmetterlinge, erwiderte Schäfers Schwägerin. Jaja, kam es zurück, und um das ganze andere giftige Viehzeugs, das im Dschungel und auf den Campingplätzen und in den Hotelzimmern herumkriecht.

»Jetzt beruhige dich«, redete ihm Schäfer zu, als sie hinter dem Haus nebeneinander auf einer Holzbank saßen, »sie kann schon allein auf sich aufpassen …«

»Wenn du meinst … also: Was hast du hier zu suchen … wenn du mir die Wahrheit sagst, verzeihe ich dir auch, dass du meiner Frau nicht vertraust …«

»Wieso soll ich ihr nicht vertrauen … ich … na gut … ich bin strafversetzt … also nur offiziell … und dann gibt es da noch eine andere Geschichte: Erinnerst du dich an Paul Kastor?«

24

Bevor er schlafen ging, setzte sich Schäfer an den kleinen Tisch in seinem Zimmer, fuhr seinen Laptop hoch und fasste die Notizen zusammen, die er sich bei seinem Bruder gemacht hatte: ein paar Namen und Telefonnummern, die ihm eventuell weiterhelfen konnten. Wenn er schon hier war, konnte er auch gleich die Details klären, die damals vernachlässigt worden waren. Kastors letzte Stunden, um einen Anfang zu machen. Jakob hatte gemeint, dass es nicht ungewöhnlich gewesen wäre, ihn als Organspender zu verwenden. Ein junger Mann, gesund, keine Angehörigen ... beim Gedanken, dass Kastors Herz jemand anderem einverpflanzt worden war, bekam Schäfer eine Gänsehaut. Wer wollte denn das Herz eines psychopathischen Mehrfachmörders? Mussten die verantwortlichen Ärzte dem Patienten eigentlich Bescheid darüber geben, was er in Zukunft mit sich herumtrüge? Medizinisch gesehen war es natürlich blödsinnig, sich bei einer Herztransplantation Gedanken zu machen über eine gleichzeitige Übertragung nichtorganischer Dinge – zumindest ging Schäfer davon aus, dass die Ärzte diesbezüglich alles im Griff hatten. Doch was, wenn sich tatsächlich der Geist eines Menschen über das Herz ... wenn sich Kastors Erbe auf diese Weise ... und hatte er nicht irgendwo einmal gelesen, dass die DNS mutieren konnte? Oder war das ein Horrorfilm gewesen. Sehr schön: Das fiel ihm alles jetzt ein, nachdem er stundenlang mit einem Mediziner zusammen gewesen war, den er hätte fragen können.

Am frühen Morgen weckten ihn tierische Laute, die er am Land als das Muhen zahlreicher Kühe gedeutet hätte. Doch hier in der Stadt? Er wankte schlaftrunken zum Fenster und sah auf die Gasse hinab. Tatsächlich: Zwei Männer trieben eine Herde Fleckvieh vorbei. Waren die normal? War das legal?

»He!«, schrie er den Kuhhirten zu, »was treibt ihr da?«

»Siehst du doch«, erwiderte einer der beiden mit einem breiten Grinsen, »Kühe.«

»Gib mir eine ordentliche Auskunft, sonst beschlagnahme ich eine und esse einen Monat lang Schnitzel.«

»Demo«, antwortete der Mann gelassen, »wegen der Milchpreise.«

»Aha«, erwiderte Schäfer und verharrte über das Fensterbrett gebeugt, während die seltsame Prozession vorbeizog. Sollte er die Kuhtreiber vielleicht bestechen, ihr Vieh ins Innenministerium und Polizeipräsidium zu treiben, quasi Verwandtschaftsbesuch bei den Wiener Hornochsen zu Ehren des türkischen Premierministers? Nur keine Mördergrube aus deinem Herzen machen, Schäfer, murmelte er, ging ins Bad, rasierte sich, duschte und zog sich an.

Die Gaststube war menschenleer, die Tische waren nicht gedeckt. Schäfer öffnete die Tür zur Küche und rief ein »Guten Morgen« hinein. Keine Reaktion. Bei seinem Bruder würde jetzt ein Kaiserfrühstück mit Schinken und weichen Eiern und Pfirsichen und allen möglichen anderen Köstlichkeiten auf dem Tisch stehen, ärgerte er sich und ging in sein Zimmer zurück. Schob Geld und Telefon ein, schnallte mangels eines Zimmersafes seine Dienstwaffe um und machte sich auf den Weg, ein Kaffeehaus zu suchen, in dem er frühstücken konnte.

Am Mozartplatz überholte er die Kuhherde, die sich Salzburgs Sehenswürdigkeiten offensichtlich in aller Ruhe ansehen wollte. Die Männer hatten reichlich Mühe, ihre Tiere von den Auslagen der Altstadtboutiquen fernzuhalten. Als eins der Tiere sich vor einem Fastfood-Restaurant erleichterte, blieb Schäfer erheitert stehen. Hatten diese Viecher eigentlich für jeden ihrer vier Mägen auch einen eigenen Darm?, fragte er sich und beobachtete, wie ein Restaurantangestellter, der eben dabei war, Metalltische ins Freie zu stellen, entgeistert auf den riesigen Kothaufen starrte.

Am Ende der Getreidegasse setzte er sich schließlich vor ein Kaffeehaus, wartete eine halbe Ewigkeit, bis er bedient wurde, und bekam dann zum Ausgleich ein hervorragendes Frühstück. Während er auf seinen zweiten Kaffee wartete, rief er Bergmann an, der im Krankenhaus um diese Zeit bestimmt schon geweckt worden war.

»Na, lieber Kurgast, wie geht's uns heute? Schon Stuhl gehabt? ... Gut ... In Salzburg, auf der Suche nach der verlorenen Zeit ... Was in der Krankenhausverwaltung aber genauso gut zu einer Hommage an Kafka werden kann, wie ich befürchte ... Na, diese Stadt stimmt mich eben musisch, Festspielzeit, angenehme Temperaturen ... Na, na, jetzt werden Sie nicht ausfällig, Bergmann, was kann denn ich dafür, dass der ... Ja hätte ich meine Waffe vielleicht zum Flughafen mitnehmen sollen? Wer kann denn ahnen, dass Sie so unvorsichtig sind und ... Ich scherze doch nur, Bergmann, ohne Sie wären wir nie so weit gekommen, das wissen Sie doch ... Ja ... Mache ich, ich melde mich ... Gute Besserung.«

Später am Tag dachte er, dass er mit seinem Scherz über Kafka und die Krankenhausverwaltung hätte vorsichtiger sein müssen. Er erreichte so gut wie gar nichts. Nicht in der Verwaltung des Unfallkrankenhauses, wo Kastor nach seinem Stand des Wissens hingebracht worden war, noch im Landeskrankenhaus, noch bei den Bekannten seines Bruders, die ihn höflich, aber bestimmt darauf hinwiesen, dass ein Suizid, der sich vor fünfzehn Jahren ereignet habe, nicht gerade im aktuellen Mitteilungsblatt dokumentiert sei.

Wer denn den Totenschein ausgestellt habe? Da müssten sie nachfragen. Was denn mit der Leiche passiert sei? Das sei eine gute Frage. An wen er sich diesbezüglich wenden könnte? Ja, da müsste er sich an jemand anderen wenden. Gegen eins beschloss er, eine Pause einzulegen. Ging in einen Supermarkt, kaufte eine Jause und setzte sich ans Salzachufer. Zwei Schwäne zogen vorbei, warfen einen heimlichen Blick auf seine Wurstsemmel, waren aber zu stolz, ans Ufer zu schwimmen und ihn anzubetteln. So wie ich, Idiot, dachte er, holte sein Telefon aus der Tasche und rief Kamp an. Er habe den Namen des Leiters des Landeskriminalamts vergessen und seine Nummer verlegt, ob der Oberst sie ihm bitte geben könne. Warum er nicht schon längst dort vorstellig geworden war? Ermittlungen im Krankenhaus, die er nicht aufschieben wollte, und wie ging's in Wien zu?

Wie man's nehme: Gerade hätten sie die Ergebnisse des DNS-Tests von Kastors Mutter bekommen. Die Haare in Mladics Wohnung stammten tatsächlich von ihrem Sohn. Also hatten sie zumindest in diesem Punkt Klarheit – auch wenn es nicht unbedingt die gewünschte war. Kastors Zellengenossen hatten sie zu vernehmen begonnen, bisher ohne brauchbare Hinweise. Die Belohnung auf jener privaten Fahndungshomepage habe sich übrigens fast verdoppelt, nachdem aufgrund von Mladics Herkunft Gerüchte aufgekommen seien, dass der Täter ein Ausländer sei. Dementsprechend hätte sich auch die Anzahl der Anrufe erhöht, die beim Journaldienst eingegangen und so gut wie alle unbrauchbar seien. Ach ja, Ironie am Rande: Ein Anrufer war aus Salzburg und hatte felsenfest behauptet, den Mann, den das Phantombild zeigte, am Mönchsberg gesehen zu haben.

Als ob er dem versetzten Major gefolgt wäre, meinte Kamp lachend und ersuchte Schäfer, vorsichtig zu sein.

Schäfer starrte ein paar Minuten auf den träge dahinfließenden Fluss. Von wegen Intranet und auf dem Laufenden halten. Die rührten in Wien gemeinsam den Brei an, an dem ihr Mörder schließlich kleben blieb, während er hier sein bescheidenes Süppchen kochte, um es in ein paar Tagen in die Salzach schütten zu können. Er aß seine Semmel fertig und gab die Nummer von Oberstleutnant Schranz in sein Handy ein. Sie hätten ihn schon früher erwartet, meinte dieser, aber er sei natürlich jederzeit willkommen, er selbst sei bis fünf Uhr im Büro und dann bei einer Sondersitzung wegen der Festspiele.

Schäfer verließ sein schattiges Plätzchen, überquerte die Salzach und nahm sich am Rudolfskai ein Taxi, das ihn zur Polizeidirektion in der Alpenstraße im Süden der Stadt brachte. Dort wurde er von einer jungen Beamtin zu Schranz gebracht. Der Oberstleutnant war ein kantiger, aber gutmütig wirkender Mann Mitte fünfzig mit einem grauen Bürstenhaarschnitt. In seiner maßgeschneiderten Uniform, die er nach Schäfers Vermutung wegen der Festspielsitzung trug, erinnerte er an den unerschrockenen Haudegen eines Gebirgsjägerbataillons, der nach großen Verdiensten und zahlreichen Verwundungen von der Kargheit der Berge ins pralle Stadtleben gewechselt war – über dem Bauch spannte die Uniform schon ein wenig.

»Major Schäfer, grüß Gott!«, sagte Schranz mit fester Stimme, stand auf und ging um seinen Schreibtisch herum, um Schäfer die Hand zu drücken. »Oberst Kamp hat mich schon informiert über den Zweck Ihres Besuchs.«

»Das ist gut«, antwortete Schäfer, dem leider nicht ganz

klar war, wie genau der Oberstleutnant informiert worden war.

»Also, wie kann ich Ihnen am besten helfen?«

»Ja«, fasste sich Schäfer ein Herz, »könnten Sie mir sagen, wie weit Sie über den Fall informiert worden sind?«

»Walter ist ein alter Freund von mir«, parierte Schranz Schäfers Zaghaftigkeit, »offiziell sind Sie unser Laufbursche, inoffiziell machen Sie, was Sie wollen, solange Sie mir nicht ins Gehege kommen.«

»Natürlich ... also fürs Erste wäre ein Wagen gut ... das habe ich mit einem Ihrer Untergebenen bereits besprochen ...«

»Steht auf dem Parkplatz ... der weiße Renault ... für Verfolgungsjagden nicht mehr der Beste, aber ansonsten gut in Schuss ...«

»Danke ... und weil Sie sich mit den Ämtern hier sicher besser auskennen als ich ... vielleicht brauche ich ein paar Tipps, wie ich bei der Krankenhausverwaltung und dergleichen schneller reinkomme ...«

»Einfach sagen ... ich habe auf Wunsch von Oberst Kamp zwei Beamte abgestellt, die Ihnen wechselweise – und natürlich inoffiziell – zur Verfügung stehen ... ich mache Sie gleich im Anschluss mit ihnen bekannt ...«

»Na bestens«, erwiderte Schäfer, freudig überrascht von der unkomplizierten Vorgehensweise des Oberstleutnants. Dieser griff zum Telefon und bestellte die zwei Polizisten zu sich.

Nachdem sie alle dienstlichen Angelegenheiten besprochen hatten, luden Schäfers neue Kollegen ihn in ein Wirtshaus in der Nähe ein. Er ließ sich den Schlüssel für den Renault geben und fuhr ihnen hinterher. Es war ein Gastgarten ganz nach seinem Geschmack: riesige Kastanienbäume, schwere Holztische, eine Kellnerin mit der Statur einer Dampflokomotive. Sie bestellten, tauschten sich über belanglose Allerweltsthemen aus und glitten langsam, aber bestimmt in ein Gespräch über den Fall, das sie mit zunehmender Begeisterung führten. Da wollte bestimmt jemand Rache üben! Oder noch brutaler werden als Kastor. Fünfzehn Jahre später. Der hatte bestimmt irgendwo eingesessen. In der Psychiatrie. Da hatte er seine Mordpläne geschmiedet. Schäfer hielt sich zurück, gab ab und zu einen Kommentar, um nicht unhöflich zu erscheinen. Er kannte diese Aufregung, den Enthusiasmus, den so ein Fall erzeugen konnte, vor allem, wenn man nicht unmittelbar betroffen war. Da wurde man so schnell zum Fachmann für Serien- und Ritualmorde wie ein ganzer Stammtisch sich nach einem verlorenen Länderspiel zum besseren Fußballtrainer erklärte. Da ließ es sich leicht reden, während seinen Kollegen in Wien die Knie wegen der Befragungsmarathons in liftfreien Altbauten schmerzten, Schreyer den Staub ausnieste, der von den alten Akten in seine Nase kroch, und Kamp nächtliche Runden in seinem Garten drehte und sich den Kopf darüber zermarterte, was oder wen er damals übersehen hatte. Verdammt, wie gerne Schäfer jetzt bei seiner Gruppe wäre. Doch vielleicht war es ja gerade die Unbefangenheit der Salzburger, die ihm neue Sichtweisen auftat. Vielleicht gelang es Schäfer, mit ihrer Hilfe den Fall zu lösen. Und wie einst Marcus Antonius aus Ägypten siegestrunken zurückzukehren und unter den begeisterten Zurufen des Pöbels auf dem Streitwagen den Schottenring abzufahren, haha!

25

Obwohl er sich vorgenommen hatte, laufen zu gehen, beschloss er, den Abend in der Innenstadt zu verbringen. Als er auf der Suche nach einem Parkplatz seine Pension umkreiste, rief Kovacs an.

Schreyer sei auf eine Krankenakte von Kastor gestoßen – allerdings aus seiner Kindheit. Sie hätten sie gescannt und per Mail geschickt, vielleicht helfe ihm das irgendwie weiter. Ansonsten: viel Laufarbeit, viel telefonieren, keine großen Fortschritte.

Also waren sie auch in Wien nicht weitergekommen. Sollte er sich darüber freuen? Was war er nur für ein egozentrisches Kameradenschwein! Kopfschüttelnd legte er das Telefon auf den Beifahrersitz und sah im selben Moment zu seiner Rechten eine Parklücke frei werden. Er setzte den Blinker, fuhr langsam vor und versuchte, rückwärts einzuparken. Keine Minute später das erste ungeduldige Hupen. Schäfer fluchte. Er hatte es noch nie wirklich gekonnt, dazu mit einem ungewohnten Auto. Als ihn das Hupkonzert hinter ihm so nervös gemacht hatte, dass er ohnehin keine Chance mehr sah, den Wagen unbeschadet in die Parklücke zu bringen, stieg er aus, ging zum ersten Fahrzeug des von ihm verursachten Staus und zückte, warum auch immer, seinen Dienstausweis. Eine junge Frau ließ das Fenster herunter und sah ihn grinsend an.

»Können Sie das?«, fragte er, ohne ihr in die Augen zu sehen.

Ohne eine Antwort stieg sie aus, ging zu seinem Wagen

und schob ihn binnen dreißig Sekunden präzise zwischen die beiden anderen Autos.

»Danke«, meinte Schäfer und verzog sich rasch in die nächste Gasse.

Zurück in der Pension, wollte er als Erstes die E-Mail aus Wien abrufen. Kovacs, meine größte Nachwuchshoffnung, ging es ihm durch den Kopf. Sie war von Grund auf ehrlich, würde nie die erfolgreiche Arbeit eines Kollegen als die ihre ausgeben. Doch sie war auch außergewöhnlich ehrgeizig und Schäfer hatte ihren leicht abschätzigen Tonfall, als sie Schreyers Einsatz erwähnte, nicht überhört. Ehrlichkeit und Ehrgeiz: ein großes Schlachtfeld für innere Konflikte, die einen ebenso läutern wie brechen konnten.

Er fuhr seinen Laptop hoch, nur um gleich darauf festzustellen, dass es weder in der Pension noch in der Nähe ein kabelloses Netzwerk gab, auf das er frei zugreifen konnte. Jetzt musste er die Kiste in der Stadt herumschleppen; vielleicht wäre das Flughafenhotel doch die bessere Entscheidung gewesen, auch angesichts der großen Parkplätze.

Er duschte und zog ein frisches Hemd an. Der Abend war mild genug, um ohne Jackett im Freien zu sitzen, doch wollte Schäfer auf keinen Fall seine Dienstwaffe vor aller Augen spazieren tragen. Als er die Stiegen hinunterging, überlegte er kurz, die Wirtin nach einem Lokal mit freiem Internetzugang zu fragen. Nein, damit würde er möglicherweise nur ihre perfekte Kopf-Bierglas-Synchronisation stören.

Er wechselte über die Salzach auf die rechte Altstadtseite, um den großen Touristenströmen auszuweichen, und fand nach kurzem Suchen eine Bar, die mit Wireless LAN warb. Vorwiegend war sie von Männern und Frauen unter dreißig besucht, die sich auf einem gemeinsamen Laptop Videos ansahen, allein vor sich hin chatteten oder sich sonst wie virtuell amüsierten. Ob es ihm jemals gelingen würde, sich so ungezwungen in dieser neuen Welt einzurichten? Denn noch konnte ihm kein Netzwerk die Nähe seiner Kollegen ersetzen, das wurde ihm jetzt erst richtig bewusst. Vielleicht hatte Bergmanns Theorie von der organischen Verschmelzung ja doch ihre Berechtigung. Dass die gegenseitige Nähe ein Energiefeld erzeugte, über das sie sich stärkten und stützten. Was war denn eine E-Mail gegen die Möglichkeit, Kovacs in einem verrauchten Lokal mitten in der Nacht einen Bierdeckel an den Kopf werfen zu können? Ein Telefonat gegen die Minuten im Krankenhauskasten an Bergmanns Seite? Jetzt nur keine Wehmut aufkommen lassen! Da sich weder vor dem Lokal noch im Inneren ein freier Tisch fand, setzte sich Schäfer an die Bar und bestellte einen Pfefferminztee. Ob es Wolkinger tatsächlich schaffen würde mit seinen Biokräutern?, ging es ihm unvermittelt durch den Kopf, während der Computer hochfuhr. Nach Schäfers Erfahrung standen die Chancen dafür schlecht, doch in diesem Augenblick wünschte er es dem verkorksten Ganoven von ganzem Herzen.

Er rief Kovacs' Mail ab und öffnete den Anhang, der aus einigen Bildern und gescannten Unterlagen bestand. Krankenblätter aus einer Wiener Klinik von 1977. Name des Patienten: Paul Kastor, geboren am 27. 5. 1970.

Schäfer überflog die Untersuchungsergebnisse, die einem Laien wie ihm großteils unverständlich waren. Meningoenzephalitis, dieses Wort kannte er, da ein ehemaliger Schulkollege von ihm daran erkrankt war. Kastor hatte im Alter von sieben Jahren also eine Gehirnhautentzündung gehabt, na und, dachte Schäfer, wie soll mich das weiterbringen. Beeinträchtigung des frontalen blablabla, Verdacht auf blablabla, er scrollte zum Ende des Dokuments und wollte es schon schließen, als sein Blick auf den Namen des behandelnden

Arztes fiel: Gernot Hofer, Facharzt für Neurologie und Psychiatrie. Hofer? Gernot? Wie sollte sich das ausgehen, wunderte sich Schäfer, dem dieser Name geläufig war, seitdem er zum ersten Mal die Spiegelgrund-Ausstellung besucht hatte, über die er schließlich mit einem Theologen und einem Historiker vor einer großteils desinteressierten Schulklasse referiert hatte. Gernot Hofer war einer der Ärzte auf der Baumgartner Höhe gewesen, die unter dem Vorwand des »minderwertigen Lebens« Kinder und Behinderte in einen qualvollen Tod geschickt hatten. Doch Hofer war Mitte der Siebziger gestorben. Schäfer gab den Namen in eine Suchmaschine ein. Arme Sau, dachte er, nachdem er die ersten paar Links geöffnet und überflogen hatte. Gernot Hofer junior, der Mann, der Kastor behandelt hatte, war der Sohn des Folterarztes vom Spiegelgrund. Einer der führenden Neurologen auf dem Gebiet der Alzheimerforschung, Schlaganfallrehabilitation und Verfasser zahlreicher bedeutender Fachpublikationen, mit deren Titeln allein Schäfer nichts anfangen konnte. Neben seinen Erfolgen als Mediziner hatte Hofer seit Beginn seiner Laufbahn zahlreiche soziale Projekte ins Leben gerufen, über die Schwerkranken, Katastrophenopfern, Waisenkindern, Drogenabhängigen, ehemaligen Strafgefangenen und zahlreichen anderen Menschen am Rande der Gesellschaft geholfen wurde. Ein Wohltäter, ein Guter, musste Schäfer anerkennen, als er die Lobeshymnen auf Hofers karitativen Einsatz überflog. Freilich gab es da auch dieses unschöne Thema, das sich in die Suchergebnisse und in Hofers Vita zwängte wie ein lästiges Stück Speck in sonst saubere Zahnzwischenräume: Vater Hofer, der Naziarzt am Spiegelgrund, Kollege des Mannes, der zurzeit in Den Haag einsaß; ein Folterer, der mit seinen Experimenten Hunderte Kinder ermordet hatte. War das der Grund dafür, dass der Junior zum Menschenfreund geworden war? Die Schuld des Vaters zu tilgen, auf die bestimmt nicht nur das Internet erbarmungslos und fast alttestamentarisch zeigte, wenn man etwas über die Person Gernot Hofer erfahren wollte? Hatte gar das Böse des Alten den Jungen gut gemacht? Das ist mir jetzt ziemlich wurscht, unterbrach Schäfer seine gedankliche Ausflugsfahrt, wenn nur Väter nicht so selbstverliebt wären und ihren Söhnen den eigenen Vornamen aufbürden würden. Jetzt schicke ich die Mail von Kovacs an Jakob weiter, und spätestens morgen muss ich mit ihm über Hofer reden. Vielleicht hat er den jungen Kastor ja verpfuscht, ihm einen Hirnschaden verursacht, der jetzt einen späten Rächer auf den Plan gerufen hat oder … ich brauche meine Kollegen!

»Was darf's denn noch sein, der Herr?«, wollte der Barmann wissen.

»Wie … ach so … ja, zahlen bitte«, erwiderte Schäfer, ungewiss, ob er eben laut gedacht hatte.

Gleich nach dem Aufstehen rief er in Wien an und beauftragte Kovacs damit, Informationen über Gernot Hofer und weitere mögliche Verbindungen zu Kastor zusammenzutragen. Dessen Name in der Krankenakte hatte Schäfer eine unruhige Nacht beschert, die durch ein heftiges Gewitter kurz nach Mitternacht noch schlafärmer geworden war. Er hatte sich in endlosen Spekulationen ergangen, die sich in seinem Kopf mangels konkreter Fakten zu grotesken Szenarien verselbstständigt hatten. Kastor als ehemaliges Mitglied einer Geheimorganisation, eines Clans zionistischer Verschwörer, die sich nun für seinen Tod rächen wollten … an Mladic? Schwachsinn! Oder überhaupt ein Irrer, der die berüchtigtsten Verbrecher der österreichischen Kriminalgeschichte zitierte. Dann war bei Born vielleicht sogar ein anderer Mörder als Kastor gemeint und sie hatten den Hinweis übersehen. Sollten sie das Haus noch einmal auseinandernehmen? Nach irgendwas suchen, einem Knoten, der an Jack Unterweger, einem Wecker, der an Franz Fuchs erinnerte? Blödsinn, alles reine Hirnwichserei. Das hatte Kamp nun davon, dass er ihn allein in dieser Salzburger Pensionszelle vegetieren ließ, ohne Mitarbeiter, vor allem ohne Bergmann, der ihm die nüchternen Fakten beschaffte und Schäfer damit Bodenhaftung verlieh. So trieb es ihn wie ein hilfloses Blatt umher, er bekam viel zu sehen und konnte doch nirgends bleiben. Er kannte diesen alten Fall auch viel zu wenig, und obendrein nur aus der Polizei-Perspektive. Wie sie ihn 1994 nach dem Mord an seinen Eltern endlich hatten verhaften und anklagen können. Wie es ihm trotz strenger Sicherheitsvorkehrungen gelungen war, zu Beginn des Prozesses zu fliehen. Wie sie ihn gejagt hatten, wie er sich selbst gerichtet hatte. Wie sie die Akte geschlossen hatten. Doch nun tropften aus Schäfers Gehirn wie durch ein sich vergrößerndes Leck neue Informationen auf das Bild herab und begannen die Farben zu verwischen. Warum war Kastor damals in Österreich geblieben, wo er sich vom Waldviertel viel einfacher über die tschechische Grenze hätte absetzen können? Hatte er für seine Flucht nicht einen Helfer haben müssen? Der ihm Unterschlupf gewährt, ihn vielleicht sogar mit einem Wagen versorgt hatte? Und wieso hatten sie diese Möglichkeit nach seinem Tod so schnell abgetan? Gab es einen Grund dafür, dass er dorthin geflohen war, wo Gernot Hofer arbeitete, der Arzt, der ihn als Kind behandelt hatte? Schäfer dachte an die technischen Möglichkeiten, mit denen er in der Jetztzeit diese Spekulationen überprüfen könnte: Anruflisten, Handy-Ortung, E-Mail-Verkehr, Bankomatabhebungen, Überwachungskameras … man konnte kaum mehr etwas unternehmen, ohne ein dichtes Netz an Spuren zu hinterlassen. Doch damals … und damals war in diesem Fall noch nicht einmal zwanzig Jahre her … damals hatten sich weder die Verbrecher noch ihre Verfolger damit herumzuschlagen.

Er rief seinen Bruder an, erreichte aber nur die Mailbox. Er überlegte kurz, ob er ihm eine Nachricht hinterlassen sollte, legte dann aber auf. Mit dem Laptop unterm Arm verließ er die Pension und ging in die Altstadt, um zu frühstücken. Am Rande des Residenzplatzes gab es ein berühmtes Kaffeehaus, dessen Ruf die typischen Salzburgtouristen allerdings erst ab Mittag folgten, weshalb sich Schäfer von den vielen noch freien Tischen einen an der Hauswand unter der Markise nahm. Auch in der Sonne wäre es noch erträglich gewesen, doch er wollte seinen körpereigenen Frischespeicher so lange wie möglich im blauen Bereich halten. Tagesplan: Auf jeden Fall seinen Bruder aufsuchen und mit ihm die Krankenunterlagen besprechen. Ihn zu Hofer befragen. Dann mit seinen Salzburger Kollegen Kontakt aufnehmen. Obwohl Schäfer über den renommierten Neurologen bisher relativ wenig wusste, hatte er doch schon genug Erfahrungen mit den typisch österreichischen Verstrickungen in den obersten Etagen von Politik, Justiz, Wirtschaft und Gesundheitswesen gemacht, um sich im Klaren darüber zu sein, dass eine Untersuchung in diesem Fall sehr viel Fingerspitzengefühl und auch Beziehungen benötigte. Schäfer sah das Bild förmlich vor sich: Er müsse in einer wichtigen Angelegenheit mit Dr. Dr. Univ. Prof. Hofer sprechen. Morgen, oder eher übermorgen, da ließe es sich vielleicht einrichten … jetzt sei der Herr Primar gerade bei der Eröffnung der Festspiele … mit dem Herrn Landeshauptmann, dem Bürgermeister, dem Staatsanwalt, dem Unterrichtsminister … Natürlich konnte es auch anders laufen, doch Schäfer ließ sich lieber positiv überraschen als enttäuschen.

Sein Bruder rief zurück: Er sei im Krankenhaus, eine einfache Operationen stehe noch an, dann habe er kurz Zeit für ihn. Schäfer sah auf die Uhr und beschloss, zu Fuß zum Landeskrankenhaus zu gehen. So ließ es sich besser denken, außerdem gefiel es ihm kurzzeitig, sich im Menschengetümmel auf der Getreidegasse als Tourist zu fühlen, den das Alltagsleben rundum wenig anging. Dann wandte er seinen Blick blitzartig einem Passanten zu, der ihrem Phantombild ähnlich sah. Kismet.

Jakob holte ihn am Empfang ab und führte ihn durch zwei Trakte, lange Gänge und über zwei Stockwerke in einen Aufenthaltsraum, der nichts von der sterilen Atmosphäre ringsum hatte.

»Gemütlich hast du's hier«, meinte Schäfer und trat auf den Balkon hinaus, der einen schönen Ausblick auf den Mönchsberg bot.

»Na ja … Stand-by halt … willst du was trinken?«

»Kaffee und Wasser … bitte …«

»Ich habe deine Mail ausgedruckt«, sagte Jakob, während er den Geschirrspüler öffnete und eine saubere Tasse herausnahm.

»Und?«

»Was heißt da ›und‹? … Eine typische Meningoenzephalitis … optimal behandelt, wenn man sich die Folgeuntersuchungen ansieht …«

»Das heißt, Kastor hat keine Folgeschäden davongetragen?«

»Doch, davon gehe ich aus … optimal behandelt heißt ja nicht, dass es dem Patienten optimal geht … die Aufnahmen der Untersuchungen von 1979 zeigen eine Schädigung im Frontallappen … die wird allerdings als abgeheilt bezeichnet … das heißt, keine Erreger mehr … aber ein Schaden …«

»Und mit welchen Auswirkungen?«

»Das ist hier nicht angegeben ... das ist eine rein organische Untersuchung und keine, die sich mit den Folgewirkungen befasst ...«

»Als da wären?«

»Ich bin Chirurg und kein Neurologe oder Psychiater«, erwiderte Schäfers Bruder und stellte die nun volle Kaffeetasse ab.

»Na ungefähr ...«

»Ungefähr, ungefähr«, meckerte Jakob, schob seinen Bruder beiseite und setzte sich an den Computer, der neben der Küchenzeile auf einem Rollwagen stand. »Hörstörungen, Krampfleiden, Hydrozephalus, Hirnnervenlähmungen, Entwicklungsrückstand, Verhaltensstörungen, psychische Defektsyndrome, Ataxien«, zitierte er von einer einschlägigen Seite im Internet.

»So, so«, meinte Schäfer und rührte lange in seinem Kaffee herum. »Diese Gehirnhautentzündung könnte also unter Umständen zu seinem asozialen Verhalten geführt haben ...«

»Da gibt es sicher ein paar Wirrköpfe, die dir da zustimmen, aber ich halte von diesen Theorien nichts ... zumindest nicht im ausschließlichen Sinn. Ein hirnorganischer Defekt kann dein Verhalten verändern, das steht außer Frage, aber er nimmt niemanden aus der Verantwortung für Verbrechen ... schon gar nicht für solche, die dieser Kastor begangen hat ...«

»Bergmann hat mir von einem Fall aus Amerika erzählt, wo ein Mann, dem Antidepressiva verschrieben worden sind, von einem braven Familienvater zum Mörder seiner Schwiegermutter geworden ist ... und die Pharmafirma ist für mitschuldig erklärt worden ...«

»Das ist typisch amerikanischer naiver Kausalismus! Jemand bringt einen um, wird eindeutig überführt, also lässt sein Anwalt ein ganzes Regiment an Gutachtern auffahren, die zwischen der Geburt und dem Mord nach einem Schalter suchen, den jemand anderer umgelegt und damit den Angeklagten zum Mörder gemacht hat. Dann hast du den Alkoholikervater, die Mutter, die zu sehr oder zu wenig liebt, die mobbenden Mitschüler … oder eben eine Gehirnhautentzündung … wenn ich so was schon höre …«

»Reg dich nicht so auf«, bremste Schäfer seinen Bruder ein, »man wird wohl noch nachdenken dürfen. Außerdem gibt es die Anstalten für abnorme Rechtsbrecher aus gutem Grund, das darfst du mir glauben …«

»Davon rede ich ja gar nicht … ich verwehre mich nur gegen diese zunehmenden Entschuldungsversuche … als ob freier Wille und Eigenverantwortung gar nichts mehr zählten …«

»Es geht ja eher um zurechnungsfähig oder nicht … und bei einem Mord wirst du in beiden Fällen weggesperrt, einmal dahin, einmal dorthin …«

»Du redest von den strafrechtlichen Konsequenzen, ich von den moralischen«, beendete Jakob die Diskussion, da sein Pager läutete. »Willst du warten?«

»Nein«, erwiderte Schäfer, »vielleicht komme ich am Abend vorbei.«

»Wir haben heute Gäste …«

»Ja und? Bin ich das schwarze stinkende Schaf oder wie?«

»Du kannst gerne kommen, es ist nur …«

»War ja nur ein Scherz … ich rufe dich an.«

Als Schäfer vom Krankenhaus in Richtung Altstadt ging, fiel ihm ein, dass er vergessen hatte, Jakob nach Hofer zu fragen. Nur wegen dieser sinnlosen Diskussion um Schuld und Verantwortung, ärgerte er sich. Eine Diskussion, die er natürlich nicht zum ersten Mal geführt hatte. Das Verhältnis zwischen Polizei und Gutachtern hatte sich nicht zum Besseren gewendet mit den Fortschritten, die Psychologie und Psychiatrie in diesem Bereich gemacht hatten. Früher hatten vor Gericht zwingende Beweise und ein paar schlimme Tatortfotos gereicht, um einen Verbrecher verurteilen zu können – doch was in den Gerichtssälen der Vereinigten Staaten schon in der Aktentasche jedes gut bezahlten Anwalts steckte, würde in nicht so ferner Zukunft wahrscheinlich auch in Österreich zum Standardrepertoire der Verteidigung gehören: Gehirnstrommessungen, Magnetresonanz, Aufnahmen von Computertomografen, man steckte den Mörder mit ein paar Elektroden am Kopf in die Röhre, zeigte ihm eine Serie von Bildern, und wenn bei einem Kindergeburtstag der falsche Bereich im Gehirn flimmerte oder sich beim Bild eines gefolterten Soldaten das Belohnungszentrum aktivierte, musste die Staatsanwaltschaft plötzlich gegen wissenschaftliche Beweise für einen neurologischen Defekt antreten, der die Aggression des Angeklagten, mangelnde Empathie, herabgesetzte Hemmschwelle und was sonst noch alles erklärte. Nicht dass Schäfer sich diesen Neuerungen grundsätzlich verschloss – aber wer mit ein paar futuristischen Röntgenbildern jemanden für unzurechnungsfähig erklären wollte, der sich Wochen oder Monate nicht hatte fassen lassen, der hatte bei einem Mordermittler keinen guten Stand. Wie auch immer: Kastor hatte kein Gutachter geholfen; er hatte sich selbst als überaus zurechnungsfähig erwiesen, als ihm sein Ausbruch gelang. Schäfers Füße schmerzten vom vielen Gehen auf Asphalt, zudem war er verschwitzt. Er ging zurück in seine Pension, nahm eine Dusche und legte sich nackt aufs Bett. Kastors Akte sollte er sich ansehen, fiel ihm ein. Vielleicht konnte er dem gespenstischen Mosaik danach ein neues Steinchen hinzufügen. Er beugte sich zu seinem Nachtkästchen, nahm seinen Laptop und steckte das Netzkabel an.

Murrend stand er wieder auf, da die DVD, die Schreyer gebrannt hatte, noch in seiner Tasche lag. Dann fuhr er den Computer hoch und legte die DVD ein. Klickte sich durch die zahlreichen Ordner und öffnete schließlich den Bericht eines Jugendpsychologen, dem Kastor 1982 zugewiesen worden war.

26

Paul Kastor wird mir zugewiesen, nachdem er am 25. 8. 1982 gemeinsam mit einem Freund ein Fahrzeug entwendet und mit diesem ein jugendliches Paar angefahren hat, das hierbei schwer verletzt wird. Bei unserer ersten Sitzung gibt sich Paul verschlossen, reagiert sowohl auf allgemeine Fragen als auch auf solche bezüglich des Tathergangs mit stummer und unterdrückter Aggressivität, die sich in seiner Körpersprache und seinen Blicken ausdrückt. Auf die wiederholte Frage nach den Beweggründen für sein Handeln gibt er keine Antwort und wird schließlich so jähzornig, dass die Sitzung abgebrochen werden muss. Eine affektive Störung ist auch in Hinsicht auf andere weniger schwerwiegende aggressive Ausbrüche in den letzten Monaten zu vermuten, wobei sich noch keine Aussagen über einen temporären oder dauerhaften Charakter dieser Störung treffen lassen …

Im Laufe der zweiten Sitzung gelingt eine erste Annäherung, als nicht über die Tat, sondern in allgemeiner Weise über Pauls Leben und seine Familie gesprochen wird. Zu seinen Eltern gibt Paul an, ein sehr gutes Verhältnis zu haben. Obgleich er in der Beschreibung der familiären Beziehungen phrasenhaft spricht und die dabei verwendeten Adjektive (gütig, geduldig etc.) einstudiert wirken, gibt es keine Anhaltspunkte, die auf innerfamiliäre Konflikte schließen lassen. Sowohl Pauls Vater als auch seine Mutter geben glaubhaft an, gegen ihren Sohn nie physische Gewalt angewandt zu haben oder ihn starkem emotionalem Druck ausgesetzt zu haben …

Dritte Sitzung: Paul reagiert auffällig gereizt, als ich ihn eingehender zu seinen schulischen Erlebnissen befrage. Obgleich ihm der Lernstoff keine größeren Probleme zu bereiten scheint und seine Leistungen im besseren Durchschnitt liegen, scheint ihn der Aufenthalt in der Schule zu belasten. Gegen Ende der Sitzung äußert er sich schließlich vage dahingehend, dass er sich wegen seines Sprachfehlers unsicher fühlt. Als ich ihm versichere, dass ich bei ihm keinerlei diesbezügliche Wahrnehmung gemacht habe, wird er unerwartet jähzornig, bespuckt mich und wirft verschiedene Gegenstände von meinem Schreibtisch zu Boden …

Die vierte Sitzung zeigt anfänglich Fortschritte. Zum ersten Mal spricht Paul darüber, dass er Reue und Mitgefühl mit den Opfern des von ihm verursachten Unfalls empfindet. Bezüglich der Wahrhaftigkeit dieser Aussagen lässt sich allerdings kein eindeutiges Urteil bilden, da Paul weder weint, noch seine Emotionen sich in sonstiger Weise zeigen. Eher gewinnt man den Eindruck, dass er sich diese Gefühle aneignen will, da er sie im Laufe unserer Sitzung und wohl auch im Gespräch mit seinen Eltern als eine notwendige und von ihm verlangte Reaktion auf seine Tat anerkennt …

In der fünften Sitzung versuche ich abermals, auf den von Paul erwähnten Sprachfehler einzugehen und herauszufinden, welches Leiden er hierbei imaginiert. Hiervon muss ausgegangen werden, da weder Lehrer noch Familienangehörige irgendwelche Anzeichen einer derartigen Störung je bemerkt haben. Im Laufe des Gesprächs bestätigt sich meine Vermutung, dass Paul sich als Stotterer fühlt. Auch eine Reihe von Sprachtests, die Paul fehlerlos bewältigt, kann ihn nicht von dieser Überzeugung abbringen. Vor der sechsten Sitzung bespreche ich mich mit Dr. Hofer, der eine hirnorganische Un-

tersuchung nahelegt, um eventuelle Anzeichen einer epileptischen Störung zu erkennen …

Schäfer überflog die folgenden Seiten, notierte sich den Namen des Psychologen und schloss das Dokument. Er wollte seine Zeit nicht mit den hölzernen Phrasen eines Schultherapeuten verschwenden. Den Namen des Schulfreundes, mit dem Kastor den Wagen gestohlen hatte, mussten sie herausfinden … und sei es nur, um ein weiteres Schlechtes ins Kröpfchen zu werfen. Was Schäfer mehr zu denken gab, war Hofers abermalige Erwähnung – war der zu dieser Zeit nicht in Magdeburg gewesen? Er schrieb eine E-Mail an Kovacs mit der Bitte, den Psychologen zu befragen und Hofers Aufenthalte in den betreffenden Jahren zu klären. Warum er sich immer noch weigerte, den Neurologen selbst zu befragen, konnte sich Schäfer nicht erklären. Vielleicht konnte ihm sein Bruder ja weiterhelfen. Er nahm sein Handy. Als sich niemand meldete, legte er auf und versuchte es am Festnetz. Jakobs Frau hob ab, erinnerte ihn daran, dass sie Gäste hatten, und holte dann ihren Mann ans Telefon.

»Wenn du schon nicht hier stören kannst, dann wenigstens aus der Ferne, oder?«

»Entschuldigung … nur kurz: Ich wollte dich am Nachmittag eigentlich ein paar Sachen zu Gernot Hofer fragen …«

»Und was genau?«, fragte Jakob skeptisch.

»Wie er ist … wie ich an ihn herankomme …«

»Wieso willst du an ihn herankommen? … Okay, ich verstehe, die Krankenakte … also am besten rufst du einfach an und lässt dir einen Termin geben …«

»Das will ich aber noch nicht …«

»Wieso nicht? Der tut dir schon nichts … Hofer ist ein Guter, der hat mehr für die Klinik getan als …«

»Ja, und seine Stiftungen, und seine karitativen Projekte …«

»Ich verstehe nicht, wieso du dich darüber lustig machst …«

»Tu ich nicht. Ich will nur vorher ein paar zusätzliche Fakten sammeln, bevor ich ihm gegenübertrete … bis jetzt habe ich ja so gut wie gar nichts, was ich ihn fragen könnte …«

»Was willst du dann eigentlich von ihm?«

»Weiß ich noch nicht genau … ich muss einfach alle möglichen Zusammenhänge überprüfen … vielleicht ergibt sich was draus …«

»Reden wir später … ich kann jetzt nicht …«

»Gut«, erwiderte Schäfer, legte sich aufs Bett und schloss die Augen.

»Wieso träume ich von Kühen, die auf Hüpfbällen herumspringen?«, fragte er benommen ins Handy, das ihn aus dem Schlaf gerissen hatte.

»Wie bitte? … Ich bin's, Bergmann, nicht Ihr Therapeut …«

»Schade … wie spät ist es?«

»Kurz nach acht … haben Sie schon geschlafen?«

»Nur ein kurzes Energienickerchen«, meinte Schäfer und vergewisserte sich mit einem Blick auf die Uhr, dass er tatsächlich über eine Stunde geschlafen hatte. »Alles okay bei Ihnen? Sind Sie noch im Krankenhaus?«

»Ja, morgen werde ich entlassen … ich wollte Ihnen noch was sagen … also, Punkt eins: Mladic hat doch Kamp gegenüber mehrfach von einem Dabar gesprochen, was wir als Biber übersetzt haben … aber wenn man das ins Französische übersetzt …«

»Warum?«

»Weil Mladics Mutter Französin war und er selber, wenn er besoffen war, immer wieder so dreisprachig daherfantasiert hat … auf jeden Fall heißt Biber auf Französisch Castor! … Ah, Schwester, früh sind Sie heute dran …«

Schäfer setzte sich auf und rätselte, welche Medikamente Bergmann verabreicht worden waren.

»Sehr schön, gute Arbeit, Bergmann … und Punkt zwei?«

»Ja, Sie wollten doch etwas über diesen Hofer wissen, den Sohn vom Nazidoktor …?«

»Ja, aber ich wollte es von Kovacs wissen … Sie sollen sich ausruhen und schonen …«

»Mache ich doch … aber hören Sie zu: Gernot Hofer, also der Junior, hat 1992 die Leitung dieser Neuroklinik in Großgmain übernommen … und wen hat er an seine Seite geholt?«

»Was wen? Wird das jetzt eine Rätselstunde?«

»Max Bienenfeld! Der als kleines Kind am Spiegelgrund interniert war und von Hofers Vater fast ermordet worden ist … der vor knapp einem Monat in besagter Klinik an Herzversagen gestorben ist!«

»Hm«, machte Schäfer, der noch nicht wach genug war, um den Hochgeschwindigkeits-Ausführungen seines Assistenten zu folgen. »Und was sagt uns das?«

»Wie, was sagt uns das? Hofer senior: Nazi. Opfer eins, Hermann Born: Nazi. Hofer junior und Max Bienenfeld, Naziopfer, arbeiten gemeinsam in einer Klinik in Großgmain, zehn Kilometer von der Stelle entfernt, wo sich Kastor erschossen hat … der Kastor, den Hofer junior als Kind behandelt hat … und dann Bienenfelds Tod, kurz bevor unser Mörder in Aktion tritt … also bitte!«

»Ja, danke, Bergmann, dem werde ich auf jeden Fall nachgehen … schlafen Sie sich aus, wir hören uns morgen.«

Schäfer legte auf und öffnete das Fenster, um frische Luft in den stickigen Raum zu lassen und die letzten wirren Traumschwaden aus seinem Kopf zu vertreiben. Kühe auf Hüpfbällen … das war interessant … schließlich hielten sich die Tiere dabei an zwei Gummigriffen fest, die an ihre eigenen

Euter erinnerten. Ah, diese verworrenen Wege, diese fehlgeleiteten Meridiane, warum gab es hier keinen Wedekind, der ihm das ins Fließen bringen konnte ... Wedekind, schräger Vogel, fehlte nur noch, dass der sich auch in ihren Fall einzuschleichen begann ... so wie Bienenfeld ... der verfolgte ihn nun schon seit dem Tag, als er mit seinem Bruder telefoniert hatte. Als der auf Bienenfelds Beerdigung gewesen war. Gernot Hofer hatte also Max Bienenfeld zu sich in die Klinik nach Großgmain geholt ... den Mann, den sein Vater beinahe ermordet hatte ... wieder so eine Wiedergutmachungsgeschichte ... dieser Hofer tat offenbar wirklich alles, um das böse Karma seines Vaters abzuarbeiten ... nur: Was hatte Bienenfeld mit diesem Fall zu tun? In Kastors Krankenakte war er nicht erwähnt, und nur weil er ein Naziopfer war und der ermordete Born ein Hitlerfan ... mit dem zeitlichen Zusammentreffen hatte Bergmann natürlich recht ... aber Jakob hatte ihm versichert, dass Bienenfeld an Herzversagen gestorben war ... musste er jetzt dessen Tod auch noch untersuchen?

Schäfers Magen knurrte. Er schrieb eine SMS an Kovacs mit der Bitte, Informationen über Max Bienenfeld einzuholen, dann schob er seine Dienstwaffe unter die Matratze und ging in die Gaststube hinunter. Bis auf ein paar Würstel oder einen Toast konnte ihm die Wirtin nichts anbieten. Schäfer entschied sich für die Würstel, bestellte ein Bier dazu und setzte sich mit einer Tageszeitung an einen freien Tisch. Er schlug die Doppelseite mit dem Fernsehprogramm auf und überprüfte, welchen Schwachsinn er sich im Flughafenhotel ansehen würde. Auf arte gab es einen Themenabend zum Islam. Ein Beitrag befasste sich mit den Ehrenmorden, was Schäfer an den Türken erinnerte, hinter dem sich bald die Gefängnistüren schließen würden. Das tote Mädchen kam ihm unweigerlich in den Sinn, fast nackt, mit dem Messer in der Brust, die Aufnahmen der Einstiche … irgendetwas stimmte nicht an diesem Bild … eine Fälschung … aber wie und von wem? … wenn es die Zeit zuließ, würde er sich morgen noch einmal die Tatortfotos ansehen. Ach, sollte sich Bruckner darum kümmern … er musste mit Hofer reden … wenn der wirklich so ein Heiliger war, würde er doch kaum was dagegen haben, der Polizei ein paar Fragen zu beantworten.

27

Verdoppelt man die Dosis, reicht der Vorrat nur die Hälfte der Zeit, ganz einfache Gleichung. Schäfer sah auf die beiden leeren Blisterstreifen und fragte sich, wo er so schnell ein neues Rezept herbekäme. Sein Bruder? Nein. Das würde kompliziert werden. Einfach in die Apotheke gehen und seinen Ausweis herzeigen? Hofer, den könnte er fragen, wenn er sich endlich dazu durchränge, ihn anzurufen. Also. Er gab die Nummer ein, als ihn gleichzeitig einer der Salzburger Kollegen anrief: Sie hätten den Großteil der Unterlagen, um die er sie gebeten habe. Gut, in einer halben Stunde werde er bei ihnen sein. Er zog sich an, verließ die Pension und versuchte, sich zu erinnern, wo er den Dienstwagen abgestellt hatte. Zehn Minuten später fand er ihn, versehen mit einem Strafzettel. Den würde er diesmal selbst bezahlen, nahm er sich vor, und legte ihn ins Handschuhfach.

In der Polizeidirektion hatten sie ihm ein kleines Frühstück bereitgestellt. Während Schäfer seine Semmel bestrich, teilte ihm einer der beiden anwesenden Polizisten die Ergebnisse ihrer Ermittlungen mit. Kastor war an jenem Tag, als sie ihn umstellt hatten und er sich die neun Millimeter Vollstahl quer durchs Gehirn geschossen hatte, ins Unfallkrankenhaus Salzburg eingeliefert und sofort auf die neurologische Abteilung gebracht worden. Dort hatten die Ärzte noch kurz versucht, ihn zu reanimieren. Um 16:32 Uhr wurde er offiziell für tot erklärt. Danach: Gerichtsmedizin, Obduktion, Freigabe der Leiche, Einäscherung.

»Wer hat den Tod bestätigt?«

»Ein Doktor Marxgut ... der Notarzt, der ihn hergebracht hat ...«

»Habt ihr mit dem gesprochen?«

»Noch nicht ... der lebt seit acht Jahren in Kanada ...«

»Gut ... wer war der Gerichtsmediziner?«

»Doktor Clemens Schalk ... ist schon seit ein paar Jahren in Pension, lebt in einem Seniorenheim.«

»Schreibt mir bitte die Adresse auf ... mit dem will ich auf jeden Fall reden ...«

Gegen elf verließ Schäfer die Polizeidirektion. Im Wagen rief er Hofer an und hinterließ eine Nachricht auf dessen Anrufbeantworter. Dann nahm er die Stadtkarte, die ihm seine Kollegen gegeben hatten, breitete sie auf seinem Schoß aus und suchte die Adresse des Seniorenheims, in dem der ehemalige Gerichtsmediziner wohnte. Anif, gar nicht weit von seinem Bruder entfernt – hatte der beim Hausbau schon ans Alter gedacht? Das würde er bei ihrem nächsten Treffen in einen Witz ummünzen.

Kaum eine Viertelstunde später parkte er vor dem Seniorenheim. Musste gut verdient haben, der Doktor Schalk – die Empfangshalle des Heims sah nach Liechtensteiner Bank aus und roch kein bisschen nach alten Menschen. Er ging zur Rezeption und fragte nach Clemens Schalk. Die Empfangsdame reichte ihm eine Besucherliste, in die sich Schäfer spontan unter falschem Namen eintrug. Hektor Maria Müller, las die Frau leise vor und lächelte ihn an, als ob sie ein Geheimnis teilten; ein Pfleger würde ihn zu Herrn Schalk bringen. Jener stand kurz darauf neben Schäfer und führte ihn in den Park; mit dem Hinweis, dass Herr Schalk heute keinen guten Tag habe, worunter sich Schäfer wenig vorstellen konnte. Der ehemalige Gerichtsmediziner saß auf einer Bank im Schatten einer mächtigen Ulme, neben einem Schachfeld aus Steinplatten, und sah zwei älteren Männern beim Spiel zu.

»Herr Schalk?«, begrüßte Schäfer ihn und wartete, bis der Mann ihn aufforderte, sich zu setzen.

»Kriegen wir frühestens morgen wieder … frühestens!«

Schäfer blieb verdutzt stehen und setzte sich dann. Kein guter Tag, er ahnte, was der Pfleger gemeint hatte.

»Herr Schalk, ich bin von der Polizei und würde Ihnen gerne ein paar Fragen stellen …«

»Frühestens morgen, eher erst gegen Ende der Woche!«

»Sie kennen Doktor Hofer«, versuchte Schäfer die direkte Herangehensweise, »Sie haben mit ihm gearbeitet, am Unfallkrankenhaus.«

»Das kann ich Ihnen nicht sagen, da müssen Sie morgen wiederkommen«, winkte Schalk kopfschüttelnd ab.

Schäfer sah ihn an und versuchte einzuschätzen, ob ihm der alte Mann etwas vormachte.

»Sie haben Paul Kastor obduziert.«

Schalk wandte sich ihm zu und sah ihm angestrengt in die Augen. Etwas bewegte sich, war Schäfer sicher, irgendetwas war in Gang gekommen, doch es schien zu verschüttet, als dass der alte Mann es an die Oberfläche bringen konnte. Schäfer drückte ihm die Hand, stand auf und machte sich auf die Suche nach dem Pfleger, den er bei einem Pavillon fand, wo er sich mit einer alten Frau unterhielt.

»Was genau fehlt ihm?«, wollte Schäfer wissen, nachdem die beiden ihr Gespräch beendet hatten.

»Alzheimer … aber so schlecht wie in den letzten Tagen war es schon lange nicht mehr.«

»Ist irgendetwas Außergewöhnliches vorgefallen?«

»Nein … Sie sind von der Polizei, stimmt's?«

»Ja … wäre hilfreich, wenn Sie das einstweilen für sich behielten.«

»Kein Problem … was wollen Sie denn von ihm?«

»Das, was er nicht hat … eine Erinnerung.«

»Vielleicht sollten Sie mit Doktor Hofer reden, der kann Ihnen bestimmt weiterhelfen …«

»Wieso?«

»Das ist sozusagen sein Leibarzt … kommt einmal die Woche, um nach ihm zu sehen.«

»Und er kümmert sich auch um die Medikation?«

»Natürlich … Doktor Hofer ist einer der angesehensten Spezialisten auf diesem Gebiet …«

»Danke.«

Schäfer ging zurück auf den Parkplatz. Schon wieder Hofer, kein Schritt, ohne über dessen Namen zu stolpern. Er setzte sich in den Wagen und rief Kovacs an. Sie sollte den Schulpsychologen ausfindig machen, der Kastor damals betreut hatte. Dann einen Doktor Clemens Schalk überprüfen. Ob der in irgendeinem Zusammenhang mit Born oder Schröck stehe, Mladic könnten sie wohl vergessen. Und Schreyer solle ihm bitte alles zusammentragen über Max Bienenfeld, ehemals Doktor an dieser Neuroklinik in Großgmain. Wieso hatte das Bergmann schon gemacht? Eigeninitiative, aha, na wenn Kamp das gutheiße, habe er nichts dagegen, zurzeit habe ja der Oberst in diesem Fall das Sagen.

Missmutig legte Schäfer auf. Bergmann, der hinterfotzige Streber! Glaubt, dass er machen kann, was er will, nur weil er im Krankenstand ist und mit irgendwelchen bewusstseinserweiternden Opiaten zugedröhnt. Eigeninitiative am Arsch, der war spitz darauf, den Fall zu lösen, während er hier in Salzburg neben sabbernden Halbzombies auf der Gartenbank saß. Aus dem Schussfeld nehmen … wegen des Besuchs dieses Türken … jaja, Herr Oberst, aus den Augen, aus dem Sinn, das hatte Kamp mit ihm gemacht, nur wegen dieses …

Schäfer stieg aus dem Wagen und suchte den Parkplatz nach Zigaretten ab. Keine einzige halb gerauchte war doch nicht möglich, gerade beim Einsteigen warfen doch viele Menschen, die im Auto nicht rauchten, mehr als einen Stummel weg. Als eine Frau im Ärztekittel über den Parkplatz ging, richtete er sich schnell auf, rief ihr »Kontaktlinse!« zu und stieg wieder in seinen Wagen. Ich brauche meine Tabletten, sagte er sich, nachdem er ein paarmal tief durchgeatmet hatte. Er war sich nicht einmal mehr sicher, sie am Vortag genommen zu haben. Zum Frühstück schluckte er sie normalerweise, doch in dieser beschissenen Pension, ruhig!, mahnte er sich, alles unter Kontrolle, ist alles nur wegen des plötzlichen Absinkens des Serotoninspiegels im Gehirn, da kamen dann die Ängste und die Unruhe und die Zwangsgedanken verstärkt wieder, alles nur im Kopf, hatte er sich nicht letztes Jahr eingebildet, dass ein Serienmörder hinter ihm her wäre? Und, was war gewesen? Wieso sollten Kamp und Bergmann denn plötzlich Interesse haben, ihn loszuwerden, das ergab überhaupt keinen Sinn, andererseits: Bergmann hatte ihn im Krankenhaus beschimpft, seine Hemmschwelle war gebrochen worden, quasi in Narkotikum veritas, also hegte er doch einen versteckten Groll gegen seinen Vorgesetzten, er sollte seinen Therapeuten anrufen, Sie kontaktieren mich sofort, wenn es Ihnen nicht gut geht, Herr Schäfer, hatte dieser ihn wiederholt ermahnt, rund um die Uhr. Schäfer nahm sein Handy, drückte sich durchs Adressbuch und rief schließlich Gernot Hofer an, der diesmal sogar abhob.

Zu Schäfers Überraschung erklärte sich Hofer bereit, ihn noch am selben Nachmittag zu empfangen, in seiner Wohnung in der Altstadt. Er habe nur eine gute Stunde Zeit, aber einem Kollegen von Oberstleutnant Schranz stehe er natürlich jederzeit gerne zur Verfügung, am besten der Major parke in der Mönchsberggarage und gehe dann zu Fuß weiter, in die Pfeifergasse seien das nur gut zehn Minuten.

Schäfer bedankte sich und legte auf. In einer Stunde. Und bis dahin? Er neigte den Kopf und roch an seinen Achseln. Nein, duschen musste er noch nicht. Er ließ den Motor an, drehte das Radio auf und rollte vom Parkplatz. An der Ausfahrt nahm er die Landstraße stadtauswärts. Eine halbe Stunde ziellos und ohne viel Verkehr dahinkutschieren, sich vom Motorengeräusch und der vorbeiziehenden Landschaft einlullen lassen, das würde ihn beruhigen, bei Babys funktionierte das schließlich auch.

Um Viertel vor drei war er in der Pfeifergasse und spazierte vor dem Haus auf und ab, in dem Hofer wohnte. So um drei hatte der gemeint; also wäre er sicher nicht verärgert, wenn Schäfer früher auftauchte. Doch diese Psychiater und Psychologen und Psychotherapeuten mussten ja immer alles interpretieren, und ganze fünfzehn Minuten zu früh, das sah vielleicht nach … nach Ungeduld oder nach einer bestimmten Polizeimethode oder was auch immer aus. Um fünf vor drei läutete Schäfer und nahm die Stiegen ins Dachgeschoss. Hofer sah anders aus, als Schäfer ihn von den paar Bildern aus dem Internet kannte. Gar nicht der weiße Gott, vielmehr ein flügelgestutzter Engel nach einer Vierundzwanzig-Stunden-Schicht in der Unfallaufnahme, blass, schwach, rote Äderchen in den Augen.

»Major Schäfer, angenehm … kommen Sie herein … sollen wir uns auf die Terrasse setzen oder lieber drinnen?«

»Ganz, wie Sie wollen … wenn Sie einen Sonnenschirm haben, können wir gerne hinausgehen …«

»Natürlich, ist sogar schon aufgespannt … gehen Sie schon mal vor … da vorne durchs Arbeitszimmer und dann links … ich hole uns etwas zu trinken … Saft, Wasser, ein Bier?«

»Am liebsten Wasser, danke.«

Schäfer widerstand dem Drang, die auf dem Schreibtisch des Arztes liegenden Dokumente zu überfliegen, und ging direkt auf die Glasschiebetür zu. Das war die Terrasse eines der führenden Neurologen Österreichs? Keine zehn Quadratmeter, verwitterte Waschbetonplatten, zwei dieser Achtzigerjahre-Stühle mit Wäscheleinenbezug, ein Werbesonnenschirm einer Brauerei, Aussicht auf das Nachbarhaus und, wenn man sich selbstmörderisch vorbeugte, ein Stück der Domkuppel.

»Bescheiden, ich weiß«, schien Hofer die Gedanken seines Gastes erraten zu haben, als er mit einem Krug und zwei Gläsern auf die Terrasse trat, »aber bei diesen Mietpreisen, und wenn man ohnehin so selten zu Hause ist, wäre was Größeres ein unnötiger Luxus, oder?«

»Bescheidenheit ist nicht die schlechteste der Tugenden«, erwiderte Schäfer, nahm sein Glas entgegen und setzte sich.

»Richtig, richtig ... also, Herr Major, in medias res ...«

» ... non secus ac notas auditorem rapit ...«

»Oha, Sie haben den Horaz aber gut gelernt ... ein Steckenpferd?«

»Nicht wirklich, Lateinlehrer mit Vollglatze und Totschlägerblick, Spitzname Colonel Kurtz ...«

»Ich verstehe«, meinte Hofer lächelnd, »also, womit kann ich Ihnen weiterhelfen?«

»Ich ermittle im Fall Hermann Born ... der Name sagt Ihnen was?«

»Dieser Politiker ... der kürzlich ermordet worden ist ... ja, ich habe davon gehört.«

»Haben Sie ihn gekannt?«

»Nein ... wir sind uns wohl ein paarmal flüchtig begegnet ... zu bestimmten Anlässen lässt sich das manchmal nicht vermeiden … beim Opernball oder während der Festspiele …

»Das klingt nicht nach Sympathie …«

»Sie sind offensichtlich ein gebildeter Mann, Herr Schäfer. Also reden wir bitte nicht um den heißen Brei herum. Mein Vater war eine der abscheulichsten Figuren der Nazizeit, das wissen Sie bestimmt … Borns Vater war Standartenführer bei der SS, und nach dem Krieg sind die beiden am selben Stammtisch gesessen und haben von glorreichen Zeiten gegrölt, ohne dass ihnen irgendwer den Prozess gemacht hätte … und Borns Sohn hat in gleicher Manier weitergemacht … wer für solche Menschen Sympathie aufbringt, ist krank oder schlichtweg böse …«

Schäfer nahm einen Schluck aus seinem Glas, schwieg, bis sich Hofers zittrige Hände wieder beruhigt hatten und die Ader an seiner Schläfe unsichtbar wurde. Krieg mir bloß keinen Infarkt hier oben, sagte Schäfer in sich hinein, dann, an Hofer gewandt:

»Hermann Born ist eines von zwei Mordopfern, die wir demselben Täter zuschreiben … der zweite Tote ist ein gewisser Mladic, ein Serbe mit Verbindungen zum organisierten Verbrechen …«

»Dieser Name sagt mir gar nichts …«

»Das glaube ich Ihnen … Mladic scheint auch in keinerlei Verbindung zu Born gestanden zu haben …«

»Außer dass er vom selben Täter ermordet wurde, wie Sie gesagt haben …«

»Richtig … und genau das hat auch die Ermittlungen bisher sehr schwierig gemacht … kein Motiv, so gut wie sicher kein politischer Hintergrund …«

»Aber warum sind Sie dann bei mir?«

Schäfer wandte den Blick ab, zögerte einen Moment.

»Ab hier sprechen wir von Ermittlungsergebnissen, die

den Medien vorenthalten worden sind«, fuhr er fort, »also, am besten, Sie behandeln diese Informationen, als ob ich Ihr Patient wäre …«

»Das kann ich nicht, weil Sie das nicht sind, aber ich verspreche Ihnen, zu schweigen …«

»Wie auch immer … am zweiten Tatort, in Mladics Wohnung, haben wir Haare gefunden, die mit der DNS von Paul Kastor übereinstimmen …«, sagte Schäfer und ließ Hofer nicht aus den Augen.

»Paul Kastor? … *Der* Paul Kastor? … Aber … das ist wohl ein übler Scherz, da will Sie jemand … wieso sollte so viele Jahre nach … nach dessen Tod … Haare haben Sie gesagt?«

»Richtig … ist das von Bedeutung?«

»Nein … ja … wenn es Blut wäre … also dass … Haare sind einfacher aufzubewahren, ganz einfach …«

»Sie haben Kastor als Kind behandelt, richtig?«

»Ja … die Akten sind …«

»Die habe ich schon … ich habe auch mit einem Arzt über diese Meningoenzephalitis gesprochen … allerdings mit einem Chirurgen, der nicht mehr sagen konnte, als dass die Behandlung sehr gut war …«

»Na ja«, erwiderte Hofer, »schön, wenn das ein Kollege sagt … aber ich bin da anderer Meinung … zwar ist er nicht gestorben, was bei der Schwere seiner Erkrankung … aber Sie wissen ja selber, wie es mit ihm weitergegangen ist …«

»Aber das ist ja nicht Ihre Schuld …«

»Schuld ist kein medizinischer Terminus … Verantwortung trifft es eher … nein … damals war ich halt noch viel, wie soll ich sagen, utopischer, gutgläubig … überheblich vielleicht auch …«

»Ich verstehe Sie nicht ganz. Haben Sie geglaubt, also nachher, dass Sie mit einer besseren Behandlung seines Hirnschadens, dass Sie hätten verhindern können, dass Kastor zum

Mörder wird … Ich meine, so genau kenne ich mich da auch nicht aus, aber vor Gericht hätten Sie damals keine guten Chancen gehabt, ihn wegen einer Gehirnhautentzündung für unzurechnungsfähig erklären zu lassen …«

»Darum ist es mir doch nie gegangen … so weit hätte es nicht kommen dürfen …«

Hofer stand auf und stützte seine Hände auf die Brüstung. Nachdem er bestimmt fünf Minuten schweigend auf das Haus gegenüber gestarrt hatte, meinte Schäfer vorsichtig:

»Ähm, wieso … ich habe den Eindruck, dass Ihnen die Sache mit Kastor immer noch sehr nahegeht … aber das ist ja nicht gestern passiert … ich meine: Sie haben seitdem doch bestimmt ein paar tausend Patienten behandelt …«

»Verzeihen Sie«, erwiderte Hofer und setzte sich wieder, »manche Dinge wühlen einen eben auf, egal, wie lang sie her sind … das geht Ihnen doch sicher genauso, oder?«

»Ja … als uns die Spurensicherung gesagt hat, dass die DNS auf Kastor passt, sind meinem Chef auch die Krallen ausgefahren … aber der war dabei, als sich Kastor in den Kopf geschossen hat … Sie haben ja mit Kastor später nichts mehr zu tun gehabt, oder?«

»Wann ich ihn zuletzt untersucht habe, weiß ich jetzt nicht genau … da müsste ich in den Unterlagen nachsehen … Ende der Achtziger vermutlich … aber ich weiß jetzt immer noch nicht, wie ich Ihnen bei diesen Mordfällen helfen kann …«

»Wer auch immer diese Haare am Tatort platziert hat, muss eine Beziehung zu Kastor oder seinem nahen Umfeld gehabt haben … es ist eine Botschaft, aber wir können sie nicht entschlüsseln … wir vermuten, dass Mladic und Kastor Komplizen bei verschiedenen Verbrechen waren … bei Hermann Born tappen wir völlig im Dunkeln … es bleibt uns also nichts übrig, als alle Personen zu überprüfen, die mit Kastor und seinen Verbrechen zu tun gehabt haben, und zu hoffen, irgendwo einen Treffer zu landen ...«

»Ich glaube, dass ich Sie da enttäuschen muss ...«, sagte Hofer nun wesentlich gefasster. »Seine Eltern sind tot ... Geschwister gab es keine ... über sein späteres soziales Umfeld kann ich Ihnen gar nichts sagen ...«

»Vorher haben Sie gemeint, dass Sie sich schuldig an Kastors Entwicklung gefühlt hätten ...«

»Ja ... und?«

»Hat Ihnen irgendwann noch wer anderer diese Schuld unterstellt?«

»Weshalb? ... Sie meinen ... aber das ist doch absurd ... dass sich jemand rächen will an mir, weil ich Paul damals nicht habe helfen können ... fünfzehn Jahre nach seinem Selbstmord ... also bitte ...«

»War nur eine Hypothese ...«

»Ja ...«

»Haben Sie vielleicht eine?«

»Eine was?«

»Eine Theorie, warum jemand Kastors Haare dort platziert hat?«

»Nein ... ich bin Mediziner, kein Kriminalist.«

»Sie waren nicht der Einzige, der sich damals um Kastor gekümmert hat ... ich habe das Protokoll eines Schulpsychologen gelesen ...«

»Welebil? ... Wahrscheinlich, ja ... Psychologe und Religionslehrer ... nicht, dass diese Kombination grundsätzlich abzulehnen wäre, aber in seinem Fall ... ein völliger Kretin, verzeihen Sie den Ausdruck ...«

»Wissen Sie, was er heute macht?«

»Keine Ahnung ... den Posten als Schulpsychologe hat er jedenfalls verloren, nachdem ich und einige Eltern interveniert haben ...«

Aus der Wohnung drang das Läuten eines Telefons. Hofer entschuldigte sich und ging hinein.

»Ich muss Sie jetzt leider entlassen«, meinte er nach seiner Rückkehr, »der Preis des Ruhms … dass so viele mitnaschen wollen …«

»Festspiele?«

»Richtig … also dann, Herr Schäfer … lassen Sie mir doch Ihre Nummer hier, dann rufe ich Sie an, falls mir noch etwas einfällt …«

»Gerne«, Schäfer nahm eine Visitenkarte aus seinem Portemonnaie und reichte sie Hofer. »Bevor ich's vergesse: Könnten Sie mir ein Rezept ausstellen?«

Hofer sah ihn überrascht an.

»Für Sie?«

»Ja, leider.«

»Was brauchen Sie denn?«

»Seroxat und Lamictal.«

»Bipolar?«

»Na ja, ein Burn-out letztes Jahr und …«

»Bei wem sind Sie in Behandlung?«

»Ähm, Doktor Breuer … in Wien …«

»Ach … na, dem kann ich vertrauen … welche Dosierung hat er Ihnen verordnet?« Hofer trat hinter seinen Schreibtisch, zog eine Schublade auf und holte einen Rezeptblock heraus.

»Zwanzig Milligramm bei den Seroxat, aber da nehme ich jetzt dreißig, und …«

»In Rücksprache mit Doktor Breuer?«, wollte Hofer wissen, der aus der Rolle des Befragten umgehend in die des strengen Arztes gewechselt hatte.

»Nein, nicht wirklich«, antwortete Schäfer, worauf Hofer das Rezept schrieb und dabei leicht den Kopf schüttelte.

»Seien Sie bitte vorsichtig mit dieser Art der Selbstmedikation … ich will Sie ja nicht belehren, aber so hilfreich diese Mittel sind, so schnell können sie einen Zustand verschlimmern, wenn sie falsch eingesetzt werden, das ist Ihnen bewusst, oder?«

»Na ja … ja … ich werde mich daran halten.«

»Ich vertraue Ihnen … wenn Ihnen etwas zustößt, will ich nicht daran schuld sein, nur weil ich Sie ohne Vorgespräch mit diesen Medikamenten versorgt habe …«

»Schuld ist doch kein medizinischer Terminus«, versuchte Schäfer aus der Rolle des fahrlässigen Patienten zu schlüpfen.

»Sie wissen schon, wie ich es meine«, entgegnete Hofer bestimmt, »wenn es Ihnen schlechter geht, kontaktieren Sie auf jeden Fall Doktor Breuer … oder auch mich, gut?«

»Ja, danke.« Schäfer zog Hofer das Rezept aus der Hand und verabschiedete sich.

28

Auf der Suche nach der nächsten Apotheke fiel Schäfer ein, dass er vergessen hatte, Hofer nach Bienenfeld zu fragen. Der war schließlich sein Mitarbeiter gewesen. Und bestimmt auch ein enger Vertrauter – nach der schaurigen Geschichte, die sie beide verband. Dessen Tod musste ihn doch ziemlich mitgenommen haben. Fröhlich hatte der Doktor ohnehin nicht gewirkt, gestand sich Schäfer ein. Bis zu jenem Zeitpunkt, als er ihn nach dem Rezept gefragt hatte, wäre er bei einem Psychiatrie-Schnelltest »Wer ist Patient, wer Doktor?« eher für Ersteres gehalten worden. Wirklich schlau war er nicht aus ihm geworden. Er wirkte aufrichtig, das schon. Aber auf irgendeine Weise war er in den Fall verstrickt, zu viele Fäden, die bei ihm zusammenliefen; und auch wenn er nicht gelogen hatte, war sich Schäfer sicher, dass er ihm zumindest etwas verheimlicht hatte.

»Über die Einnahme wissen Sie Bescheid?«, holte ihn die Apothekerin forsch aus seinen Gedanken.

»Ja, zwei am Morgen mit einer Tasse Wodka.« Diese fortwährende Bevormundung ging ihm auf die Nerven, er war doch kein Methadon-Lurch, der zitternd und unter den gestrengen Blicken der Pharmazeutin seine Substitute hinunterspülte.

»Und auf zwanzig«, erwiderte die Frau emotionslos, »die Rechnung?«

Schäfer spazierte durch die Judengasse, schaute in ein paar Auslagen, kaufte sich an einem Kiosk eine überteuerte Flasche Mineralwasser und setzte sich damit an den Rand der Pferdeschwemme. Er drückte jeweils eine Tablette aus den Blisterstreifen und schluckte sie. Schon wieder musste er daran denken, wie gut ihm jetzt eine Zigarette täte. Als sein Blick suchend über das Kopfsteinpflaster zu gleiten begann, nahm er das Handy heraus und rief Kovacs an. Ob es irgendwas Neues gebe und warum er dann keine regelmäßigen Updates erhalte. Ohne auf seine schnippische Art einzugehen, gab sie ihm die jüngsten Ermittlungsergebnisse weiter. Alles, was sie und Schreyer in Bezug auf Bienenfeld gefunden hätten, sei bereits am Vormittag in einer E-Mail an ihn gegangen. Wichtig in diesem Zusammenhang sei vielleicht, dass Borns Vater, der SS-Scherge, verantwortlich für die Deportation der Familie Bienenfeld gewesen sei, und damit auch für die Internierung der Kinder auf dem Spiegelgrund. Der Schulpsychologe, der Kastor betreut habe, sei in Pension und wohne jetzt in Innsbruck. Außerdem hätten sie die Liste der Personen, die Kastor während seiner U-Haft besucht hätten, durchgesehen. Dabei seien sie auf eine Frau namens Anke Gerngross gestoßen. Und, wer ist das?, fragte Schäfer barsch, neidisch, wie rasch die Ermittlungen seiner Wiener Kollegen voranschritten. So weit seien sie noch nicht, gestand Kovacs ein, was ihren Vorgesetzten besänftigte, der versprach, die E-Mail so bald wie möglich anzusehen und sich am Abend wieder zu melden. Ob es denn bei ihm etwas Neues gebe, wollte Kovacs abschließend wissen. Hofer, immer wieder Hofer, antwortete Schäfer ausweichend, nein, nichts, das sie irgendwie weiterbrächte.

Er nahm ein Stofftaschentuch aus seiner Jacketttasche, wischte sich damit den Staub von den Schuhen und ging zur Mönchsberggarage, um den Laptop aus dem Wagen zu holen. Bergmann hatte ihm erst zwei Wochen zuvor angeboten, ihm sein Handy so einzustellen, dass er damit E-Mails empfangen und Dokumente via Bluetooth auf den Computer überspielen konnte. Wozu das denn, hatte Schäfer geantwortet und nahm sich nun fest vor, diese technische Revolution demnächst anzugehen. So saß er wenig später abermals in einem geschmacklosen Bistro mit WLAN, bestellte das Tagesgericht und rief seine E-Mails ab. Nach der Menge an Anhängen zu urteilen, die Kovacs gesandt hatte, musste die Gruppe ihr Privatleben auf Nahrungsaufnahme und -ausscheidung beschränkt haben. Schäfer überflog die Dokumente, speicherte sie ab und öffnete dann ein PDF mit dem Titel »Bienenfeld-Biografie«. Danke, Bergmann, murmelte Schäfer, als er die erste Seite sah, die eindeutig die übersichtliche Formatierung seines Assistenten trug. Große Schrift, reichlich Absätze, Fettschrift, wo wichtige Informationen standen, dazu in Klammern gesetzte Links, wenn der Leser sich über das Dargebotene hinaus informieren wollte. Und bei den Fachbegriffen hatte Bergmann bestimmt extra für ihn auf Medizin für Dummies zurückgegriffen.

Bienenfeld war 1938 in Wien geboren worden. 1941 deportierten die Nazis unter Leitung des SS-Standartenführers Hans Born seine Eltern ins Konzentrationslager Ebensee, wo sie noch im selben Jahr ermordet wurden. Der zweijährige Max kam gemeinsam mit seiner drei Jahre älteren Schwester Sarah in die Klinik am Spiegelgrund, wo die Kinder den Experimenten der Nazis ausgesetzt waren: Elektroschocks, Injektionen verschiedener Virenstämme und diverser Gifte. Sarah starb 1943 an Typhus, Max überlebte und wurde nach Kriegsende von Verwandten in den Vereinigten Staaten aufgenommen. 1960 zog er nach Boston, um Medizin und Psychologie zu studieren. Nach seinem Abschluss war er in verschiedenen Krankenhäusern als Neurochirurg und zunehmend auch als

Psychiater tätig. Parallel dazu hatte er einen Lehrstuhl an der Johns-Hopkins-Universität in Baltimore und leitete ab 1975 die neurologische Fakultät der Universität von Pennsylvania. Im Alter von fünfundvierzig Jahren war Bienenfeld einer der bedeutendsten Neurologen weltweit – seine Veröffentlichungen über die Behandlung von Schlaganfall-, Alzheimer- und Parkinsonpatienten erschienen in so gut wie allen wichtigen Fachjournalen. Wobei Bienenfeld nicht nur auf Anerkennung stieß. In konservativen und religiösen Kreisen wurden seine Forschungen und Experimente als fragwürdig bis jenseits jeder Moral kritisiert. Gerade seine Arbeit mit embryonalen Stammzellen und deren Transplantation ins Gehirn brachte zahlreiche Menschen gegen ihn auf. Er würde sich über jegliche medizinische Ethik erheben, die Integrität menschlicher Persönlichkeit verletzen. Bienenfeld würde Gott spielen, warfen ihm Mediziner, Politiker und Theologen vor. Was genau Bienenfeld im OP oder seinem Labor getan hatte, blieb Schäfer großteils unklar – die meisten der Artikel, auf die im Text verlinkt wurde, waren in Englisch; und auch die von deutschen Internetseiten schienen Schäfer in einer fremden Sprache verfasst: Gliazellen, Transkriptionsfaktoren, Myelinscheide, Oligodendrozyten … kein Wunder, dass man auch von der grauen Masse sprach.

In den Achtzigerjahren war Bienenfeld zu einem der führenden Vertreter des sogenannten Human Enhancement geworden – neurotechnologische Methoden, um die kognitiven und emotionalen Fähigkeiten zu verbessern. Was ihn abermals ins Zentrum ethischer Kritik stellte, waren seine Ansichten bezüglich der Anwendungsbreite und der infrage kommenden Patienten. Wo kaum jemand sich dagegen verwehrte, Menschen mit schweren psychischen oder hirnorganischen Defekten durch Neuroleptika beziehungsweise operative Eingriffe zu helfen, ging Bienenfeld einen großen Schritt weiter: Er hielt es für legitim, solche Behandlungen, sofern sie keine schwerwiegenden Nebenwirkungen zeigten, einer breiten Mehrheit zugänglich zu machen. Was sprach denn dagegen, die Konzentration zu verbessern, das Aggressionspotenzial zu mindern oder soziale Kompetenzen zu optimieren? Wer konnte denn etwas gegen die Therapie von Verbrechern haben; gegen den Wunsch, ein besserer Mensch zu werden? Laut Bienenfeld war schließlich schon die Erziehung eine Technologie, die das Gehirn des Menschen mitgestaltet und es auf ein Funktionieren im gesellschaftlichen Umfeld hin strukturiert. Zudem die gigantische Menge an Nahrungszusätzen, Vitaminkomplexen und Medikamenten, die weltweit verbraucht wurden mit dem Ziel, die Leistungsfähigkeit des Gehirns zu verbessern und bis ins hohe Alter zu erhalten. Wo lag denn der Unterschied? Schäfer vermochte es nicht zu beantworten. Nichtsdestotrotz faszinierte ihn die Entwicklung, die Bienenfeld genommen hatte. Vom Opfer destruktiver medizinischer Experimente zum leidenschaftlichen Pionier einer Medizin, die einen besseren Menschen modellieren wollte. Eigentlich kein Wunder, dass er sich mit Hofer zusammengetan hatte, auch wenn er dafür ins Land seiner Folterer zurückkehren musste. Zuerst nach Wien ans AKH und ab 1992 in Großgmain als Leiter einer neurologischen Klinik, in der hauptsächlich Rehabilitationsfälle behandelt wurden.

Schäfer klappte den Laptop zu und widmete sich seinen Penne all'arrabiata. Bei der zweiten Gabel läutete sein Telefon, Isabelle. Kälter können sie ohnehin nicht mehr werden, murmelte Schäfer und legte das Besteck weg.

»Ja, Entschuldigung … Ich bin immer noch in Salzburg und … Natürlich ist das kein Grund, aber … Isabelle, bitte … Nein, immer noch nicht … Weißt du, was seltsam ist: Der alte Nazi aus Argentinien, dem ihr gerade den Prozess macht … Der war zusammen mit Gernot Hofer am Spiegelgrund … Und dessen Sohn hat vor dreißig Jahren Kastor behandelt … Skurriler Zufall, oder? … Weil wir von dem eine DNS-Spur bei Mladic gefunden haben! … Hab ich dir nicht erzählt? … Okay, 'tschuldigung … Auf jeden Fall seltsam, oder … Ist ja fast, als ob wir wieder gemeinsam an einem Fall arbeiten würden … Ach, danke für das Kompliment … War ich so schlimm … Denen geht's gut ohne mich, bestimmt … Na, was soll ich machen, wenn die plötzlich auf politisch korrekt machen, nur weil dieser Türke antanzt … So hab ich das nicht gemeint, bloß … Jaja, als ob ich da der Einzige wäre … Darüber müssen wir uns jetzt aber nicht streiten, oder … Ja, ich auch … Bis später.«

War es denn wirklich ein Zufall, dass sich ihre Fälle überschnitten, fragte er sich, während er den Teller pflichtbewusst leer aß. Vielleicht hatte er sich ja, verrannt, vielleicht verrannten sie sich ja alle, wenn sie die offensichtlichsten Zusammenhänge in den Vordergrund ihrer Ermittlungen stellten. Diese ganze verfluchte Nazigeschichte, diese Abertausenden Mörder, diese Millionen an Opfern, diese versuchte Erleichterung und Befreiung durch Vergessen und Verdrängen genauso wie dieses penetrante und keifende Hindeuten mancher Menschen, die sich in erster Linie selbst profilieren wollten, das war ein zäher Ruß, der sich immer wieder an Ermittlungen klebte, egal ob das Verbrechen irgendetwas mit dem Nationalsozialismus zu tun hatte oder nicht. Da mochten die Täter von damals tot sein oder im Aussterben begriffen, ihre Schatten hingen über dem Land wie Nosferatus lange Finger und ihr verruchtes Genmaterial keimte längst in zu vielen Nachkommen. Meist ging Schäfer damit so pragmatisch um wie der Großteil seiner Zeitgenossen. Keine Zeit für den Scheiß, war die gängige Ausrede. Höchstens in unerwarteten Momenten, wie zuletzt, als er mit Bergmann auf den Steinhofgründen laufen war, oder im Monat zuvor, als er im Zuge einer Befragung ein Haus betrat, an dem ein Messingschild befestigt war, das an die zehn deportierten und ermordeten Familien erinnerte, die dort in den Dreißigerjahren gewohnt hatten, da war ihm übel geworden, als er die Stiegen hinaufstieg, fast war er kollabiert, als die wilden Mustangs seiner Vorstellungskraft durchgingen und ihn selbst plötzlich zu den Polizisten der Gestapo machten, die einst mitten in der Nacht die Türen eingetreten, Kinder, Frauen, Männer aus ihren Betten geschleift hatten, um sie in Viehwaggons zu pferchen und ihrer Hinrichtung entgegenzuführen. Böses Karma, das die Ahnen da über das Land und seine Kinder gebracht hatten. Böses Karma mit Reinkarnationsgarantie, wenn man sich die Alltagsfaschisten so ansah. Und jetzt hatte er wieder so einen Fall, an den sich diese Tentakel saugten. Bienenfeld, das Naziopfer, Hofers Vater, der Nazifolterer, Borns Vater, der SS-Mann – doch was hatte dieser beschissene Kastor damit zu tun?

Schäfer schob den Teller weg, klappte seinen Computer auf und öffnete den Ordner mit den Tonbandaufnahmen von Kastors Vernehmung. Irgendwo musste eine Spur sein, irgendwo musste sich dieser ganze Wahnsinn doch zu einem erkennbaren Bild fügen. Doppelklick auf die Tondatei:

Am Anfang habe ich ja gar nicht daran gedacht, die umzubringen … habe ja noch niemanden umgebracht davor, gar nicht gewusst, wie das geht … aber wie ich fertig war, ich ziehe mir die Hose rauf und denke, dass ich die nicht so liegen lassen kann. Die hat mich ja gesehen und alles. An Anke habe ich da nicht gedacht, sicher nicht, die hat damit nichts zu tun, lasst sie bloß in Ruhe. Ja, da habe ich die dann ins Auto gepackt, hat sich ganz schön gewehrt. Das hat mir auch gefallen. Dass die mir ausgeliefert war. Als ich ihr die Kabel um den Hals legte, war sie dann still. Die hat wohl gewusst, was auf sie zukommt. Dann ist das Gefühl gekommen, dass ich was Besonderes getan habe. Mir ist es gut gegangen, echt. Wie ich zurückgefahren bin, habe ich mir auch gedacht, dass ich ins Fernsehen komme. Als es dann wirklich so war, habe ich mich zuerst erschreckt. Aber dann habe ich's wirklich cool gefunden … he, ich im Fernsehen …

Schäfer beendete die Aufnahme vorzeitig, sah sich nur mehr die Eckdaten des Verbrechens an und wechselte zum Fall des arbeitslosen Anstreichers, den Kastor in dessen Wohnung getötet hatte.

Er ist immer betrunkener geworden, die Sau … hat sogar in seinen eigenen Vorraum gekotzt. Ich nicht, aus Alkohol mache ich mir nichts, Drogen auch nicht … irgendwann haben wir zu streiten angefangen. Der hat gemeint, dass ich mein Leben verpfusche, ausgerechnet der. Wir sind auf dem Boden gesessen, weil der hat in seiner Wohnung keine Couch oder was gehabt, er mir gegenüber und ich bin immer gereizter geworden, was weiß ich, warum. Und dann habe ich irgendwann gewusst, dass ich ihn umbringen werde. Jetzt lachst du noch, habe ich mir gedacht, jetzt lachst du noch, du Sau. Dann bin ich aufgestanden, habe ihm mit dem Fuß ins Gesicht getreten. Er ist umgefallen und hat sich die Nase gehalten, die war gebrochen. Hat geblutet wie eine Sau und herumgejammert. Ich habe ihn beschimpft: Arschloch, Wichser … so was halt. Dann hat er sich auf den Rücken gedreht, und ich bin ihm auf den Kehlkopf gestiegen, volle Wucht. Hat sich auch noch in die Hose geschissen, aber kurz darauf war er tot. Der Hass war dann gleich wieder weg, da war ich wieder total klar … ich habe in der Wohnung geschaut, ob irgendetwas Wertvolles da wäre, das ich brauchen könnte, aber der hat nichts gehabt …

Dann die Vernehmung zum Mord an seinen Eltern.

Das mit meinen Eltern war sicher falsch, weil die waren eigentlich ganz okay. Aber vielleicht hat mich gerade das damals genervt. Ich meine, die haben sich gesorgt und mir immer wieder Geld gegeben, meine Mutter vor allem, aber irgendwie … wie ich dann an dem Abend bei denen war, hat mich das ziemlich schnell angekotzt … ich konnte aber auch nicht weg … weiß auch nicht, warum. Da ist dann mein Vater in seinem Ledersessel gesessen und hat mich mit diesem Blick angesehen, als könnte er eh alles verstehen, Scheiße, hab ich mir gedacht, und dann: Du weißt noch gar nicht, dass ich dich gleich aufschlitzen werde, das ist mir plötzlich durch den Kopf gegangen und das hat mich selber überrascht, aber da habe ich schon gewusst, dass ich es tun werde, und das hat mir gefallen. Aber zuerst bin ich in die Küche, wo meine Mutter war, beim Abendessenmachen. Und ich setze mich an den Tisch und denke mir: Jetzt ist auch schon alles egal. Außerdem ist es besser, wenn ich sie vorher mache, dann kriegt sie das alles nicht mehr so mit. Weil meine Mutter habe ich schon lieber gemocht als meinen Vater, also gemocht, so irgendwie halt. Also nehme ich eine Weinflasche und schlage sie ihr volle Wucht auf den Kopf. Hat nur mehr kurz so Hrrrg … Hrrrg gemacht. Dann hab ich mir das Küchenmesser genommen und wollte ins Wohnzimmer, aber mein Vater ist da schon in der Tür gestanden und hat das alles gesehen. Da habe ich ihn abgestochen. Ziemlich oft, konnte gar nicht mehr auf-

hören ... wie das so tief reingegangen ist. Ich bin dann auch auf Knochen gestoßen, die Wirbelsäule wahrscheinlich, und habe mir die Hand aufgeschnitten. Und wie ich mir dann im Bad die Wunde ausgewaschen habe, sehe ich mich im Spiegel und denke mir: Wow, das hast du jetzt wirklich gemacht. Und dann bin ich zurück in die Küche und habe mir das Ganze angesehen. Wie tief die Wunden waren und was da darunter war. Aber nur bei meinem Vater. Meine Mutter habe ich so gelassen. Ich habe ihr dann ein Geschirrtuch über den Kopf gelegt ...

29

Benommen ging Schäfer in Richtung seiner Pension, spürte die ersten hundert Meter gar nicht, dass es zu regnen begonnen hatte. Ohne dass er die Dateien mit den Tatortbildern geöffnet hatte. Ohne dass er die Chronologie und genaueren Umstände von Kastors Verbrechen … wie ein Stroboskop hatte sein Gehirn die Bilder an sein Sehzentrum geschleudert, blitz, die Starterkabel um den Hals des Mädchens, blitz, die geöffnete Bauchdecke von Kastors Vater … sie waren immer in ihm gewesen, wohl nicht nur die Toten, die Kastor zu verantworten hatte … blitz, der verweste Schweizer vom Exelberg, blitz, die ertränkte Laura Rudenz in der Badewanne, alle waren sie da … blitz, die durchtrennten Kehlen, blitz, die verkohlten Schusswunden … alle waren sie noch da, blitz, das Kind auf vier Mülltonnen verteilt … und sie hatten ihn krank gemacht, oder? … Sie hatten ihn an den Rand des Selbstmords getrieben, die Opfer wie die Täter … aber warum hatte er denn diesen Beruf gewählt? … Und warum konnte er ihn nicht aufgeben? … Glaubte er etwa, dass er irgendwem damit etwas Gutes tat? … Oder dass es ihn stärker machte, wenn er noch einen und noch einen dieser Morde überlebte? … Nur mehr mit diesen Pillen funktionierte er noch … war das überhaupt noch er, zu dem sie ihn gemacht hatten … hatte er sich nicht längst schon einer fremden Kontrolle übergeben … ein besserer Mensch zu sein, haha, lieber Oberst, er hatte Lust, seine Waffe zu ziehen und das ganze Magazin auf diese verkommene Menschheit rund um ihn zu feuern … gebt mir eine Bombe, groß genug, um all die zu vernichten, die Böses im Schilde führen … gebt mir ein Maschinengewehr und ich strecke all die Väter nieder, die ihre Frauen und Töchter zu töten im Begriff sind … Herr, gib mir eine Lösung …

Er kam an einem türkischen Callcenter vorbei, drückte die Tür auf, stolperte ins Geschäft, zog seine Waffe und zielte damit auf den Inhaber.

»Wenn du deine Tochter erstichst, Muselmann … lässt du dann das Messer in ihrer nackten Brust stecken … oder ziehst du es heraus und deckst sie zu, damit kein Ungläubiger sie so sieht, he, du islamitischer Arsch …«

Der Mann hob instinktiv die Arme und begann auf Türkisch zu stammeln.

»Lasst sie einfach nur leben«, schrie Schäfer und beugte sich über das Verkaufspult. Mit der Faust zertrümmerte er die Glasvitrine unter sich. Dann steckte er die Waffe weg und verließ das Geschäft.

Als er in seinem Zimmer erwachte, war es dunkel. Der Regen hatte aufgehört, aus der Ferne drang immer noch das Grollen des Donners durchs offene Fenster. Schäfer richtete sich auf und drehte das Licht an. Von der Türschwelle bis zum Bett lief eine Spur aus Blutstropfen, auch das Leintuch sah nach Verbrechen aus. Scheißglück, dass es geregnet hat, sagte er sich und betrachtete die Schnittwunden an seiner Hand, sonst hätten sie ihm schon die Tür eingetreten und er säße in U-Haft. Er zog seine nassen Kleider aus und stellte sich unter die Dusche. Dann rief er seinen Bruder an.

»Kannst du mich abholen? … In meiner Pension … Nein … Nein, ich bin nicht betrunken, außerdem: Was macht das für einen Unterschied … Kommst du mich jetzt abholen oder nicht? … Danke …«

Zwanzig Minuten später stand Jakob vor Schäfers Zimmer und klopfte kräftig an die Tür.

»Jaja … ist eh offen.«

»Was ist denn los … geht's dir gut?«

»Wie man's nimmt …«

»Du siehst … schrecklich aus …«

»Danke … kann ich bei dir schlafen?«

»Natürlich … bist du sicher, dass ich dich nicht …«

»Nein, ich will nicht in dein beschissenes Krankenhaus, fahren wir einfach zu dir …«

Kein Wort während der Autofahrt. Erst als sein Bruder ihm eine Tasse Tee hinstellte, brachte Schäfer den Mund auf und erzählte etwas zusammenhanglos, was passiert war.

»Seit wann nimmst du diese Medikamente?«

»Vier Monate … dreieinhalb eigentlich …«

»Ich weiß nicht, was ich dazu sagen soll.« Schäfers Bruder verließ den Raum und kam mit einem Notarztkoffer wieder.

»Leg deine Hand auf den Tisch, das muss genäht werden.«

»Ohne Narkose?«

»Das wirst du schon aushalten.«

Eine Viertelstunde später war Schäfers Hand verbunden.

»Ich wollte es dir eh erzählen …«

»Und wann … bei einem Anruf aus der Geschlossenen? Bitte, bitte, hol mich raus, die glauben, ich bin verrückt, aber das stimmt nicht …«

Schäfer wusste nichts zu erwidern.

»Mit Psychopharmaka muss man verantwortungsvoll umgehen, da … aber was rede ich … da müsstest du erst einmal im Lexikon unter V …«

»Sehr lustig … hast du überhaupt eine Ahnung, was ich … von meiner Arbeit?«

»Und was? Du kriegst sie tot, ich halbtot … hat dich wer gezwungen, das zu tun?«

»Es sind nicht nur die Toten ... es ist ...«

Gut zehn Minuten schwiegen sie, hörten durch die offene Terrassentür eine einsame Grille balzen. Jakob stand auf. Als er mit einer Kanne frischen Tees wiederkam, schlief sein Bruder. Er beobachtete ihn eine Weile, legte den Kopf zurück und schloss die Augen. Dann holte er den Laptop seines Bruders und setzte sich damit auf die Terrasse.

»Diese Anke ... weißt du was Genaueres über die?«

»Haben wir nicht und kriegen wir so schnell auch nicht wieder herein ...«

»Was? Heho, wach auf ... im Hause Schäfer begrüßt man den Morgen dankbar und schaffensfroh ...«

»Kaffee?« Schäfer rappelte sich auf, warf die Wolldecke ab, die ihm sein Bruder offenbar übergelegt hatte, und wankte ihn die Küche.

»Also, diese Anke ...«, wiederholte sein Bruder, als Schäfer mit zwei Tassen wiederkam.

»Welche Anke?«

»Anke Gerngross ... die Kastor viermal besucht hat ...«

Schäfer sah seinen Bruder begriffsstutzig an.

»Wovon redest du überhaupt?«

»Ich habe mir in der Nacht angesehen, woran du arbeitest ... selber sagst du ja nichts ... eh nur die letzten geöffneten Dokumente ...«

»Und?«

»Jessas, dass du überhaupt irgendwen jemals verhaftest, wundert mich immer wieder ... bei seiner Vernehmung erwähnt Kastor eine Anke ... dass die damit nichts zu tun hat ... und auf der Besucherliste vom Gefängnis scheint viermal eine Anke Gerngross auf ... ich kenne den Namen ...«

»Ach«, Schäfer kehrte langsam in die Realität zurück, »und woher?«

»Von der Beerdigung … Bienenfeld … da war eine Frau, die, glaube ich, Anke Gerngross geheißen hat.«

»Ich glaube, ich muss jetzt arbeiten«, meinte Schäfer nun hellwach, »wo ist mein Handy, wo ist dein Netzwerkkabel?«

30

»Habt ihr schon mehr über diese Anke Gerngross herausgefunden?«, bellte Schäfer in den Hörer. »Und bei wem hat sie die Doktorarbeit geschrieben? ... Und wo wohnt sie jetzt? ... Wieso wisst ihr das nicht? ... Na, dann fragt bei den Deutschen nach ... Ja, ist mir schon klar ... Den Escortservice? Und den Gärtner? Das ist ein Scherz, oder? ... Na von mir aus, wenn er meint ... Also irgendwer soll sich jedenfalls an die Gerngross dranhängen ... Danke.«

»Wenn du mich das nächste Mal ausreden lässt, kann ich dir vielleicht auch weiterhelfen ...« Sein Bruder stand hinter ihm.

»Das darf nicht wahr sein ... den Gärtner! ... Der ist fünfundsechzig ... weil er irgendwann mit der RAF sympathisiert hat ... diese vertrottelten Affen vom Verfassungsschutz ... so ein Schwachsinn ...«

»Einmal frag ich dich noch: Willst du jetzt mehr über diese Gerngross wissen oder nicht?«

»Natürlich ... was glaubst du, warum ich hier herumtelefoniere ... mach uns lieber noch einen Kaffee ...«

Schäfers Bruder verließ unverständlich vor sich hin fluchend das Arbeitszimmer, während Schäfer den Namen der Frau, die von 1988 bis 1993 in Wien Medizin und Psychologie studiert und bei Doktor Gernot Hofer dissertiert hatte, zuerst durch eine Suchmaschine und dann durch die interne Datenbank laufen ließ. Die Einträge waren spärlich, keine Vorstrafen, keine polizeiliche Meldung, keine aktuelle Adresse. Kovacs hatte ihm gesagt, dass Anke Gerngross Deutsche sei. Eine von diesen Numerus-clausus-Flüchtlingen, dachte

Schäfer, aber warum gibt sich so eine mit einem Schwerverbrecher ab und besucht ihn viermal in der U-Haft? Das Naheliegendste: Da Hofer ihr Doktorvater gewesen war, könnte Kastors Krankheitsgeschichte als Fallbeispiel gedient haben. Und Gerngross, damals bestimmt so eine typische idealistische Helferbraut, kontaktiert Kastor und glaubt, ihn bekehren zu können. Sie lässt sich flachlegen, anlügen, leiht ihm Geld, das übliche Spiel der Psychopathen, er gibt sich geläutert, vergewaltigt und erwürgt nebenbei zwei Frauen, in Haft beteuert er ihr gegenüber seine Unschuld blablabla. Ein paar Wochen nach seiner Verhaftung verlässt sie Wien, zumindest gibt es keinen offiziellen Wohnsitz mehr, dann verschwindet sie aus dem virtuellen Gedächtnis.

»Jakob!«

»Was ist?« Sein Bruder stand in der Tür, eine Tageszeitung in der Hand.

»Hast du bei Bienenfelds Beerdigung mit dieser Gerngross gesprochen?«

»Ja.«

»Und? Weiter?«

»Willst du vielleicht wissen, wo sie arbeitet? Das wollte ich dir nämlich vorher mitteilen, aber du warst zu beschäftigt, deine Sklaven in Wien anzupöbeln …«

»Wo?«

»In der Neuroklinik in Großgmain.«

»Nicht dein Ernst … wieso haben wir sie dann nicht im Melderegister?«

»Kenn ich mich da aus? Vielleicht weil die Klinik von einer deutschen Kette betrieben wird? … Schönes Bild von dir übrigens in der Zeitung.« Jakob warf Schäfer den Chronikteil hin und wartete auf dessen Reaktion.

»Ach du Scheiße«, meinte Schäfer, während er den Artikel über seinen Ausraster vom vergangenen Tag las und das

Phantombild betrachtete, »der sieht ja aus wie du … großartig … die Türken haben bei der Personenbeschreibung mit uns wahrscheinlich das gleiche Problem wie wir mit den Asiaten … also die nächsten Tage rate ich dir zu Hut und Sonnenbrille …«

»Das heißt, die Möglichkeit einer Selbstanzeige …«

»Vergiss es … dann bin ich endgültig draußen …«

»Was bestimmt ein großer Verlust für die österreichische Kriminalpolizei wäre …«

»Papperlapapp … kannst du mir ein paar Schmerztabletten mitgeben … meine Hand ist …«

»Sicher nicht … deine Medikamenten-Alkohol-Mischversuche unterstütze ich bestimmt nicht … was willst du jetzt überhaupt tun?«

»Großgmain, was sonst?«

»Das machst du nicht.«

»Was soll das heißen?«

»Dass du nicht in diese Klinik fährst und dich aufführst, als wärst du der neue Sheriff in der Stadt … wenn du das machst, rufe ich deinen Vorgesetzten, den Kamp, an und teile ihm mit, wer für den Anschlag auf den türkischen Handy-Shop verantwortlich ist …«

»Das würdest du nie tun.« Schäfer schlüpfte in sein Jackett und packte den Laptop unter den Arm.

»Doch.«

Schäfer hielt inne und sah seinem Bruder in die Augen. Keine Frage, der meinte es ernst.

»Geht es hier um deinen Namen oder was … dass du dich für mich schämen musst …?«

»Es geht darum, dass du nicht zurechnungsfähig bist … und dass selbst ich als Arzt weiß, dass seriöse Ermittlungsarbeit anders aussieht, als auf einen vagen Verdacht hin in eine Klinik zu stürmen …«

»Wer redet von stürmen, ich will nur reden mit der Frau …«

»Dann schick deine Kollegen hin … dafür sind sie da, dass du sie delegierst …«

Schäfer ließ sich auf die Couch fallen. Dieser verdammte Rechthaber, der noch dazu so oft recht hatte. Sollte er vielleicht hier herumliegen und warten, bis …

»Die Witwe von Max Bienenfeld … die wohnt doch auch da irgendwo in der Nähe …«

»Ja.«

»Hast du ihre Adresse?«

»Die Festnetznummer …«

»Gibst du sie mir?«

»Du fährst nicht in die Klinik.«

»Major Schäfer fährt nicht in die Klinik, großes Pfadfinderehrenwort …«

»Sonst erzähle ich Lisa, wie du dich gestern aufgeführt hast … du weißt, was sie von euch Prügelbullen hält …«

»Ich bin kein Prügelbulle! Das sind doch … das sind Untermenschen, die …«

»Und du weißt auch, was sie von diesem Nazijargon hält, den du in diesem Haus zum letzten Mal verwendet hast …«

»Entschuldige, Jakob … ich …«

»Bei diesem Türken wirst du dich entschuldigen … da hast du die Nummer … und jetzt verschwinde … ich will meinen freien Tag genießen …«

Schäfer stand auf der Straße und sah sich um. Kein Wagen. Er war schon im Begriff, umzukehren und seinen Bruder um dessen Auto zu bitten, besann sich eines Besseren und bestellte ein Taxi. Während der Fahrt Richtung Stadt rief er Frau Bienenfeld an. Sie wisse zwar nicht, inwiefern sie ihm bei irgendeinem Fall weiterhelfen könne, aber bitte: Da sie ohnehin den ganzen Tag im Garten sei, könne er gerne vorbeikommen. Als sie bei der Stadteinfahrt in einen Stau gerieten, ersuchte Schäfer den Taxifahrer, umzudrehen und nach Großgmain zu fahren. Spesen, irgendeine Begründung würde ihm schon einfallen.

Das Haus lag gut versteckt hinter Laubbäumen und hohen Sträuchern, und die Hausnummer am weißen Gartentor hielt ein Efeu in dichter Umarmung. Schäfer drückte das Tor auf und schritt über lose gelegtes Kopfsteinpflaster ins Innere des Gartens. Genau das war er: ein Innen, das das Außen fernhielt. Mannshohe Schilfbüschel standen um einen kleinen Teich herum, in dem rosafarbene und weiße Seerosen schaukelten, über einen Holzsteg gelangte Schäfer in eine Oase aus Farnen, riesigen Schachtelhalmen, Fuchsien und anderen Gewächsen. Mittendurch führte ein mit Rindenschnitzeln gestreuter Pfad zu zwei Trauerweiden hin, zwischen denen sich eine Lichtung auftat, die auf ein wild wucherndes Blütenmeer blicken ließ. Überwältigt blieb Schäfer stehen, die Sinne benommen von der Wucht der Farben, von der Vielfalt der Blumen, die er noch nie gesehen hatte, vom vielstimmigen Gebrumme der Insekten, die sich dieses Paradieses erfreuten. Zu seiner Rechten wurde die Blumenwiese begrenzt von kleinen gelben, weißen und rosafarbenen Kletterrosen, die sich um ein zartes schmiedeeisernes Tor schmiegten, durch das Schäfer in einen Gemüsegarten gelangte.

»Ah, Sie haben hergefunden.« Eine Frau Ende sechzig mit dichten silbernen Haaren, die sie unter einen Strohhut gesteckt hatte, kam lachend auf ihn zu, zog sich die Gartenhandschuhe von den Händen und begrüßte ihn.

»Ja«, Schäfer war noch immer wie verzaubert, »so einen Garten habe ich noch nie gesehen.«

»Wenn Sie das als Kompliment meinen, bedanke ich mich … kommen Sie, ich mache Ihnen etwas zu trinken.«

Schäfer folgte ihr, stolperte über einen leeren Blechkübel und kam fast zu Sturz, was seine Gastgeberin in ein herzliches Lachen ausbrechen ließ.

»Entschuldigung … da steht so viel herum, und wenn man nicht weiß, wo …«

»Schon gut … ich sollte besser aufpassen, wo ich hinsteige.«

In der Küche goss sie Sirup in einen Krug und füllte ihn mit Wasser auf. Sie schnitt eine Zitrone in Scheiben und warf sie in den Krug. Dann nahm sie zwei Gläser aus der Anrichte, stellte alles auf einem Tablett ab und bat Schäfer, es zu tragen. Vorsichtig folgte er ihr in den rückseitigen Garten, wo sie sich in eine kleine Laube setzten, an der sich üppige Kletterrosen emporwanden, als übten sie für Dornröschens Schloss.

»Riechen gut, die Rosen«, sagte Schäfer und stellte das Tablett auf einen kleinen Klapptisch.

»Abbeyfield, Sarabande, Mabella, Sanssoucis …«

»Die Sorten«, beantwortete sie Schäfers fragenden Blick. »Setzen Sie sich.«

Er nahm in einem Korbstuhl Platz und sah ihr zu, wie sie von einem bonsaiartigen Strauch ein paar Blätter zupfte und in die Gläser warf.

»Was ist das?«

»Wahrheitskraut … damit Sie schön ehrlich zu mir sind«, beim Anblick seines skeptischen Gesichts fing sie zu lachen an, »Zitronenverbene … diesen Strauch habe ich schon seit zwanzig Jahren«, sagte sie, strich zärtlich über die Blätter und setzte sich dann Schäfer gegenüber.

»Ich bin noch gar nicht dazugekommen, Ihnen mein Beileid zum Tod Ihres Mannes auszusprechen«, meinte Schäfer nach einem Augenblick des Schweigens.

»Das ist nett von Ihnen … Ihr Bruder hat Max gekannt, nicht?«

»Ja … also, ich weiß nicht, wie gut … er hat bei ihm ein paar Vorlesungen besucht und spricht nur in den höchsten Tönen von ihm …«

»Ich weiß noch gar nicht, wie das werden soll … ohne ihn.«

Schäfer wusste nicht, was er ihr antworten sollte, und griff verlegen zu seinem Glas.

»Aber Sie sind nicht hier, um sich von einer alten Witwe etwas vorjammern zu lassen … also: Was wollen Sie wissen?«

»Haben Sie schon einmal von Paul Kastor gehört?«

»Ich weiß es nicht … wer ist das?«

»Ein Mörder, den wir vor fünfzehn Jahren in der Nähe gestellt haben, nachdem er aus dem Gericht geflohen ist.«

»Oh«, meinte sie, als hätte sie etwas falsch gemacht, »ja, daran erinnere ich mich.«

»Jetzt geht es eigentlich weniger um Ihren Mann als um Doktor Hofer und eine Frau namens Anke Gerngross …«

»Gernot? Na, jetzt bin ich aber gespannt …«

»Ja«, zögerte Schäfer, der sich noch nicht entschieden hatte, inwieweit er ihr vertrauen sollte. »Gut … was ich Ihnen jetzt sage, muss ich Sie bitten, vertraulich zu behandeln …«

»Sie haben mein Wort«, erwiderte sie und sah ihn an, als ginge es um einen Schülerstreich.

»Im Zuge einer Mordermittlung sind DNS-Spuren aufgetaucht, die … na gut: An einem Tatort sind Haare zurückgeblieben, die von Kastor stammen … irgendjemand spielt hier mit uns … und Gernot Hofer sowie Frau Gerngross scheinen in dieser Geschichte eine Rolle zu spielen.«

»Inwiefern?«, fragte Frau Bienenfeld, bei der das Gesagte offenbar noch nicht angekommen war.

Schäfer sah in den Garten hinaus, wo sich auf einem dichtblättrigen Strauch ein ganzes Schmetterlings-Bataillon vergnügte – oder Schwarm oder wie auch immer das hieß –, nein, hier konnte nichts Böses hausen.

»Vor gut drei Wochen wurde Hermann Born in seiner Villa in Wien ermordet«, begann Schäfer, Frau Bienenfeld mit dem Fall vertraut zu machen, die alsbald die Augen schloss und nur durch periodisches Kopfnicken zu erkennen gab, dass sie noch zuhörte.

»Hermann Born, das war der Sohn …«, meinte sie abwesend, nachdem er seinen Bericht beendet hatte.

»Ja.« Schäfer wusste nicht, ob sie innehielt, weil sie sich nicht mehr erinnern konnte, oder weil es zu schmerzhaft war. Ein paar Minuten vergingen, in denen sie beide den Schmetterlingen zusahen.

»Ich fühle mich ja geschmeichelt, dass Sie mich da als Miss Marple betrachten«, sie hatte sich offensichtlich wieder gefangen, »aber ich habe keine Ahnung, wie ich Ihnen weiterhelfen kann … das klingt für mich alles so wirr, so … was sagt denn Gernot dazu?«

»Er hat Kastor als Kind wegen einer Gehirnhautentzündung behandelt … Gerngross hat ihre Doktorarbeit bei Doktor Hofer geschrieben und in dieser Zeit Kontakt zu Paul Kastor gehabt … innigen Kontakt, wie ich annehme, da sie ihn viermal im Gefängnis besucht hat … und jetzt arbeitet sie an derselben Klinik, die Doktor Hofer mit Ihrem Mann geführt hat …«

»Es tut mir leid … aber wer soll denn nun diese Menschen getötet haben? Und warum kommen Sie damit zu mir?«

Schäfer wusste, dass er sich nun auf dünnes Eis begab, doch immer nur andeuten und vermuten – schließlich war er Polizist.

»Ihr Mann … ich verdächtige ihn in keiner Weise, nur … sein Tod beziehungsweise seine Beerdigung fällt zeitlich zusammen mit dem ersten Mord … das habe ich zufällig erfahren, als ich damals mit meinem Bruder telefoniert habe, der ebenfalls …«

»Sie müssen sich nicht rechtfertigen«, wurde Schäfer unterbrochen. »Jetzt vermuten Sie, dass mein Mann gewusst haben könnte, wer diese Morde plant, und deswegen getötet worden ist … richtig?«

»Wie gesagt: Diesen Zusammenhang hat mir der Zufall hingeworfen, aber … war Ihr Mann in den Wochen vor seinem Tod anders als sonst … ängstlich, schlaflos, unnahbar …«

»Ich war mit Max vierzig Jahre verheiratet … seine Geschichte, die seiner Familie … seine Arbeit … es hat immer wieder Phasen gegeben, wo er sich zurückgezogen hat … manchmal habe ich ihn eine ganze Woche nicht gesehen … aber er hat jeden Abend angerufen … wir haben gewusst, dass wir füreinander da sind …«

»Wo war er, wenn er so lange nicht zu Hause war?« Schäfer fühlte sich immer unwohler, wie eine Wanze, die sich an der alten Frau festgebissen hatte und ihre Gutmütigkeit bis aufs Blut strapazierte.

»In der Klinik … manchmal auch am Predigtstuhl, da haben wir eine Hütte … da waren wir früher mit Gernot oft oben …«

»Mit Doktor Hofer … wie war denn Ihre Beziehung … also die Ihres Mannes zu ihm?«

»Zwillinge im Geiste … schicksalhaft … neben hundert anderen Kindern ist ja auch Max' Schwester von Gernots Vater getötet worden … und Gernot … mit seinen ganzen Projekten und Spendenveranstaltungen … und indem er Max an seine Seite geholt hat … das Absurde war, dass sich auch Max schuldig gefühlt hat, mitverantwortlich für diese Last auf Gernots Schultern … und in ihrer Arbeit haben sich die beiden wohl zu befreien versucht … da wollten sie gemeinsam zu etwas gelangen, das sie über diese Schuld erhebt …«

»Und Sie selbst … wie stehen Sie zu Doktor Hofer?«

»Er ist ein guter Mensch …«

»Das klingt sehr neutral …«

»Nein … das ist die Wahrheit … aber … Gernot war früher oft hier, mindestens einmal die Woche … im letzten Jahr kaum mehr … das hat mich ein bisschen verletzt … aber das hat sicher auch mit seinen ganzen Verpflichtungen zu tun … wobei auch Max ein bisschen schweigsamer geworden ist in den letzten Jahren … ich weiß nicht genau, warum … jetzt, wo ich mit Ihnen darüber spreche, wird mir das erst bewusst … wie nahe wir uns früher gestanden haben … das hat von außen für manche bestimmt schon wie eine ménage à trois ausgesehen«, sie lachte auf und errötete, »wobei ich ja diejenige war, die manchmal eifersüchtig geworden ist auf dieses blinde und wortlose Verstehen, das die beiden geteilt haben … aber das hat wohl auch mit ihrer Arbeit zu tun gehabt … viele Menschen gibt es ja nicht, die das durchschauen …«

»Ja … ich habe es ansatzweise versucht und bin sehr bald gescheitert«, meinte Schäfer und goss ihnen beiden frischen Saft in die Gläser.

»Wissen Sie, wie Max mir einmal … das ist sicher schon vierzig Jahre her … versucht hat, das Gehirn zu erklären?«

»Erzählen Sie es mir«, forderte Schäfer sie auf, der hoffte, dass sie sich dadurch von den unangenehmen Erinnerungen, zu denen er sie geführt hatte, befreien konnte.

»Wir waren in Bangkok … und am zweiten Tag haben wir den Chatuchak aufgesucht, diesen riesigen Markt, wo Sie alles bekommen, was Sie nur für möglich halten. Als wir nach ein paar Stunden wieder draußen waren, haben wir uns völlig erschöpft an den Straßenrand gesetzt und Ananassaft getrunken. Und dann hat Max zu mir gesagt: So in etwa funktioniert das Gehirn. Du gehst zu einer der Frauen hier an den Ständen und fragst nach etwas, das sie nicht hat … eine Autobatterie zum Beispiel … sie wird dem kleinen Jungen neben ihr irgendetwas sagen, das du nicht verstehst … dann wird sie dich bitten zu warten. Und nach einer Weile wird der Junge mit der Batterie zurückkommen, ohne dass du weißt, woher er sie hat. Man könnte versuchen, nachzuvollziehen, welche Stationen der Junge durchlaufen hat … oder warum dich die Frau nicht einfach weggeschickt hat … man könnte eine Ewigkeit damit zubringen, die Zusammenhänge und Ursächlichkeiten zu erkunden, was zwischen deiner Frage und dem Aushändigen der Batterie vorgegangen ist … aber man wird nie fertig damit werden … warum arbeitet der Junge überhaupt hier? Müsste er nicht in der Schule sein? Wo ist er als Nächstes hin … sind das Verwandte von ihm … bekommen sie einen Anteil, wenn sie ihm das Gesuchte verschaffen … oder läuft alles darauf hinaus, dass jeder jedem zu helfen versucht, weil sie sich als ein Organ verstehen, das nur funktioniert, wenn alles zusammenspielt …«

»Ein schönes Gleichnis«, meinte Schäfer nach einer Pause, »aber ich glaube, ich bin zu dumm, um es ganz zu verstehen.«

»Da geht es Ihnen wie mir«, sie lächelte einen Schmetterling an, der sich am Rand ihres Glases niedergelassen hatte und seine Fühler nach der Flüssigkeit ausstreckte. »Aber das hat nichts mit Dummheit zu tun. Max hat immer gesagt, das, was er tut, kann man nur verstehen, wenn man es selber tut …«

»Hm …«, Schäfer hatte den Faden verloren, dazu die Zeit und jede Lust, diesen Garten zu verlassen und sich den Anforderungen seiner Gegenwart zu stellen. »Diese Hütte, auf dem Predigtstuhl, könnte ich mir die einmal ansehen?«

»Weshalb … ja … wollen Sie den Schlüssel?«

»Nur, wenn es Ihnen nicht unangenehm ist … nicht, dass ich dort herumschnüffeln will, nur …«

»Bei mir brauchen Sie sich nicht zu rechtfertigen …

schnüffeln Sie herum, machen Sie sich einen Pulverkaffee, wischen Sie Staub … von mir aus können Sie dort oben auch übernachten … das hat mir immer gefallen, so vom Tal wegzurücken …«

Und gegenüber Hitlers ehemalige Sommerresidenz, den Obersalzberg, sehen, dachte Schäfer und war heilfroh, diesen Gedanken nicht laut ausgesprochen zu haben. Aber im Ernst: Wie konnte sich jemand mit dieser Geschichte in dieser Gegend wohlfühlen?

»Ich hole Ihnen den Schlüssel …« Frau Bienenfeld lächelte ihn an, als ob sie seine Gedanken erraten hätte und er einfach zu jung oder zu dumm wäre, das Leben zu verstehen.

»Verzeihen Sie mir den abrupten Aufbruch«, sagte er, als sie zurückkam und ihn vor der Laube stehen sah, »aber es stehen noch einige wichtige Dinge an …«

»Ich begleite Sie hinaus«, sagte sie und führte ihn durch den Garten. Auf halbem Weg blieb sie vor einem zwergenhaften Apfelbaum stehen, drehte eine der wenigen Früchte vorsichtig in der Hand und nahm sie schließlich vom Ast.

»Eine sehr spezielle Sorte«, erklärte sie, drehte sich zu Schäfer um und legte ihm den Apfel in die Hand. »Die einzigen, die um diese Zeit schon reif sind … aber sehr sensible Früchte …«

»Danke«, erwiderte Schäfer und hielt den Apfel in der Hand wie ein wertvolles Erbstück.

31

Schäfer rief ein Taxi und ließ sich ohne lange Überlegung zur Predigtstuhlbahn in Bad Reichenhall bringen. Was denn? Sein Bruder hatte recht, Kamp hatte recht, Hofer hatte recht, ja, vielleicht hatte sogar Bergmann recht: Er war unbrauchbar für diesen Fall, es war verantwortungslos, ihn mit einer Waffe herumlaufen zu lassen, er war derjenige, der verschwitzt und völlig von Sinnen inmitten dieses verrückten und undurchsichtigen Geflechts stand, inmitten dieses thailändischen Marktes, von dem Frau Bienenfeld gesprochen hatte. Hetzte einer Spur hinterher, schlug sich zwischendrin grundlos mit einem der Verkäufer, glaubte, eine andere Spur zu sehen, prügelte und schrie sich durch, bis er letztendlich vor … doch nur vor seinem eigenen gesprungenen Spiegelbild stand. Ehrlich: Er hatte nichts. Nichts, mit dem er zu einem Staatsanwalt gehen konnte, nichts, was eine Vernehmung, geschweige denn eine Verhaftung rechtfertigte. Er hatte versagt. Jetzt musste er Kamp anrufen, ihm sagen, dass er den Fall nicht länger bearbeiten konnte, alles andere wäre illoyal, ein Verrat an seinen Kollegen, die er in den Dreck zog, in dem er watete, mit dem er um sich schmiss.

Er kaufte sich eine Fahrkarte und wartete, bis die Gondel in die Talstation einfuhr. Gemeinsam mit etwa zehn Touristen stieg er ein und schwebte die nächsten acht Minuten über Fichtenwald und Felsvorsprünge in Richtung Gipfel. Immer leichter fühlte er sich, ah, diese Ruhe, vielleicht würde er sich eine Woche hier oben einquartieren. Einzig die alpine Ausrüstung der anderen Fahrgäste bereitete ihm kurzzeitig Sorgen. Er selbst in Anzug und leichten Halbschuhen – hoffentlich würde sein Ausflug ihn nicht in Lebensgefahr bringen. Zu früh gefürchtet: Zu Bienenfelds Hütte führte ein gut erhaltener Wanderweg, der nur Schäfers Raulederschuhe arg in Mitleidenschaft zog. Auf der Sonnenbank vor der Hütte saß ein älteres Paar und genoss die Aussicht. Schäfer grüßte, streckte sich durch wie nach einer anstrengenden Bergtour und fragte, ob er sich kurz ausruhen dürfe.

»Wir haben bestimmt nichts dagegen«, meinte der Mann freundlich, »und der Besitzer ist schon vor einer halben Stunde gegangen.«

»Der Besitzer?«, fragte Schäfer und stand abrupt auf. »Wie hat er ausgesehen?«

Als er die erschrockenen Gesichter des Paares bemerkte, nahm er seinen Ausweis heraus und erklärte ihnen, dass der echte Besitzer seit längerer Zeit krank sei und der Verdacht bestehe, dass Drogenschmuggler die Hütte als Unterschlupf benutzten.

»Drogenschmuggler?«, fragte die Frau verwundert, »aber es gibt doch keine Grenze mehr …«

»Aber den fliegenden Zoll, der hier verstärkt tätig ist … sagen Sie mir bitte, wie der Mann ausgesehen hat …«

»Vielleicht vierzig … dunkle Haare … irgendwie … drahtig …«

»Würden Sie mir freundlicherweise Ihren Namen und eine Telefonnummer dalassen«, meinte Schäfer bestimmt, was die beiden Wanderer richtig interpretierten und ihre Sachen zu packen begannen.

Verdammt, dachte Schäfer, während er dem Pärchen zusah, wie es aus seinem Blickfeld verschwand. Eine halbe Stunde … streng nach Vorschrift müsste er jetzt eine Alarmfahndung veranlassen, oder? Aber auf welcher Grundlage? Ein Pensionistenpaar hatte eine Person aus Bienenfelds Hütte kommen sehen, die vielleicht einem Schwerverbrecher ähnlich sah, einem Phantombild … von dem ein Anrufer angegeben hatte, diese Person am Mönchsberg gesehen zu haben, wie Kamp ihm mitgeteilt hatte. Instinktiv griff Schäfer unter sein Jackett. Bravo, die Waffe lag im Hotel unter der Matratze. Er sah sich um, hier gab es im Umkreis von gut fünfzig Metern keine Möglichkeit, sich zu verstecken. Er nahm den Schlüssel aus der Hosentasche und sperrte die Tür auf.

In der Hütte war es dunkel und stickig. Schäfer suchte vergeblich einen Lichtschalter und öffnete schließlich die beiden Fensterläden, um sich zurechtzufinden. Keine Lampe, keine Steckdose, kein elektrisches Gerät – offensichtlich war Bienenfeld dort oben ohne Strom ausgekommen. Der erste Raum, der höchstens zehn Quadratmeter maß, diente offensichtlich als Küche und Aufenthaltsraum. Schäfer öffnete die Anrichte, durchsuchte alle Schubladen und Regale. Zwei Tuben Kondensmilch, Konservendosen, Zucker, Kaffee, Kerzen, eine Taschenlampe, ein paar alte Illustrierte, auf dem Titel der obersten das Bild eines zerbombten Hotels, Zündhölzer, ein Kartenspiel … diese Dinge gehörten der Hütte und nicht Bienenfeld. Auf der fensterlosen Seite des Raums war eine Holztür. Schäfer öffnete sie und stand in einer kleinen Kammer, die nur einem Stockbett Platz bot. Er ging zurück in die Küche, holte die Taschenlampe und leuchtete die Kammer aus. An einem der Bodenbretter war ein Messinggriff befestigt, er bückte sich und zog daran. Eine Falltür, unter der wohl ein Vorratsraum eingerichtet war, eine Holztreppe, er hielt die Taschenlampe hinein und sah, dass der Abstieg nur aus drei Brettern bestand und der Boden eineinhalb Meter unter ihm war. Schäfer stieg hinab, bückte sich unter die Bodenbretter und sah sich um. Wiederum Konserven, Kohlebriketts, zwei leere Kanister, eine rostige Axt, zwei feste Kartonschachteln. Er zog sie heraus, drehte sich vorsichtig herum, um sich nicht den Kopf anzustoßen, und hievte sie auf den Boden der Schlafkammer. Er stieg aus dem Loch, schloss die Luke und nahm die beiden Schachteln mit in die Küche.

Im Gegensatz zum übrigen Inventar lag auf den Deckeln kein Staub; sie mussten entweder kürzlich geöffnet oder überhaupt erst heraufgebracht worden sein. Schäfer öffnete die Schachteln und sah mehrere A4-große, in schwarzen Karton gebundene Bücher. Er schlug das oberste auf und betrachtete Aufzeichnungen in einer sehr feinen und sauberen Handschrift – Zierschrift hätte seine Volksschullehrerin das wohl genannt. Das sieht einem Arzt gar nicht ähnlich, dachte Schäfer und blätterte das Buch durch, das zu seinem Bedauern auf Englisch verfasst war. Doch an den fortlaufenden Datumsangaben und zahlreichen Abkürzungen glaubte er zu erkennen, dass es sich um ein tagebuchartiges Protokoll einer wissenschaftlichen Arbeit handelte. Warum sollte Bienenfeld diese bestimmt wertvollen Dinge hier heroben gelagert haben? Ein Blitzschlag, und das Ganze ginge in Flammen auf. Hatte er Angst gehabt, dass sie ihm entwendet werden könnten? Von wem denn?

Schäfer nahm die anderen Bücher aus den Kisten und überflog sie in der einzigen Hoffnung, auf irgendeinen bekannten Namen zu stoßen. Natürlich nicht, was hatte er denn geglaubt. Er sah sich nach einem Sack oder einer Tasche um, worin er die Bücher transportieren konnte, und nahm schließlich den Überzug eines Sitzpolsters, der auf der Eckbank lag. Dann sperrte er die Tür hinter sich ab und setzte sich auf die nun freie Bank. Scheiße noch mal … nichts täte er lieber, als mit einer Tasse Kaffee hier in der Sonne zu sitzen und so lange in die Gegend zu starren, bis sein Hirn so leer und bedeutungslos wäre wie das leere Vogelfutternetz, das vor ihm an einer Lärche im Wind schaukelte. Unergründlich sind deine Wege, murmelte er und machte sich auf den Weg zur Bergstation.

Wieder im Taxi, auf dem Weg Richtung Salzburg. Schäfer rief seinen Bruder an.

»Servus, ich bin's … du, ich brauche einen Neurologen, der schweigen kann …«

»Der ist sowieso an die ärztliche Schweigepflicht gebunden …«

»Wieso … nein, es geht um ein paar Unterlagen, die sich ein Fachmann durchsehen soll … die sind allerdings auf Englisch …«

»Das dürfte das geringste Problem sein … lass mich nachdenken … ich schau in meinem Adressbuch nach und gebe dir dann Bescheid …«

»Danke.«

Er nahm den Apfel, den Frau Bienenfeld ihm geschenkt hatte, und verschlang ihn in drei Bissen. Abermals ging ihm ihr Gespräch durch den Kopf. Was sie über den Markt erzählt hatte. Dass man eine Frau nach etwas fragt, das sie gar nicht hat. Aber irgendwie wird es einem dann auf verschlungenen Wegen zugetragen. Die Frau sollte wohl für ein Sinnesorgan stehen; der Markt für die geheimnisvollen Tiefen des Gehirns; der Junge für irgendwelche Nerven oder Botenstoffe, die sich zur Ausgabestelle durchschlugen. Doch das war es nicht, was Schäfer plötzlich an diesem Gleichnis interessierte. Sondern die Frau am Eingang dieses Labyrinths. Konnte natürlich auch ein Zufall sein, dass Bienenfeld damals in Bangkok und vierzig Jahre später seine Witwe von einer Frau gesprochen hatten … gleichzeitig hatte es aber auch eine andere

Qualität, als einen Mann zu fragen. Hm, Schäfer versuchte, aus seinen wirren Gedanken einen praktischen Schluss zu ziehen. Wollte ihm Frau Bienenfeld etwas mitteilen, was er nicht verstand? Heilige Mistgabel … Himmel und Hölle, lag das an dem Apfel, den sie ihm gegeben hatte? Aber … Das … Konnte das möglich sein? Hofer und Bienenfeld, von wegen im Dienste der Menschheit, die hatten wahrscheinlich … ruhig, Schäfer, nicht wieder durchdrehen … Hirngespinste, brr, brr, brr, wilde Pferde meiner Fantasie … andererseits: Was hatte er zu verlieren … lag er falsch, konnte er Kamp immer noch anrufen und einen einjährigen Urlaub beantragen. Er ließ den Taxifahrer umkehren und dirigierte ihn zurück nach Großgmain. Was hatte er seinem Bruder versprochen? Dass Major Schäfer die Neuroklinik nicht betreten wird. Aber! Aber es gab ja noch Hektor Maria Müller … den geheimnisvollen Unbekannten, der schon Clemens Schalk besucht hatte.

Dem gleichgültigen Portier erklärte er, dass er mit einem befreundeten Arzt sprechen müsse, und betrat das Klinikgelände. Die gesamte Anlage stammte noch aus der ersten Hälfte des 20. Jahrhunderts, als sie wohlhabenden Gästen als Kur- und Therapiezentrum gedient hatte. So sahen auch die Gebäude aus: der Haupttrakt ein mattgelber Imperialbau, der Schäfer an das Schloss Schönbrunn erinnerte; dazu die einzelnen Pavillons, die in strahlenförmiger Symmetrie um das Haupthaus angelegt und über fahrzeugbreite Kieswege mit ihm verbunden waren. Schäfer blickte sich um; was sollte er jetzt tun? Er studierte den frei stehenden Übersichtsplan vor dem Eingang und spazierte dann zu Pavillon 4, der als Rehabilitation ausgewiesen war. Auf dem Weg dorthin kam ihm eine Frau in weißer Kleidung entgegen.

»Entschuldigen Sie«, sprach er sie an, »das mag Ihnen vielleicht seltsam erscheinen, aber ich suche einen Mann … also eigentlich auch eine Ärztin, die ich noch aus Wien kenne … damals hatte ich einen schweren Unfall und sie hat mich betreut …«

»Und wie heißt sie?« Die Frau sah ihn unsicher an.

»Ich kann mich nicht mehr erinnern«, meinte Schäfer und griff sich an die Stirn, »vielleicht war es Ute, oder Anne … irgendwas mit a … mein Gedächtnis hat ziemlich gelitten nach dem Unfall … wir haben uns vor fünfzehn Jahren aus den Augen verloren, leider, ich hatte sie sehr gerne … damals hat sie hier gearbeitet, bei Doktor Hofer, glaube ich … »

»Sie sollten es beim Empfang versuchen … ich bin auch erst seit zwei Jahren hier …«

»Ja, das ist eine gute Idee«, antwortete Schäfer und machte kehrt.

Als die Frau aus seinem Sichtfeld war, änderte er erneut die Richtung und spazierte zwischen den Pavillons herum, bis ihm eine junge Pflegerin unterkam. Er brachte sein Anliegen vor, wurde abermals an den Empfang verwiesen und wiederholte seine Tour. Die achte Frau, die er ansprach, nahm sich mehr Zeit für ihn.

»Wissen Sie denn, wie sie ausgesehen hat?«

»Sie war hübsch … also mehr von innen heraus … ein guter Mensch, sehr hilfsbereit … damals hat sie sich auch um einen jungen Mann gekümmert, im Gefängnis …«

»Und wie alt sie ist, wissen Sie auch nicht?«

»Etwa in meinem Alter …«

»Also an Ihrer Stelle würde ich zum Direktionssekretariat gehen … auf Pavillon 6 … die Frau Heim, die kennt eigentlich jeden …«

»Danke, vielen Dank«, Schäfer holte seinen Notizblock heraus, »darf ich Ihnen meine Nummer geben, falls Ihnen noch etwas einfällt? Ich logiere vorübergehend in Salzburg und bin rund um die Uhr erreichbar.«

»Na, da hat Sie's ja ganz schön erwischt damals?« Sie nahm den Zettel mit der Nummer entgegen und lächelte ihn an. »Also, Entschuldigung, im Sinne von … im Herzen, meine ich …«

»Ja, kann man wohl sagen … vielen Dank … auf Wiedersehen!«

Schäfer wandte sich um und atmete im Weitergehen tief durch. Was für eine dämliche Posse, die er hier riss. Der Mann mit lädiertem Gedächtnis und gebrochenem Herzen auf der Suche nach seiner unvergesslichen Liebe. Aber noch wollte er nicht aufgeben. Irgendwo in diesem undurchsichtigen Netzwerk musste es jemanden geben, der Bescheid wusste. Hier trafen sich die Nervenenden, da war er sich sicher. Vor dem Pavillon 6 blieb er stehen und überlegte, wie weit er sich hinauslehnen sollte. Den Dienstausweis zeigen? Gleich jetzt schon Feuer an die Lunte legen? Er betrat den Pavillon, besah sich den Wegweiser und ging in den ersten Stock.

»Es ist etwas kompliziert … ich suche einen Mann, also eigentlich suche ich eine Frau, die ich vor zehn Jahren hier kennengelernt habe … im Zuge meiner Rekonvaleszenz, ich hatte einen schweren Autounfall … und diese Ärztin, womöglich war sie auch Pflegerin, ich kann mich tatsächlich nicht mehr erinnern … Sonja, glaube ich, hieß sie … oder Tanja?«

»Entschuldigen Sie bitte, Herr …«

»Müller … Hektor Maria Müller …«

»Herr Müller … aber ich bezweifle, dass ich Ihnen ohne einen genauen Namen weiterhelfen kann …«

»Das ist schade … sie war so eine gute Frau … ein deutscher Name war es … Ute, Anke …«

»Anke? Die Frau Merz vielleicht … also jetzt nennt sie sich ja wieder Gerngross …«

»Gerngross … ja, das könnte es sein … also war sie verheiratet?«

»Ja, aber erinnern Sie sie nicht daran, wenn Sie sie treffen«, die Frau lachte bitter, »kein gutes Thema bei ihr … und warum genau suchen Sie sie jetzt?«

»Also, ich will ehrlich sein: Ich habe vor ein paar Tagen in der Zeitung das Bild eines Mannes gesehen … so ein Phantombild, das die Polizei macht, ja … und ich denke mir: Mein Gott, den kenne ich, das ist doch der … und da ist mir der Name nicht mehr eingefallen … dabei waren wir zusammen in der Reha … und Frau Gerngross, ja, die weiß das bestimmt noch … und ich wollte sie deswegen fragen … weil ich mir ja nicht sicher bin … ich will ja auch nicht zur Polizei gehen, ohne vorher mit ihr gesprochen zu haben …«

»Also heute kommt sie ziemlich sicher nicht mehr«, die Frau war offensichtlich genervt von Schäfers krudem Gefasel, »aber ich kann ihr gerne eine Nachricht hinterlassen.«

»Ja … ich lasse Ihnen meine Adresse und meine Telefonnummer hier«, sagte er und zog umständlich seinen Notizblock aus dem Jackett. »Ich wohne in der Pension Bergblick … kein sehr nobles Etablissement, wie ich eingestehen muss, aber in der Festspielzeit, Sie wissen ja …«

»Ja, ich denke es mir«, meinte sie und nahm den Zettel.

Schäfer ging auf den Parkplatz und rief ein Taxi. Wellenartig überkam ihn eine kindische Heiterkeit. Was für ein Schauspiel, dachte er und lachte laut heraus, allein das schon war es wert gewesen.

»Warum machst du so was?«, ereiferte sich sein Bruder, während Schäfer auf dem Terrassentisch Bienenfelds Notizbücher ausbreitete.

»Reg dich nicht so auf … ich war eh inkognito dort, quasi inoffiziell … lustig war es außerdem …«

»Ach ja, wie wir's gerade brauchen … heute bin ich böse, morgen gut, übermorgen lustig, nächste Woche traurig … für so was wie dich hat wahrscheinlich nicht einmal Doktor Hofer einen psychiatrischen Begriff«, erwiderte sein Bruder und klopfte sich mit dem Handballen an die Stirn. »Ich muss mit Mama reden, wir müssen dich entmündigen …«

»Sei nicht so melodramatisch. Ich war schon kurz davor aufzugeben … verstehst du … und dann hat mir Frau Bienenfeld diese Idee gegeben …«

»Ja … mit dem thailändischen Markt … großartig … und jetzt wartest du, bis der kleine Junge antanzt mit eurem Täter auf dem Rücken …«

»Kein Junge, eine Frau! … In dieser Geschichte muss es eine Frau geben, die … »

»Wieso?«

»Oh Gott … sagen wir einfach Intuition dazu … das ist das, was ich von Mama geerbt habe, während du den technoiden Stursinn unseres Vaters hast …«

»Das ist ja nicht dein Ernst! Nur weil ich deinen Wahnsinn da nicht unterstützen will, heißt das …«

»Okay, ganz ruhig«, Schäfer hielt seinem Bruder die offenen Handflächen entgegen, »und hör mir bitte kurz zu: Wer kümmert sich um die Patienten, wer pflegt überall die Langzeitfälle, wer putzt ihnen die Ärsche, tauscht die Infusionsflaschen aus …«

»Frauen … in den meisten Fällen …«

»Eben: Frauen … unser Täter ist angeschossen worden, ohne professionelle Hilfe verreckt er … und überall in diesem Fall tummeln sich Mediziner … außerdem: Das Narkosemittel, mit dem Born betäubt worden ist … kriegt man das vielleicht im Supermarkt?«

»Nein … aber auf dem Chatuchak bestimmt …«, erwiderte Schäfers Bruder gereizt.

»Egal … wann kommt dein Bekannter eigentlich?«

»Um acht«, antwortete Jakob und seufzte. »Ich … ach, vergiss es«, er setzte sich neben seinen Bruder und nahm sich ebenfalls ein Buch vor. »Und was soll dieses Gekritzel deiner Meinung nach beweisen?«

»Das kann ich dir noch nicht sagen … ist noch sehr spekulativ … wirst du da schlau draus?«

»Nein … das sind wahrscheinlich Kürzel … aber auf Englisch … amygd., das könnte für Amygdala stehen, Mandelkern …«

»Ein Rezept?«

»Trottel … die Amygdala ist ein Bereich im Gehirn, der für die Verarbeitung und Weitergabe von Emotionen zuständig ist … dors. thal. wahrscheinlich der dorsomediale Thalamus … also ich werde da nicht schlau draus …«

»Das könnte auch der Grund sein, warum wir so anstehen«, meinte Schäfer und legte das Buch weg. »Wenn ich danebenliege, überschreibe ich dir mein Erbe und du kriegst das Haus in Kitzbühel, okay?«

»Du bist ein Arschloch … unsere Eltern leben noch, wenn ich dich erinnern darf!«

Kurz nach acht läutete Jakobs Bekannter an, ein Psychiater und Gerichtsgutachter, den Jakob auf Drängen seines Bruders hatte bewegen können, noch am selben Abend zu kommen. Während Jakob in die Küche ging und eine Jause zubereitete, nahm der Psychiater auf der Terrasse Platz, holte eine Lesebrille aus der Brusttasche seines Jacketts und schlug das erste Buch auf.

Angespannt folgte Schäfer den Reaktionen des Psychiaters, die hauptsächlich aus unverständlichem Grummeln und ungläubigem Kopfschütteln bestanden. Nach einer knappen halben Stunde hielt Schäfer es nicht mehr aus und ging in die Küche, wo sein Bruder den Rest einer gebratenen Ente aufschnitt.

»Ah … leichte Sommerküche …«

»Wenn ich dir keine ordentliche Unterlage verschaffe, wirst du nur wieder peinlich«, meinte Jakob angestrengt und gab seinem Bruder ein Messer in die Hand. »Da, schneid den Paprika auf.«

Gemeinsam begannen sie dann, den Tisch zu decken, und verlegten den Psychiater, der ganz in Bienenfelds Aufzeichnungen aufzugehen schien, mitsamt den Büchern in einen Liegestuhl. Schließlich schenkte Jakob den Wein ein und rief seinen Bekannten an den Tisch zurück.

»Und? Was sagen Sie?«, fragte Schäfer, noch bevor er den ersten Bissen genommen hatte.

»Pff … also auf ein paar Seiten geht es meiner Meinung nach um Tierversuche, Ratten oder Affen … dann gibt es wiederum ein paar eindeutige Zuordnungen zum menschlichen Gehirn …«

»Also für Vorschüler: Was steht da drin?«

»Eine hypothetische Versuchsanordnung … ein Verfahren zur Rekonstruktion zerstörter Zellen im Bereich zwischen Amygdala, Hypothalamus und Neocortex … Implantation von Gliazellen … irgendeine Droge, die die Produktion fötaler Stammzellen und damit eine adulte Neurogenese anregen soll …«

»Kapierst du, was er sagt?«, wandte sich Schäfer an seinen Bruder.

»In etwa … aber das hilft mir auch nicht weiter …«

»Was soll ich euch sagen«, der Psychiater legte das Buch weg und hob seine Arme, »das ist wahrscheinlich eine Spätabend-Rotwein-Fantasie eines Neuroplastikers … zumindest kann ich wegen des Codes, in dem es geschrieben ist, so schnell nicht mehr damit anfangen … gebt mir bis morgen Abend Zeit und ich kann vielleicht Genaueres sagen … hm, ist das Ente?«

32

»Das muss ein guter Wein gewesen sein«, Schäfer gähnte übertrieben, als er am Morgen ins Esszimmer der Familie seines Bruders trottete, »überhaupt kein Kopfweh.«

»Ich schätze die Kriterien, nach denen du meinen Weinkeller beurteilst, außerordentlich«, antwortete sein Bruder, der mit einer Tasse Tee neben dem Tisch stand und im Aufbruch begriffen schien.

»Guten Morgen, Johannes.« Monika kam mit einem Gedeck für Schäfer aus der Küche und stellte es eilig auf den Tisch.

»Morgen … Monika … seid ihr schon beim Gehen?«

»Ja … ich muss in die Klinik und nehme Monika in die Stadt mit. Kommst du allein klar?«

»Sicher … danke für das Frühstück …«

»Gerne … hier ist der Schlüssel für die Haustür. Vergiss nicht abzusperren, nimm deine Tabletten … und vergiss vor allem den Termin bei Kurt nicht. Fünf Uhr!«

»Mach ich. Danke.«

Schäfer holte ein Tablett aus der Küche, stellte sein Frühstück darauf und ging auf die Terrasse. Glutrot war der Himmel über der Bergkette im Westen, es konnte nicht später als sechs Uhr sein, Schäfer starrte in die Sonne, höher und höher würde sie steigen, den Tag machen und die Zeit vor sich hertreiben, ihn selbst zum Abend hintreiben, an dem sie wie das Schwert des Damokles tiefer und tiefer auf seine Stirn herabsinken würde. Ha, ein Zettel und er hätte ein Gedicht, versuchte er der Panik Herr zu werden, die ihn anflog beim

Gedanken an den kommenden Tag, an die Hoffnung, die er sich machte, den Fall zu lösen. Gegen vier war er durstig aufgewacht, ins Bad gegangen, hatte sich lange im Spiegel angeschaut und geschworen, dass er so nicht weitermachen würde. Egal, wie es ausging, etwas musste sich ändern, er wollte nicht zum so dumpfen wie wahren Klischee eines verhärmten und zynischen Prügelpolizisten werden. Diesen Fall versemmeln und er würde sofort kündigen und die Ausbildung zum Kindergärtner machen, diesen Fall lösen und mit Isabelle in Urlaub fahren und in aller Ruhe nachdenken, wie es weitergehen sollte. Er löffelte den Fruchtsalat aus Himbeeren, Äpfeln und Bananen, den garantiert Monika zubereitet hatte, und schöpfte neuen Mut. Kurz vor acht bekam er einen Anruf von Schranz. Bei Hofer war am Abend zuvor eingebrochen worden. Ein Nachbar hatte den Einbrecher gesehen, die Beschreibung passte zu ihrem Phantombild. Schäfer rief umgehend ein Taxi und ließ sich zur Polizeidirektion bringen.

»Wie lange hat der Mann den Einbrecher gesehen und aus welcher Distanz?«, fragte Schäfer die zuständige Polizistin.

»Er ist ihm praktisch im Treppenhaus gegenübergestanden …«

»Wann habt ihr ihm das Phantombild gezeigt … und wieso überhaupt?«

»Nachdem er uns eine genaue Beschreibung des Mannes gegeben hatte …«, die Beamtin sah Schäfer an, als ob sie ihm bald an die Kehle springen würde, präpotenter Wiener Bulle, »wir wissen Bescheid, in welcher Mordsache des LKA Wien Sie hier ermitteln und dass Hofer als Auskunftsperson geführt wird … da ist es nur naheliegend …«

»Schon gut … ich mache ja niemandem einen Vorwurf … was ist mit Doktor Hofer, wo war der?«

»Galadiner bei den Festspielen … ist von zwei Kollegen informiert worden … Oberstleutnant Schranz …« Der betrat nun den Raum und bedeutete Schäfer, mitzukommen.

»Wie sollen wir damit umgehen?«, fragte er Schäfer geradeheraus, als sie in seinem Büro waren.

»Ist etwas gestohlen worden?«

»Doktor Hofer ist sich nicht sicher … ziemlicher Saustall in der Wohnung … er gibt uns Bescheid, sobald er mehr weiß … ich habe zwei Leute abgestellt, die ihn bewachen …«

»Gute Entscheidung … Sie waren mit Hofer bei diesem Galadiner?«

»Unter anderen, ja …«

»Wie hat er reagiert auf die Nachricht, dass bei ihm eingebrochen worden ist?«

»Na, wie wohl … gefreut hat er sich nicht …«

»Und dann?«

»Ich habe ihn zu seiner Wohnung begleitet, mit ihm gewartet, bis die Spurensicherung fertig war … soll ich Ihnen vielleicht das Protokoll bringen lassen …«

»Nein, nein … entschuldigen Sie, dass ich so … ich verstehe nur die Methodik nicht … wenn es unser Mann war … bis jetzt hat er seine Opfer zuerst beobachtet, ist unbemerkt eingedrungen, hat sie umgebracht … und jetzt bricht er ein, durchwühlt die Wohnung, lässt sich von einem Nachbar erwischen … was wollte er dort?«

»Das sollten Sie eigentlich besser wissen, oder?« Für einen Moment war Schäfer irritiert vom scharfen Tonfall des Oberstleutnants. Natürlich, es war unangenehm, dass der Irre mit der Säureflasche plötzlich in dessen Revier aufzutauchen schien, noch dazu in der Festspielzeit, aber Schranz tat gerade so, als hätte Schäfer ihn mitgebracht. Dich lasse ich zappeln, respektloser Gebirgsjäger!

»Gut«, bemühte er sich um einen autoritären Ton, »wenn

er Hofer hätte töten wollen, hätte er es getan … aber er hat im Gegenteil gewartet, bis der aus der Wohnung war … also hat er dort etwas gesucht … etwas, das ihn verrät, etwas, das ihm für die Auswahl seiner künftigen Opfer wichtig ist …«

»Künftige Opfer? … Die darf es nicht geben, hier schon gar nicht«, erwiderte Schranz wütend, »ich habe heute Morgen mit Walter … mit Oberst Kamp telefoniert … eure Verdachtsmomente sind so dünn wie Kasernensuppe, eine Festnahme kann ich mir wahrscheinlich vom Christkind wünschen … ich weiß ja nicht, wie ihr in Wien arbeitet, jedenfalls … Oberst Kamp hat mir versichert, dass ich mich diesbezüglich auf Sie verlassen kann …«

»Auf mich?« Schäfer schaute Schranz fragend an. »Das hat er gesagt?«

»Na, weshalb hat er Sie denn hierherbeordert, wenn nicht, um diesen Irren zu fassen? Ist mir da irgendetwas entgangen?«

»Nein … geben Sie mir das Protokoll, setzen Sie den Personenschutz für Hofer fort … ich nehme an, dass all Ihre Beamten das Phantombild haben und die Augen aufmachen …«

»Darauf können Sie Gift nehmen.«

»Schön … Sie hören im Lauf des Tages von mir … oder von Oberst Kamp.« Schäfer stand auf und reichte Schranz die Hand, die dieser unwillig drückte. Ist mein alter Kamerad schon so senil, dass er mir solche Kanaillen schickt, las Schäfer in den Augen des Oberstleutnants. Egal, bald würde er mit diesem Haufen ohnehin nichts mehr zu tun haben, da war er sich beim Hinausgehen sicherer denn je zuvor. Kamp, dieser Arsch, setzte ihn zuerst ins Abseits – da wohnt doch Ihr Bruder, machen Sie sich ein paar schöne Tage, tralala – und kaum steigen ihm die Salzburger auf die Füße, zieht er den Schwanz ein und meint, der Major Schäfer wird's schon richten.

Nach seinem Besuch in der Polizeidirektion fuhr er zu seiner Pension, wo er duschte, frische Kleidung anzog und mit einem nassen Handtuch den Bergstaub von seinen Schuhen wischte. Stachelsau und Gänsegeier, er hätte oben auf dem Predigtstuhl bleiben sollen, Kamp eine Nachricht schicken, leckt mich alle am Arsch, das Handy abdrehen und ein paar Tage von abgelaufener Bohnensuppe leben. Er holte seine Waffe unter der Matratze hervor, steckte sie ins Holster und schlich sich aus dem Haus. Durch die Altstadt ging er zur Kaipromenade, überquerte die Salzach und war ein paar Minuten später im Mirabellgarten. Massen an Touristen, die wenigen Sitzbänke im Schatten bereits besetzt. Er querte den Park, bis er beim Zwergelgarten angelangt war – einer kleinen, von einer niedrigen Mauer umgebenen Fläche, in der korpulente Steingnome standen. Hier, verborgen hinter den Bäumen, waren alle Bänke frei. Bevor Schäfer sich setzte, drehte er eine Runde und sah sich die Zwerge an. Dann das Informationsschild: … auf fast allen europäischen Fürstenhöfen wurden in der Barockzeit bedauernswerte, verwachsene Menschen zur Belustigung gehalten, die jedoch ob ihrer Treue und Loyalität hoch geschätzt wurden. Schäfer nahm sein Handy aus der Jacketttasche, machte ein Foto der Inschrift und schickte es Bergmann. Eine Minute später der Anruf.

»Wie soll ich das verstehen? Als Kompliment oder Vorwurf?«

»Wie Sie wollen … wie steht's denn mit Ihrer Treue und Loyalität?«

»Keine Ahnung, worauf Sie hinauswollen … wie geht's Ihnen?«

»Richtig gut … ich bummle durch die Gegend, besuche Mozarts wichtigste Wirkstätten, war schon im Traklhaus … ein kultureller Traum, dieses Salzburg …«

»Ach ja …«

»Bergmann!«, schrie Schäfer ins Telefon, »die zucken alle aus hier … beim Hofer ist eingebrochen worden … unser Mann treibt sich inzwischen hier herum … niemand weiß, was los ist, und Kamp, die Sau, hängt mir plötzlich das Ganze um …«

»Wieso plötzlich? Sie leiten die Ermittlungen …«

»Was mache ich? Ich bin quasi beurlaubt worden … versetzt, während meine Gruppe sich von mir lossagt und …«

»Ich weiß nicht, in was Sie sich da wieder hineingeredet haben, aber eigentlich geht hier schon jeder davon aus, dass Sie uns demnächst den Täter liefern …«

»Ich? Wie denn? Wen denn?«

»Na, weil Sie unser Major sind und uns anderen in neunzig Prozent der Fälle einen Schritt voraus … auch wenn es der Verdienst von Inspektor Zufall oder Gott oder sonst wem ist, zu dem ich keinen guten Draht zu haben scheine … Sie sind der barocke König und wir Ihre bedauernswerten, verwachsenen Kreaturen, in Loyalität und Treue erstarrt, das haben Sie mir eben wieder mitgeteilt … wieso fällt mir jetzt Ludwig von Bayern ein, hm …«

Schäfer nahm sein Telefon und blickte aufs Display, als könnte er dadurch Bergmann sehen. War der schon wieder auf Drogen?

»Hallo … sind Sie noch da?«, tönte Bergmanns Stimme aus dem Gerät.

»Ja … natürlich …«

»Also: wer?«

»Niemand«, Schäfer drehte sich im Stehen langsam im Kreis, um zu sehen, ob er beobachtet wurde, »das ist genau der Grund, warum wir so herumeiern … weil es den Täter nicht gibt … verstehen Sie?«

»Nein.«

»Okay, Bergmann, hört wer mit?«

»Natürlich nicht … ich bin daheim …«

»Also gut, aber das bleibt erst mal unter uns … warum gibt es keinen Namen ganz oben auf der Verdächtigenliste? Warum erkennt niemand trotz des genauen Phantombilds und dieser absurden Belohnung den Täter wieder? Warum streifen wir seit dem Mord an Born immer wieder das Duo Bienenfeld-Hofer?«

»Warum?«

»Weil es den Täter nicht gibt! Er ist eine namenlose Kreatur … irgendein Obdachloser, ein Eremit vom Untersberg, ein Schlaganfallpatient ohne Angehörige, was weiß ich … sie haben ihn in ihre Klinik gebracht und dort mit ihm irgendwelche Experimente angestellt … das müssen die Aufzeichnungen sein, die ich gestern auf dem Predigtstuhl gefunden habe … aber Bienenfeld und Hofer können das nicht allein bewerkstelligt haben, da ist noch diese Gerngross und wer weiß, wer sonst noch … die sind seit Jahrzehnten an diesen Human-Enhancement-Projekten dran … Menschen mit irgendwelchen Fehlfunktionen reparieren und zu Prototypen einer neuen Menschheit machen … Bienenfeld und Hofer, die besten Neurochirurgen oder -plastiker oder was auch immer … warum tun die sich zusammen, hä? … Wegen irgendwelcher alten Nazigeschichten? Wiedergutmachung? Sicher nicht! Tarnung, Bergmann, alles Tarnung! … Der Hofer macht dasselbe wie sein Vater, nur unter anderen Vorzeichen!« Schäfer musste eine Pause machen, so brachte ihn sein Sperrfeuervortrag außer Atem.

»Gute Theorie«, Bergmann klang nicht ganz aufrichtig, »aber wieso diese Morde … und wieso Kastors Haare?«

»Keine Ahnung, noch keine Ahnung … also schon eine Ahnung, aber keine Gewissheit … vielleicht wollten sie eine Kampfmaschine züchten, vielleicht haben sie Kastor als Zellenspender verwendet, ich bin ja kein Arzt, da muss ich heute noch mit diesem Psychiater reden … vielleicht ist ihnen das auch alles außer Kontrolle geraten … dafür spricht, dass sich Hofer und Bienenfeld laut Aussage von dessen Frau in den letzten Monaten überworfen haben … vielleicht ist er ihnen abgehauen … vielleicht wollte Bienenfeld auspacken und einer seiner Komplizen hat ihn umgebracht, dürfte einem Arzt nicht schwerfallen, so etwas … was weiß ich … das läuft alles in dieser Klinik zusammen …«

»Seit wann haben Sie diese Theorie?«, wollte Bergmann wissen und Schäfer konnte den vorwurfsvollen Ton in seiner Stimme nicht überhören.

»Seit gestern … also … eigentlich hat sich da schon vor längerer Zeit etwas eingenistet, aber das war alles viel zu unglaubwürdig … ich … wir haben einen Namen gesucht … logische Zusammenhänge … Motive … und wir sind nicht weitergekommen, weil das alles außerhalb unserer bisherigen Logik und Erfahrung liegt …«

»Und jetzt?«

»Meiner Meinung nach ist die Situation dabei, zu eskalieren … Bienenfeld ist tot … gestern der Einbruch bei Hofer … vielleicht war der auch nur vorgetäuscht, um Unterlagen zu vernichten, ich weiß es nicht …«

»Staatsanwalt werden Sie da keinen finden, der Ihnen das abnimmt … zumindest nicht, ohne dass Sie konkrete Beweise haben, eine Aussage oder eben den Täter …«

»Ich weiß … aber ich habe so ein Gefühl, dass sich bald etwas tut … und Sie halten sich bitte in Bereitschaft, um jederzeit hierherkommen zu können, falls es brenzlig wird …«

»Ein Gefühl … oje … das sagt mir nichts Gutes … warum bitten Sie nicht die Salzburger um Unterstützung?«

»Genau, den Schranz, diese Bergdohle … der ist mit dem

Hofer auf Servus, wie geht's, Gernot! … außerdem ein respektloser Arsch …«

»So, so … respektlos …«

»Werden Sie nicht frech, Bergmann, sonst stehen Sie zur Strafe einen Tag lang im Zwergelgarten …«

Schäfer setzte sich auf die kühle Steinbank, schüttelte den Kopf und lachte. Sein Plan war es gewesen, hier im Freien die Fragmente zusammenzusetzen, in Ruhe zu überlegen, ob seine Fantasien irgendeine rationale Grundlage besaßen. Und dann ruft Bergmann an. Kitzelt Schäfers überfressenes Gehirn wie die Pfauenfeder einst die Rachen der antiken römischen Dekadenz, auf dass es in einem Schwall alles herauskotze. Und mit einem Mal klang es logisch, der rationale Katalysator Bergmann hatte die gasförmigen Gebilde, als die seine Gedanken bislang existiert hatten, in einen festen Aggregatzustand gebracht, geholfen, sie zu erden und in Worte zu fassen. Wie wild tippte Schäfer nun in seinen Laptop, damit das alles sich nicht wieder auflöste. Bienenfeld, Hofer, Gerngross … wer noch? … Die Geschichte begann, Gestalt anzunehmen, endlich … auch wenn die Vorstellung, dass die beiden Ärzte in irgendeinem Keller der Klinik Experimente am Gehirn lebender Menschen vorgenommen hatten, ihm immer noch schwerfiel. Schließlich war er Hofer begegnet, der war kein Frankenstein … doch die Seele, die Seele, dieses weite, zerklüftete Land.

Von Westen her begannen sich schwere Wolken in seine Richtung zu schleppen, Schäfer beendete seine Arbeit. Im Zwergelgarten von einem Blitz erschlagen zu werden hatte zwar zweifelsohne Stil, aber da gab es doch noch ein paar Dinge, die er erleben wollte. In der Judengasse setzte er sich in ein Kaffeehaus, das im ersten Stock lag und einen guten Blick über die Passanten ermöglichte. Die Kellnerin brachte ihm die bestellte Leberknödelsuppe und ein Mineralwasser. Er aß die Hälfte, nahm sein Telefon aus dem Jackett und rief Bruckner an.

»Servus … Ja, eh gut … Sag: Kannst du mir einen Gefallen tun, der dir wahrscheinlich auf die Nerven geht? … Es geht um den Türken … Ich wollte dich schon vor zwei Tagen anrufen, aber dann ist immer wieder was dazwischengekommen … Ich weiß, das habe ich gelesen, aber irgendwas stört mich da noch … Schau dir doch bitte die Bilder noch einmal genau an, ob da alles zusammenstimmt … vor allem das Stichmuster, sprich bitte auch noch einmal mit Koller darüber … Ja, genau, könnte doch sein, oder? … Außerdem geht mir ihr Freund nicht aus dem Kopf … Nein, das glaube ich auf keinen Fall … aber ich denke, dass er uns etwas verheimlicht, dass sie ihm vielleicht davon erzählt hat … Nein, aber ich denke, dass wir ihn bald haben … Mach ich, mach ich … Danke, servus.«

Er legte das Telefon beiseite und widmete sich wieder seiner Suppe. Natürlich könnte er sich der Sache mit dem Türken und seiner toten Tochter auch selbst annehmen. Irgendwann später, wenn er wieder in Wien wäre. Aber wenn sich dann wirklich herausstellte, dass der Mann unschuldig war? Dann wäre Schäfer der Streber; der Besserwisser, der ohne Absprache mit den Kollegen ermittelte, um gut dazustehen. So hatte er zwar ebenfalls Brückners Kompetenzen infrage gestellt – aber doch so, dass dieser selbst die Dinge in die Hand nehmen konnte.

Ein erster Bote des nahenden Gewitters ritt donnernd über den Himmel. Schäfer rief die Kellnerin und bezahlte. Einen Platzregen konnte er abwarten – aber wenn es länger dauerte, war das nicht der Ort, an dem er sich lange aufhalten wollte, zumal er seinen Fünf-Uhr-Termin nicht versäumen wollte. Als er über den Mozartplatz ging, schlugen die ersten dicken Tropfen auf den warmen Asphalt wie Geschosse. Schnell ein Taxi. Als er die Wagentür öffnete, brach der Himmel auf.

33

Er drückte auf den Klingelknopf, was gleichzeitig den Türöffner auslöste. Im Hausgang roch es wie in einer Kirche. Schäfer stieg die Treppen in den zweiten Stock hinauf, sah die angelehnte Tür mit dem Namensschild des Psychiaters und trat ein.

»Was zu trinken?«, fragte der Mann, nachdem er Schäfer begrüßt und in sein Arbeitszimmer gebeten hatte.

»Gerne … aber alkoholfrei bitte.«

Der Psychiater verschwand in einem Nebenraum, aus dem Schäfer hörte, wie sich eine Flasche zischend öffnete und Eiswürfel aus der Form gebrochen wurden. Kurz darauf kam sein Gastgeber zurück und stellte zwei Gläser auf die Glasplatte eines Beistelltisches.

»So«, der Psychiater ließ sich in einen Lederfauteuil fallen, »da haben Sie mir eine schlaflose Nacht bereitet. Aber auch eine sehr fesselnde, wie ich sagen muss …«

»Was haben Sie herausgefunden?«

»Herausgefunden ist vielleicht ein wenig übertrieben … zumindest muss ich meine Ansicht revidieren, dass es sich um ein fiktives Projekt handelt, dafür stehen einige Passagen zu sehr auf empirischer Basis, werden moderne bildgebende Verfahren erwähnt, Gewichtsangaben verabreichter Medikamente … da kann es sich nur um Testreihen handeln, die auch tatsächlich stattgefunden haben, alles andere ergäbe keinen Sinn …«

»Und …«, Schäfer ahnte jetzt schon, dass er bald um einen Dolmetscher betteln würde, »was hat der Autor genau gemacht?«

»Wenn ich mich auf die Auszüge konzentriere, wo es sich um menschliche … also sagen wir, Probanden handelt … dann geht es im Wesentlichen um Beeinträchtigungen des präfrontalen Cortex und benachbarter Areale … Verletzungen, degenerative Erkrankungen … wobei es neben der primär medizinischen Behandlung parallel auch um neurobiologische Fragen geht, also etwa um Verhaltensmuster, soziale Fähigkeiten, die mit dem defekten, respektive in Behandlung befindlichen Gehirn des Probanden korrelieren …«

»Haben Sie nicht so eine Art Übersicht oder Lexikon für Volksschulklassen, damit ich ungefähr nachvollziehen kann, wo im Gehirn sich das alles abspielt …«, unterbrach Schäfer die Ausführungen des Psychiaters.

»Natürlich … entschuldigen Sie … wir alten Knacker sind schon so von unserem Fach eingenommen, dass wir glauben, dafür müsste sich jeder interessieren.«

Er stand auf, machte ein paar Schritte zum Bücherregal und klopfte mit dem Zeigefinger der rechten Hand ein paar Bücher ab, bevor er einen dicken Folianten herausnahm.

»Das da ist gut … alt, aber gut.« Er blätterte den Wälzer durch, bis er eine doppelseitige Übersicht des menschlichen Gehirns gefunden hatte.

»Hier!«, sagte er und zeigte auf den vorderen Stirnbereich, »der Cortex und seine angrenzenden Areale … bei dieser Untersuchungsreihe ist das Gehirn des Patienten im Bereich der Hippocampi sowie an der Amygdala, die sehen Sie hier, lädiert … wahrscheinlich aufgrund einer bakteriellen Entzündung, da fehlen mir noch ein paar Codierungen … in weiterer Folge, wann genau, kann ich Ihnen leider auch nicht sagen, wurde der Cortex durch eine schwere mechanische Verletzung lädiert …«

»Ähm … ich finde das zwar sehr interessant, aber können

Sie mir nicht kurz einen Anhaltspunkt geben, worauf das hinausläuft?«

Der Psychiater sah Schäfer fragend an und fasste seine Nasenwurzel zwischen Zeigefinger und Daumen.

»Ich will's versuchen ... meine didaktischen Fähigkeiten waren zwar nie die besten, aber ich will's versuchen. Nun denn: In der Neurobiologie und Psychiatrie gibt es ein Feld, das sich mit den Einflussfaktoren des Gehirns von Menschen mit sozial abnormem Verhalten eben auf deren Verhalten beschäftigt ... ja ... da gibt es wie immer verschiedene Theorien, doch eine weitgehend anerkannte Hypothese besagt, dass frontale Läsionen beziehungsweise Minderfunktionen das soziale Verhalten wesentlich beeinflussen können. Diese Erkenntnis geht bis ins Jahr 1848 zurück, als einem amerikanischen Eisenbahnarbeiter namens Phineas P. Gage bei einem Arbeitsunfall eine Eisenstange das Gehirn von links unten nach rechts oben durchbohrt hat ... Gage überlebte dieses Trauma wie durch ein Wunder, mit normaler Gedächtnisleistung und Intelligenz, ungestörter Sprache, Sensorik und Motorik ... sein Verhalten jedoch hatte sich grundlegend verändert. Der vormals verantwortungsbewusste Familienvater und Vorarbeiter wurde unzuverlässig, launisch, aggressiv, respekt- und verantwortungslos und fluchte wie ein Rohrspatz ... nun gut ... jedenfalls war dieser Fall ein Wegbereiter für weitere Studien, die bestätigten, dass Verletzungen der linken und rechten Präfrontalregion Defekte in Entscheidungsfindung und Emotionsverarbeitung begründen, da in diesem Bereich die Verarbeitung von Botschaften sowie die Impulskontrolle geschieht ... laienhaft ausgedrückt: Sind diese Kontroll- und Hemmmechanismen außer Kraft, kann das Gleichgewicht zwischen Bestie und Mensch aus den Fugen geraten, was eine Tendenz zu schwereren Straftaten und impulsiven Aggressionsdelikten begünstigt ...«

»Aha … und was … wie kann man denen helfen?«

»Nun … erfolgt ein entsprechendes Trauma im erwachsenen Stadium, lässt sich über Medikamente, Gesprächs- und Verhaltenstherapie durchaus einiges bewerkstelligen … die meisten Erwachsenen haben sich ja im Laufe ihrer Entwicklung ein emotionales Bewusstsein angeeignet – Mitgefühl, Empathie, sozial verträgliche Verhaltensweisen auch unter Stress –, und sie sind unter Umständen auch in der Lage, das trotz einer Verletzung wieder abzurufen. Schwieriger wird es bei Störungen im frühen Alter … Kinder mit derartigen Verletzungen und Folgeschäden, die zum Glück nicht sehr häufig sind, haben oftmals zwar normale kognitive Fähigkeiten, aber ein schwer gestörtes Sozialverhalten … sie können die Konsequenzen ihrer Handlungen nicht antizipieren und ihr Verhalten entsprechend ihren Erfahrungen ändern. Sie sind quasi unbelehrbar. Dementsprechend beschränkt sind die Möglichkeiten einer Therapie … zumindest ist das meine berufliche Erfahrung …«

»Also bringt es bei einem Schüler, der wegen so einem Hirnschaden einen anderen schwer verletzt, auch nichts, wenn ihn der Schulpsychologe vollquatscht?«, wollte Schäfer wissen, der unweigerlich an das Protokoll über Kastor denken musste.

»Hm«, machte der Psychiater und sah Schäfer irritiert an, »das entspricht dieser Theorie, aber es verleitet, so, wie Sie es ausdrücken, auch dazu, einen jungen Menschen mit so einem Verhalten von jeder Verantwortung und Schuld freizusprechen …«

»Aber das haben Sie doch eben gesagt …«

»Na ja«, meinte der Psychiater geziert, »wissen Sie: Nur weil ich das als medizinische Hypothese formuliere, dürfen wir das nicht als Grundlage für die Verantwortlichkeit sozialen Verhaltens nehmen. Vor allem, da die besagten Läsionen nur einen Teilaspekt ausmachen. Erziehung, soziales Umfeld und genetische Disposition sind diesbezüglich ebenso wichtig ... also das sogenannte Böse nur an besagten Abweichungen und Störungen festzumachen, diese Theorie hat zwar ebenfalls Anhänger, doch konsensfähig ist sie nicht ...«

»Ja«, erwiderte Schäfer, der sich erinnerte, das schon einmal aus dem Mund eines anderen Psychiaters gehört zu haben. Konnten sich diese Typen denn nie festlegen? »Und was heißt das jetzt in Bezug auf unseren Fall?«

»Zum einen, dass die Neurologen, die hier tätig waren, intellektuell und in Bezug auf Forschungsergebnisse weit über dem Durchschnitt dessen stehen, was ich hier betreibe ... und zum anderen, dass sie höchstwahrscheinlich neurologische Versuche jenseits aller ethischen Standards durchgeführt haben ... weil sie die Auswirkungen ihrer Methoden unmöglich haben abschätzen können ... da sind wir jetzt, zwölf Jahre später, so weit, dass wir uns das bei Ratten trauen ...«

»Wie aufwendig ist so etwas ... ich meine: Da braucht man doch ein Team, ein Labor, einen OP, was weiß ich ...«

»Zweifelsohne ... und vor allem brauchen Sie Kontrollfreiheit ... hier wurde mit fötalen Stammzellen und fremdem Gehirngewebe experimentiert ... das hat es zu dieser Zeit nur in dubiosen Anstalten in China und anderen Diktaturen gegeben, die es mit den Menschenrechten nicht so genau genommen haben ...«

»Und was war das Ziel des Ganzen?«

»Da fragen Sie mich zu viel ... wie gesagt: Das sind protokollartige Aufzeichnungen in einem persönlichen Abkürzungscode ... von Zielvorgaben oder Erwartungen des Verfassers ist darin nicht die Rede, da müssten Sie sein Tagebuch finden ...«

»Hm«, machte Schäfer, dessen Gehirn sich kurz ausruhte wie australische Buschläufer, die auf ihren Wanderungen immer wieder innehalten, um der Seele Zeit zu geben, den Körper einzuholen. Er wartete, dass er etwas verstand, doch es kam nichts nach.

»Also, meine Empfehlung ist, dass wir meinen Kollegen Doktor Hofer mit ins Boot holen, da er der führende …«

»Kommt gar nicht infrage!«, rief Schäfer, der sich vor lauter Befragungen, Diskussionen und Telefonaten gar nicht mehr erinnern konnte, wen er über Hofers mögliche Verstrickungen eingeweiht hatte. Seinen momentanen Gesprächspartner offenbar nicht. »Ich meine, zu einem späteren Zeitpunkt vielleicht, aber jetzt … der Verfasser dieses Buchs und seine Kollegen sind mit ziemlicher Sicherheit in ein Schwerverbrechen verwickelt … je weniger Menschen momentan davon wissen, desto besser …«

»Gegenstand laufender Ermittlungen«, dozierte der Psychiater, der solche Phrasen zu lieben schien.

»So kann man es sagen, ja.«

Den Weg zu seiner Pension nahm er zu Fuß. Der Himmel legte eine Pause ein, ganz erschöpft schienen die schwarzgrauen Wolken allerdings noch nicht zu sein. Doch Schäfer brauchte die sauerstoffreiche, regenfeuchte Luft, um seinen Kopf zu klären. Das Gespräch mit dem Psychiater hatte seine Theorie zumindest nicht entkräftet. Doch was brachte ihm das? Er war nicht die Ethikkommission, zudem waren die meisten von Bienenfelds und Hofers strafrechtlich relevanten Taten wahrscheinlich schon verjährt, er suchte einen Mörder. Ein Tropfen traf seine Stirn, er beschleunigte seinen Schritt. Telefon. Unbekannter Teilnehmer.

»Hallo?«

»Herr Müller …?«, eine leise Frauenstimme, die er nicht zuordnen konnte.

»N … ja, genau, mit wem spreche ich bitte?«, bemühte sich

Schäfer, ruhig zu bleiben. Der Regen wurde stärker. Doch wenn er zu laufen anfing, würde er womöglich etwas Wichtiges überhören.

»Ich bin die, die Sie neulich in Großgmain gesucht haben …«

»Ähm … ja«, Schäfer überlegte, wie er sich nun verhalten sollte, »vielleicht sollten wir uns irgendwo treffen … mein Erinnerungsvermögen …«

»Das wollte ich vorschlagen, ja.«

»Gut, und wann?« Der Himmel brach auf, Schäfer deckte sein Handy mit beiden Händen ab und sah sich nach einem Unterstand um.

»Können Sie heute Abend?«

»Sicher …«, er flüchtete mit anderen Passanten in eine Schaufensterpassage.

»Warten Sie um acht am Parkplatz vor der Klinik auf mich?«

»Gerne, Frau …«

»Sonja … also bis dann.«

Eingeengt zwischen den anderen Schutzsuchenden schwankte Schäfer zwischen Euphorie und Unsicherheit. Der Köder war geschluckt worden, sehr gut. Doch er wusste nicht, von wem. Das Prasseln des Regens, der Donner, das Gemurmel der Menschen um ihn herum, die fast flüsternde Stimme … er glaubte, sie auf dem Klinikgelände gehört zu haben … sicher war er nicht.

Später in seinem Zimmer: In zwei Handtücher gewickelt saß er auf dem Bett, starrte in den Raum … sechs Uhr dreizehn … sechs Uhr zwanzig … sechs Uhr achtundzwanzig … mach dich nicht verrückt, ermahnte er sich, nahm seinen Laptop und protokollierte das Gespräch mit dem Psychiater.

Sieben Uhr drei. Er zog sich an, stellte sich ans Fenster und rief Bergmann an.

»Bergmann … die Schlinge zieht sich zu!«

»Was heißt das?«, fragte Bergmann besorgt.

»Jemand hat den Köder geschluckt … in einer Stunde treffe ich mich mit einer Frau, die offenbar etwas weiß …«

»Aber Sie gehen da nicht allein hin?«

»Vorerst schon … soll ich mit der Wega auftauchen? Ich habe mich bisher nicht als Polizist zu erkennen gegeben, ich benutze einen falschen Namen …«

»Oh mein Gott … wo ist das Treffen?«

»Ich hole sie am Parkplatz vor der Klinik in Großgmain ab … dann sehen wir weiter. Ich gebe Ihnen auf jeden Fall Bescheid.«

»Von wegen … ich schnappe mir Kovacs und löse alle Radarfallen zwischen hier und Salzburg aus!«

»Oha, Bergmann, so ungestüm … na gut, wie Sie meinen. Aber machen Sie nichts, ohne mich vorher zu informieren, verstanden?«

»Natürlich … und wenn Sie erschossen irgendwo im Graben liegen, werde ich mit Ihrem Geist Kontakt aufnehmen.«

»Ganz schön witzig heute, Kollege … na gut, ich muss los … wir sehen uns später.«

»Passen Sie auf!«

Schäfer schnallte die Waffe um und zog eine Regenjacke über. Er verließ die Pension und rannte zu seinem Wagen. Startete den Motor und drehte das Radio auf. Irgendwo musste es doch einen Sender mit guter Musik geben. Eine Oper … na ja, besser als das andere Zeugs. Er parkte aus und fuhr los. Fidelio, wenn er sich nicht täuschte. Na, wenn das kein gutes Zeichen war.

34

19:48
Regen schlierte über die Windschutzscheibe, verwischte die Außenwelt. Über das Lenkrad gebeugt, in der Hand einen Notizblock, bemühte sich Schäfer, die Nummernschilder der Fahrzeuge zu lesen, die an der Steinmauer parkten, von der das Klinikareal umgeben war. Zwölf Autos. Viel zu wenig für das gesamte Klinikpersonal und allfällige Besucher. Wahrscheinlich gab es eine Tiefgarage oder einen Parkplatz auf der anderen Seite. Doch die Frau hatte diesen gemeint, oder? Er rief Bergmann an und gab ihm die notierten Kennzeichen durch mit der Bitte, sie überprüfen zu lassen. Ein Mann kam aus der Einfahrt gelaufen, über dem Kopf eine Zeitung, sperrte einen der Wagen auf, stieg ein und fuhr los.

19:56
Eine Frau, deren Gesicht von einem Regenschirm verdeckt wurde, kam auf den Parkplatz, bemühte sich mit ungelenken Bewegungen, beim Einsteigen in ihr Auto nicht nass zu werden, und fuhr schließlich los.

20:06
Schäfer trommelte mit den Fingern aufs Lenkrad. Ruhig, ermahnte er sich, das ist noch keine Verspätung, nicht für eine Frau.

20:10
»Bei Gefahr im Verzug gibt es keine Geschwindigkeitsbegrenzungen«, kommentierte Bergmann das deutliche Räuspern von Kovacs, während sie auf der Autobahn durch einen Baustellenbereich rasten.

»Dann sollten wir vielleicht Blaulicht und Sirene setzen.«

»Stimmt«, erwiderte Bergmann erstaunt und betätigte den Schalter. »Kommen Sie mit den Kennzeichen weiter?«

20:12
Sein Handy läutete. Unbekannter Teilnehmer.

»Ja?«

»Hallo, Herr Müller, hier ist Sonja … warum waren Sie nicht da?«

»Ähm … ich bin da.«

»Oh … dann muss ich Sie übersehen haben … ich bin vor Kurzem weggefahren, da war aber niemand …«

»Ich parke am äußeren Ende«, antwortete er. Wollte sie ihn für dumm verkaufen?

»Das tut mir leid … wollen Sie bei mir zu Hause vorbeikommen?«

»Gerne … wenn Sie mir sagen, wo …«

Er klemmte das Telefon zwischen Schulter und Wange und notierte die Adresse. Bevor er den Motor startete, ging er die Kennzeichen durch und versuchte, sich zu erinnern, welches dem silbernen Audi gehört hatte, in den die Frau eine Viertelstunde zuvor gestiegen war. SL, dachte er, oder war es BGL? Aber alle notierten Nummernschilder trugen S, SL oder BGL. Egal, er schrieb eine SMS an Bergmann mit der Adresse der Frau und fuhr los. Die Ortstafel von Bayerisch Gmain schob sich gelb in sein Blickfeld. Langsam rollte er durchs Ortsgebiet und bemühte sich, die Schilder an den abzweigenden Straßen zu erkennen. Lavenzagasse, hier war es. Er bog ab und fuhr an weit auseinanderstehenden Einfamilienhäusern und Villen vorbei. Auf Steinmauern gesetzte Schmiedeeisenzäune mit bedrohlichen Spitzen und übermannshohe Hecken prägten das Bild, Schilder, die vor pflichtbewussten Hunden warnten, Kameras an den Toren und an den Hauswänden kleine Blechkästen mit roten und orangefarbenen Alarmleuchten. Wovor hatten denn die Menschen in dieser Gegend Angst? Vor den Bildern und Berichten aus dem Fernsehen wahrscheinlich, sagte er sich und sah im selben Moment das quadratische blaue Schild mit der Nummer 18. Der silberne Audi von vorhin stand auf dem Rasenstreifen zwischen Straße und Gartenzaun. Schäfer parkte dahinter ein und ging zur Haustür.

20:28

»Ich habe alle österreichischen Fahrzeughalter ermitteln können«, wandte sich Kovacs an Bergmann, der mit verbissener Miene die linke Spur hielt.

»Und?«

»Vier männliche Personen, zwei weibliche ... eine Sonja ist nicht darunter. Zwei der Männer arbeiten an der Klinik, einer wohnt in der Stadt, einer in einem Vorort. Die anderen beiden sind ebenfalls in der Stadt gemeldet ... vermutlich Besucher ...«

»Was ist mit den Frauen?«

»Adelheid Novrotil, achtundsechzig, wohnt in Himmelreich bei Salzburg ... Gerda Schubert, zweiundvierzig, wohnt in Salzburg, arbeitet am Flughafen ...«

»Und die anderen Kennzeichen, die deutschen?«

»Habe ich angefragt ... kommen hoffentlich gleich durch.«

»Scheiße«, fluchte Bergmann, als er das Blitzen der Radarbox wahrnahm, »das ist jetzt schon die dritte.«

20:30
Die Haustür war nur angelehnt, Schäfer drückte trotzdem auf den Klingelknopf, schob die Tür auf und trat ein.

»Hallo … Sonja …«, rief er und blieb im Vorraum stehen, an dessen linker Seite er zwei geschlossene Türen sah, an der rechten Seite sich selbst in einem riesigen an die Wand gelehnten Spiegel mit goldenem Rahmen. Als sich niemand rührte, ging er auf die angelehnte Tür ihm gegenüber zu, durch deren Verglasung ein Lichtschimmer fiel. Bevor er sie aufschob, zog er seine Pistole aus dem Holster und entsicherte sie. Dann trat er in den schwach beleuchteten Raum.

20:31
»Rufen Sie ihn an«, sagte Bergmann nervös und gab Kovacs sein Handy.

»Sie haben eine SMS erhalten … soll ich sie lesen?«

»Von wem? Natürlich!«

»Von Major Schäfer, eine Adresse: Lavenzagasse 18 …«

»Gut«, meinte Bergmann einigermaßen beruhigt, »das sieht ihm gar nicht ähnlich, so großzügig mit Informationen umzugehen … überprüfen Sie die Adresse.«

20:32
»Wieso kommen Sie mit einer Pistole zu mir?«, fragte sie und drückte den Schalter für die Deckenbeleuchtung.

»Entschuldigen Sie bitte«, erwiderte er, sicherte die Waffe und ließ sie im Holster verschwinden. »Die Tür war offen, ich habe geläutet … und weil niemand gekommen ist …«

»Ich war im Bad … deswegen habe ich die Tür aufgemacht … falls ich die Glocke nicht höre. Setzen Sie sich doch, bitte.«

Schäfer sah sich um und entschied sich für einen gemütlich aussehenden Fauteuil.

»Ja, ich glaube, ich bin Ihnen doch eine …«, begann er und hielt abrupt inne, als er die Waffe sah, die sie auf seinen Kopf gerichtet hielt.

»Sie nehmen jetzt Ihre Pistole heraus und legen sie langsam auf den Boden.«

»Bitte«, versuchte Schäfer, sie zu beruhigen und hielt die Hände auf Schulterhöhe, »ich bin Polizist.«

»Sie sollen Ihre Pistole auf den Boden legen!«

Schäfer griff mit der rechten Hand langsam unter seinen Pullover, zog die Waffe heraus und legte sie auf den Parkettboden. Er versuchte, die Situation abzuschätzen. So, wie sie die Pistole hielt, schien sie nicht viel Erfahrung mit Waffen zu haben. Eine alte Mauser, Kaliber 6,35 … wahrscheinlich ein Erbstück ihres Vaters oder Großvaters … wenn sie nicht seinen Kopf oder sein Herz traf, würde ihm das Ding nicht allzu viel anhaben können …

»Ich bin wirklich Polizist … in meiner Gesäßtasche ist mein Ausweis.«

Sie trat zwei Schritte vor, stieß mit dem Fuß Schäfers Dienstwaffe weg und stellte sich dann hinter ihn. Er spürte das kalte Metall der Waffe auf seinem Hinterkopf. Das ist gar nicht gut, dachte er und spürte kurz darauf einen Einstich am Hals.

20:48

»Diese Adresse gibt es in Österreich nicht«, meinte Kovacs verunsichert.

»Das ist gar nicht gut … rufen Sie an.«

Kovacs nahm das Handy und drückte die Kurzwahltaste.

»Er geht nicht dran …«

»Verdammt … als ob ich es nicht gewusst hätte.« Bergmann schlug mit der rechten Hand aufs Lenkrad. »Au … Scheiße«, fluchte er, als ihm ein stechender Schmerz durch den ganzen Arm fuhr.

»Soll ich fahren?«

»Ist wohl gescheiter.« Bergmann wechselte auf die rechte Spur und hielt in der nächsten Pannenbucht.

»Es macht keinen Sinn, dass sie ihm eine falsche Adresse gibt«, sagte Kovacs, nachdem sie den Platz getauscht hatten.

»Nein ... Großgmain liegt direkt an der Grenze ... das muss auf deutschem Staatsgebiet sein.«

21:02

Gar nicht gut, gar nicht gut, dachte Schäfer träge, dem alle Gliedmaßen nach unten zu sacken schienen. Irgendwas war da völlig falsch gelaufen. Wie hatte er nur so dämlich sein können, auf diesen Trick mit dem falschen Namen hereinzufallen? Sonja. Das war Anke Gerngross, ihr Bild hatte er an der Tafel der Klinik gesehen. Das hatte er sich ganz anders vorgestellt: Eine Frau, ja ... aber eine, der Hofers und Bienenfelds Machenschaften zuwider geworden waren ... eine Frau, zu der das wunde Tier gekrochen kam, nachdem Bergmann ihm eine Kugel verpasst hatte ... wieso geschah hier etwas völlig anderes?

»Wie ...so ...«, versuchte er seinen Gedanken trotz seiner bleiernen Zunge Ausdruck zu verleihen.

»Das fragen Sie noch?«, meinte sie bitter. »Sie schnüffeln in der Klinik herum, geben sich als jemand aus, der sich nicht mehr an die Frau erinnern kann, in die er sich vor zwölf Jahren angeblich verliebt hat ... und dann sind Sie auch noch so dämlich, einen Mann zu erwähnen, auf den ein Phantombild in der Zeitung passt ... Sie wollen unsere Arbeit kaputt machen!«

»Er ... hat ... getöt ...«, wollte Schäfer ihr klarmachen, dass ihr namenloser Proband als verblendete Mordmaschine durch die Gegend lief.

»Ich weiß, was er getan hat … und? Zeigt das nicht, dass wir erfolgreich waren? Wer waren denn diese beiden Männer? Ein Nationalsozialist und ein Schwerverbrecher … das Böse schlechthin, oder? Und Schröck … ein skrupelloses Schwein wie sein Vater …«

Schäfer versuchte zu überlegen, er musste Zeit gewinnen, Wien – Bayerisch Gmain, zweieinhalb Stunden, Scheiße, die würde ihn töten.

»Was ich noch wissen … Aufzeichnungen von Doktor Bienenfeld … wissenschaftlich …«, er musste seine Stimme halbwegs in Gang bekommen.

21:30

Gerngross saß jetzt vor ihm, was er als gutes Zeichen interpretierte und sich umso mehr anstrengte, ihr Ego zu ködern. Wenn ihm nur dieser ganze Quargel einfiele, mit dem ihn der Psychiater überfordert hatte. Adrenalin, Adrenalin, er führte seine Hand langsam an den Oberschenkel und krallte sich mit aller ihm verbliebenen Kraft ins eigene Fleisch.

»Parallel zur … chirurgischen Behandlung … da haben Sie mit Verhaltens … Medikamenten begonnen …«

»Ja … und? Inwiefern interessiert Sie das … ich glaube nicht, dass Sie eine Ahnung von den Dimensionen haben, die unsere Arbeit in den letzten zehn Jahren angenommen hat.«

»Ja, nein … aber … mit dem Bösen … ich als Polizist … mein Interesse … Menschen bessern …« Er biss sich auf die Zunge, schmeckte das Blut, er sah eine Chance.

Sie legte die Hand mit der Waffe auf ihren Oberschenkel.

»Die Wiederherstellung … dass die Verbindung vom limbischen System zum Cortex … die bisher eingeschränkten Hemmmechanismen wieder weitgehend intakt …«, Schäfer hatte keine Ahnung, ob das Gesagte irgendeinen Sinn ergab, »also, das ist ja … aber ist das … ich meine … in Verbindung mit einer Therapie … diese Gefühle, zu verstehen, was einen bewegt, und wie man damit umgeht … das neu erkennen und einordnen können … genial …«

»Für einen Polizisten scheinen Sie sich ganz gut auszukennen, Herr … wie heißen Sie denn nun wirklich?«

»Schäfer, Johannes Schäfer …«

»Ach, das sind Sie? Ich habe etwas über Sie in der Zeitung gelesen, letztes Jahr im Winter, oder? Diese verrückte Geschichte mit den Kartenmördern?«

»Genau … mein magnus opum …«

»Opus magnum, meinen Sie.«

»Wie … ach so … ja … da sind mir wohl die Fälle durcheinander …«

Sie lachte. Yes yes yes, bald hatte er sie so weit. Aber wie lange konnte er sich noch aufrecht halten? Und was hatte sie ihm da gespritzt, war das vielleicht … genau das Zeugs, das Born gespritzt worden war?

»Dieses … Medikament, das … sterbe ich?«

»Nein, davon nicht … vorausgesetzt, Ihre Herzleistung ist nicht beeinträchtigt«, meinte sie erheitert, »das ist nur ein Relaxans … in meinem Wohnzimmer kann ich keine Leichen brauchen.«

Schäfer verließ mit einem Schlag jeder Mut. Die Frau war eine Psychopathin. Sie würde ihn töten. Verkrampft hielt er seinen Harn zurück. Bergmann, Bergmann, ich heirate dich und vermache dir das Haus in Kitzbühel, das ich eigentlich meinem Bruder versprochen habe, bitte, bitte, komm zur Tür herein und knall die Schlampe ab.

»Ich habe Ihre Adresse meinen Kollegen …«

»Gewiss … Sie sind seit einer Stunde bei mir, auch wenn Ihnen das noch nicht so lange vorkommt, das liegt an dem Medikament … das ist doch etwas lang für einen Alarmeinsatz der Polizei, nicht? Also …«

»Wer? Wer hat Born und Mladic getötet?« Zumindest das wollte Schäfer noch wissen.

»Wer?«, sie wirkte verstört, »ich dachte, das wüssten Sie längst?«

»…« »Na, Simon, wer sonst …«

»Simon?«

»Ja, so hat Max ihn neu getauft … wissen Sie, dass seine Schwester Simona geheißen hat? Die Gernots Vater zu Tode gequält hat? … Max … er hatte eine Imagination, die Jahrzehnte in die Zukunft reichte … aber er ist alt geworden … ein sentimentaler Zauderer … bekommt plötzlich Skrupel … sein Tod war das Beste, was uns passieren konnte …«

»Simon?«, wiederholte Schäfer stur, um sein Leben zu verlängern.

»Na, Sie kennen ihn wahrscheinlich nur unter dem Namen Paul.«

22:02

Schäfer nahm eine Bewegung im Raum hinter ihr war, eine Gestalt huschte ins Zimmer, plötzlich stand er hinter ihr.

»Paul! Kastor!«, Schäfer lachte hysterisch auf. »Kastor, Drecksau, Mörderschwein, du siehst beschissen aus!« Jetzt kamen ihm die Tränen, was für ein beschissenes Ende er hier nahm, zweimal hatte der ihn entkommen lassen und dann begab er sich freiwillig zu ihm. Ach Schäfer, du überhebliches Arschloch, das ist die Rechnung, diese Möglichkeit hatte er nicht bedacht, weder er noch sonst wer. Wie auch? Kamp hatte ihn tot gesehen, er war doch eingeäschert worden. Schalk, ging es Schäfer durch den Kopf, der Gerichtsmediziner, er musste ihnen geholfen haben. Und dann? Erschöpft sah er auf, in Kastors bleiches Gesicht, das scheinbar ein Lächeln formen wollte. Jaja, alte Bekannte, freut mich auch, dich zu sehen, Paulchen. Wie ein Insekt, dachte Schäfer, über Stirn und Schläfen zog sich wie unter die Haut tätowiert ein dünnes blaues Aderngeflecht, das dunkle Haar war an den Seiten dünn, aber gleichmäßig, während es aus der Schädeldecke wuchs wie zähe Grasbüschel auf einem kargen Boden, am Scheitel und über den Ohren waren dicke Narben zu erkennen, die den Schädel musterten wie die Nähte eines Baseballs.

»Bring ihn zum See … er muss weg.« Gerngross trat auf Kastor zu und fasste ihn am Hinterkopf, was weniger wie eine zärtliche Geste als ein Druck auf eine bestimmte Taste wirkte. Doch Kastor rührte sich nicht, sah Schäfer an, jetzt erkannte dieser auch die schwarze Beretta in seiner rechten Hand, die Kastor nun langsam hob.

»Nicht hier, du Idiot!«, rief Gerngross wütend und wollte ihm in den Arm fallen, der oben blieb wie eine eiserne Schranke.

Kastor trat einen Schritt zurück, richtete die Waffe auf ihre Stirn, bamm, zeitgleich mit dem Schuss zuckte ihr Kopf wie nach einem Stromschlag, mittendurch, aus dem Hinterkopf spritzte ihr Blut auf Schäfers Gesicht, dann brach sie wie ein erlegtes Wild in sich zusammen und schlug zu Schäfers Füßen auf dem Boden auf. Kastor sah teilnahmslos auf die tote Gerngross und kratzte sich mit der Pistole an der Schläfe. Und jetzt? Schäfer?

22:15

»Es liegt auf deutschem Staatsgebiet«, Bergmann sah zu Kovacs hin, »das ist schlecht.«

»Wieso?«

»Weil wir da keinen Zugriff haben … ich kann höchstens die Kollegen bitten, eine Streife vorbeizuschicken … mehr als einen österreichischen Polizisten, der seine Anrufe nicht annimmt, haben wir nicht … bis sie uns da ein Einsatzkommando genehmigen … Scheiße … ich rufe jetzt Kamp an.«

22:21

»Was hat er gesagt?«

»Ich zitiere: Da scheißen wir einen Haufen so groß wie den Untersberg drauf. Er ruft Schranz an und einen Bekannten bei den Deutschen … die GSG und die Cobra stehen sofort Gewehr bei Fuß …«

»Hoffentlich«, erwiderte Kovacs, sah, wie Bergmann erneut eine Kurzwahltaste drückte und kurz darauf wieder auflegte. Sie drückte das Gaspedal durch.

22:23

Als Kastor das Telefon in Schäfers Hosentasche brummen hörte, erwachte er aus seiner Erstarrung.

»Ich muss Gernot anrufen«, sagte er mit müder, rauer Stimme, bewegte sich auf Schäfer zu, fuhr mit der Hand in dessen Hosentasche und nahm das Handy heraus. »Er weiß, was ich tun soll.«

Während Kastor aus Schäfers Blickfeld verschwand, versuchte dieser, sich aus dem Stuhl zu erheben. Es gelang ihm, seine Gesäßbacken nach vorne zu schieben, dann fiel er seitlich vom Stuhl, sein Körper kippte zur Seite und schlug mit der Schläfe auf den Parkettboden. Er sah seine Waffe, wenig später Kastor, der vor ihm stehen blieb und ihn dann mit einer Leichtigkeit zurück in den Stuhl hob, als wäre Schäfer ein Kleinkind.

»Gernot ist gleich da«, sagte Kastor und setzte sich Schäfer gegenüber auf einen Hocker.

Wunderbar, dachte Schäfer, ich kann es kaum erwarten, den Doktor zu sehen. Was war denn mit Bergmann los, verflucht? Er hatte ihm doch die Adresse gegeben … jetzt war doch der Zeitpunkt, zu dem er mit einem Sonderkommando das Haus stürmen, Kastor überwältigen und ihm selbst eine Zigarette in den Mund stecken sollte … Beeerg-maaa-nnnn, summte es in seinem Kopf, kom heer, duu aaalder Gaadenzweerch … hm, wenn niemand eine Waffe auf ihn richtete, war diese Droge eigentlich gar nicht so übel.

22:40
Kovacs stieg auf die Bremse, hundertzwanzig war zu viel für diese enge Abfahrt. Noch achtzehn Kilometer bis zur Grenze.

»Was machen wir dann?«

»Wir fahren in die Lavenzagasse 18«, erwiderte Bergmann, der seine Waffe bereits im Schoß hielt.

»Und dann?«

»Weiß ich nicht. Wenn sein Auto da ist, läuten wir an … sonst müssen wir auf die Deutschen warten …«

»Wer wohnt in dem Haus?«

»Anke Gerngross … Fachärztin für Neurologie in der Klinik in Großgmain …«

»Das kann gut oder schlecht sein …«

»Darauf lasse ich es nicht ankommen«, erwiderte Bergmann und überprüfte abermals den Schlitten seiner Dienstwaffe.

22:55
Er hörte hektische Schritte, hob den Kopf und öffnete die Augen. Doktor Hofer.

»Ho… Ho… Ho… Hofer«, lallte Schäfer und kam sich vor wie ein besoffener Weihnachtsmann.

»Mein Gott, Simon, was ist hier passiert?«, fragte Hofer geschockt, stellte seine schwarze Arzttasche auf den Boden, ging neben Gerngross' Leiche in die Knie und hielt seine Daumen an ihre Halsschlagader. Dann stand er auf und sah sich Schäfer an.

»War nicht anders möglich«, sagte Kastor trocken, »wollte, dass ich ihn töte … will ich aber nicht …«

Hofer öffnete seine Tasche, nahm eine kleine Stablampe heraus und untersuchte Schäfers Pupillen. Für ein paar Minuten verschwand er aus Schäfers Sichtfeld, kam wenig später mit einer leeren Ampulle wieder, die er in seine Tasche warf – offenbar hatte er die Verpackung des Betäubungsmittels gefunden, das Gerngross verwendet hatte. Dann zog er eine Einwegspritze auf und injizierte Schäfer eine klare Flüssigkeit in eine Unterarmvene. Binnen Sekunden ging es ihm besser. Seine Gliedmaßen fühlten sich immer noch an wie zähflüssiges Blei, in seinem Kopf tanzten jetzt hellblaue Schlümpfe, doch er hatte seine Stimme wieder. Er warf einen Blick auf Kastor, der die Beretta im Schoß hielt.

»Was haben Sie mit mir vor?«, fragte er den Arzt.

»Wie meinen Sie das? … Ich lasse Sie ins Krankenhaus bringen, was denn sonst?«

»Danke«, antwortete Schäfer erleichtert, legte seinen Kopf zurück und schloss für einen Moment die Augen. »Und was ist mit ihm?«, meinte er dann und sah verstört den leeren Stuhl.

»Ich weiß es nicht …«

Vor dem Haus hörte Schäfer ein Auto wegfahren. Dem Motorengeräusch nach Gerngross' Audi. Kein Wunder, dachte Schäfer, der hat es eilig.

22:57

»Verdammter Idiot!«, schrie Kovacs, als ihr ein silberner Audi die Vorfahrt nahm und sie zu einer Vollbremsung zwang.

»Ich habe das Kennzeichen«, sagte Bergmann angespannt, »um den kümmern wir uns später.«

»Nein!«, rief er einen Augenblick später und riss den Zettel mit den Kennzeichen aus dem Seitenfach. »Verdammt, bitte nicht das, was ich jetzt denke!«

23:01

Sie hörten berstende Scheiben, Rufe, heranstürmende Stiefel, Sekunden später waren sie von vermummten Männern umringt, die Sturmgewehre auf sie richteten. Einer der Männer warf Hofer zu Boden, packte ihn mit einer Hand am Genick und legte ihm mit der anderen Handschellen an. Ein zweiter Polizist durchsuchte Schäfer mit vorgehaltenem Gewehr, fand seinen Ausweis und ließ die Waffe sinken. Im nächsten Moment standen Kovacs und Bergmann im Raum. »Die haben euch die Show gestohlen«, sagte Schäfer zu den beiden und verzog sein teilgelähmtes Gesicht zu einem dümmlichen Grinsen.

»Idiot!« Bergmann trat auf ihn zu und gab ihm eine Ohrfeige. »Sie Arschlochidiot!«

Tränen standen ihm in den Augen.

35

Rollentausch. Schäfer im Krankenbett, Bergmann auf einem Hocker neben ihm. Am Fußende Kovacs, die sich offenbar nicht entscheiden konnte, ob sie sich setzen und die Vertraulichkeit der beiden stören sollte oder nicht. Schließlich verließ sie das Zimmer mit dem Hinweis, dass sie noch etwas zu erledigen habe.

»Kastor ist mit dem Wagen von Gerngross weggefahren«, sagte Schäfer, den entsetzliche Kopfschmerzen zu quälen begannen – da waren ja die Drogen von vorhin noch besser gewesen.

»Wissen wir … wir wären fast mit ihm zusammengestoßen. Die Fahndung läuft, der kommt nicht weit.«

»Er hat mein Handy … versuchen Sie, es zu orten … außerdem sollen sie beim Thumsee nachschauen …«

»Warum?«

»Nur so ein Gedanke … was soll er denn jetzt noch tun … sein Ersatzvater ist tot … der Gerngross hat er eine Kugel in den Kopf geschossen, Hofer ist in Haft … er kann nirgendwo mehr hin … habt ihr wen zu Frau Bienenfeld geschickt?«

»Natürlich«, meinte Bergmann mit väterlicher Stimme. »Geht's Ihnen besser?«

»Nein … mein Kopf zerspringt … ich hätte jetzt lieber das, was mir die Gerngross gespritzt hat …«

»Das hätte unter Umständen eine Atemlähmung verursachen und Sie umbringen können …«

»Die Furie … wir brauchen den Obduktionsbericht von

Bienenfeld, wenn es einen gibt … kann sein, dass sie ihn umgebracht hat …«

»Warum hätte sie das tun sollen?«

»Sie hat was erwähnt, dass er Skrupel bekommen hat … außerdem kommt es mir komisch vor, dass er seine Unterlagen in dieser Berghütte versteckt hat … ich glaube, er hat Angst gehabt …«

»Vielleicht hat Kastor sie dort versteckt … um zu erfahren, was sie mit ihm gemacht haben …«

»Auch möglich … auf jeden Fall hat sie gewusst, dass er hinter den Morden an Born und Mladic steckt … und Schröck hat sie offensichtlich auch gekannt …«

»Sie haben anscheinend ein nettes Pläuschchen geführt …«

»Ja, ich war in Höchstform … überprüfen Sie das mit Schröck …«

»Das hat Zeit … jetzt schlafen Sie sich erst einmal aus …«

»Bergmann!«, rief Schäfer seinem Assistenten nach, als dieser schon auf dem Weg hinaus war. »Warum soll ich die Fenster im Büro schließen, wenn ich die Klimaanlage anmache?«

»Warum? Na ja, bei einem Kühlschrank lassen Sie ja auch nicht die Tür offen, oder? … Wie kommen Sie jetzt darauf?«

»Ach … nur so.« Schäfer schloss die Augen.

Als er aufwachte, saß Bergmann erneut neben seinem Bett und las in einer Tageszeitung.

»Ich habe Hunger.«

»Guten Morgen«, Bergmann legte die Zeitung weg. »Wir haben ihn gefunden … auf einem Parkplatz nicht weit vom Thumsee.«

»Und?«

»Hat sich allem Anschein nach selbst umgebracht … ziemliche Sauerei …«

»Lassen Sie mich raten … er hat sich mit Säure übergossen …«

»Chm …«

»Arme Sau … wissen Sie, was komisch ist?« Schäfer setzte sich auf. »Dass er mir nie etwas getan hat … damals im Wald nicht, bei Mladic nicht … und gestern … erst knallt er ohne Vorwarnung die Gerngross ab und ruft dann Hofer an, um mir zu helfen … ich hätte ohne zu zögern auf ihn geschossen … wobei …«

»Verwandte Seelen?«

»Schnauze, Bergmann … was weiß ich …«

Für ein paar Minuten brachten sie beide kein Wort heraus. Sahen den Staubpartikeln zu, die im Sonnenlicht tanzten, das sich zwischen die Vorhänge geschoben hatte.

»Was denken Sie, wird mit Hofer?«, meinte Schäfer schließlich, als ihm das Schweigen unheimlich wurde.

»Strafrechtlich wird ihm nicht viel passieren … Fluchthilfe, Behinderung der Justiz, was weiß ich, das wird der Richter entscheiden … seine Zulassung verliert er auf jeden Fall …«

»Dafür wird er ein paar Millionen von den Medien kassieren für diese Geschichte … ganz zu schweigen von dem, was ihm die Forschungsinstitute und die Pharmaindustrie bieten werden …«

»Vielleicht steckt er es ja in seine Sozialprojekte …«

»Das traue ich ihm tatsächlich zu«, meinte Schäfer nachdenklich. »Als Kastor ihn angerufen hat, habe ich mir gedacht: Jetzt ist es vorbei … die bringen dich um und lösen dich in Säure auf … und dann hat er wie ein richtiger Arzt gehandelt … seltsam, oder?«

»Umgebracht hat er ja nie jemanden … vielleicht war er gar kein so übler Kerl … Bienenfeld und er, aus dieser Konstellation dürfte auch ein Spannungsfeld entstanden sein, das diese Energien freigesetzt hat … ich bin gespannt auf die Vernehmung …«

»Ohne mich geht gar nichts, das ist euch hoffentlich klar …«

Um zwei kam die Visite. Als Schäfer neben dem diensthabenden Arzt seinen Bruder sah, befiel ihn sofort das schlechte Gewissen. Er lag im Salzburger Landeskrankenhaus und hatte vergessen, Jakob zu informieren, der hier als Chirurg arbeitete.

»Tut mir leid, dass ich dich nicht habe verständigen lassen … ich war zu weggetreten und …«

»Schon in Ordnung«, antwortete Jakob, doch an seinem Blick konnte Schäfer sehen, dass er ihm sein Verhalten übel nahm.

Sie entnahmen zwei Blutproben, überprüften Puls und Blutdruck.

»Kann ich jetzt gehen?«, wollte Schäfer wissen, der auf keinen Fall Hofers Vernehmung versäumen wollte.

»Sicher … wenn Sie einen Revers unterschreiben.«

Die erste Vernehmung von Gernot Hofer fand in der Polizeidirektion Salzburg statt und dauerte acht Stunden. Anwesend waren neben Schäfer und Bergmann Oberst Kamp, Oberstleutnant Schranz, der zuständige Staatsanwalt und zwei deutsche Ermittler, die die Vorgänge in Gerngross' Haus zu klären hatten. Hofer zeigte sich von Anfang an kooperativ und machte nicht den Eindruck, irgendetwas verheimlichen zu wollen. Aber wie Bergmann schon vermutet hatte: Es gab nicht viel, das ihm aus strafrechtlicher Sicht zur Last gelegt werden konnte – außerdem wurde ihm zugutegehalten, dass er einem Polizisten in einer lebensbedrohlichen Situation beigestanden hatte. Was den Ablauf der Ereignisse im Jahr 1995 betraf, bestätigte Hofer im Wesentlichen Schäfers Vermutungen: Nach seiner Flucht hatte Kastor Anke Gerngross angerufen und um Hilfe gebeten. Sie hatte Hofer informiert. Zuerst hatten sie ihm geraten, sich zu stellen – zumindest behauptete Hofer das –, doch nach Kastors hartnäckiger Weigerung hatten sie ihn aufgefordert, nach Großgmain zu kommen. Warum er nicht die Polizei informiert habe? Wo alle Medien in Österreich doch von Kastors spektakulärer Flucht und der Ermordung des Gendarmen berichtet hatten. An diesem Punkt schwieg Hofer zum ersten Mal für einige Minuten. Wahrscheinlich hätte er es getan, meinte er schließlich, wenn es um jemand anderen gegangen wäre. Das sei für Außenstehende schwer zu verstehen. Doch Bienenfeld und er waren damals mit ihren wissenschaftlichen Erkenntnissen an einem Punkt angelangt, wo ihre Arbeit innerhalb der rechtlichen Normen stagnierte. Natürlich stellte auch die Behandlung der Patienten an ihrer Klinik – Fälle von Alzheimer, Parkinson, Chorea Huntington und anderen schweren hirnorganischen Erkrankungen – eine Herausforderung dar, die auch immer wieder Erfolge zeitigte. Doch Kastor: ein Gehirn, das offensichtlich ohne negative psychosoziale Einflüsse, ohne Drogen, ohne Missbrauch zu derartigen Handlungen verleitete … gewissermaßen die Verkörperung des Bösen im buchstäblichen Sinn. Sie hatten seinen Fall aufmerksam verfolgt – zumal Hofer den jungen Kastor während und nach einer schweren Meningoenzephalitis behandelt hatte – und sich oft über ihn unterhalten. Dass solche Schäden im Frontalhirn zu psychopathischem Verhalten führen konnten, war nichts Neues. Doch Kastor sei ein besonderes Exemplar gewesen – Hofer entschuldigte sich für den Ausdruck und hielt inne. Schäfer ahnte, was in ihm vorging. Erst jetzt, da er darüber redete, wurde ihm wohl bewusst, welche Ansichten er und Bienenfeld entwickelt hatten. Und wahrscheinlich dämmerte Hofer auch, wie ähnlich er damit seinem Vater war – wenn auch auf der anderen Seite des Spektrums. In Kastor hatten sie eine Kombination von Störungen und daraus resultierenden Verhaltensmustern versammelt gesehen, die als Paradebeispiel für ein Verbrecherhirn angesehen werden konnte. So gut wie keine Impulskontrolle, keine Anteilnahme am Leid anderer, die Unfähigkeit, aus Verhalten, das für einen selbst nachteilig ist, zu lernen; gleichzeitig Antriebs- und Perspektivlosigkeit und der befreiende Rausch, den der aggressive Akt nach sich zog, eine Form von Gewaltsucht, in deren Abhängigkeit Kastor geriet. Mit dem Mord an seinen Eltern als grausamem Höhepunkt, als das Töten nicht mehr genügt hatte; als er den Vater seziert, die Gedärme in die Spüle geworfen, Streifen von Fleisch an den Wänden drapiert hatte; denselben Vater, von dem er im nachfolgenden Verhör behauptete, dass er immer gut zu ihm gewesen sei, dass er ihn eigentlich sehr gern gehabt habe. An dieser Stelle verließ Schäfer für zehn Minuten den Raum, um sich die Beine zu vertreten und einen Kaffee zu trinken.

Nach dem Ausbruch aus der Justizanstalt, nach seinem Anruf, hätten sie sich schnell entscheiden müssen. Es war eine einzigartige Chance. Kastor hatte einen Polizisten getötet, war nicht der Typ, der sich stellte; dass die Geschichte einen fatalen Ausgang nehmen würde, war ziemlich sicher. Auf jeden Fall mussten sie sein Gehirn bekommen, tot oder lebendig. Und das Schicksal hatte es offenbar mehr als gut mit ihnen gemeint. Die Verletzung, die er sich selbst zugefügt hatte, war so gravierend, dass niemand an seinem Tod zweifelte. Zu Beginn hatten nicht einmal er selbst oder Bienenfeld geglaubt, dass sie ihn retten könnten. Doch Kastor war zäh, ein Tier, das sich nicht einmal aufgeben wollte, nachdem es sich selbst gerichtet hatte. Und Schalk, wollte Schäfer wissen, wie haben Sie den so weit gebracht?

Ein Studienkollege, ein langjähriger Freund, der Hofers Ansinnen anfangs skeptisch, dann sogar fast belustigt gegenübergestanden hatte. Die Aussicht, dass Kastor jemals wieder mehr als ein von Infusionsschläuchen und Dioden gespickter Körper sein könnte, mehr als eine Herausforderung der Intensivmedizin, war damals ja völlig abwegig gewesen. Sie waren Forscher, die besten weitum, und Schalk hatte wohl mehr an einen Gefallen unter Kollegen gedacht als an das, was Jahre später daraus folgen würde.

Dann hatten sie begonnen – mit einer Leidenschaft und einem Ehrgeiz, die durch die erzwungene Geheimhaltung noch stärker geworden waren. Mit Ausnahme von Gerngross und ein paar unbedarften Pflegern hatten sie sich nur selbst um ihn gekümmert. Die Begeisterung, die sie empfunden hatten, als nach monatelangem zähem Warten erste Fortschritte zu erkennen waren; die ersten Bewegungen der Hände, die ersten noch unverständlichen Äußerungen; es war die beste Zeit seines Lebens, und mit Gewissheit konnte er sagen, dass es auch Max' beste Zeit gewesen war. Denn was waren die üblichen Schädel-Hirn-Traumata, die Epilepsien, die Bonnet-, Capgras-, Asperger- und alle anderen Syndrome gegen diesen Menschen? Bruchstücke, Banalitäten, business as usual. Hier konnten sie Geschichte schreiben: Sie konnten das Böse nicht nur festmachen in eineinhalb Kilo Hirnmasse – sie konnten auch einen Weg finden, es zum Guten zu wandeln.

»Was ich mir nicht erklären kann«, wandte Schäfer ein, »warum hat ihn nie jemand erkannt? Der war im Fernsehen, in allen Zeitungen … und Ihren Aussagen zufolge hatte er nach zwei Jahren durchaus Kontakt zu anderen Personen …«

»Zum einen bewegte er sich hauptsächlich unter Leuten, die in ihrer Wahrnehmung schwer beeinträchtigt waren.

Dann wirkt sich die Veränderung des affektiven Zustandsbilds eines Menschen auch auf seine Gesichtszüge aus … Sie selbst haben ja aus dem Phantombild, das veröffentlicht wurde, auch nie auf Paul geschlossen, oder?«

Schäfer und Kamp sahen sich an. Nein, keine Sekunde hatte es einer von ihnen für möglich gehalten, dass Kastor noch lebte. Nachdem er sich eine Kugel in den Kopf geschossen hatte und von den Ärzten für tot erklärt worden war? Was wir uns nicht vorstellen können, sehen wir zumeist auch nicht.

Ob denn alle Menschen mit derartigen Gehirnschäden zu Verbrechern würden, unterbrach Bergmann Hofers zunehmend selbstverliebte Ausführungen. Und ob bei jedem Verbrecher ein Gehirnschaden nachzuweisen sei.

Nein, gab Hofer zu und machte abermals eine lange Pause. Nein, diesem Irrglauben seien sie aber womöglich verfallen. Oder, was wahrscheinlicher war: Sie wussten es, natürlich wussten sie es, alles andere wäre angesichts der bisherigen wissenschaftlichen Erkenntnisse paradox, doch mit Kastor … womöglich war er wie ein Stein der Weisen für sie gewesen, der heilige Gral der Neurobiologie, dessen Ausstrahlung jegliche Vernunft verblendete, der alle bisherigen Erkenntnisse in den Schatten stellen würde … ab dem Zeitpunkt, da ihnen klar war, dass Kastor überleben würde, war der Weg ohnehin vorgegeben. Hätten sie ihn denn ausliefern sollen und ihre Karriere damit an den Nagel hängen? Oder ihn auswildern wie ein Tier? Was für ein Wahnsinn das gewesen wäre, allein schon aus wissenschaftlicher Sicht! Kastor war … wie das Serum, aus dem man einen Impfstoff gegen HIV gewinnen kann … er war ein lebendiges Versprechen für eine Zukunft ohne … Ohne was? Ohne das Böse?, fragte Kamp. Hofer wich aus. Sie hatten die Verantwortung für ihn übernommen, und deshalb mussten sie weitermachen. Sie hatten die Verantwortung für ein Projekt, das man nicht so einfach beenden konnte, das müssten sie doch verstehen. Und die Verantwortung für die beiden Morde in Wien? Würde er die auch übernehmen, wollte Kamp wissen. Worauf Hofer keine Antwort geben konnte.

Dann kam das Gespräch auf Anke Gerngross. Als Kastors Heilungsprozess zumindest aus medizinischer Sicht abgeschlossen war, war sie es, die zunehmend die Initiative übernahm. Was ihnen wohl lieber war, als sie sich eingestehen wollten. Kastors sensomotorische Fähigkeiten waren voll entwickelt, er ging laufen, betrieb Krafttraining, und auch sein intellektuelles Vermögen steigerte sich schneller als erwartet. Was seine Affekte betraf, konnten sie sich noch kein eindeutiges Urteil bilden: Im Umgang mit den anderen Patienten gab es keinerlei Konflikte, was darauf hindeutete, dass auch die Erziehung, die sie ihm gaben, Früchte trug. Bienenfeld begegnete er sogar mit Emotionen, die man als Zuneigung bezeichnen konnte; doch abgesehen davon blieb er kontaktscheu und gerne allein. Sie stellten fest, dass er so etwas wie ein normaler Mensch geworden war. Und damit verlor er in ihrem Fachgebiet auch zunehmend an wissenschaftlichem Wert. Da standen sie: zwei alte Männer, ausgelaugt und ohne Umkehrmöglichkeit. Sie hatten etwas vollbracht, was noch nie zuvor jemand anderem gelungen war – zumindest nahmen sie das an –, und nun mussten sie mit der Tatsache leben, dass sich ihr Projekt auflöste, ohne Spuren in der Medizingeschichte zu hinterlassen. Wie hätten sie denn weitermachen können? Kastor gefälschte Papiere, einen Arbeitsplatz und eine Wohnung verschaffen? Das ist das, was man gemeinhin Resozialisierung nennt, meinte einer der Untersuchungsrichter trocken. Ja, womöglich, erwiderte Hofer leise und versank in Schweigen. Schäfer ahnte, was er fühlte, welches Licht ihm aufging: Dass sie Kastor – oder das, was an Material von ihm übrig geblieben war – wie eine Maschine repariert hatten; einen Pinocchio geschaffen, ohne Geppettos Erziehungsmühen auf sich zu nehmen; ein Retortenkind nach perfekten Vorgaben, genetisch ideal prädisponiert, so ideal, dass man sich die Ängste ersparen konnte, vielleicht doch zu versagen? Er war ihr eigen Fleisch und Blut geworden, aber nur als Objekt, das sie mittels Infusionsschläuchen, Beatmungsmaschinen und Medikamenten an sich banden. Und dazwischen schoben sie bücherweise Testreihen, der Sichtkontakt fand durch winzige Kameras im Gehirn und über das Mikroskop statt, die Berührung über Injektionsnadeln und die Manschette des Blutdruckmessgeräts … und als das alles nicht mehr nötig war? Schäfer beugte sich zu Hofer, dessen Kopf zunehmend in Richtung Tischplatte sank, und sah ihm stumm in die Augen. Allein mit ihm in einem Verhörraum, und er könnte ihn brechen: Wissen Sie nicht, Doktor Hofer, dass man einem Kind, oder sagen wir besser Schützling, auch Liebe geben muss, damit es sich zum Guten entwickelt … oh, nein, woher sollten Sie das wissen, von Ihrem Vater sicher nicht, der ist mit Kindern ja ganz anders verfahren … aber auch zum Nutzen der Menschheit, oder? Zum Nutzen der überlegenen Rasse, natürlich … Ja, zwei Stunden mit Hofer allein, und er könnte alles aus ihm herausholen. Denn Schuldeinsicht und Kooperationsbereitschaft hin oder her: Schäfer traute ihm nicht.

»Wieso haben Sie sich zu diesem Zeitpunkt mit Max Bienenfeld zerstritten? Laut seiner Frau waren Sie wie Brüder füreinander … und dann plötzlich: Servus, Max, war eine schöne Zeit, bis irgendwann?«

Hofer sah aus, als ob er weinte, doch es fehlten die Tränen.

»Jahrelang haben wir wie in einem Druckkochtopf gearbeitet, alles unter Verschluss, keiner darf was sehen, hören, riechen … und dann …«

Als ihr Projekt tatsächlich Erfolg zu zeigen schien, blieb ihnen jede Möglichkeit verwehrt, ihre Arbeit zu publizieren, ihre Erkenntnisse der medizinischen Welt zu präsentieren, mit einem Bienenfeld-Hofer-Syndrom in die Geschichte einzugehen – meine sehr verehrten Damen und Herren, erstmals in der Geschichte der Medizin, erstmals in der Geschichte der Menschheit: der wissenschaftliche Sieg über das Böse! … Und der Nobelpreis für Medizin … Natürlich konnten sie ihre neuen Erfahrungen verwenden, um anderen Patienten in der Klinik zu helfen, doch … In dieser Zeit sprachen sie kaum noch miteinander, Bienenfeld lud ihn auch nicht mehr zu sich nach Hause ein, es war wie eine langsame Ernüchterung nach einem wüsten Rausch, in dessen Verlauf sich Dinge ereignet hatten, wofür man sich selbst nie für fähig gehalten hatte. Bergmann warf Schäfer einen herausfordernden Blick zu: Na, das ist Ihnen wohl auch nicht ganz fremd, oder, Major?

Sie waren viel zu weit gegangen, doch wie und wohin hätten sie an diesem Punkt umkehren können? Der Untersuchungsrichter stand auf und stellte sich hinter Hofer. Wie wäre es denn damit gewesen, sich einen Anwalt zu nehmen und den Fall der Justiz zu überantworten? Keine Antwort? Also gut, weiter im Text.

Dann … als ob Kastor gefühlt hätte, dass er nicht mehr gebraucht würde, dass sie ihn nicht mehr brauchten, war er plötzlich verschwunden. Verschwunden? Bei Frau Gerngross, meinen Sie, oder?

Ja, das nahmen er und Bienenfeld an; dass sie ihn aufgenommen hatte, ihn bei sich leben ließ, da sie ja schon zwanzig Jahre zuvor eine kurze Beziehung gehabt hatten.

»Sie denken, dass die beiden eine Beziehung geführt haben? So wie die Schöne und das Biest …«

»Ich weiß es wirklich nicht … das mag für Sie jetzt unglaubwürdig klingen, aber … ehrlich gesagt war ich heilfroh, ihn los zu sein … und Max dürfte es ähnlich ergangen sein …«

»Sie haben nie mit Gerngross über Kastor gesprochen?« Schäfer konnte Hofer in diesem Punkt keinen Glauben schenken.

»Doch, natürlich … aber … das ist für mich aus jetziger Sicht auch unerklärlich, diese Verstohlenheit, dass wir uns so aus dem Weg gegangen sind und getan haben als … mit Max ja auch … kaum dass wir noch miteinander geredet haben … eher aus Verlegenheit … und immer weniger. Ich denke, dass Paul für Anke nach der organischen Rehabilitation umso interessanter war … eine Tabula rasa, ein Retortenmensch, den sie mittels psychologischer und medikamentöser Therapie …«

» … zu einem Vorzeigeexemplar der menschlichen Rasse machen wollte?«, fragte Bergmann.

Jetzt traten Hofer tatsächlich die Tränen in die Augen. Er konnte einem fast leidtun.

»Haben Sie gewusst, oder zumindest geahnt, dass er für die beiden Morde in Wien verantwortlich sein könnte?«

»Ja … ganz entgangen ist mir ja auch nicht, was Anke mit ihm gemacht hat. Eigentlich wollte ich es nicht wissen, doch sie mit ihrem Ehrgeiz und ihrer Euphorie … auf der einen Seite war ich froh, dass sie mit ihrer therapeutischen Arbeit Fortschritte erzielte … dass er ein ethisches Bewusstsein entwickelt, klar zuordnen kann, was gut und böse ist … zumindest hat sie mir das so geschildert … ich weiß nicht, ob ich es hätte merken können …«

»Was?«

»Wohin sich das alles entwickelt … dass sie ihm vermutlich ihr eigenes Verständnis von Gut und Böse einimpfen wollte … Born, also der Senior, der und mein Vater … Anke kannte ja Max' Geschichte … die beiden waren für sie das Böse schlechthin … aber ich hätte es schon vorher sehen müssen … wie das alles außer Kontrolle gerät … dieser Mord … das ist die größtmögliche Strafe für uns, der Beweis unserer Unfähigkeit … wie sehr wir uns überschätzt haben im Glauben, ein Bewusstsein nach unseren Vorstellungen schaffen zu können … dass wir dieses organische Wunder vollbringen konnten … das hat uns vermutlich blind gemacht für alles, was darauf folgte …«

»Das Gute als Hass auf das Böse … und aus einem blindwütigen Psychopathen ist ein planender geworden«, folgerte Kamp. »Was die Auswahl seiner Opfer betrifft … Sie glauben, dass Frau Gerngross ihn auf Born gehetzt hat? … Könnte nicht auch Doktor Bienenfeld dahintergestanden haben?«

»Auf keinen Fall … nicht Max … nein, ich bin sicher, dass Anke, Frau Doktor Gerngross, ihn in diese Richtung geleitet hat … ob sie ihn direkt damit beauftragt hat oder ob er seine eigenen Schlüsse gezogen hat, kann ich nicht sagen … wobei der zweite Tote, dieser …«

»Mladic.«

»Ja … das spricht doch eigentlich dafür, dass Kastor selbstständig gehandelt hat … zumindest kann ich mir nicht vorstellen, dass Anke den Mann gekannt hat …«

»Und die Vorgehensweise? Dass er sein Opfer zuvor narkotisiert und dann erst sein Gehirn zerstört …«

»Ja … das ist in der Tat ein Paradoxon … mit symbolischer Größe … ein Symbol unseres Versagens …«

»Ich töte das Böse, ohne selbst böse sein zu wollen.«

»Genau … kombiniert mit der archaischen Ansicht, dass das Bewusstsein völlig zerstört werden muss, damit es nicht weiterlebt … was angesichts seiner eigenen Reinkarnation auch irgendwie verständlich ist …« Hofer schüttelte müde den Kopf. »Das ist meine Schuld.«

Kamp sah auf die Uhr und nickte Schäfer zu.

»Für heute ist es genug, Herr Hofer … wir machen morgen weiter.«

36

Zwei Tage später war Hofers Vernehmung fürs Erste abgeschlossen und sie konnten nach Wien zurückfahren. Die Beamten vom LKA Salzburg und die dortige Staatsanwaltschaft würden in Zusammenarbeit mit den deutschen Kollegen die weiteren Ermittlungen führen. Unter Umständen würde eine Untersuchungskommission eingesetzt werden, doch daran wollte Schäfer nicht glauben. Ihn störte die Dynamik, die der Fall in den vergangenen achtundvierzig Stunden genommen hatte. Kastor war tot, Bienenfeld und Gerngross ebenfalls, Hofer voll geständig, ein schuldbewusster Ehrenmann, der in eine schlimme Sache geschlittert war. Ein weiterer Helfer, der damalige Gerichtsmediziner, war schwer dement. Alles in allem eine Faktenlage, die einen raschen Abschluss geradezu aufdrängte – was alle Beteiligten mit Ausnahme von Schäfer nur zu gerne akzeptierten.

»Was ist mit meinem Telefon?«, hatte er Kamp gefragt, als sie in einer Vernehmungspause zu zweit auf dem Parkplatz vor dem LKA gestanden hatten, »im Auto war es nicht … und dass Kastor es ausgeschaltet und weggeworfen hat, um nicht geortet werden zu können … eher unwahrscheinlich in dem Zustand, in dem er war … und dass er sich zeitgleich in den Kopf geschossen und die Säure über den Kopf gekippt hat, ja, möglich … aber genauso gut wäre es möglich, dass er einen bisher Unbekannten verständigt hat, der ihn dann erledigt hat, um die Suche nach Hintermännern zu erschweren … und auch wenn Hofer die Wahrheit gesagt hat: Was, wenn die Gerngross jemanden in die Sache eingeweiht hat …

Kastor hat bei ihr gelebt … sie wird ihn ja nicht im Keller gehalten haben … der ist da ein und aus gegangen, den haben Nachbarn gesehen …«

»Schäfer …«, setzte Kamp an und hob beschwichtigend die Hände.

»Und die Sachen, die in der Hütte von Bienenfeld weggekommen sind … da oben waren Zeitschriften und andere Dokumente, die ich bei den sichergestellten Sachen nirgends gesehen habe … wo sind die hin? Und der Einbruch bei Hofer? Hat da Kastor nur schnell einen Eistee getrunken? Da hat ihn sicher die Gerngross hingeschickt, um irgendwelche Unterlagen …«

»Schäfer … ruhig mit den wilden Pferden … die Sache ist bei den Salzburgern in guten Händen …«

»Da bin ich mir nicht so sicher … Hofer und Schranz … die beiden …«

»Wir müssen die Sache abkühlen lassen. Ich habe gestern lange mit dem Staatsanwalt zusammengesessen … haben Sie überhaupt eine Ahnung, in welche juristischen Querelen uns dieser Fall bringen kann?«

»Nein«, meinte Schäfer trotzig, »nicht mein Bier.«

»Doch, dazu wird es, wenn jemand anfängt, hier jeden Stein umzudrehen … wen hätte denn der Staatsanwalt anklagen sollen, wenn sich Kastor vorgestern nicht erfolgreich umgebracht hätte? Offiziell ist er vor fünfzehn Jahren für tot erklärt worden … von den Ärzten, allen Behörden … wer war also vom rechtlichen Standpunkt aus die Person, die Born und Mladic getötet hat? Nach den ganzen Operationen und Behandlungen, die sie an ihm durchgeführt haben … dafür gibt es noch nicht einmal einen Begriff. Und wer hat die Ermittlungen geführt? Wenn wir das alles in die Öffentlichkeit tragen, haben Sie in den nächsten Wochen keine ruhige Minute mehr, das kann ich Ihnen versprechen.«

»Ich bin mir sicher, dass da noch andere beteiligt waren …«

»Beweise?«

»Was für Beweise? Das sind laufende Ermittlungen, sollten es zumindest sein … Indizien habe ich … schauen Sie sich doch diese ganze Geschichte einmal im Detail an … fragen Sie den Gutachter, mit dem ich gesprochen habe … was Bienenfeld, Hofer und Gerngross da aufgezogen haben, ist meiner Meinung nach ohne ein Netzwerk an Mitwissern und Helfern nicht möglich … die sind dem öffentlichen Forschungsbetrieb über zehn Jahre voraus … die haben an Kastor Medikamente getestet, die noch nicht am Markt waren … wer hat die hergestellt? Die haben ihn wie eine Laborratte benutzt … gleichzeitig waren sie als Professoren, Klinikleiter und was weiß ich ständig in der Öffentlichkeit präsent … wie soll sich das allein zeitlich ausgegangen sein?«

»Ich weiß es nicht und will es einstweilen auch gar nicht wissen«, entgegnete Kamp bestimmt. »Wenn die Ermittlungen neue Ergebnisse zeitigen, die eine Strafverfolgung rechtfertigen, wird das bestimmt geschehen.«

Schäfer drehte sich um, schüttelte den Kopf und wandte sich wieder dem Oberst zu.

»Diese ganzen Daten … fünfzehn Jahre Forschung an einem Projekt, das die beiden bei Bekanntwerden ins Gefängnis gebracht hätte … aus Idealismus? … Was denken Sie, was diese Ergebnisse für die medizinische Forschung, für die Pharmaindustrie wert sind? Milliarden? … Und nur weil Hofer uns versichert, dass das, was wir auf seinem Rechner und in seinem Aktenschrank gefunden haben, die gesamten Unterlagen sind und es keine Kopien gibt, kaufen wir ihm das ab? … Meiner Meinung nach macht da jemand ein Vermögen damit … jemand, der froh ist, dass bis auf Hofer alle Hauptakteure tot sind, und der vielleicht sogar Kastor auf dem Gewissen hat …«

»Schluss jetzt, Major! Sie vergessen wohl gerade Ihre Rolle in diesem Spektakel … wer hat denn diese Pflegeheimnummer abgezogen, anstatt Gerngross zu befragen, wie es laut Protokoll üblich wäre … wer ist denn dieser Spinnerin in die Falle getappt, hat sich betäuben lassen, zugesehen, wie Kastor einen weiteren Mord begeht, und obendrein das Leben seiner Kollegen aufs Spiel gesetzt? Was wäre denn geschehen, wenn Bergmann und Kovacs fünf Minuten früher da gewesen wären? Wenn Sie schon dieses ganze Teufelswerk aufklären wollen, dann vergessen Sie bitte auch Ihren eigenen Beitrag nicht!«

»Also was jetzt?«, gab sich Schäfer kleinlauter.

»Zurück nach Wien, Wogen glätten, die Presse mit Stückwerk versorgen, bis uns etwas Plausibles einfällt oder die Journalisten das Interesse verloren haben … lassen Sie's gut sein, Schäfer … wir haben die Schlacht gewonnen und … egal … Auf jetzt, die warten schon auf uns.«

»Aber Kastors Leiche will ich später noch sehen … das können Sie mir nicht verbieten …«

»Von mir aus können Sie ihm auch einen Holzpfahl ins Herz stoßen oder sonst etwas mit ihm anstellen, wenn es Ihnen dann besser geht.«

Noch in Salzburg hatte Schäfer sich von Kamp das Versprechen abnehmen lassen, nach Erledigung der wichtigsten administrativen Aufgaben ein paar Tage Urlaub zu nehmen. Er hatte widerwillig zugesagt. Nicht weil es ihm wichtig war, den ganzen Aufruhr mitzuerleben, der sich in nächster Zeit einstellen würde – Pressekonferenzen, Interviews, Analysen, Bestechungsversuche diverser Medien –, das konnte ihm gerne gestohlen bleiben. Aber er wusste aus Erfahrung, wie schwer es ihm außerhalb des Dienstes fallen würde, den leeren Raum zu füllen, der sich nach Abschluss solch eines Falls gewöhnlich auftat; wenn die Anspannung weg war, der Stress, das Jagdfieber, die Konzentration, die alles andere zur Nebensache gemacht hatte; dann würde er wieder ins Grübeln kommen, sich endlos Gedanken darüber machen, was es bedeutete, wenn es das Verbrechen war, das sein Leben mit Sinn erfüllte.

Während der Fahrt klappte er seinen Laptop auf und begann, alle Dateien, die mit Kastor zusammenhingen, von der Festplatte zu löschen.

»Was müssen Sie denn jetzt so dringend arbeiten?«, wollte Bergmann wissen.

»Löschen ... ich will diesen Mist nicht mehr in meiner Nähe haben ...«

»Verstehe ... Asche zu Asche ...«

»Richtig ... Platz schaffen für das nächste Monster ...«

»Da fällt mir ein: Wieso wollen Sie den Fall mit dem Türken wieder aufrollen?«

»Wer sagt das?«

»Bruckner.«

»Ja ... stimmt ... weil ich mir nicht mehr sicher bin ...«

»Darf ich erfahren, warum?«

»Sicher«, Schäfer öffnete den Ordner mit den Bildern des toten Mädchens. »Diese drei oberflächlichen Einstiche: Wie haben wir uns die erklärt?«

»Während ich fahre, sollte ich da jetzt nicht hinschauen, aber ... na, dass er ihr das Messer auf die Brust gedrückt hat und sie sich wegstoßen wollte ...«

»Und wenn es Probierstiche sind?«

Bergmann sah zu Schäfer hinüber und schüttelte dann lächelnd den Kopf.

»Was gibt's da zu lachen? Ist das so abwegig?«

»Überhaupt nicht ... dass wir in diese Richtung nicht gedacht haben, ist sogar peinlich ... mich wundert nur, dass Sie die Unschuld von jemandem beweisen wollen, den Sie so offenkundig verachten …«

»Ja … ich wundere mich ja selber …«

Als sie im Kommissariat waren, begann Schäfer mit dem Ermittlungsbericht. Egal, was Kamp später an die Presse verkaufte – er wollte den Fall für sich so abschließen, wie er ihn sah, mit allen Mängeln, Zweifeln und Unsicherheiten. Etwa, was die Auswahl der Opfer betraf: Born und Schröck, da konnte er sich damit abfinden, dass Gerngross Kastor präpariert hatte, dass er die beiden tötete. Born, weil er für Gerngross eine Zeit und einen Menschentypus repräsentierte, die mit dem Bösen ziemlich deckungsgleich waren. Schröck, weil er wie sein Vater ein skrupelloser Geschäftemacher war, der für seinen Profit über Leichen ging – darunter auch die Firma von Gerngross' Vater, wie die Ermittlungen ergeben hatten. Und Mladic? Hatte Kastor selbst sich an den serbischen Verbrecher erinnert, weil er mit ihm gemeinsam auf Raubzug gegangen war? Die Waffe sprach dafür; dass sein Gedächtnis an die damalige Zeit laut Hofer so gut wie nicht mehr vorhanden war, dagegen.

Um sieben verließ Schäfer das Büro. Er ging zu Fuß nach Hause, schlenderte durch Seitenstraßen und beobachtete die Menschen in ihrem Tun. Irgendwie konnte er das Bestreben von Bienenfeld und Hofer nachvollziehen – natürlich, schließlich war er Tag für Tag mit den dunklen Seiten der Seele konfrontiert –, doch wenn man das Konzept weiterdachte … dann waren selbst die besten Menschen nicht gut genug, um einen besseren Menschen erschaffen zu können.

Als Schäfer den Yppenplatz überquerte, blieb er vor dem Haus stehen, in dem das türkische Mädchen erstochen worden war. Er sah zum Fenster ihres Zimmers hinauf, in dem sich ein weißer Spitzenvorhang im Luftzug bewegte. Nach kurzem Zögern trat er in den Hausflur und stieg in den zweiten Stock hinauf. Er klopfte an die Tür, kurz darauf öffnete ihm der kleine Bruder des Mädchens, der seine Mutter rief und Schäfer dann in die Wohnung ließ. Der Spiegel, den er zertrümmert hatte, war noch nicht ersetzt worden. Hilflos blieb Schäfer im Vorraum stehen, bis die Mutter mit einem Baby im Arm erschien, ihn verwundert ansah und in die Küche bat.

Ihr Deutsch war schlecht – Schäfer überlegte, ob er nicht mit einer Dolmetscherin wiederkommen sollte –, doch dann kam der Junge hinzu und übersetzte zwischen ihnen. Sie war von der Unschuld ihres Mannes überzeugt. Wer sonst ihre Tochter getötet haben könnte, darauf wusste sie allerdings auch keine Antwort. Schäfer fragte, wie sich Dana in den Wochen und Monaten vor ihrem Tod verhalten habe. Ob sie, ihre Mutter, irgendetwas Ungewöhnliches bemerkt habe. Sie dachte lange nach, brach in Tränen aus, brachte nicht mehr als ein paar Worte heraus.

»Sie war sehr traurig«, meinte schließlich der kleine Bruder, und Schäfer wusste nicht, ob er übersetzte oder selbst erzählte. »Immer mehr … seit einem Jahr bestimmt schon. Und Papa war nicht nett zu ihr. Sie wollte nicht so leben, wie er wollte. Wenn sie ausgehen wollte, hat er geglaubt, dass sie sich mit ihrem Freund trifft, und hat sie eingesperrt. Da ist sie auf dem Bett gelegen und hat geweint. Und wenn sie aufgehört hat, ist sie einfach nur so dagelegen und war traurig. Ich habe nicht gewusst, was ich machen soll …«

Bevor er die Wohnung verließ, warf er noch einen Blick in das Zimmer. Es sah gleich aus wie damals. Er ging hinein und rief sich abermals die Situation in Erinnerung, die er dort vorgefunden hatte. Er ging zur Wand und besah sich die Farbe. Dann verabschiedete er sich und machte sich auf den Heimweg.

Nach dem Abendessen sah er sich einen Film mit Jim Carrey und Kate Winslet an. Doch nach einer halben Stunde überkam ihn die Müdigkeit und er ging ins Bett. Er träumte so intensiv wie schon lange nicht mehr. Er befand sich in einer unüberschaubaren Menge von Leuten, die ihm aus allen Richtungen entgegenkamen und es ihm fast unmöglich machten, vorwärtszukommen. Die Menschen, gegen deren Strom er sich mühsam bewegte, waren allesamt Asiaten. Doch in der Menge verstreut standen einzelne große Männer mit hellblondem Haar, zwei Köpfe größer als die anderen und wie auf einem Sockel erstarrt. Schäfer kämpfte sich durch dieses Gewirr an Stimmen, Gerüchen und Berührungen und fragte immer wieder einen der Vorbeihastenden nach einer Batterie. Doch die Asiaten schüttelten nur verständnislos den Kopf und die großen blonden Männer schenkten ihm ein mitleidiges Lächeln. Verzweifelt blieb er stehen, als er plötzlich das lauter werdende Geräusch eines Aufzugs hörte, das von einem dumpfen Grollen zu einem hellen Pfeifton wurde. Ohne zu wissen, wie ihm geschah, wurde er in die Tiefe gezogen, es blieb lange dunkel, und er tastete panisch die metallenen Wände um sich herum ab, um einen Ausgang zu finden. Dann blieb der Aufzug stehen, die Dunkelheit verschwand und er stand in einem riesigen Garten. Das Sonnenlicht blendete ihn so stark, dass er sich eine Hand an die Stirn halten musste. Als er sie wegnahm, sah er das Dachfenster seines Schlafzimmers.

37

Es war kurz nach neun. Dennoch hatte Schäfer keine Eile, ins Kommissariat zu kommen. Kamp hatte ihm befohlen, Urlaub zu nehmen. Erst ab der kommenden Woche, aber zurzeit würde es wohl keiner wagen, den Helden, der Kastor zur Strecke gebracht hatte, mit mörderischem Kleinkram zu behelligen. Gedankenverloren saß er auf dem Balkon unter dem Sonnenschirm und biss in einen Apfel. Wieso konnte er nicht loslassen ... was hatte Kamp überhaupt damit gemeint, dass sie eine Schlacht gewonnen hatten? Dass sie den Krieg ohnehin nie gewinnen könnten? Er holte seinen Laptop aus dem Wohnzimmer, überflog im Internet die aktuellen Nachrichten. Dann gab er in eine Suchmaschine »Major Schäfer« und »böse« ein. Las den ersten Absatz des Artikels, der ihn der Misshandlung eines Verdächtigen beschuldigte. Was, wenn sich Kastor tatsächlich mithilfe von Gerngross, Fernsehen und Internet eine Vorstellung vom Bösen gemacht hatte, das es auszurotten galt? Hätte er irgendwann in Schäfers Wohnung auf ihn warten können, bereit, ihm eine Flasche Säure über den Kopf zu gießen? Oder war er als Polizist auf der Seite der Guten? Wenn man ausschließlich Gerngross für Kastors perverse Resozialisierung verantwortlich machen könnte, wohl eher nicht. Sie hatte schließlich keinen Moment gezögert, Kastor Schäfers Ermordung aufzutragen. Doch sie ganz allein?

Bienenfeld, wie ein Vater war er für Kastor gewesen, hatte Hofer gemeint. Wie ein Vater ... Bienenfelds Witwe fiel Schäfer ein ... ihr Gespräch im Garten ... dieser höchst intelligenten und sensiblen Frau hätte verborgen bleiben sollen, dass ihr Mann sich quasi einen Sohn hält? Das alles hätte er ihr verheimlichen können, nach über vierzig Ehejahren? Nein … was war denn naheliegender, als dass ihr Mann ihr irgendwann von seinem Zögling erzählt und sie Kastor gewissermaßen als Stiefsohn aufgenommen hatte? Was war denn auch im therapeutischen Sinne logischer, als ihm ein liebevolles Umfeld zu bieten, das seine physische Genesung ergänzte? Ganz im Gegensatz zu dem, was Hofer behauptet hatte. Und dann, im Lauf der Jahre, erfährt Kastor von der schrecklichen Vergangenheit seines Ziehvaters, lernt die Namen kennen, erfährt von Born senior und junior, und beschließt, den jungen ersatzweise für alle verstorbenen oder noch lebenden SS-Schergen zu töten. Und wenn er im Auftrag gehandelt hat? Die Witwe? Die in einem plötzlichen, vulkanartigen Ausbruch des ohnmächtigen Zorns, der sich angesichts der Gräuel, die ihrem Mann, seiner und ihrer Familie, den Juden … die Ohnmacht und der Hass, der sich über die Jahrzehnte nur schlafend gestellt hatte, um auf einen alttestamentarischen Racheengel zu warten, der dann in Kastors Gestalt erschienen war … oder war es noch viel größer? Ein geheimes Netzwerk, das sich der Züchtung eines makellosen Menschen verschrieben hatte … oh Gott, jetzt musste er aufhören, jetzt war er gleich bei den Illuminaten. Was ist die Wahrheit schon wert, wenn sie nur Probleme und mehr Arbeit bringt – wer ihm das einmal gesagt hatte, hatte Schäfer vergessen, wahrscheinlich seine Großmutter.

Im Kommissariat fand er Bergmann in die Akte des türkischen Mädchens vertieft.

»Ah, Sie Streber … wollen Sie mich im Endspurt noch überholen …«

»Ganz und gar nicht … es hat mir die halbe Nacht zu denken gegeben … schauen Sie sich das an.« Bergmann reichte Schäfer einen Laborbericht. Die Untersuchungsergebnisse des Taschentuchs.

»Tierisches Fett … dazu eine anorganische Verbindung aus Glycerin, Methylparaben, blablabla … eine parfümierte Handcreme …«

»Genau … dazu ein paar Hautschuppen des Mädchens, aber keine DNS-Spuren des Vaters …«

»Das passt perfekt … warum ist uns das nicht früher aufgefallen?«

»Selektive Wahrnehmung?«

»Möglicherweise … ich muss noch einmal mit dem Freund sprechen … kommen Sie mit?«

Bevor sie sich auf den Weg machten, riefen sie den Jungen am Handy an und vereinbarten einen Treffpunkt in einem Park, wo er mit seinen Freunden Skateboard fuhr. Um was es denn gehe? Nur ein paar Details, reine Routine, antwortete Schäfer, der wusste, dass bestimmte Personen auf den Ausdruck Routine sehr nervös reagieren konnten.

»Was wollen Sie denn jetzt noch wissen?«, fragte der Junge argwöhnisch. »Der ist doch verurteilt, oder?«

»Nicht rechtskräftig, aber er ist erst einmal verurteilt, ja … mindestens zwanzig Jahre, danach ist er ein alter Mann, dann ist sein Leben vorbei …«

»Und weiter?«

»Setz dich«, forderte Schäfer den Jungen auf, dessen Herumgewippe auf dem Skateboard ihn nervös machte.

»Es besteht kein Zweifel, dass Dana von ihrem Vater schlecht behandelt worden ist … das hat sie unglücklich gemacht … gerade zu einem Zeitpunkt, wo sie gerne mit dir und anderen Freunden glücklich gewesen wäre … sie war sehr traurig, oder?«

»Ja«, antwortete der Junge leise. »Dana war immer schon eher traurig.«

»Hat sie irgendwann einmal davon gesprochen, dass sie nicht mehr leben will?«

»Kann sein … aber da ist sie nicht die Einzige …«

»Wie meinst du das?«

»Die das gesagt hat … dass sie nicht mehr leben will … das sagen doch viele, die keine Lust auf den ganzen Scheiß haben …«

»Verstehe.« Schäfer musste sich erst wieder in Erinnerung rufen, dass er es mit einem zornigen Jungen in der Pubertät zu tun hatte. »Und ihren Vater, den hat sie gehasst … den habt ihr beide gehasst …«

»Natürlich … das Arschloch … soll verrecken, die Sau …«

»Wenn sie sich umbringt, dann so, dass ihr Vater dafür ins Gefängnis geht … das hat sie doch gesagt, oder?«

Der Junge schaute Schäfer überrascht an, senkte den Blick und spuckte auf den Boden. Schäfer nahm eine Visitenkarte aus seiner Jacketttasche und hielt sie dem Jungen hin.

»Du kannst dir Zeit lassen … aber denk bitte darüber nach … auch wenn er ein Arschloch ist: Wegen etwas, das er nicht getan hat, sollte er nicht im Gefängnis sitzen … auch das ist ungerecht.«

Schäfer und Bergmann standen auf und ließen den Jungen auf der Parkbank zurück.

»Es könnte auch ohne seine Aussage gehen«, meinte Bergmann, als sie zum Auto gingen. »Sie hat das Messer genommen, mit dem sich ihr Vater zuvor die Jause zubereitet hat. Um keine Fingerabdrücke zu hinterlassen, fasst sie es nur mit einem Taschentuch an, auf dem Fettreste des Hähnchens und ihre Handcreme zurückbleiben …«

»Wir schicken heute noch einmal die Spurensicherung hin … als ich gestern dort war, habe ich eine kleine Delle in der Wand gesehen, wo die Farbe brüchig war. Wenn diese Stelle auf der gleichen Höhe des Einstichs ist, sind wir einen

Schritt weiter … dann hat sie das Messer zwischen sich und die Wand … Scheiße …«

»Wir haben nicht daran gedacht, weil man sich so etwas nicht vorstellen darf«, sagte Bergmann, während sie am Gürtel im Stau steckten. »Dass sich ein junges Mädchen das Leben nimmt, ja … aber so …«

»Wahrscheinlich wollte sie doch nicht ganz umsonst sterben.« Schäfer schaltete das Blaulicht ein.

Am nächsten Tag bekamen sie die Ergebnisse der Forensik. Nach der neuen Beweislage sprach alles dafür, dass sich Dana Cüyük das Leben genommen hatte. Die kleine Einkerbung in der Wand war exakt auf der gleichen Höhe wie die tödliche Stichwunde in der Brust. Dazu die Probierstiche, die bei einem Suizid mit scharfen Gegenständen so gut wie jedes Mal vorzufinden waren. Und der Umstand, dass das Mädchen bis auf einen BH oben nackt war. Zwar konnten nur die wenigsten mit Schäfers Theorie etwas anfangen, dass der Vater seine Tochter nie so liegen gelassen und den Augen fremder Polizisten ausgesetzt hätte, doch wer sich selbst ersticht, tut das so gut wie nie durch seine Kleidung hindurch, sondern immer mit dem Messer auf der bloßen Haut.

Kamp und Bruckner hatten nichts dagegen, mit der Weitergabe des neuen Berichts an den Staatsanwalt noch eine Weile zuzuwarten, bis sich Danas Freund eventuell meldete. Sie konnten auf seine Aussage auch verzichten; aber Schäfer hatte das Gefühl, dass er den Jungen damit hinterginge. Ohne seine Einsicht und die Preisgabe der Wahrheit würde ihm gar nichts mehr bleiben, keine Freundin, keine Rache. Zudem sah er den Vater des toten Mädchens ganz gerne noch eine Weile in Haft. Seine Tochter hatte er nicht erstochen, aber unschuldig war er auch nicht.

Bevor er das Kommissariat verließ, rief er eine Bekannte bei der Jugendfürsorge an. Er schilderte ihr den Fall und bat sie, ein Auge auf die Familie zu haben; dem Vater klarzumachen, dass die geringste Gewaltanwendung, dass nur ein Verdacht zu einer Ermittlung führen würde, und er brauche nicht zu glauben, dass sich die Manieren der verantwortlichen Polizisten seit dem letzten Mal gebessert hätten.

Am nächsten Tag erschien der Junge von sich aus auf dem Kommissariat, um mit Schäfer zu sprechen. Fast zwei Stunden saßen sie im Besprechungsraum. Zuerst redeten sie über Danas Tod. Ja, sie hatte darüber gesprochen, sich zu töten. Und sie wollte es tatsächlich so machen, dass ihr Vater dafür büßen müsste. Einmal hatten sie sogar überlegt, es zusammen zu tun. Hand in Hand vom Donauturm zu springen. Oder wie bei »Thelma und Louise« mit dem Auto über eine Felsklippe zu fahren. Aber für ihn war das doch eher etwas gewesen, mit dem sie ihre Verzweiflung teilten und sich in ihrer Liebe bestärkten. Richtig tot sein wollte er nie.

Dann redeten sie darüber, was der Junge später machen wolle, über den Beruf des Polizisten, über die Unsicherheit der Jugend, über die scheinbare Verständnislosigkeit der Alten, die doch ebenfalls nur unsicher waren.

Als der Junge ging, glaubte Schäfer, ihm wenigstens etwas Hoffnung mitgegeben zu haben. Mehr konnte er nicht tun.

38

Mitte August breitete sich eine Tiefdruckfront über dem Land aus, die laut Aussagen der Meteorologen über eine Woche für Regen und herbstliche Temperaturen sorgen würde. Schäfer nahm es – im Gegensatz zu vielen anderen – gelassen zur Kenntnis. Es war lange genug heiß gewesen, ein bisschen Abkühlung würde den Menschen nur guttun. In der letzten Augustwoche würde er Isabelle in Den Haag besuchen. Dass sie jetzt schon eifrig dabei war, das Programm für die ganze Woche zu erstellen, machte ihn etwas unruhig; immerhin würde ihm die voraussichtliche Ochsentour durch Museen, Restaurants, Geschäfte, Kirchen und allerlei mehr keine Gelegenheit lassen, an die Arbeit zu denken. Wenn nicht zufällig ein Kriegsverbrecher aus dem Strafgerichtshof ausbrach, gab Bergmann zu bedenken. Er sei nicht Columbo, erwiderte Schäfer, in einer fremden Stadt könne er über eine kopflose Leiche stolpern und würde eine natürliche Todesursache annehmen. Worauf sie beide gleichzeitig mit den Fingerknöcheln auf die Tischplatte klopften.

Am Tag vor Schäfers Abreise rief ihn Bruckner zu Hause an und teilte ihm mit, dass der Vater des toten Mädchens freigesprochen worden war. Außerdem wünschte er ihm einen schönen Urlaub, er solle sich gut erholen und sich vom Strafgerichtshof fernhalten. Und schöne Grüße an die Staatsanwältin. Schäfer bedankte sich und legte auf. Er ging ins Schlafzimmer und durchwühlte seinen Kasten nach Kleidung, die er in Den Haag brauchen könnte. Eigentlich sollte er sich jetzt freuen, oder? Immerhin hatte er einen Unschuldigen vor dem Gefängnis bewahrt. Doch was hieß das in diesem Fall schon … wie auch immer: Hätte er sich anders entschieden, wären ihm die Zweifel auch nicht erspart geblieben. Dann wären sie unter Umständen noch schlimmer gewesen. So konnte er wenigstens ohne schlechtes Gewissen in den Spiegel schauen.

Am Nachmittag unternahm er einen Spaziergang über die Steinhofgründe. Eine abschließende Runde, wie er sich sagte, als er an der psychiatrischen Klinik vorbeikam. Das Transparent, das für die Ausstellung warb, hing immer noch an der Ziegelmauer eines der Pavillons. Melancholisch wurde er, doch auf eine Weise, die ihn nicht bedrückte. Sein Ausbildner Pürstl kam ihm in den Sinn – sein Leitstern, den er sich immer wieder in Erinnerung rief, wenn er vor einem scheinbar unlösbaren Problem stand oder im Gegenteil euphorisch den Himmel küsste. Alles ist ein Geschenk, hatte Pürstl bei ihrem letzten Treffen gemeint, das auch schon wieder über ein Jahr her war und sich wie gewohnt bis spät in die Nacht gezogen hatte. Überraschung von mir aus, aber ein Geschenk sieht anders aus, hatte Schäfer erwidert, der damals gerade in einer schweren Krise erstarrt gewesen war. Was für ein Hochmut sei es denn, von einem Geschenk zu erwarten, dass es einem gleich im Augenblick der Übergabe Freude bereitet, hatte der euphorisch alkoholisierte Pürstl gemeint. Ist es nicht auch die Aufgabe des Beschenkten, die wie auch immer geartete Gabe so zu behandeln, dass sie sich irgendwann zu etwas Gutem wandelte?

Ja, Schäfer lächelte. Wo läge sonst der Sinn darin, seinen langjährigen Begleiter und engsten Vertrauten von zwei Kugeln getroffen am Boden zu sehen? Ein junges Mädchen zu finden, das sich gerade das Leben genommen hatte? Was war der Sinn seiner Arbeit, wenn nicht, all seine Kraft darauf zu verwenden, das Böse in etwas Gutes zu verwandeln. Er dachte an Kastor und empfand mit einem Mal Mitgefühl mit dessen geschundener Seele. Ruht in Frieden, ihr alle, sagte Schäfer leise und bückte sich nach einer Kastanie, die eindeutig zu früh vom Baum gefallen war.

Georg Haderer im dtv

»Die Major-Schäfer-Reihe sollte kein Geheimtipp mehr sein!«
Jörg Kijanski auf krimi-couch.de

Schäfers Qualen
Kriminalroman
ISBN 978-3-423-**21342**-4

Ein Kitzbüheler Unternehmer wird an ein Gipfelkreuz genagelt, ein weiterer bei lebendigem Leib einbetoniert. Noch während Polizeimajor Schäfer aus Wien sich in seiner ungeliebten früheren Heimat einrichtet, geschehen weitere grausame Morde. Bei seiner Spurensuche muss er tief in die Vergangenheit eintauchen, auch in seine eigene …

Ohnmachtsspiele
Kriminalroman
ISBN 978-3-423-**21452**-0

Drei Leichen in der Wiener Gerichtsmedizin. Unfall, Unfall, Überdosis – so soll es in den Ermittlungsakten stehen. Doch dass mit den beiden ertrunkenen Frauen und dem toten Junkie etwas faul ist, steht für den natursturen Schäfer fest. Als sich auch noch ein Raubmord in seine Serientäter-Theorie fügt, ermittelt er auf eigene Faust …

Der bessere Mensch
Kriminalroman
ISBN 978-3-423-**21527**-5

Hermann Born, Nationalrat im Ruhestand, liegt ermordet in seinem Arbeitszimmer, sein Kopf von Phosphorsäure fast völlig weggeätzt. Die DNA-Spur führt zu Paul Kastor, einem Kriminellen, der Schäfer zwar gut bekannt, aber seit fünfzehn Jahren tot ist …

Bitte besuchen Sie uns im Internet: www.dtv.de